Wolfram Fleischhauer
Der gestohlene Abend

PIPER

Zu diesem Buch

Der Pool des Colleges lag im hellen Licht des frühen Morgens. Noch waren sie die Einzigen. Matthias stand bis zur Brust im Wasser und umfasste Janines Taille. Ihr Badeanzug streifte seinen Oberschenkel, als er ihr erklärte, wie man eine Rollwende macht. Natürlich durfte er sich keinen Illusionen hingeben, Janine war mit David zusammen, dem Starstudenten von Hillcrest. Während er noch mit seiner Situation hadert, ist es ausgerechnet David, der seinem Rivalen den Weg in den inneren Kreis von Hillcrest ebnet. Doch es steckt ein abgründiges Geheimnis hinter den neuen Thesen, die dort gelehrt werden. Als Davids Verhalten immer rätselhafter wird und schließlich in einer tödlichen Katastrophe gipfelt, muss Matthias sich entscheiden: zwischen seiner Liebe zu Janine, zur Literatur und dem Verlangen, die Wahrheit ans Licht zu bringen.

Wolfram Fleischhauer, geboren 1961 in Karlsruhe, studierte Literatur in Deutschland, Frankreich, Spanien und an der University of California Irvine. Als Konferenzdolmetscher pendelt er zwischen Brüssel und Berlin. Zuletzt veröffentlichte er die Romane »Schule der Lügen« und »Der gestohlene Abend«. Weiteres zum Autor: www.wolfram-fleischhauer.de

Wolfram Fleischhauer

Der gestohlene Abend

Roman

Piper München Zürich

Mehr über unsere Autoren und Bücher:
www.piper.de

Von Wolfram Fleischhauer liegen im Piper Taschenbuch vor:
Schule der Lügen
Der gestohlene Abend

Zitatnachweise:
S. 32–34:
Don DeLillo: *White Noise,* © Andrew Nurnberg Associates, London.
Deutsche Ausgabe: Don DeLillo: *Weißes Rauschen.* Aus dem Amerikanischen von Helga Pfetsch. Kiepenheuer und Witsch, Köln 1987.

S. 281:
Shakespeare's Sonnets, edited with an analytic comentary by Stephen Booth, Yale University Press, New Haven and London 1977. Aus dem Englischen von Wolfram Fleischhauer.

Die Shakespeare-Rede in Kapitel 22 basiert auf dem Aufsatz »Master W. H., R. I. P.« von Donald W. Foster in der Zeitschrift »Publications of the Modern Language Association (PMLA), 102 (1), Jan 1987: 42–54«.

Ungekürzte Taschenbuchausgabe
November 2009

Umschlagkonzept: semper smile, München
Umschlaggestaltung: R.M.E, Roland Eschlbeck und Kornelia Rumberg
Umschlagabbildungen: Mauritius Images (Flammen); trevillion (Gebäude)
Autorenfoto: Terri Potoczna
Satz: Filmsatz Schröter, München
Papier: Munken Print von Arctic Paper Munkedals AB, Schweden
Druck und Bindung: CPI – Clausen & Bosse, Leck
Printed in Germany ISBN 978-3-492-25496-0

Nay, if you read this line, remember not
The hand that writ it, for I love you so, …

William Shakespeare,
Sonett LXXI

TEIL I

Kapitel 1

Mein Rezept gegen Stress lautete jahrelang: Schwimmen. Es war mein Mittel gewesen, durch das Pubertätschaos zu kommen. Die Launen, die Langeweile, die Lustlosigkeit auf alles, der permanente sexuelle Notstand, die Aggressionen: all das verschwand im Wasser. Man musste nicht viel reden. Es ging nicht so ruppig zu wie beim Fußball. Ich kraulte der Scheisspubertät einfach davon. Freundschaften schloss ich keine. Mit diesen Schwimmtypen gab es nicht viel zu besprechen. Wir schwammen um die Wette, hin und her. Sekunden waren ein Thema. Zugtiefe, Wendetechnik, die Trainingsmethoden von Mark Spitz, der sich Gewichte um den Leib schnürte. Nach dem Training saß man im Vereinslokal vor seiner Fanta und schaute sich Aufzeichnungen von den Wettkämpfen der großen Stars auf einem Fernsehmonitor an, der zwischen Geweihen an die Stirnwand geschraubt war. Am Wochenende waren dann die eigenen Wettkämpfe dran. Das ging so, bis ich siebzehn war. Dann tauchte Nadja in meiner Parallelklasse auf. Sie kam aus einer anderen Stadt und hatte die Schule wechseln müssen, da ihr Vater eine neue Stelle angenommen hatte. Ich glaube nicht, dass sie sich für sehr viel mehr als meinen Turnierschwimmerkörper interessierte. Aber diese Begegnung hatte das Aus für meine Schwimmerkarriere bedeutet. Ich entdeckte den Sex und kurz darauf die Zigaretten. Seitdem war ich fast nie mehr Bahnen geschwommen.

Ich war ein wenig aus der Übung, spürte aber schon bald wieder die Reflexe, die ich mir als Jugendlicher antrainiert hatte. Der Pool von Hillcrest war sensationell. Er war nur zu zwei Dritteln überdacht, sodass man oft in lichtdurchflutetes, glitzerndes Hellblau eintauchte. Die Monotonie der Bewegung tat immer ihre Wirkung. Ich wurde ruhig. Siebenundzwanzig Minuten lang vergaß ich die ganzen Bücher und Aufsätze, die ich noch lesen musste, und kraulte meine fünfzehnhundert Meter. Manchmal kam mir sogar die Antwort auf eine Frage, die ich schon seit ein paar Tagen mit mir herumgetragen hatte. Ja, Schwimmen mochte ein wenig autistisch sein, aber es hatte auch etwas Meditatives.

Bis sich an diesem Morgen eine schlanke Gestalt auf der Bahn neben mir durchs Wasser schlängelte. Viel mehr als den schwarzen Schwimmanzug und die verführerischen Linien darunter konnte ich durch die Chlorbrille nicht erkennen. Aber das reichte. Ich kam erst gar nicht auf den Gedanken, vor ihr davonzukraulen. Im Gegenteil. Ich passte mich ihrem Tempo an, was mir mühelos gelang, und stieg der besseren Perspektive wegen im geeigneten Augenblick auf Brustschwimmen um.

Sie schwamm ganz gut, amateurhaft, aber mit Kraft und Ausdauer. Von ihrem Gesicht sah ich so gut wie nichts. Sie trug eine eng anliegende Badekappe und eine Chlorbrille. Als sie fertig war und sich am Beckenrand aus dem Wasser stemmte, sah ich ihren gut trainierten Rücken. Ich konnte die Augen nicht von ihr nehmen, bis sie in der Damenumkleide verschwunden war. Innerhalb weniger Minuten stand ich angezogen am Ausgang des Pools und suchte vergeblich einen Vorwand, in der Eingangshalle herumzulungern. Weder gab es eine Kasse, wo man etwas hätte kaufen können, noch einen Spiegel mit einem Föhn oder einen Aushang. Ich zog meine Schuhe aus, entfernte aus einem der beiden den Schnürsenkel und fädelte ihn umständlich wieder ein. Dann kam sie.

»Hi«, sagte sie, bevor ich etwas herausbrachte. Und schon war sie vorbei. Ihre schwarzen Locken waren noch feucht, flogen aber trotzdem im Wind. Ich hätte ihr leicht folgen können. Wir saßen ja beide in Miss Goldensons Filmkurs. Ich hätte sie fragen können, ob sie Eisenstein mochte, oder ob sie mit der Filmtheorie von Christian Metz klarkam. Das entsprechende Referat war ja an sie gefallen, während Todorov an mich ging. Aber ich fragte sie gar nichts, sondern schaute ihr nach. Schließlich war sie die Freundin von David Lavell.

Kapitel 2

Ich kam im September 1987 nach Hillcrest. Das Losverfahren hatte diese Universität für mich ausgewählt. Der Ort klang verlockend. Nicht nur weil der Campus in Südkalifornien und außerdem ziemlich nah am Meer lag. Es war das Renommee eines der wissenschaftlichen Institute, das mich in seinen Bann zog. Von den Professoren, die dort unterrichteten, hatte ich noch nie gehört. Als ich aber damit begann, Erkundigungen über Hillcrest einzuziehen, stieß ich überall auf sie und ihre Arbeiten.

Der meistgenannte Name war der des Begründers einer neuen Denkschule, die dort entstanden war: Jacques De Vander. Sein Einfluss auf das amerikanische Geistesleben musste enorm sein. Nach seinem Tod vor drei Jahren war er sogar in amerikanischen Tageszeitungen mit Nachrufen gewürdigt worden. Seine wichtigsten Schüler, Jeffrey Holcomb, Marvin Krueger und Marian Candall-Carruthers, schienen regelrechte Stars zu sein.

Es lag vor allem an ihnen, dass Hillcrest so sehr im Kommen war. Den letzten Bewertungen war zu entnehmen, dass neuerdings die gescheitesten und finanziell bestausgestatteten Literaturstudenten der USA nach Hillcrest wollten. Drei Wochen vor meiner Abreise las ich im *Chronicle of Higher Education*, dass Hillcrest von einer Stiftung in Los Angeles den sagenhaften Betrag von dreißig Millionen Dollar pro Jahr zur Verfügung gestellt bekommen hatte, um allein die Geisteswissenschaften zu fördern. Hillcrest sollte zur ersten Adresse des Landes, ja der Welt ausgebaut werden und in einem eigenen *Institut für neue Ästhetische Theorie*, dem INAT, die einflussreichsten und bedeutendsten Literaturwissenschaftler versammeln.

Das Kursverzeichnis war mir bereits zugeschickt worden. Wie verlangt, hatte ich meine Seminarwünsche eingetragen und die Unterlagen pünktlich zurückgeschickt. Zwei Tage vor meiner Abreise traf ein Brief vom Einschreibungsbüro ein mit der erneuten Bitte, meine Seminaranmeldung einzureichen. Ich wunderte mich, bis ich sah, dass auf einem zweiten Blatt meine ursprüngliche Anmeldung zurückgekommen war. Neben allen drei Kursnummern, die ich eingetragen hatte, stand: *not eligible.* Nicht zulässig? Hatte ich mich verschrieben? Ich überprüfte die Kursnummern, fand aber keinen Fehler. Vielleicht war meine Handschrift unleserlich? Oder konnte der Computer dort die europäischen Zahlen mit dem Querbalken in der Sieben und der nach oben geöffneten Vier nicht lesen? Ich trug die gleichen Kursnummern noch einmal per Schreibmaschine ein und schickte das Ganze per Fax zurück.

Kapitel 3

Der Campus lag zwei Autostunden südlich von Los Angeles, etwa fünf Meilen von der Küste entfernt. Ich hatte keinen efeuumrankten, neuenglischen Universitätscampus mit Backsteinhäusern und Säulengängen erwartet, aber auch keinen Komplex, der an eine Mondbasis erinnerte. Aus der Ferne sahen die Gebäude wie überdimensionierte und in die Länge gezogene Golfbälle aus. Beim Näherkommen stellte ich fest, dass dieser Eindruck durch wabenförmige Fassadenverkleidungen entstand, von denen die Gebäude wie von einer zweiten Haut umhüllt wurden. Sie dienten wohl als Sonnenschutz, denn sie ließen nur indirektes Tageslicht in die dahinter liegenden Zugangskorridore fallen. Viele Büros und nicht wenige Seminarräume waren sogar fensterlos. Sonnenlicht war hier offenbar das architektonische Hauptproblem.

Während einer Führung, an der ich am zweiten Tag nach meiner Ankunft teilnahm, erfuhr ich, dass der Campus aus politischen Gründen so gebaut worden war. Ende der Sechzigerjahre war es vor allem darum gegangen, es den Studenten schwerer zu machen, sich spontan zu versammeln, Barrikaden zu errichten oder Gebäude zu besetzen. Es gab nur wenige Wohnheime. Sie standen auch noch separat und waren durch eine stark befahrene, vierspurige Straße vom Campus getrennt. Nur ein sehr kleiner Teil der Studenten wohnte überhaupt auf dem Universitätsgelände. Hillcrest war eine Pendler-Universität auf der grünen Wiese, die jeden Abend schlagartig verödete. Ein Filmstudio aus dem nicht weit entfernten Hollywood hatte einige Jahre zuvor den futuristischen Teil der *Eroberung vom Planet der Affen* hier gedreht. Das sagte eigentlich alles.

Ich brachte die zahlreichen Anmeldeformalitäten hinter

mich und bezog mein Studio in einem Wohnheim namens *Cedar*, das man über eine schmale Fußgängerbrücke erreichte. Die anderen Wohnheime hießen ebenfalls wie Bäume: *Willow, Pine, Sycamore.* Ich besorgte mir einen Führerschein, eröffnete ein Bankkonto und besuchte eine Willkommensveranstaltung für Neulinge. Ein Mr. Fillmore erklärte alle wichtigen organisatorischen Einzelheiten und Regeln. Am Schluss bekam jeder Teilnehmer ein Begrüßungspäckchen, das ein pharmazeutisches Unternehmen gespendet hatte. Neben Vitamintabletten befanden sich fast nur Aufputsch- und Magenmittel darin. Auf dem Kugelschreiber war in roten Buchstaben der Name des Sponsors zu lesen. Darunter stand: *You can do it!*

Kapitel 4

»Es tut mir sehr leid, Matthew«, sagte Mr. Billings vom Einschreibungsbüro und putzte seine Brille. »Für die Kurse, die Sie angekreuzt haben, kann ich Sie nicht einschreiben.«

»Aber warum?«, fragte ich.

»Ihr Land bezahlt dafür, dass Sie hier ein Jahr studieren dürfen. Im Gegenzug räumen wir Ihnen einige Privilegien ein. So müssen Sie zum Beispiel keine Aufnahmeprüfungen machen, die jedem regulären Studenten abverlangt werden. Sie können Ihre Kurse weitgehend frei wählen, genießen also, wenn Sie so wollen, eine gewisse Narrenfreiheit. Aber Kurse ab einem gewissen Niveau kommen für Sie nicht infrage, da Sie die Zulassungsbedingungen nicht erfüllen. Miss Candall-Carruthers akzeptiert Studenten nur nach persönlicher Anmeldung.«

Narrenfreiheit? Das war allerdings das Letzte, was ich mir von einer amerikanischen Top-Universität erhofft hatte. Den

Kelch universitärer Narrenfreiheit hatte ich in den fünf Semestern meines bisherigen Studiums in Berlin bis zur Neige geleert. Deshalb hatte ich ja alle Hebel in Bewegung gesetzt, wieder in die USA zu kommen. Billings mochte recht damit haben, dass mein Profil den hiesigen Anforderungen nicht ganz entsprach. Aber Narrenfreiheit? Ich wollte endlich etwas lernen. Allerdings nicht in Anfängerkursen.

»Hier haben wir zum Beispiel etwas, das für Sie infrage käme«, nutzte Mr. Billings meine vergebliche Suche nach einer schlagkräftigen Erwiderung. »*European Film 101*. Eine schöne Überblicksveranstaltung. Da wären Sie auch für den Kurs eine Bereicherung durch Ihren kulturellen Hintergrund. Miss Goldenson ist übrigens Österreicherin.«

Ich las die Beschreibung, was meinen Verdruss nur noch steigerte: »Filme von Dryer, Pabst, Lang, Eisenstein u. a. sollen gemeinsam angeschaut und mithilfe klassischer und moderner Filmtheorien analysiert werden. Leistungsanforderung: kurze Essays und Schreiben von Filmkritiken sowie eine zweistündige Abschlussklausur.«

4 credits.

»Das ist ein Einführungsseminar, Mr. Billings«, sagte ich. »Ein Anfängerkurs. Außerdem möchte ich Literatur studieren und nicht Film.«

Weiter kam ich nicht, denn das Telefon klingelte. Es wurmte mich, wie dieser angebliche *student counselor* mich behandelte. Der Mann verhielt sich wie ein Autoverkäufer. Je mehr er miesmachte, was ich zu bieten hatte, desto besser für sein Geschäft. Ich interessierte ihn gar nicht. In das methodisch gegliederte Curriculum einer amerikanischen Universität, die einiges auf sich hielt, war ich schwer einzuordnen und ihm daher wohl vor allem lästig.

Hatte ich überhaupt etwas zu bieten? Die Tatsache, dass ich immerhin ein akademisches Stipendium bekommen hatte, beeindruckte ihn in keiner Weise. Meine Studiennachweise aus Berlin galten hier nichts. Damit blieb nur noch ein Argument, das dagegen sprach, mich in Einführungskurse mit Studienanfängern abzuschieben: 650. Diese Zahl stand schwarz auf weiß auf dem kleinen Papierstreifen, den der TOEFL-Test in meinem Fall als Ergebnis ausgespuckt hatte. 650! Das war die Maximalpunktzahl. Englisch konnte ich nun mal, dank eines einige Jahre zurückliegenden Aufenthalts in West Virginia, wo mein Vater als Ingenieur gearbeitet und wohin er die ganze Familie mitgenommen hatte. In meinen Unterlagen auf Billings' Schreibtisch lag unter anderem mein amerikanisches Abitur. Mit Sprachdefiziten konnte er mir also nicht kommen. Aber viel half das nicht.

»Wie wäre es mit *Englisch 103*?«, fragte er, nachdem er aufgelegt hatte. »Ein Grundkurs über das Elisabethanische Drama. Ein sehr beliebter Kurs.«

Ich nahm all meinen Mut zusammen und sagte: »Könnte ich vielleicht einen Termin bei Miss Candall-Carruthers bekommen? Wenn ich ihr meine Situation erkläre, ergibt sich vielleicht doch eine Möglichkeit.«

Billings schüttelte den Kopf und schob mir meinen Kurskatalog über den Tisch zurück.

»Es gibt hier Regeln, Mr. Theiss. In der englischen Abteilung können Sie nur Kurse der Kennung 100 belegen. Die einzige Abteilung, wo Sie unter Umständen an 200er-Kursen teilnehmen können, ist die Germanistik. 300er-Kurse kommen für Sie grundsätzlich nicht infrage und das INAT schon gar nicht. Vielleicht erkundigen Sie sich in der deutschen Abteilung einmal nach den Gepflogenheiten hier. Sprechen Sie mit Ruth Angerston oder Gabriele Fuchs. Überlegen Sie es sich übers Wochenende in Ruhe. Ich bin am Montag wieder für Sie da.«

Kapitel 5

Einen der Namen, die Billings genannt hatte, kannte ich.

Ich hatte im Frühjahr zwei Artikel von Ruth Angerston gelesen. Ihre Aufsätze über Kleist waren erfrischend geschrieben und sogar ein wenig humorvoll gewesen. Vielleicht lag es daran, dass ich sie mir als recht jung vorgestellt hatte. Zu meiner Überraschung empfing mich eine ältere, grauhaarige Dame, die mich freundlich begrüßte und sogleich in ihr Büro bat.

Ich war von Beginn an verunsichert. Immer wieder wanderte mein Blick zu ihrem Unterarm. Es war ziemlich warm in ihrem Büro. Falls es eine Klimaanlage gab, so hatte sie sie nicht eingeschaltet. Beide Fenster – ja, ihr Büro verfügte tatsächlich über Fenster – standen offen und ließen die warme, südkalifornische Luft mit dem hier typischen Eukalyptusduft ins Zimmer herein. Sie trug eine blaue Bluse mit weiten Ärmeln, die sie ein wenig hochgekrempelt hatte, wodurch die bläuliche Nummer auf ihrem Unterarm gut sichtbar war. Die Tätowierung traf mich völlig unvorbereitet. Ich hatte noch nie einem Menschen mit einer KZ-Häftlingsnummer gegenübergesessen.

Ruth Angerston ließ sich meine Verunsicherung, die sie bestimmt spürte, in keiner Weise anmerken. Während ich ihr meine Situation erklärte, hörte sie ruhig zu, stellte ein paar Fragen nach meinem bisherigen Studiengang und erkundigte sich nach dem einen oder anderen Kollegen in Berlin.

Ich sollte sie sofort nach dieser Tätowierung fragen, sagte die ganze Zeit eine Stimme in meinem Kopf. Es war merkwürdig, einfach so zu tun, als hätte ich sie nicht gesehen. Andererseits konnte ich das Thema unmöglich ansprechen. Wie denn auch? Hätte ich sie nach ihrem Schicksal fragen sollen, nach ihrem Leidensweg aus einem deutschen KZ in die deutsche Abteilung einer amerikanischen Universität? Nach dem Humor in ihren Artikeln?

»Zu Marian wollen Sie also«, sagte sie, nachdem wir zu diesem Thema vorgedrungen waren. »Darf ich fragen, warum?«

»Ich bin neugierig. Ich habe einiges über das INAT und die neue Theorie gelesen und würde gerne herausfinden, was es damit auf sich hat.«

»Da sind Sie nicht der Einzige. Das wird so einfach nicht gehen. Marians Kurse sind ziemlich begehrt.«

»Ja, das hat Mr. Billings auch gesagt. Dann ist da wohl nichts zu machen.«

»Wollen Sie denn auch bei uns Kurse belegen?«, fragte sie dann. »Wir sind nicht ganz so sexy wie Marians Gruppe, aber bei uns wären Sie immerhin willkommen. Worüber haben Sie bisher gearbeitet?«

Sexy? Das Wort passte überhaupt nicht zu ihr. Es klang fast so, als benutzte sie es als Maß der Distanz, die sie zwischen sich und Marian legen wollte.

»Haben Sie Ihre Unterlagen dabei? Darf ich sie mal sehen?«

Ich gab ihr mein Studienbuch, und sie verbrachte einige Minuten damit, es durchzusehen. Als sie fertig war, gab sie es mir zurück und sagte nur:

»Ich gebe am Montagabend einen kleinen Empfang bei mir zu Hause. Die meisten Leute des Germanistischen Instituts werden da sein. Kommen Sie doch vorbei. Ich würde mich freuen.«

Ich nickte und verbiss mir jede weitere Nachfrage. Sie reichte mir einen Zettel mit ihrer Adresse und wünschte mir einen guten Start. Dann ging ich.

Draußen war es mittlerweile recht heiß geworden. Der Campus war menschenleer. Nur zwei Wagen standen auf dem großen Parkplatz neben dem Eingang zum Germanistischen Institut: ein Pontiac und ein silberner Datsun. Ich betrachtete einige Sekunden lang irritiert das Nummernschild des Datsun. Es stand keine Autonummer darauf. Nur ein Wort: *Goethe I.*

Kapitel 6

Da ich niemanden kannte, verbrachte ich ein einsames Wochenende. Ich lieh mir ein Fahrrad, fuhr die fünf Meilen zum Strand, lag den ganzen Nachmittag in der Sonne und schrieb Briefe nach Hause. Ich schwamm im Pazifik, spazierte am Strand entlang und fand mich allmählich damit ab, während des ersten Trimesters Anfängerkurse zu besuchen. Vielleicht war Hillcrest ja tatsächlich so anspruchsvoll, dass ich gut daran tat, auf Anfängerniveau zu beginnen?

Am Montagmorgen saß ich um zehn Uhr in *European Film 101*. Ich begriff, was Billings gemeint hatte, als er von meinem europäischen Hintergrund sprach, der den Kurs vielleicht bereichern könnte. Die Mehrzahl der Studentinnen und Studenten waren asiatischer Herkunft. Zwei sahen lateinamerikanisch aus. Kaukasier, wie ich mich auf jedem Anmeldebogen zu bezeichnen hatte, gab es außer mir nur wenige. Zwei blonde junge Männer vor mir unterhielten sich leise, und was ich unfreiwillig mithörte, bestätigte meinen ersten Eindruck, dass sie diesen Kurs nur absaßen, um eine Vorschrift auf dem Weg zum späteren BWL- oder Jurastudium zu erfüllen. Etwas weiter vorn war mir dann eine junge Studentin mit schwarzen Locken aufgefallen. Ich versuchte, nicht dauernd zu ihr hinzuschauen, was mir schwer fiel, denn sie saß in gerader Linie zwischen mir und dem Pult, an dem sich soeben die Professorin niedergelassen hatte. Es wurde still, und Miss Goldenson begann, in einem stark österreichisch gefärbten Englisch den Inhalt ihrer Lehrveranstaltung zu erklären.

Das ganze dauerte nur eine knappe Viertelstunde. Fotokopien mit Literaturangaben und einer Liste der anzuschauenden Filme gingen herum. Der Raum wurde abgedunkelt. Ein letztes Mal huschte mein Blick über das Profil der Studentin drei Reihen vor mir. Dann begann der Film: Ingmar Bergmanns *Das siebente Siegel.* Die Grundidee gefiel mir: Ein von den Kreuzzügen zurückkehrender Ritter strandet mit seinen verbliebenen Gefährten an der heimatlichen schwedischen Küste und wird dort vom Tod erwartet. Doch der Ritter will noch nicht sterben. Er fordert den Tod zu einer Partie Schach heraus, was der Tod, der anscheinend exzellent Schach spielt, nicht ablehnen kann. Der Ritter ist sich von Anfang an darüber im Klaren, dass er die Partie verlieren wird, aber immerhin gewinnt er etwas Zeit, die Zeit des Filmes, die eine Irrfahrt durch ein von religiösem Wahn verwüstetes Land zeigt. Der Ritter streift darin umher wie ein verlorener Gottsucher. Zug um Zug verliert er das Spiel gegen den Tod – und wie es scheint auch den Glauben. Am Ende retten sich nur ein paar Spielleute, die den Tod offenbar gar nicht sehen können. Sie laufen ihm einfach davon, während der Ritter und seine Schar dem Sensemann ins Jenseits folgen müssen.

Als das Licht wieder anging, bat uns Miss Goldenson, bis zur nächsten Sitzung am Mittwoch eine kurze Inhaltsangabe des Filmes zu schreiben und zu erörtern, warum der Ritter sterben muss und die Spielleute entkommen. Beim Hinausgehen gab es ein wenig Gedrängel an der Tür und ich fand mich einige Sekunden lang neben der hübschen Studentin mit den schwarzen Locken wieder. Sie schaute mich kurz an und lächelte. Ich lächelte zurück.

»Hi.«

»Hi.«

Das war alles. Aber immerhin. Der Kurs begann mich zu interessieren.

Kapitel 7

John Barstows Seminareinführung war ungleich origineller als die von Miss Goldenson. Der bullige, schwergewichtige Mann betrat am Montagnachmittag den Raum, schrieb ein Gedicht an die Tafel und befahl kurz angebunden fünf Minuten Ruhe. Wir sollten das Gedicht auf uns wirken lassen.

Ein merkwürdiger Auftakt, dachte ich. *Englisch 103* war laut Kurskatalog eine Einführung in den Roman des amerikanischen Naturalismus und kein Lyrikkurs. Nicht weniger eigenartig war das Gedicht.

thirteen year-old
killed
last night
while
crossing
rail tracks
at dumbarton station

Ich schielte zu den anderen. Ich war sichtlich nicht der Einzige, der nicht viel mit dem Gedicht anfangen konnte. Seminare über moderne Lyrik hatte ich schon in Berlin gemieden, was nicht nur mit der Erinnerung an quälende Deutschstunden in der Schule zusammenhing. Was sollte man zu dieser Art

Prosadichtung schon sagen? Ging es darum, die Banalität des Sterbens auszudrücken? Durch Zeitungssprache? Der Satz war völlig unpoetisch. Jedenfalls konnte ich keinerlei poetische Stilmittel darin erkennen. Im Gegenteil. Jegliche nicht alltägliche Formulierung war bewusst vermieden worden. Allein der Sprachrhythmus hatte etwas Rhapsodisches, eine angenehme Folge von Hebungen und Senkungen. Vielleicht lag die Besonderheit im Schriftbild, mutmaßte ich dann. So weit war ich etwa mit meinen Überlegungen gekommen, als Barstow mich namentlich aufrief.

»Matthew Theiss?«, sagte er plötzlich und schaute sich suchend im Raum um. Ich wurde ein wenig rot, hob aber leicht den Arm, damit er sehen konnte, wer zu dem Namen gehörte.

»Fangen wir mit Ihnen an. Was fällt Ihnen auf?«

»The text looks like an hour-glass«, sagte ich schnell, mehr als froh, dass mir das Wort für *Sanduhr* gerade noch eingefallen war. Ich blickte unsicher um mich, aber die anderen Studenten waren bemüht, Barstows Blick auszuweichen und schauten vor sich auf ihre Tische.

»Gut«, sagte Barstow. »Die Sanduhr als Vergänglichkeitssymbol. Ein lyrisches Piktogramm über das Sterben. Frederic Miller, was meinen Sie?«

Miller saß in der ersten Reihe. Aber er meinte überhaupt nichts. Er zuckte mit den Schultern. Barstow hielt sich nicht lange mit ihm auf, sondern gab den Ball weiter an eine asiatisch aussehende Studentin, die das Gedicht noch immer anstarrte, als werde es sein Geheimnis schon preisgeben, wenn man es nur intensiv genug betrachtete.

»Solche Gedichte wurden glaube ich in den Sechzigerjahren geschrieben«, sagte sie.

Barstow nickte. »Kennen Sie vielleicht ein paar Autoren?«, fragte er zurück.

»Kerouac«, warf Frederic Miller aus der ersten Reihe ein, offenbar bemüht, seinen Aussetzer von zuvor wieder wettzumachen.

»Kerouac war kein Dichter«, widersprach eine Stimme hinter mir. »Er hat Romane geschrieben.«

»Cummings«, flüsterte die Studentin schüchtern.

»Cummings«, wiederholte Barstow und nickte zufrieden. »Ja. Nicht schlecht. Die Zeit stimmt nicht so ganz, aber gut. Zurück zum Text. Brenda Glenn?«, las er auf seiner Teilnehmerliste und schaute sich erneut im Raum um.

»Ich … ich kann mit dem Gedicht überhaupt nichts anfangen«, antwortete eine blonde Studentin zwei Tische hinter mir. Sie war ein eher sportlicher Typ und braun gebrannt. Vermutlich verbrachte sie ihre Freizeit auf dem Tennisplatz oder beim Segeln.

»Das nehme ich Ihnen nicht übel«, antwortete Barstow und ging zu seinem Pult zurück. »Es ist auch überhaupt kein Gedicht, sondern eine Zeitungsmeldung von heute Morgen.«

Ein empörtes Raunen ging durch die Reihen, gefolgt von Kichern hier und da. Ich kam mir ziemlich dumm vor mit meiner Sanduhr.

»Zum Lachen gibt es überhaupt keinen Grund«, sagte Barstow. »Jeder von Ihnen hat versucht, hier etwas zu lesen, was eigentlich nicht dasteht. Das war ja die Aufgabe. Und Sie«, fuhr er an die gerichtet fort, die sich geäußert hatten und fixierte dabei auch mich kurz, »nehmen mir den kleinen Scherz bitte nicht übel.«

Er hielt eine Tageszeitung hoch, eine von der Sorte, wo die Schlagzeilenhöhe ein Drittel der Seite ausmacht. Jetzt konnten wir den Satz in seinem ursprünglichen Kontext bewundern.

»Wenn ich eben sagte, es ist gar kein Gedicht«, erklärte Barstow, »dann ist das natürlich auch nicht ganz richtig. Die Sache ist vielmehr so: Wir wissen überhaupt nicht so genau, was ein Gedicht und was kein Gedicht ist, ebenso wenig wie wir wissen, was ein Ding an sich ist. Wir können niemals wissen, ***was*** wir lesen, solange wir uns nicht gleichzeitig bewusst machen, ***wie*** wir lesen. Vergessen Sie also, was Sie möglicherweise in der Schule gelernt haben. Wir werden uns hier nicht fragen, *was* etwas bedeutet, sondern zunächst einmal *wie*.«

Es war jetzt völlig still im Raum. Einige Studenten schrieben mit, aber die meisten hingen mit einer Mischung aus Verwirrung und Faszination an Barstows Lippen, unschlüssig, ob er vielleicht noch so einen Scherz auf Lager hatte. Aber der Spaß war vorbei. Barstow begann seinen Vortrag bei Kant, bei der Bedingung der Möglichkeit von Erkenntnis, und endete zwanzig Minuten später bei Heisenberg und den Erkenntnissen der Quantenmechanik. Jetzt schrieb niemand mehr mit. Ein Assistent brachte einen Karton mit Fotokopien herein. Barstow nahm ihn entgegen und verteilte die darin befindliche Literaturliste. Wie sollte man das nur schaffen? Ich überflog die Autorennamen und die Titel. Norris, Dreiser, Crane. Dickleibige Romane. Dazu jede Menge Aufsätze unterschiedlichster Prägung: marxistische, psychoanalytische, strukturalistische, hermeneutische, feministische, soziologische, rezeptionstheoretische und noch einige andere Texte. Und all das für ein Programm von knapp zehn Wochen.

»Wir wollen in diesem Trimester die Welt des Naturalismus durch verschiedene Brillen betrachten«, hörte ich ihn sagen. »Mit Sicherheit ist eine dabei, die Ihnen auf Anhieb passt. Aber genau *die* sollten Sie nicht aufziehen. Versuchen Sie es stattdessen mal mit einer anderen Sehstärke. Als Testballon für Freitag hätte ich gerne einen Freiwilligen für *Sister Carrie* aus marxistischer Sicht. Meldet sich jemand?«

Die Aufgabe ging glücklicherweise an Brenda. Fünfhundert Seiten Dreiser und vier Aufsätze bis Ende der Woche! Und den dritten Kurs, den ich belegen musste, hatte ich noch gar nicht ausgewählt. Eine Stunde später saß ich in der Bibliothek und erledigte rasch die zwei Seiten Erörterung für Goldensons Filmseminar. Mit diesem Barstow war nicht zu spaßen. Für den musste ich Platz schaffen.

Warum musste der Ritter sterben?

Kapitel 8

»*Film 101?*«, sagte Winfried Berg und zog die Augenbrauen hoch. »Was willst du denn da?«

Wir standen auf dem Balkon von Ruth Angerstons Apartment und rauchten. Winfried war älter als ich. Ruth – so schnell ging das hier mit den Vornamen – hatte ihn mir gleich zu Anfang vorgestellt, aber dann waren weitere Partygäste dazugekommen, sodass wir uns erst jetzt auf dem Umweg über Zigaretten wiedergetroffen hatten. Er kam aus Freiburg, überragte mich um zwei Köpfe und war ein schlaksiger Typ mit Nickelbrille. Er hatte bei Ruth studiert und bereitete zurzeit seine Promotionsklausuren vor, war also schon ziemlich weit. Ich erzählte ihm von meinem Gespräch mit Billings und versuchte es normal zu finden, dass ein angehender Germanist Cowboystiefel trug und um den Hals ein texanisches Amulett an einem dünnen, geflochtenen Lederband baumeln hatte.

»Wenn du nur ein Jahr bleibst, lassen sie dich nirgendwo richtig rein«, erwiderte er. »Diese 100er-Kurse sind nicht alle schlecht. Die meisten haben allerdings nicht einmal Gymnasialniveau. Wer unterrichtet den Kurs?«

Ich gab Auskunft.

»Goldenson? Nie gehört.«

Er zog ein letztes Mal an seiner Zigarette und ließ die Kippe in seine Bierdose fallen, wo sie mit einem leisen Zischen erlosch.

»Wie lange bist du schon hier?«, wollte ich wissen.

»Seit '83«, sagte er. »Vier Jahre.«

»Und? Kein Heimweh?«

»Es geht. Eigentlich ist alles, was mich an Deutschland jemals wirklich interessiert hat, hier komplett vorhanden.«

Er machte eine Kopfbewegung in Richtung des Campus, der uns zu Füßen lag. Ruth Angerstons Haus stand auf dem Faculty Hill, einer hügelartigen Erhebung neben dem Universitätsgelände. Eine Straße schlängelte sich den Hügel hinauf. Links und rechts davon hatte man zweistöckige Häuser im mexikanischen Stil gebaut. Die meisten fest angestellten Professoren zogen die ein wenig ghettoartige Wohnsituation einer langen Anfahrt aus einer der umliegenden Gemeinden vor. Zudem waren die Häuser bequem, zwar etwas klein für amerikanische Verhältnisse, mit nur einer Garage und ohne Keller, aber dafür kümmerte sich die Universität um die Grünflächen, wodurch einem die kostspielige Gartenpflege abgenommen wurde. Die sündhaft teuren Parkgebühren auf dem Campus entfielen ebenfalls, denn man konnte die Institute leicht zu Fuß erreichen.

»Hölderlin, Heine, Fontane, Hauptmann. Alles da. Erstklassige Ausgaben. Dreitausendachthundert laufend gehaltene Zeitschriften. Und sie sind vollständig. Handschriften von Gryphius bis Hannah Arendt. Nicht dass mich Barock interessieren würde ...«

»Singt Winfried dir das Hohelied der Hillcrest Library?«, unterbrach uns eine weibliche Stimme. Eine junge Frau mit kurzen, roten Haaren trat zu uns und hielt eine noch nicht brennende Filterzigarette hoch. Ich gab ihr Feuer.

»Hallo Doris. Das ist Matthias.«

»Hi«, sagte sie und musterte mich ziemlich direkt. »Was war also noch mit Hannah Arendt?«

»Nichts weiter«, gab Winfried zurück. »Ich wollte eh mal ans Büfett. Soll ich euch was mitbringen?«

»Neu hier?«, fragte sie, nachdem Winfried verschwunden war. »Woher?«

»Berlin«, sagte ich. Sie hatte eine Art zu fragen, die mir das Gefühl gab, dass alles, was ich ihr gegenüber äußern würde, dazu bestimmt war, allgemeiner Wissenstand ihres Bekanntenkreises zu werden.

»Und? Erster Eindruck? Wie findest du's hier?«

»OK. Aber ich bin erst eine Woche da.«

»Und deine Freundin? Fehlt sie dir sehr?«

»Ein Jahr geht schnell vorbei.«

Der Ring an meiner linken Hand hatte sie wohl auf die falsche Fährte gelockt. Ich beließ es dabei.

»Studierst du auch bei Ruth?«, fragte ich.

Sie schüttelte den Kopf.

»Ich war bei Gary. Gary Helm. Aber ich bin hier fertig. Ich gehe übernächste Woche nach Columbus. Bin nur wegen Verwaltungskram noch mal hergekommen.«

»Columbus«, sagte ich. »Schön da?«

»Schön? Na ja. Sagen wir mal: besser als eine Gesamtschule in Krefeld oder Castrop-Rauxel.«

Sie blies Rauch in den dunkelblauen Abendhimmel. »Germanisten sind hier genauso überflüssig wie in Deutschland. Aber wenigstens gibt es nicht Tausende davon, und noch hält sich *Deutsch als Fremdsprache* in den meisten Unis. Lange wird das auch nicht mehr dauern. Schau dich um. Überall Chinesen und Koreaner. Deren Kinder werden sicher kein Deutsch mehr lernen wollen. Germanistik kannst du abhaken.«

Sie steckte den Rest der Zigarette in einen der Blumenkästen.

»War nett, dich kennengelernt zu haben. Viel Glück. Ich muss weiter.«

Sie verschwand wieder im Haus. Ich blieb noch eine Weile draußen und versuchte, mir auf dieses Gespräch einen Reim zu machen. Dann zog ich ihre Kippe wieder aus dem Blumenkasten und warf sie in Winfrieds Bierdose. Ich sollte endgültig das Rauchen aufgeben. Die Bekanntschaften, die darüber entstanden, wurden nicht unbedingt besser.

Bevor ich die Party wieder verließ, nahm Ruth mich beiseite.

»Ich war heute bei Billings, konnte aber nichts für Sie ausrichten.«

»Das haben Sie getan? Das ist aber wirklich nett von Ihnen.«

»Nicht der Rede wert. Aber Billings hat nicht ganz unrecht. Bei allem Respekt, Matthias: Im INAT haben Sie nichts verloren. Nehmen Sie das bitte nicht persönlich. Andererseits: In die 100er-Kurse, in die Billings Sie gesteckt hat, gehören Sie auch nicht hinein. Wenn Sie möchten, können Sie an meinem Oberseminar teilnehmen. Wir sind bisher nur zu sechst, da wäre noch Platz für Sie. Es geht am Donnerstag los. Die Novellen von Kleist. Über Kleist haben Sie doch schon gearbeitet, oder?«

»Ja. Die Dramen. Ich liebe Kleist.«

»Na, da haben wir doch etwas gemeinsam. Dann melde ich Sie also an?«

Auf dem Heimweg fiel mir wieder auf, wie menschenleer der Campus am Abend war. Der eine oder andere Jogger kam mir entgegen. Bisweilen sauste ein Pizza-Boy auf einem Elektrowagen vorbei. Sonst war alles verlassen, dunkel und still. Nur am Seiteneingang der Cafeteria von Pinewood Hall gab es etwas Leben: Die Pizza-Boys mit ihren Elektrokarren, die dort warteten, um neue Ware zu laden.

Kapitel 9

Klar, dass sie einen Freund hatte. Es versetzte mir dennoch einen Stich, als ich sie das erste Mal mit ihm sah. Die Metalltür, die zu den Handschriftensammlungen führte, hatte sich geöffnet und das schwarz gelockte Mädchen aus dem Filmseminar war zum Vorschein gekommen. Ihr Begleiter blieb an der schweren Eisentür stehen, die Hände in den Taschen seiner verwaschenen Jeans, lässig gegen den Rahmen gelehnt, ein Bein angewinkelt, womit er die schwere Tür hinter sich am Zuschlagen hinderte. Sie stand vor ihm, ihre Bücher und Hefte mit beiden Händen an die Brust gepresst, ebenfalls in Jeans, die aber eng und hüftbetont waren. Sie schaute zu ihm auf und sprach leise auf ihn ein. Er hörte stumm zu und nickte gelegentlich. Einmal strich sie ihm sanft über die Wange, und er küsste ihre Handfläche.

Sie mochte also den Hippie-Typen. Seine Westküstenlässigkeit war unübersehbar: verwaschene Jeans, weißes T-Shirt, Ocean-Pacific-Sandalen. Sein Gesicht war gut geschnitten, fast weiblich in seiner Ebenmäßigkeit. Dazu die lockigen, braunen Haare, die so füllig waren, dass er sie mit einem schmalen, ledernen Stirnband bändigte.

»Hi«, sagte jemand neben mir.

Ich drehte mich um. Frederic Miller stand vor mir und streckte mir seine Hand entgegen. Ich ergriff sie und überlegte, ob ich aufstehen sollte. Aber er kam mir zuvor und setzte sich neben mich.

»Das war echt cool mit der Sanduhr«, sagte er. »Dieser Barstow hat uns ganz schön hereingelegt, findest du nicht?«

»Ja, hat er.«

»Woher kommst du, wenn ich fragen darf?«

»Aus Deutschland«, antwortete ich.

»Uh hu. Deutschland. Cool. Noch nie dort gewesen.«

Ich spürte die ersten missbilligenden Blicke. Offenbar hatte Frederic es auch gemerkt. Er senkte die Stimme und flüsterte:

»Wenn du mich fragst, wird uns dieser Barstow die ganze Zeit nur verarschen. Das ist so ein Typ, ich rieche das, so ein Ich-verarsch-dich-bis-du's-raffst-Typ. Na ja, mach's gut. Nett, mit dir zu quatschen. Bis Freitag. Thumbs up.«

Damit erhob er sich, grinste erneut und streckte mir seine rechte Faust mit abgespreiztem Daumen entgegen, bevor er davontrottete. Mein Blick wanderte wieder zu der hellgrauen Metalltür. Doch sie war verschlossen. Das Pärchen war verschwunden.

Ich schrieb den Aufsatz für Miss Goldensons Filmseminar zu Ende. Dann machte ich mich auf den Weg in den Buchladen, um mir die Romane für Barstows Seminar zu besorgen. Am Ausgang der Bibliothek fiel mir ein Plakat auf. *Hillcrest Talent Lectures* stand in großen Lettern darauf zu lesen. Darunter waren sieben Köpfe abgebildet. Es war der vierte von oben, an dem mein Blick hängen geblieben war: David Lavell. Das Foto musste schon älter sein. Die Haare waren kürzer und er trug noch kein Lederband. *Department of Comparative Literature / INAT* stand daneben. *Mellon Fellow*. Aus Geldmangel trug er die zerschlissenen Jeans also nicht. Dass Mellon-Stipendien sehr lukrativ waren, wusste ich noch aus meiner Highschool-Zeit. Es folgte eine Kurzbiografie. Geboren 1961 in Portland, Oregon, las ich. Er war nur zwei Jahre älter als ich und schon so gut wie promoviert! Als akademische Stationen waren Cornell und Yale genannt. Studienschwerpunkte: Shakespeare, Literaturtheorie, Postmoderne. Thema des Vortrags: Shakespeares Sonette. Die nächste Information war noch interessanter. *Respondent: Marian Candall-Carruthers*. Ich notierte mir den Termin, 12. November. Er gehörte also in den Kreis der Erwählten. Ich las noch einmal die Überschrift über der Ankündigung. *Die Vorträge von besonders begabten Studenten unserer verschiedenen Fakultäten bilden auch dieses Jahr wieder Höhepunkte des Studienjahres. Sie finden im Herbsttrimester jeweils donnerstags um 19 Uhr im Brocker Auditorium statt. Reservierung erwünscht.*«

Ich war unschlüssig, wie ich die unablässige Wettkampfstimmung in diesem Land finden sollte. In Berlin wäre die Formulierung *besonders begabt* auf einem Plakat sicher nicht lange unkommentiert geblieben. Ich ging zum Buchladen, suchte meine Naturalismus-Romane zusammen und machte einen Umweg zum Shakespeare-Regal. Dort blätterte ich eine Weile in den verschiedenen Ausgaben herum und entschied mich schließlich für ein Exemplar, das neben dem ausführlich erläuterten Text auch das Faksimile der Erstausgabe der Sonette von 1609 enthielt. Blieb nur die Frage, wann ich neben *Sister Carrie*, *The Octopus* und *McTeague* auch noch Shakespeares Sonette lesen sollte?

Am nächsten Morgen schwamm sie neben mir im Pool. Und am drauffolgenden Tag war sie wieder da. Es war mehr Betrieb als üblich. Nach ein paar Minuten teilten sich bereits zwei Schwimmer die Bahn neben mir. Ich legte einen ziemlich angeberischen Spurt ein, um sicherzugehen, dass ich auf den letzten zweihundert Metern in meiner Bahn unangefochten allein blieb. Dann wartete ich am Beckenrand, bis sie herangekommen war. Dass sie keine Rollwende machte, hatte ich schon beobachtet. Aber sie schwamm ohnehin gerade Brust und hörte mich daher sofort, als ich sie ansprach.

»Ich bin fertig«, sagte ich. »Du kannst meine Bahn haben.«

Sie tauchte unter der Absperrleine durch und kam neben mir wieder hoch. »Thanks«, sagte sie nur und schwamm sofort weiter. Ich spürte den Rückstoß von ihrem Beinschlag.

Ich beschloss, die Sache damit auf sich beruhen zu lassen. Ich erstickte in Arbeit. Sie hatte einen Freund. In acht Monaten wäre ich wieder in Deutschland. Was sollte der Blödsinn? Am selben Tag war jedoch wieder das Filmseminar. Und sie sprach mich an, als ich die Treppe heraufkam.

»Du bist Profi, oder?«

»Ich? Nein. Früher habe ich Wettkämpfe geschwommen. Als Schüler. Das ist alles.«

»Sieht man. Danke für die Bahn. Ich heiße Janine.«

»Matthew«, sagte ich. »Du schwimmst aber auch nicht schlecht.«

Sie schüttelte den Kopf und lächelte. »Nur zum Spaß. Du bist aus Deutschland, nicht wahr?«

Goldensons Kurs hatte bisher vor allem im Dunkeln stattgefunden, daher war der Kontakt zwischen den Studenten recht spärlich gewesen. Demnächst würde sich das ändern, wenn die Referate drankämen und Diskussionen geführt werden würden. Bisher kannten wir uns alle nicht viel besser als Kinobesucher, aber dass ich ausländischer Gaststudent war, hatte sich wohl herumgesprochen.

»Gefällt's dir hier?«

Ich sagte ein paar Belanglosigkeiten und versuchte vor allem, sie nicht dauernd anzuschauen. Kaukasierin war sie jedenfalls nicht. Von wem hatte sie wohl diese hellen Augen und diese karamellfarbene Haut? Sie stamme aus New Orleans, sagte sie. Sie war im dritten Studienjahr und noch unentschieden, was sie später machen wollte. Vielleicht eine Journalismusschule besuchen. Vielleicht Film. Vielleicht Friedensarbeit in Afrika. Kurz darauf flimmerten die ersten Szenen aus *Metropolis* über die Leinwand und verscheuchten die Fantasiebilder, die ich mir schon jetzt von ihr gemacht hatte: Janine als Peace-Corps-Aktivistin in einem afrikanischen Wellblechslum. Durchaus vorstellbar. Mit David Lavell?

Kapitel 10

Ich begann John Barstow zu mögen. Der Mann war anstrengend, da er die Angewohnheit hatte, Studenten einfach aufzurufen, anstatt auf Wortmeldungen zu warten. Dafür erlebte man bei ihm in jeder Stunde etwas Unerwartetes. Und er schien Interesse an mir zu haben. Das war angenehm, denn ich hatte nicht das Gefühl, dass sonst jemand von meiner Anwesenheit in Hillcrest Kenntnis nahm. Ich wusste, dass meine Noten nach New York zum deutschen Auslandsamt gemeldet würden und dass ich einen bestimmten Durchschnitt erreichen musste, um mir schlimmstenfalls eine Kündigung des Stipendiums zu ersparen. Aber was die Universität selbst betraf, so war ich ein geduldeter Gast, für den sich niemand besonders interessierte oder zuständig fühlte.

John Barstow rief mich relativ oft auf, und er stellte mir Fragen, die er Frederic Miller oder Na-Ji, der Koreanerin, sicher nie gestellt hätte. So zum Beispiel am Tag nach meiner ersten Plauderei mit Janine.

»Ah, Brenda, Sie lesen DeLillo«, rief er ihr zu, als er den Raum betrat.

Brenda errötete, was sie oft tat, und wollte das Buch schon in ihre Tasche stecken.

»Nein, nein. Warten Sie. Haben Sie's schon durch?« Und dann zu uns gewandt. »Oder jemand von Ihnen?«

Wir drehten uns nach Brenda um, die das Buch kurz hochhielt und noch röter geworden war. *White Noise*, lautete der Titel, *Weißes Rauschen*. Ich hatte weder vom Autor noch von diesem Roman jemals gehört.

»Also Brenda, haben Sie's gelesen oder nicht?«

»Fast«, sagte sie. »Ich bin fast durch.«

»Und?«

»Na ja, es ist nur ein Universitätsroman.«

»Nur. Warum sagen Sie *nur*. Ist das kein respektables Genre? Oder finden Sie ihn schlecht?«

»Nein, überhaupt nicht. Er ist komisch. Irgendwie lustig.«

Barstow verschränkte die Arme und schaute in die Runde. Sein Hemd spannte sich über seinem umfänglichen Bauch.

»Lesen Sie das Buch nur so zum Spaß oder für einen Kurs?«

»Nur so. Ich habe es geschenkt bekommen.«

»Darf ich?«

Er ging zu ihr hin, nahm den Band in die Hand und blätterte darin.

»Ist erst vor ein paar Monaten erschienen«, sagte er, »und ein gutes Beispiel dafür, wie bescheuert Literaturkritiker sind. Fast nur Verrisse. Ich kenne keinen einzigen Rezensenten, der die Pointe dieses Romans kapiert hat. Schauen wir mal, aha, hier …«

Er sah sich im Raum um

»Frederic. Diesen Absatz, lesen Sie ihn uns doch bitte kurz vor, ja?«

Frederic atmete tief durch und machte keinen Hehl daraus, was er davon hielt, vorlesen zu müssen.

»*Ein paar Tage später fragte Murray mich nach einer Touristenattraktion, die als meistfotografierte Scheune Amerikas bekannt war.* Das ist ja wohl ein Witz.«

»Sicher. Ein Witz. Lesen Sie weiter.«

»*Wir fuhren zweiundzwanzig Meilen ins Land um Farmington hinein. Dort gab es Wiesen und Apfelplantagen. Weiße Zäune zogen sich durch die wogenden Felder. Bald tauchten die ersten Schilder auf. DIE MEISTFOTOGRAFIERTE SCHEUNE AMERIKAS.*«

Frederic musste kichern. Barstow sagte nur: »Weiter, bitte.«

»*Wir zählten fünf Schilder, bevor wir die Stelle erreichten. Vierzig Autos und ein Bus standen auf dem Behelfsparkplatz.*

Wir gingen einen Trampelpfad entlang bis zu dem leicht erhöhten Punkt, der zum Anschauen und Fotografieren ausersehen war. Alle Leute hatten Fotoapparate dabei; einige sogar Stative, Teleobjektive, verschiedene Filter. Ein Mann in einem Kiosk verkaufte Postkarten und Dias – Bilder der Scheune, die von dem erhöhten Punkt aufgenommen worden waren. Wir standen in der Nähe eines kleinen Baumbestandes und beobachteten die Fotografen. Murray verfiel in anhaltendes Schweigen, wobei er gelegentlich Notizen in sein Büchlein kritzelte.

»Keiner sieht die Scheune«, sagte er schließlich.

Langes Schweigen folgte.

»Sobald man die Hinweisschilder auf die Scheune gesehen hat, wird es unmöglich, die Scheune selbst zu sehen.«

Wieder verstummte er. Menschen mit Fotoapparaten verließen den höher gelegenen Platz, und sofort traten andere an ihre Stelle.

»Wir sind nicht hier, um ein Bild einzufangen, wir sind hier, um eines aufrechtzuerhalten. Jedes Foto verstärkt die Aura. Spüren Sie das, Jack? Eine Anhäufung namenloser Energien.«

Ausgedehntes Schweigen folgte. Der Mann am Kiosk verkaufte Postkarten und Dias.

»Hier zu sein bedeutet eine Art geistiges Ausgeliefertsein. Wir sehen nur, was die anderen sehen. Die Tausende, die in der Vergangenheit hier gewesen sind, und diejenigen, die in der Zukunft noch kommen werden. Wir haben eingewilligt, Teil einer kollektiven Wahrnehmung zu sein. Das bringt im wahrsten Sinne des Wortes Farbe in unser Vorstellungsvermögen. Eine religiöse Erfahrung sozusagen, wie aller Tourismus.«

Erneutes Schweigen schloss sich an.

»Sie fotografieren das Fotografieren«, sagte er.

Eine Weile sprach er nicht mehr. Wir lauschten dem unaufhörlichen Klicken von Auslösern, dem rasselnden Kurbeln von Hebeln, die den Film transportierten.

»Wie war die Scheune, bevor sie fotografiert wurde?«, fragte

er. »Wie sah sie aus, inwiefern unterschied sie sich von anderen Scheunen, inwiefern glich sie anderen Scheunen? Wir können diese Fragen nicht beantworten, weil wir die Schilder gelesen haben, die Leute gesehen haben, die die Fotos schießen. Wir können nicht aus der Aura heraus. Wir sind Teil der Aura. Wir sind hier, wir sind das Jetzt.«

Er schien unendlich erfreut darüber.

»Danke, Frederic. Also, was soll das?«

Niemand rührte sich. Barstows Blick wanderte durch den Raum.

»Hm, Brenda. Was haben Sie gedacht, als Sie das gelesen haben?«

Aber Brenda, falls sie sich dabei etwas gedacht hatte, schien sich nicht daran zu erinnern. Sie zuckte ratlos mit den Schultern und lächelte. »Es ist irgendwie komisch, aber ich kann nicht so recht erklären, warum«, sagte sie.

»Er macht sich über Touristen lustig«, sagte jetzt Frederic. »Diese ganzen Leute mit ihren Fotoapparaten, die vor lauter Fotografieren die Welt nicht sehen. Ich meine, das ist doch totaler Schwachsinn, *die meistfotografierte Scheune Amerikas.*«

»Warten wir's mal ab«, sagte Barstow.

Sein Blick wanderte wieder durch den Raum und kam ausgerechnet auf mir zu ruhen.

»Nun, Matthew, was glauben Sie? Was meint Murray, wenn er von der Aura dieser Scheune redet? Fällt Ihnen da nichts ein? Aura? Was ist eine Aura?«

»Der Glanz um etwas Heiliges, Einmaliges«, schlug ich vor.

»Aha. Etwas Einmaliges. Diese Scheune hier ist aber genau deshalb einmalig, weil sie zigmal fotografiert, also kopiert worden ist. Ihre Einmaligkeit besteht sogar darin, dass sie die uneinmaligste, die meistkopierte Scheune Amerikas sein soll. Und genau dieser Umstand soll ihre Aura ausmachen. Ist das nicht seltsam? Ist das nicht ein Widerspruch?«

Wieder herrschte Stille im Raum. Ich war ebenso ratlos wie die anderen. Barstow fragte schon wieder mich.

»Wie war das noch mit der Aura, Matthew? Fällt Ihnen bei diesem Begriff nichts ein? Denken Sie mal nach. Die Aura eines Kunstwerks zum Beispiel. Was passiert denn damit, wenn man es reproduziert? Klingelt da bei Ihnen kein Glöckchen?«

Doch, jetzt fiel es mir ein. »Ja«, sagte ich ein wenig beschämt. »Benjamin natürlich. Der Kunstwerkaufsatz.«

Ich hätte ebenso gut behaupten können, den Stein der Weisen gefunden zu haben. Alle Blicke waren plötzlich voller Ehrfurcht auf mich gerichtete. Und ich konnte kaum glauben, dass ich nicht von selbst darauf gekommen war. Kein literaturwissenschaftliches Seminar in Berlin, in dem dieser Aufsatz nicht irgendwann zur Sprache gekommen war. Und dieser DeLillo hatte sich einen raffinierten Spaß damit erlaubt.

»Erklären Sie uns doch bitte diesen Zusammenhang, Matthew.«

Ich versuchte zu erklären, was ich aus dem Stegreif zusammenbrachte: dass Kunstwerke durch mechanische Reproduktion ihre Aura, ihre Einmaligkeit verloren und dadurch das Kultische und Religiöse aus der Kunst insgesamt verschwand. Nach Benjamin waren vor allem die Fotografie und die Massenproduktion für diese Entwicklung verantwortlich. Durch das Verschwinden des Kultisch-Religiösen entstand jedoch auch Raum für etwas Neues in der Kunst: für das Politische.

Barstow kam mir zu Hilfe. Ich konnte nur staunen, wie präzise er den Text im Kopf hatte, als hätte er sich heute extra darauf vorbereitet. Er trällerte Benjamins Kernthesen herunter wie ein Liedchen, das man einfach auswendig wusste und nicht vergessen konnte. Selbst für Frederic, der nichts begriff, hatte er eine Erklärung:

»Schauen Sie, Frederic, früher sind die Leute weit gereist, um ein Gemälde zu sehen. Das war Teil der Aura des Gemäldes. Es war einmalig und man musste einige Anstrengungen auf sich nehmen, um es zu sehen. Heute kann es Ihnen passieren, dass Sie in einer x-beliebigen Kneipe beim Pinkeln aufschauen und einen Botticelli vor der Nase haben. Da ist nicht mehr viel übrig von der Aura des Ortes oder des Gemäldes, oder?«

Und dann las er selbst noch einmal DeLillos feinsinnige Parodie vor. Jetzt begriff es wirklich jeder. »Benjamin ist hier das, was wir als Metatext bezeichnen«, beendete Barstow seine Ausführungen. »Er ist die Folie, vor die die Szene gesetzt ist. Es geht überhaupt nicht um irgendeine dämliche Scheune. Es geht um eine moderne Kunstauffassung, die heute nicht mehr viel taugt. Diese Szene ist eine postmoderne Posse der intelligenteren Art. Der ganze Roman ist übrigens so aufgebaut. Warten Sie nur ab, Brenda, bis Ihnen das Ende um die Ohren fliegt. Und wenn Sie es noch nicht getan haben, dann lesen Sie vorher Nabokovs *Lolita*. Nichts an *White Noise* ist realistisch. Es sieht nur so aus. Aber meinen Sie vielleicht, diese bescheuerten Rezensenten hätten das bemerkt?«

Er ließ das Buch geräuschvoll wieder vor Brenda auf den Tisch fallen und begab sich zur Tafel.

»Also, kommen wir zum heutigen Thema. Wir hatten *Sister Carrie* aus marxistischer und soziologischer Sicht. Jetzt erfahren wir, was die feministische Literaturkritik dazu zu sagen hat.«

Nach der Sitzung bat mich Barstow, noch kurz zu warten. Als die anderen draußen waren, schloss er die Tür und stellte mir ein paar Fragen zu meinem Studienplan.

»Und wer ist Ihr Counselor?«, wollte er dann wissen.

»Ich habe keinen«, gestand ich. »Mr. Billings vom Einschreibungsbüro regelt das für mich.«

»Regelt das für Sie? Was heißt das?«

»Nun ja, er sagt mir, was ich studieren darf und was nicht.«

Seine Augenbrauen zuckten kurz.

»Wie soll ich denn das verstehen?«

Ich erklärte ihm die Situation, so wie Billings sie mir erklärt hatte. Als der Name Marian Candall-Carruthers fiel, verdunkelte sich sein Gesichtsausdruck ein wenig, aber er ging nicht weiter darauf ein.

»Formal hat Billings recht. Aber wenn Sie schon Narrenfreiheit haben, warum sollten Sie dann nicht davon Gebrauch machen. Sie werden bei mir sicher auch etwas lernen, aber ich kann mir vorstellen, dass Sie sich etwas unterfordert fühlen, kann das sein?«

Ich wusste nicht so recht, was ich dazu sagen sollte. »Ich arbeite für keinen Kurs so viel wie für diesen«, sagte ich ehrlich.

»Ja, sicher, das Lesepensum. Aber ich meine die ganze Theorie. Das kennen Sie doch zum größten Teil, oder? Vielleicht fällt es Ihnen nicht gleich wieder ein, wie heute Benjamin. Aber vergleichen Sie sich doch bitte mit den anderen Studenten hier. Wenn die einen Begriff wie *Aura* hören, dann denken die, das sei ein neuer japanischer Kleinwagen. Sie haben sicher Lücken, aber in 100er-Kursen haben Sie nichts verloren. Jetzt ist es zu spät, um zu wechseln. Aber in der letzten Trimesterwoche kommen Sie zu mir, und dann besprechen wir Ihren Studienplan. Einverstanden? Und um Billings kümmere ich mich schon. OK?«

Ich wusste gar nicht, wie mir geschah. Barstows nächster Satz hingegen dämpfte meine Glücksstimmung sogleich wieder. »Was Marian und das INAT betrifft, so müssen Sie selbst wissen, ob Sie sich auf so etwas einlassen wollen. Narrenfreiheit muss ja nicht so weit gehen, dass man … na ja, lassen wir das. Vermutlich müssen Sie diese Erfahrung selbst machen.«

Es folgte eine lateinische Sentenz, die ich weder kannte noch übersetzen konnte. Barstow lächelte und sah wohl, dass ich nichts verstanden hatte. »Sinngemäß: Der Jugend einen Rat geben zu wollen, kommt dem Versuch gleich, das Meer auszutrinken. Seneca. Oder war es Horaz? Egal. Gute Sprüche sind Allgemeingut, finden Sie nicht auch? Guten Tag, Matthew.«

Kapitel 11

Am Abend stand Frederic Miller vor meiner Tür.

»Hey, Sanduhrmann, wie geht's?«, fragte er und kam einfach herein. Mein Studio war nicht besonders groß, ein Einzelzimmer mit einer Couch, die auch als Bett fungierte, einem herunterklappbaren Brett als Schreibunterlage, einem kleinen, viereckigen Tisch neben der Balkontür und zwei wirklich nur als Zellen zu bezeichnenden Ausbuchtungen, von denen die eine Dusche und WC, die andere eine Miniküche enthielt. Für eine einzelne Person war der Platz durchaus ausreichend, aber schon zu zweit stand man sich im Weg herum. Da Frederic auf dem Schlafsofa saß, ließ ich mich auf dem Stuhl neben der Balkontür nieder. Sie stand offen. Von draußen wehte warme Abendluft herein, durchsetzt vom allgegenwärtigen Eukalyptusduft.

»Da hast du's uns ja mal wieder gezeigt. Mann. Woher weißt du das nur alles mit diesem Agra und so.«

»Aura«, sagte ich. »Ich wusste es eben. Zufall.«

Er schüttelte den Kopf. »Ne, Mann, du hast's eben echt drauf mit dem Literaturkram. *Aura*. Echt abgefahren. Mann, ich höre immer nur *oral*, wenn ich mir das vorsage. Ich meine, woran denkt man denn auch sonst, wenn man Brenda Glenn anschaut, oder?«

»Warum belegst du den Kurs eigentlich?«, fragte ich.

»Vorschrift«, sagte er. »Irgendwas in Englisch 100 muss ich machen.«

»Barstow gilt als ziemlich anspruchsvoll. Wenn du den nur als Pflichtübung belegst, dann könntest du es dir einfacher machen.«

»Klar«, erwiderte er. »Aber mein Counselor hat mir gesagt, wenn ich auf die Produzentenschule will, dann reicht es nicht, nur irgendwas belegt zu haben. Die Leute schauen sich das ziemlich genau an, und wenn du nur Bullshitkurse gemacht hast, dann kannst du's gleich vergessen.«

»Du willst Filme drehen?«

»Nicht drehen. Produzieren.«

»Aha. Wo ist da der Unterschied?«

»Ganz einfach. Da ist das Geld. Und es sind nun mal die Produzenten, denen die hübschen jungen Schnecken auf den Schoß kriechen. Aber hör mal …« Er schaute auf seine Armbanduhr. »Wir fahr'n jetzt gleich runter ans Meer. Ein paar Jungs, gute Freunde von mir. Ein paar Bierchen kippen. Kommst du mit?«

Ich dachte an Frederics »Schnecken« und meine knappen Finanzen.

»Ich kann nicht. So viel Arbeit. Schau mal, ich schaffe das alles kaum.«

»Ach was, heute ist Freitag. An einem Freitagabend arbeitet niemand. Freitag ist Partytag. Unten am Meer ist mächtig was los. Strandvolleyball, Musik, gute Stimmung.«

»Mein Geld für diesen Monat ist noch nicht da«, erklärte ich ihm. »Ich bin fast blank, Frederic. Vielleicht nächste Woche.«

»Geld? Du brauchst kein Geld. Da unten ist jetzt überall Happy Hour. Margaritas und Avocadodips bis zum Abwinken. Für fünf Dollar kannst du dir mit Hähnchenschlegeln und Tequila die Kante geben. Kein Witz, Mann. Also komm schon. Auf meine Rechnung.«

»Das kann ich schon gar nicht annehmen.«

Er schaute mich an, als hätte ich etwas Unanständiges gesagt.

»Also gut«, sagte ich hilflos. »Ich komme mit, wenn du mir zwanzig Dollar leihst. Am Dienstag bekommst du sie wieder.«

Er zog kopfschüttelnd ein Bündel Dollarnoten aus der Tasche und blätterte die Scheine durch.

»Ich habe keinen Zwanziger«, sagte er und schob mir einen Fünfziger hin. Der Packen verschwand wieder in seiner Hosentasche, ohne erkennbar an Umfang verloren zu haben. Ich schaute unbehaglich auf den Schein. Was wollte ich überhaupt mit Frederic und seinen Freunden? Aber zurück konnte ich jetzt auch nicht mehr.

»Nicht dass du das falsch verstehst ...«

»Mann, sind alle Deutschen so kompliziert?«, seufzte er ungeduldig und ging zur Tür. »Jetzt komm schon, Partytime.«

Schon nach den ersten fünf Minuten verfluchte ich mich dafür, mitgegangen zu sein. An der Kreuzung zur Küstenstraße wären wir um ein Haar auf den Wagen vor uns aufgefahren, der gerade gemächlich nach links abbog.

»Wie fährt denn dieser Arsch!«, schrie einer von Frederics Kumpeln.

»Pass auf, John«, erwiderte der, »das ist Gary Helm. Wenn du bei dem zu dicht auffährst, geht der Kofferraum auf.«

»Bestimmt rot gefüttert.«

»Nee. Rosa. Was meinst du Matthew, bleicht sich die alte Schwuchtel die Rosette?«

Ich schaute stumm dem Wagen nach. Es war der silberne Datsun mit *Goethe I* auf dem Nummernschild. Langsam kroch er den Faculty Hill hinauf.

»Hey, ich hab' gehört, in Deutschland kann man jederzeit ein Rohr verlegen. Stimmt das?«

Auf dem Tresen der Sunset Bar am Beach Boulevard lagen

Berge von Hähnchenschlegeln und Selleriestangen, unterbrochen von kleineren Haufen von Tortilla Chips. Die Lage des Restaurants war einmalig. Ob es überhaupt einer Happy Hour bedurfte, um hier Kunden anzulocken? Ich ging auf die Terrasse hinaus. Keine hundert Meter entfernt schlugen die Wellen des Pazifiks mit einem dunklen Grollen auf den Strand auf. Die Sonne stand schon recht schräg, wärmte jedoch noch ein wenig. Weiter draußen, ein gutes Stück hinter der Stelle, wo die Wellen sich brachen, saßen Surfer auf ihren langen, weißen Surfbrettern im Wasser. In Erwartung der geeigneten Welle starrten sie auf die riesige Wasserfläche hinter sich und sahen in ihren schwarzen Gummianzügen fast wie Mönche aus. Manchmal löste sich der eine oder andere aus der Reihe, begann wild mit den Armen zu paddeln, um ausreichend Fahrt für den Einstieg in eine Welle zu bekommen. Von der Terrasse des Restaurants hatte man außerdem ein ganzes Stück der Küste im Blick. Ein idealer Ort für ein romantisches Abendessen, wenn man das nötige Geld und die entsprechende Begleitung dafür hatte, was mir beides fehlte.

Frederic erschien neben mir mit einer Margarita und einem Unterteller voller Shrimps.

»Cool, nicht wahr? Hier. Nimm«, sagte er.

Ich nahm den Drink entgegen, leckte das Salz vom Glasrand ab und trank einen Schluck. Es schmeckte ziemlich gut. Hinter uns erklang hysterisches Gelächter.

»Witzig, die Jungs, nicht wahr?«

»Sind sie auch aus Hillcrest?«

»Nein. UCLA. Bis auf Chris. Der ist in Riverside. Wir sind Kumpel, aus der Highschool. Hier, schlag zu.«

Ich griff nach einem Shrimp.

»Wollen sie auch Filme machen?«

Frederic schüttelte den Kopf.

»Nein. Die haben schon Geld. Chris' Vater gehört die Hälfte

von Jiffy Lube. Johns und Brians alte Herren sind im Öl-Geschäft. Dereks macht in Banken. Ich bin der einzige literarische Typ bei uns.«

Ich schaute ihn an und nahm einen Schluck Margarita.

»Diesen Benjamin, was meinst du, sollte ich den mal lesen?«

Ich steckte mir noch einen Shrimp in den Mund, um mehr Zeit für eine Antwort zu haben.

»Du meinst, fürs Filmgeschäft?«

»Na ja, so halt. Das klang irgendwie cool, was Barstow da erzählt hat. Was schreibt der denn sonst noch so?«

»Benjamin?«

»Ja.«

»Er hat ziemlich viel geschrieben. Ist aber lange her.«

»Ach so. Er lebt nicht mehr?«

»Nein. Er hat sich auf der Flucht vor den Nazis in Südfrankreich das Leben genommen. 1940 war das.«

Frederic machte ein ernstes Gesicht.

»Also, das habe ich alles sowieso noch nie kapiert. Ich meine, du bist doch von da. Wie konnte das nur passieren?«

»Du meinst das mit Hitler?«

»Ja. Und das mit den Juden. Das ist doch einfach nicht zu fassen, oder?«

»Nein.«

Ich trank noch einen Schluck Margarita. Die Wirkung des Alkohols milderte das Absurde der Situation ein wenig. Meine Fantasie begann, mir Streiche zu spielen. Ich sah Walter Benjamin in einem japanischen Kleinwagen, Modell *Aura*, *Goethe I* auf dem Nummernschild, wie er in New York vor dem Institut für Sozialforschung einen Parkplatz sucht. Dann fiel mir Winfried ein, sein merkwürdiger Satz, alles, was ihn an Deutschland jemals interessiert habe, sei in der Hillcrest Library vorhanden. War das Dummheit? Oder Zynismus? Oder beides? Oder stimmte es vielleicht sogar?

Wir fuhren noch zwei weitere Clubs an. Die Happy Hour war mittlerweile überall vorbei und auf jedem neuen Tablett, das ein Kellner vor uns abstellte, lag eine gesalzene Rechnung. Allerdings erschien immer sofort eine goldene Kreditkarte daneben, sodass ich mit meinem idiotischen Fünfzigdollarschein erst gar nicht zum Zug kam. Als ich trotzdem einmal Anstalten machte, meinen Geldbeutel herauszuholen, spürte ich sofort Frederics Hand auf meinem Unterarm.

»Lass das einfach«, sagte er, schon ein wenig lallend, denn die Drinks stiegen uns allmählich zu Kopf. »Heute zahlen Exxon und Jiffy Lube.«

Gegen elf saßen wir wieder im Wagen und fuhren den Küstenhighway entlang. Mir war ein wenig schlecht von den vielen Hühnerbeinen, Shrimps, Selleriestangen und dem ganzen Tequila. Die anderen redeten durcheinander, ließen irgendwelche Kommentare ab, die fast immer mit »Fuck, man …«, oder mit »Dig that, dude …« begannen. Mich hatten sie mittlerweile bestimmt als Langweiler abgehakt, was den Vorteil hatte, dass ich keine Fragen mehr gestellt bekam. Es mochte nur bald vorüber sein mit diesem Ausflug. Doch plötzlich bogen wir ab und kurvten in die Hügel hinauf. Pompöse Villen standen links und rechts der Straße. Wenn zutraf, was ich gehört hatte, dass jeder zusätzliche Meter Abstand von der Straße mit hunderttausend Dollar mehr zu Buche schlug, dann näherten wir uns gerade einer Drei-Millionen-Villa. Allein der Fuhrpark, der in der Auffahrt stand, war beeindruckend: Porsches, BMWs, Jaguare, der ein oder andere Corvette, der in dieser Gesellschaft eher geschmacklos aussah.

»Wohin fahren wir?«, fragte ich Frederic.

»Zu Mitch.«

»Aha. Und wer ist Mitch?«

Frederic nannte eine bekannte Eiscrememarke.

Ich fasste einen Entschluss. In dieser Villa würde es irgendwo ein Telefon geben. Vermutlich gab es sogar einen Butler oder etwas dieser Art. Auf jeden Fall würde ich bestimmt ein Taxi bestellen können. Von hier war es nicht weit nach Hillcrest. Die Abzweigung, die wir genommen hatten, lag keine zwei Meilen von der Kreuzung entfernt, an der die Straße zum Campus abzweigte. Für zwanzig oder dreißig Dollar käme ich nach Hause.

Doch als wir die Eingangshalle betraten, war da plötzlich jemand, den ich hier überhaupt nicht vermutet hatte. Wie konnte das sein? Ich streckte den Hals, um besser sehen zu können. Überall standen junge Leute herum, kleine Gruppen, eine Menge gut aussehender Frauen, smarte Typen in schicken Klamotten. Frederic und seine Jungs mit ihren Jeans und Sneakers passten hier nicht so richtig dazu, aber offenbar interessierte das niemanden. Ich fühlte mich vollkommen deplatziert. Aber was tat *sie* hier? Keine zehn Meter von mir entfernt, hingefläzt auf einem todschicken weißen Ledersofa, im Arm eines dunkelhaarigen, gebräunten jungen Mannes, lag Janine.

Kapitel 12

Sie trug ein enges, weißes Kleid und nicht viel darunter. Ihre Schuhe lagen vor dem Sofa auf einem Fell, dessen Herkunft ich beim besten Willen nicht zuordnen konnte, irgendetwas zwischen Eisbär und Mondkalb. Ein wenig geschminkt war sie auch. Sie trug Lippenstift und Rouge auf den Wangen. Sie nippte an einem blutorangenfarbenen Cocktail. Ihren nackten rechten Arm hatte sie lässig auf der breiten Lehne des Sofas abgelegt. Man hätte meinen können, sie läge jeden Freitagabend auf dem Sofa in einer Millionärsvilla herum. Der Mann neben ihr sprach mit seinem Nachbarn, einem glatzköpfigen, ziemlich blassen Typen. Bisweilen wandte er sich Janine zu und sagte etwas zu ihr. Sie nickte, verzog jedoch keine Miene, sondern stellte ihr Cocktailglas auf ihrem Bauch ab.

»Komm mit raus zum Pool«, sagte Frederic, der neben mir im Gedränge stand. Ich folgte ihm ein Stück in die Eingangshalle hinein, ließ ihn dann aber alleine weitergehen. Der süßliche Geruch von Marihuana stieg mir in die Nase. Ein Kellner blieb vor mir stehen und hielt mir ein Tablett hin. Ich griff nach einem Glas Wasser und zwängte mich an ein paar herumstehenden Gästen vorbei auf eine Nische zu. Von hier aus hatte ich sie gut im Blick. David war also gar nicht ihr Freund, sondern dieser Typ neben ihr? Ich war erneut überrascht von ihrer Auswahl. Er war sozusagen das andere Extrem, eine Mischung aus Latin Lover und Bankierssohn. Vielleicht war er ja beides, oder nichts davon. Ebenso gut konnte er auch Tennisprofi sein oder einfach nur Student wie ich. Ein Satz von John Barstow kam mir in den Sinn. Wir können gar nicht wissen, *was* wir lesen, sondern nur, *wie* wir lesen.

Der Abendausflug bekam mir nicht. Ohne es zu wollen, beneidete ich all diese Leute ein wenig. Sie waren genau da, wo sie hingehörten, und wussten offenbar auch mehr oder weniger, wo sie hinwollten. Materielle Probleme hatten sie sowieso nicht. Wer dreißigtausend Dollar Studiengebühr im Jahr bezahlen konnte, musste sich über Geld wohl keine Gedanken machen. Manche der Partygäste hier arbeiteten wahrscheinlich schon in einem der Glaskästen, die überall an der Küste herumstanden und Firmen beherbergten, die Software oder komplexe Finanzprodukte entwickelten, in jedem Fall Dinge, von denen ich keine Ahnung hatte. Oder sie arbeiteten gar nicht, hatten einfach genügend Geld. Der schräge Vogel auf dieser Party war ich, der mittellose junge Mann, der sich ein paar Jahre lang mit aussichtslosen Studien die Zeit vertrieb, anstatt sich eine Lebensgrundlage aufzubauen.

Ich musste an eines der letzten Telefongespräche mit meinen Vater vor meiner Abreise denken. Es war um irgendeine Volontariatsstelle beim Rundfunk gegangen, die ich über einen Bekannten von ihm hätte bekommen können. Ich solle mich doch wenigstens bewerben, eine Berufsausbildung machen und nicht meine Zeit mit diesem sinnlosen Literaturstudium verschwenden. Wie es denn nach Amerika weitergehen solle? Ob ich unsere Abmachung noch zu honorieren gedächte. Er werde mir *ein* Hochschulstudium finanzieren, mehr aber auch nicht. Was ich also tun wolle?

Ich hatte keine Ahnung.

Ich hätte doch jetzt dieses Stipendium, hatte ich ihm entgegnet. Ein einziger Quatsch seien diese ganzen Stipendien, hatte er erbost erwidert. Und dann kam das alte Lied. Kein Land der Welt brauche Tausende von Anglisten oder Germanisten. Geisteswissenschaftliche Fakultäten seien keine Orte der Ausbildung, sondern Stätten der Einbildung, realitätsfreie Räume, wo man Arbeiter- und Bürgerkindern ein paar Jahre lang ein Lebensmodell vorgaukle, das früher dem Adel vorbehalten gewesen und zu Recht weitgehend ausgestorben sei: die beneidenswerte Existenz von Privatgelehrten. Ich sei das ahnungslose Opfer eines völlig überholten Bildungsbegriffs, der aus den verqueren und weltfremden Vorstellungen eines Haufens romantischer und lebensuntüchtiger Spinner im späten achtzehnten Jahrhundert hervorgegangen und für die deutsche Geschichte wiederholt fatal gewesen sei. Ich solle doch endlich in der Wirklichkeit ankommen.

Es war eine Geste Janines, die mich dorthin zurückholte. Die Hand ihres Begleiters hatte bisher auf ihrer Schulter gelegen. Nun begann sein Zeigefinger, sich selbstständig zu machen, und versuchte, unter den Spaghettiträger ihres Kleides zu wandern. Janine stellte ihr Glas ab, schob die Hand zur Seite und erhob sich. Der Zurückgewiesene beugte sich vor, aber Janine schüttelte nur den Kopf und verließ den Raum. Ich rührte mich nicht von der Stelle. Ihre Schuhe lagen noch da. Durch die großen Fensterscheiben konnte man in den hell erleuchteten Garten hinaussehen. Fackeln brannten. Der Pool musste etwas weiter hinten liegen. Frederic und seine Freunde waren nirgends zu sehen. Ich gab mir einen Ruck, ging auf einen der Kellner zu und fragte, ob ich telefonieren dürfte. Ich folgte ihm in die Küche, wo neben dem Eingang ein Apparat an der Wand hing.

»Ich bräuchte ein Taxi«, sagte ich zu ihm. »Wissen Sie vielleicht, welche Nummer ich dafür wählen muss?«

»Ein Taxi?« Er sah mich amüsiert an. »Sind Sie aus New York?«

»Nein. Aus Berlin.«

»Berlin, New Jersey?«

»Minnesota.«

»Ich hole Ihnen ein Telefonbuch«, sagte er und verschwand.

Die Uhr an der Mikrowelle stand auf 23:34. Vor Mitternacht würde ich nicht im Bett sein. Ich dachte an das Lesepensum, das bis Montag vor mir lag. Warum war ich nur mitgegangen?

»Hi.«

Ich hatte sie überhaupt nicht kommen gehört. Wahrscheinlich weil sie barfuss war.

»Oh, hi, Janine. Das ist ja ein Zufall.«

Sie stand direkt hinter mir, in einem Durchgang, der wohl zu den Bädern führte. Ich trat zur Seite, um sie vorbeizulassen. Sie wollte weitergehen, doch plötzlich war der Kellner im Weg.

»Hier«, sagte er zu mir und reichte mir ein fettes, gelbes Paket mit der Aufschrift *South Coast County Phone Directory*.

»Willst du dir 'ne Pizza bestellen?«, fragte sie spöttisch.

»Nein. Ein Taxi. Ich will nach Hause und die Leute nicht belästigen, die mich mitgenommen haben.«

Sie fuhr sich mit der Hand durch die Haare.

»Wohnst du auf dem Campus?«

»Ja.«

»Ich fahre jetzt eh gleich. Ich kann dich mitnehmen, wenn du willst. In fünf Minuten in der Auffahrt. OK?«

Ich kannte ihren Rücken ja aus dem Pool. Aber in diesem Kleid war er noch einmal ein ganz anderer Anblick. Ich ging in den Garten, um Frederic zu suchen und fand ihn auf einer Rattan-Liege, wo er mit einem blonden Mädchen herumknutschte. Auf dem Rückweg ins Haus traf ich auf Derek, der am Grill stand und irgendetwas briet. Ich sagte ihm, dass ich nach Hause fahren würde, hatte jedoch nicht den Eindruck, dass er es wirklich registrierte.

Janine wartete schon vor dem Haus. Ihr Wagen stand etwas abseits, kein Porsche oder Jaguar, wie ich fast beruhigt feststellte, sondern ein simpler Ford Kompaktwagen. Sie trug jetzt einen Blazer über ihrem Kleid.

»Ganz anderes Publikum hier als bei Miss Goldenson«, sagte ich, als wir im Wagen saßen.

Sie startete und fuhr los.

»Reiche Schnösel eben«, sagte sie. »Wie bist *du* denn hier gelandet?«

Ich erzählte ihr von Frederics Einladung und wie ich den Abend verbracht hatte.

»Da hast du ja noch mal Glück gehabt«, sagte sie. »Sie hätten dich auch zu einer Erstsemesterparty mitnehmen können. Da wird nur gesoffen und gekotzt. Die Party heute Abend war ziemlich untypisch.«

»Ja, nicht unbedingt eine Studentenparty.«

»Nein. Eine Studentinnenparty.«

»Ach ja?«

»War doch auffällig, oder? Die Typen alle Anfang dreißig und die meisten Mädchen neunzehn plus.«

»Ach so«, sagte ich. »Und warum warst du dann dort?«

Sie schwieg einen Moment, bevor sie antwortete.

»Das war jetzt genau die Frage, die du nicht stellen solltest.«

Sie bog auf den Küstenhighway ein. Die nächste Minute war seltsam. Ich hatte nur einen Spaß machen wollen. Vorsichtshalber wich ich auf unverfänglicheres Gelände aus.

»Warum musste deiner Ansicht nach der Ritter sterben?«

»Der Ritter? Welcher Ritter?«

»Der in Bergmanns Film?«

»Ach so. Ich denke, weil er ein Fanatiker war. Und vermessen. Mit dem Tod spielt man nicht Schach. Und du?«

»Willst du meine wirkliche Meinung oder das, was ich für Goldenson geschrieben habe?«

»Deine wirkliche Meinung natürlich.«

»Ich finde schon, dass man mit dem Tod Schach spielen kann«, sagte ich. »Man muss sogar. Aber der Ritter hat einen großen Fehler gemacht: Das Damenopfer.«

»Welches Damenopfer?«, fragte sie.

»Beide. Auf dem Brett und im Leben.«

»Das musst du mir schon genauer erklären.«

»Der Ritter glaubt doch gar nicht mehr an Gott oder den Teufel. Warum schreitet er also nicht ein, als man die junge Frau als Hexe verbrennt? Da war er für mich reif für die Hölle. Er hat das Spiel gegen den Tod zweimal verloren: auf dem Schachbrett und vor diesem Scheiterhaufen. Er war ein schlechter Mensch, der nichts gelernt hat. Nicht einmal, wann ein Damenopfer sinnlos ist.«

»Und du, bist du ein guter Mensch?«, fragte sie amüsiert.

»Immerhin bin ich kein schlechter Schachspieler. Was machst du sonst noch so außer dem Filmkurs?«

»Afrikanische Geschichte«, antwortete sie. »Und ein paar

Journalismuskurse. Bei Goldenson sitze ich nur, damit ich für den Rest mehr Zeit habe. Das machen ja eigentlich alle so. Du doch sicher auch, oder?«

»Ich wusste es zwar vorher nicht, aber im Augenblick bin ich froh, dass ich wenigstens einen Kurs habe, den ich in zwei Stunden pro Woche erledigen kann. Dieses Trimestersystem ist ziemlich stressig.«

»Stimmt, aber man wird schneller fertig. Woher kannst du so gut Englisch?«

»Ich bin zwei Jahre in West-Virginia zur Schule gegangen. Mein Vater hat dort gearbeitet. Und du? Kennst du Europa?«

»Nur Frankreich. Meine Mutter hat einen Parisfimmel. Sie fährt laufend hin. Sie hat sogar eine kleine Wohnung dort.«

Ich mochte ihre Stimme.

»David fährt oft nach Europa und will immer, dass ich mitkomme. Aber es hat sich noch nicht ergeben.«

»David?«

»Mein Freund. Er ist auch schon in Berlin gewesen. Stimmt es, dass die U-Bahnen unter dem kommunistischen Teil der Stadt durchfahren?«

»Ja«, sagte ich.

»Ich kann mir das gar nicht vorstellen.«

»Warum war er in Berlin?«

Wir bogen nach rechts ab. Ich konnte schon die Lichter von Faculty Hill sehen.

»Für Recherchen.«

»Ist er Journalist oder so etwas?«

»Nein. Er promoviert am INAT. Sagt dir das etwas?«

»Ja, ich habe davon gehört.«

»Seine Professorin ist sehr bekannt, ein richtiger Star, und daher natürlich völlig überarbeitet. Sie delegiert viel an David, vor allem Archivarbeit für die De-Vander-Sammlung und zeitaufwendige Recherchen für Konferenzen und so.«

Ich riss meinen Blick von ihren feingliedrigen Händen auf dem Lenkrad und sah auf die Fahrbahn. Um nicht mit fünf Fragen auf einmal herauszuplatzen, sagte ich schließlich:

»Warum machst du eigentlich keine Rollwende?«

Sie stutzte. Dann begriff sie, wovon ich sprach und antwortete lachend:

»Kann ich nicht. Geht nicht.«

»Natürlich geht das«, erwiderte ich. »Man muss nur wissen, wie. Spart viel Zeit und Energie.«

»Wir sind da«, antwortete sie. »Wie herum soll ich fahren? Welches Haus war es noch? *Willow* oder *Sycamore*?«

»*Cedar*. Aber lass nur. Ich steige lieber hier aus und gehe den Rest zu Fuß.«

»Sicher?«

»Absolut.«

Sie bog zweimal ab und parkte vor einem Wohnhaus. *Pine*, stand in geschwungenen Lettern über dem Eingang. Das Gebäude sah nur geringfügig anders aus als das, in dem ich untergekommen war. Die Balkone waren breiter. Wahrscheinlich hatten die Wohnungen mehrere Zimmer. Auf einem der Balkone, direkt über uns im zweiten Stock, stand jemand und rauchte.

»Ah, David ist noch auf«, sagte Janine und schlängelte sich vom Fahrersitz.

Ich stieg aus und schaute zu der stummen, rauchenden Figur auf dem Balkon hinauf. Was für eine Beziehung hatten die beiden wohl miteinander? Die Situation war mir unangenehm. Ich hätte gern sein Gesicht gesehen, aber gegen das Licht, das im Zimmer hinter ihm brannte, sah ich nur seine Silhouette.

»Hi, David«, rief Janine.

Er winkte matt, was man nur an der langsam hin und her wandernden Glut seiner Zigarette erkennen konnte. Sollte ich auch etwas sagen?

»Hi«, murmelte ich halblaut.

»Das ist Matthew, aus Deutschland«, ergänzte Janine.

Was für eine blöde Situation.

»Hi«, kam es von oben zurück. »War's schön?«

Janine antwortete ihm nicht. Sie wünschte mir eine gute Nacht und ging auf die Haustür zu. Ich spürte, dass David zu mir herunterschaute.

»Danke fürs Mitnehmen«, rief ich ihr noch hinterher, laut genug, dass er es hören würde.

»Kein Problem.«

Dann war sie verschwunden.

Kapitel 13

Gekauft hatte ich die Sonette wegen David. Doch ich las sie zuerst wegen ihr.

Shall I compare thee to a summer's day?
Thou art more lovely and more temperate ...

Ich kam mir selbst ein wenig albern vor. Aber es sah und hörte mich ja niemand. Ich las mir die Zeilen leise vor, voller Bewunderung für die leichtfüßige Schwermut, mit der dieser Dichter vor vierhundert Jahren das Gefühl beschrieben hatte, das mich jetzt nicht einschlafen ließ. So einfach, so wahr, und so unübersetzbar. Von der ersten Zeile hatte ich schnell zwei Versionen.

Soll einem Sommertag ich dich vergleichen
Bist du vergleichbar einem Sommertag

Aber dann? Schon mit den Wörtern wurde es heikel. Lovely und temperate. Lieblich? Sanft? Mild? Und erst der Rhythmus. Weiter unten wurde es noch verzwickter.

> Rough winds do shake the darling buds of May
> And summer's lease hath all too short a date.

Die rauen Winde, welche an Maiknospen zerrten, waren unüberwindlich sperrig. Der nächste Vers verdorrte mir zu

> Des Sommers Pachtvertrag ist allzu bald vorbei.

Ich gab auf und buchstabierte meinen Sehnsüchten weiter auf Englisch hinterher, bis der Schlaf mich übermannte.

Es dauerte ziemlich lange, bis ich am Samstag einen klaren Kopf hatte, aber ich riss mich zusammen, blieb den ganzen Tag in der Bibliothek, schaffte Todorov wie geplant, ging früh zu Bett, saß am Sonntag ab acht Uhr wieder in der Bibliothek und schob die Mittagspause hartnäckig so lange vor mir her, bis ich die Literaturliste zu Stephen Crane für Barstows Kurs fertig hatte. Erst dann gönnte ich mir einen Taco Salad und eine Stunde Nichtstun auf dem Rasen.

Beim Hinausgehen sah ich Frederic zwischen den Regalen stehen. Er sah übermüdet aus und schaute schlecht gelaunt die grauen Rücken der MLA-Bibliografie an, offensichtlich total ratlos, mit welchem Band er beginnen sollte. Als er mich sah, winkte er mir resigniert zu, wies auf das Regal und tippte sich dann an den Kopf. Ich signalisierte ihm mein herzliches Beileid, was auch ernst gemeint war. Mir ging es ja nicht anders. Wo sollte man nur immer beginnen?

Ich ließ mich auf der Wiese hinter dem Pool nieder. Dort hielt sich selten jemand auf, und am Sonntag, wenn das Schwimmbad geschlossen war, schon gar nicht. Ich hatte Lust, zu rauchen und wollte heute niemandem Rechenschaft darüber ablegen. Rauchen war hier äußerst lästig. Wildfremde Menschen im Park oder am Strand waren schon neben mir stehen geblieben und hatten mich drauf hinwiesen, was für eine schmutzige Angewohnheit das doch sei. Ich gebe zu, ich bin leicht zu beeinflussen. Aus diesem Grund hatte ich ja vermutlich mit dem Rauchen überhaupt einmal begonnen. Und in einem Land, wo Rauchen den Stellenwert von öffentlichem In-der-Nase-Bohren hatte, würde es mir mit der Zeit auch nicht schwerfallen, wieder davon abzulassen. Aber nicht ausgerechnet heute.

Die Sonne schien. Die Zigarette bescherte mir jenes angenehm prickelnde Gefühl, das sich einstellt, wenn man länger Abstinenz gehalten hat. Ich döste vor mich hin, versuchte an die Novelle von Kleist zu denken, die ich nachher für Ruth Angerstons Seminar vorbereiten musste, kehrte in Gedanken jedoch immer wieder zu der merkwürdigen Kette von Situationen am Freitagabend zurück. Janine auf dem Ledersofa. David auf dem Balkon. Und ab und zu war da auch ihre Stimme: *Das war jetzt genau die Frage, die du nicht stellen solltest.*

Nach einer Weile holte ich den Band mit den Shakespeare-Sonetten aus meiner Tasche, überblätterte allerdings die Gedichte und schlug gleich den Kommentarteil auf. Der Herausgeber begann sein Nachwort mit der Feststellung, dass es vermutlich keinen zweiten Text in der Literaturgeschichte gab, der so restlos erforscht und ausgedeutet war wie diese einhundertvierundfünfzig Sonette. Und ausgerechnet darüber würde Janines Freund seinen großen Vortrag halten? Über einen Text, zu dem alles gesagt war. Oder fast alles. Denn ein Geheimnis hatten zweihundert Jahre Shakespeareforschung offenbar noch immer nicht lüften können: ob die Sonette überhaupt von Shakespeare waren. Dass es um seine Biografie viele Spekulationen gab, wusste ich. Aber was ich hier las, war mir neu. Und es klang wirklich rätselhaft.

Ich schlug sofort den Textteil auf und suchte das Deckblatt der Originalausgabe, das als Faksimile wiedergegeben war. So war die Gedichtsammlung also vor knapp vierhundert Jahren erschienen.

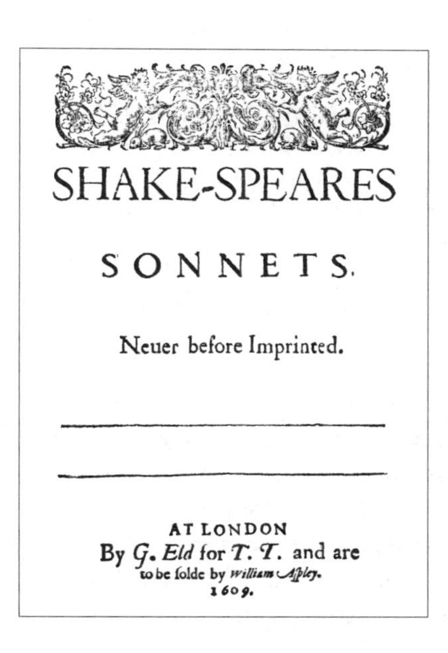

SHAKE-SPEARES

SONNETS.

Neuer before Imprinted.

AT LONDON
By *G. Eld* for *T. T.* and are
to be solde by *William Aspley.*
1609.

Das Rätsel befand sich auf der nächsten Seite. Hier stand eine Grußbotschaft des Verlegers, mit der die Sonettsammlung 1609 ihren Weg in die Unsterblichkeit begonnen hatte. Der Verleger der Gedichte musste damals geahnt haben, was für ein Jahrhundertwerk er der Öffentlichkeit übergab. Ich las den Widmungstext und genoss die barocke, sinnliche Sprache und die antiquierte Orthografie.

TO.THE.ONLIE.BEGETTER.OF.
THESE.INSVING.SONNETS.
Mr.W.H. ALL.HAPPINESSE.
AND.THAT.ETERNITIE.
PROMISED.

BY.

OVR.EVER-LIVING.POET.

WISHETH.

THE.WELL-WISHING.
ADVENTVRER.IN.
SETTING.
FORTH.

T. T.

Dem alleinigen Schöpfer der nachfolgenden Sonette, übersetzte ich stumm im Kopf, *Herrn W.H., wünscht der gutmeinende Unternehmer T. T. mit der Herausgabe alles Glück und die von unserem unsterblichen Dichter versprochene Ewigkeit.*

Das war wirklich seltsam. Auf dem Titelblatt stand doch klar und deutlich, dass William Shakespeare der Autor der Sonette war. Warum wurde dann auf dem Widmungsblatt etwas anderes behauptet? Ich schlug erneut den Kommentarteil auf und las das Kapitel weiter, das sich mit dem Problem befasste. Wer sich hinter den Initialen am Ende der Widmung verbarg, war offenbar geklärt. Der Verleger war bekannt. Er hieß Thomas Thorpe. Aber wer war *W.H.*? Und warum wurde er als *alleiniger Schöpfer der nachfolgenden Sonette* bezeichnet, und nicht Shakespeare, unser *unsterblicher Dichter*? Die Forschung zu diesem Thema war offenbar ebenso uferlos wie ergebnislos. Als wahrscheinlichste Kandidaten für *W. H.* galten William Herbert, William Hart, William Harvey, William Hathaway und noch etwa zwei Dutzend weitere Zeitgenossen Shakespeares. Und das waren nur die Ergebnisse der historisch orientierten Forschung. Seit den Sechzigerjahren waren psychoanalytische, strukturalistische und feministische Ansätze hinzugekommen und hatten einen ganz neuen Forschungszweig entstehen lassen. Man nahm mittlerweile an, die Widmung sei ein verdeckter Hinweis auf Shakespeares Homosexualität gewesen. Ein Mann, der natürlich ungenannt bleiben musste, jener *W.H.* eben, habe Shakespeare zu den Sonetten inspiriert. Daher sei dieser Unbekannte im übertragenen Sinne der *begetter* oder *Erzeuger* der Gedichte. Vor allem der dunkelste Teil der Gedichtsammlung, die berühmten *Dark-Lady-Sonnets*, bekam eine ganz andere Bedeutung, ja, wurde überhaupt erst interpretierbar. Es folgten mehrere Seiten Literaturhinweise auf einschlägige Untersuchungen zu dieser neuen Forschungsrichtung. Besonders wichtige Beiträge waren mit einem Sternchen markiert. An erster Stelle stand eine preisgekrönte Arbeit von 1985: *Poetik im Spiegel geschlechtlicher Grenzerfahrung: Das Rätsel um W.H. – Trance-Sexualität in Shakespeares Sonetten.* Von Marian Candall-Carruthers.

»Hallo Matthias.«

Ich fuhr herum. Winfried und ein weiterer Student, den ich nicht kannte, kamen auf mich zu.

»Auch hier in der Pestmeile? Wir haben beide kein Feuer, ist das zu glauben. Hilfst du uns aus?«

»Hi«, sagte ich zu dem Studenten und reichte ihm die Hand. »I'm Matthew. From Germany.«

»Wir können gern Deutsch reden«, sagte er. »Ich komme aus Hamburg. Theo.« Dann nannte er seinen Nachnamen. Ich schaute verdutzt, fand es jedoch unpassend, zu fragen, ob der Nachname etwas mit dem berühmten Verlag zu tun hatte.

Winfried feixte. Theo schnitt ihm eine Grimasse, setzte sich neben mich ins Gras und nahm mein Feuerzeug entgegen.

»Die Antwort lautet: Ja. Ich bin mit denen verwandt. Woher kommst du?«

»Berlin«, sagte ich. »FU.«

Winfried setzte sich ebenfalls, zog eine Packung Camel Lights aus der der Tasche und bot mir eine an. Sein Blick fiel auf meine Lektüre.

»Ist das für *Shakespeare 101*?«, wollte er wissen. »Ich dachte, du machst Film.«

Ich schüttelte den Kopf und erwähnte den Vorlesungszyklus.

»Hillcrest Talent?«, fragte Theo. »Nie gehört.«

»Doch, doch«, warf Winfried ein. »Der Zirkus läuft jedes Jahr. Vorsingen der Starstudenten.«

»Studierst du hier?«, fragte ich Theo, noch immer ein wenig verunsichert durch seinen klingenden Nachnamen. *Aura*, schoss es mir durch den Kopf.

»Ja.«

»Germanistik?«

»Nein. Kreatives Schreiben.«

»Gibt es das hier auch?«

»Ach, Kaffee und Kuchen«, seufzte Winfried völlig aus dem Zusammenhang. »Es fehlt einem ja doch. Ich geh mal eben Kaffee besorgen. Wollt ihr auch einen?«

»Nimm es ihm nicht übel«, sagte Theo, als Winfried verschwunden war. »Er kennt das Gespräch, das wir jetzt gleich führen werden, bis zum Überfluss. Jeder hier, der mich kennenlernt, fragt sich, warum jemand wie ich in Amerika Kreatives Schreiben studiert.«

Theo sprach sehr schnell, wie jemand, der es gewohnt ist, in Gesprächen zu dominieren. Wenn er mit einem Verlagshaus in Hamburg verwandt war, so war er jedenfalls kein hanseatischer Typ. Er war mindestens einen Kopf kleiner als ich und schon ein wenig rundlich, was vermutlich nicht an seiner Konstitution lag sondern daran, dass er keinen Sport trieb. Ein paar Stunden Brust- und Oberarmtraining die Woche und ein wenig Haltungsarbeit hätten bei ihm Wunder gewirkt. Wozu er bei dem herbstlichen, aber milden Wetter einen schwarzen Dufflecoat mit sich herumtrug, konnte ich mir überhaupt nicht erklären, bis er mehrere Taschenbücher aus den verschiedenen Taschen des schweren Kleidungsstücks herausholte, neben sich ins Gras legte und den Mantel zu einem Sitzpolster zusammenlegte.

»Dabei ist die eigentliche Frage, warum das nicht mehr Leute tun. Man geht ja auch nicht nach Norwegen, um Weinbau zu studieren. Warum also sollte man in Deutschland Schriftstellerei lernen.«

»Na hör mal«, sagte ich empört.

Er zog an seiner Zigarette und blies den Rauch in den blauen Himmel hinauf. »Es ist doch so: Deutsche Literatur verkauft sich heutzutage in der Welt etwa so gut wie norwegischer Wein. Alle zehn Jahre ein Ausnahmefläschchen, das zum Kassenknüller wird. Bisweilen der eine oder andere schräge Tropfen, der irgendeine Medaille bekommt und dadurch unter Kennern ein wenig bekannt wird, obwohl er niemandem so richtig schmeckt. Den Rest interessiert kein Schwein. Nicht einmal die Deutschen. Die lesen sowieso lieber Importware. Wenn Deutschland keine Industrienation wäre, sondern von Kulturprodukten leben müsste, dann stünden wir im internationalen Vergleich irgendwo hinter Albanien.«

Jetzt musste ich lachen.

»Bücher sind doch keine Autos oder Joghurts«, widersprach ich. »Das kann man doch nicht vergleichen.«

»Noch so eine deutsche Tradition«, erwiderte Theo trocken. »Kultur ist keine Ware. Nicht *von* der Literatur, sondern *für* sie soll der deutsche Dichter leben, oder besser: sterben. Bis ein

Buch bei dir in der Einkaufstasche gelandet ist, unterliegt es den gleichen Gesetzen wie jede andere Massenware. Weißt du, was mein Onkel für einen mittelmäßigen britischen oder amerikanischen Roman an Lizenzgebühren hinlegen muss? Ein deutscher Autor kann froh sein, wenn er einen Bruchteil davon als Honorar bekommt. Auslandslizenzen verkauft er meistens gar nicht. Woran liegt das wohl?«

»Darüber weiß ich nicht Bescheid«, sagte ich.

»Natürlich nicht«, sagte Theo. »Darüber redet auch niemand gern. Es wäre schlecht für das Nationalgefühl. Die deutsche Literatur ist im Pfarrhaus entstanden. Sie kam aus einem völlig isolierten Milieu und hat sich nur mühsam daraus hervorgequält. Sie war von Anfang an weltlos, ohne Kontakt zu Politik und Kommerz, was nun mal ganz wesentliche Bereiche des Lebens sind. Dazu fehlt auch noch der Kontakt zum Volk, zum Populären. Bei uns ist das Populäre der Feind des Literaten. Ohne das Populäre entsteht aber nun mal keine Kunst. Nur Künstlichkeit. Aber was machst du eigentlich hier?«

Theo sprach sehr schnell, und was er sagte, weckte nichts als Widerspruch in mir.

»Im Moment Naturalismus und Kleist«, sagte ich. »Ich wollte eigentlich ins INAT, aber da lassen sie mich bis jetzt nicht hinein.«

»Ja, die nehmen sich ziemlich wichtig. Bei uns in der Lyrikabteilung gibt es ein paar Leute, die dort Kurse besucht haben.«

»Und?«

»Sie sind nicht lange geblieben. Es ist ja auch komisch, wenn angehende Autoren eine Literaturtheorie lernen sollen, die behauptet, dass es gar keine Autoren gibt.«

»Ganz so simpel ist es aber nicht«, entgegnete ich.

Winfrieds hagere Gestalt näherte sich uns wieder.

»Ach nein?«

»Nein. Das mit dem *Tod des Autors* ist doch nur ein Schlagwort. Es geht darum, die Texte selbst ernst zu nehmen und nicht alle Interpretationen an mehr oder minder verlässlichen Informationen über den Autor oder irgendwelche geschichtliche Dinge aufzuhängen. Texte wirken nun mal erst im Leser.«

Theo schüttelte den Kopf. »Aber bevor Texte im Leser wirken, haben sie im Autor gewirkt, als er sie geschrieben hat. Das ist doch nicht ganz unerheblich, findest du nicht?«

»Schon«, entgegnete ich. »Aber darüber weiß man ja oft nicht viel. Nimm die Sonette hier. Der Kommentar erklärt so gut wie jedes Wort, was es damals bedeutet hat, welche anderen Dichter ähnliche Stilfiguren verwendet haben und so weiter. Aber was bringt das schon? Erklärt das vielleicht das Wesen der Gedichte? Wie sie wirken?«

Theo rückte ein wenig zur Seite, um Winfried Platz zu machen, der ein Plastiktablett mit drei Pappbechern Kaffee und drei Blaubeermuffins zwischen uns abstellte.

»Schwarzwälder Kirsch war leider aus. Wo seid ihr denn gelandet?«

»Beim Tod des Autors«, gab Theo zurück und fuhr dann fort: »Es mag ja sein, dass nur die Wirkung interessiert. Aber warum nennt man das dann Wissenschaft?«

Darauf hatte ich keine Antwort. Aber Winfried hatte eine.

»Na ist doch klar: wegen der Fußnoten. Milch? Zucker?«

»Nur Zucker«, sagte Theo, und fügte dann hinzu: »Ich kenne hier im INAT einen Typen, der promoviert über die Werbesprache der südkalifornischen Weinindustrie.«

Die beiden schüttelten gleichzeitig die Köpfe. Ich fühlte mich herausgefordert von ihrem, wie ich fand, etwas eindimensionalen Blick.

»Werbesprache benutzt jede Menge poetischer Stilmittel«, sagte ich. »Sie steuert das Bewusstsein von Millionen Menschen. Warum soll man so eine Sprache nicht untersuchen? Sie greift direkt in unser Leben ein.«

»Ich fürchte, da bist du falsch unterrichtet«, erwiderte Theo. »Das Großartige an der neuen Theorie soll doch sein, dass Sprache endlich als von der Welt getrennt betrachtet werden kann. Für die Leute im INAT berühren sich Sprache und Welt überhaupt nicht. Wer das Gegenteil glaubt, gilt für die als naiv.«

Ich griff nach meinem Kaffee. Sprache und Welt berührten sich nicht? Das war in der Tat eine merkwürdige Auffassung.

Kapitel 14

Wie immer kamen mir die besten Antworten erst, als ich wieder allein war. Ich dachte an die Aufsätze über Kleist, die in der Bibliothek auf mich warteten. War nicht gerade Kleist ein Fall, der Theos Behauptungen widerlegte? Er war kein Pfarrerssohn, sondern Adliger. Die Welt hatte er nicht aus der Schreibstube heraus, sondern direkt und brutal an sich selbst erfahren, als preußischer Soldat, im Krieg und als Kriegsgefangener. Das Leben und die Machtverhältnisse am Hof, das Getriebe der großen Politik, kannte er aus erster Hand. Es gab sogar Anhaltspunkte dafür, dass er als Wirtschaftsspion eingesetzt worden war. Und von den Tücken in Kommerz und Handel konnte er als mehrfach gescheiterter Verleger ebenfalls ein Lied singen. Doch kaum stellte ich mir vor, wie ich Theo diese Einwände vortragen würde, hörte ich auch schon seine Antwort. Sicher, würde er sagen, Kleist fällt völlig aus dem Raster. Deshalb ist er ja so großartig.

Ich hatte auf dem Rückweg zur Bibliothek eine falsche Abzweigung genommen. Mein Versuch, diesen Fehler durch eine Abkürzung zu korrigieren, führte durch Büsche und Hecken an einen unüberwindlichen Zaun. Von hier schien es einfacher zu sein, um das Bibliotheksgebäude herum und auf der anderen Seite die Böschung wieder hinaufzugehen. Ich folgte dem Zaun, der irgendwann am Sockel des Gebäudes endete, ging dann an der Rückseite entlang und stand plötzlich vor einem Eingang, von dessen Existenz ich bisher gar nichts gewusst hatte. Ich rüttelte an der geschlossenen Glastür und entgegen meiner Erwartung ließ sie sich ohne Probleme öffnen. In der klimatisierten Luft fühlte ich mich sofort wohler. Ich erwartete ein Pförtnerhäuschen, denn eine Kontrolle musste es hier ja auch geben. Doch auch nach der dritten Treppe war nichts dergleichen zu sehen. Ich kam an geschlossenen Metalltüren mit unverständlichen Abkürzungen vorbei. Ich blieb stehen. Das war kein Eingang zur Bibliothek. Jedenfalls kein offizieller. Waren das hier Büros? Oder Lagerräume? Ich hatte hier bestimmt nichts zu suchen. Verstimmt trat ich den Rückweg an, als ich plötzlich Stimmen hörte. Zwei Treppen unter mir öffnete sich eine Tür, und die Stimmen wurden lauter. Ich blieb unschlüssig stehen, denn ich war mir jetzt sicher, dass die Eingangstür dort unten nur aus Unachtsamkeit offen gewesen war.

»Ich verstehe es einfach nicht, David. OK? Ich VERSTEHE es nicht!«

Es war die Stimme einer Frau. Jemand antwortete, aber leise. Ich konnte lediglich hören, dass es eine männliche Stimme war.

»NATÜRLICH NICHT«, rief die weibliche Stimme mit Nachdruck und wurde dann wieder leiser. Ich beugte mich ein wenig nach vorn und schielte über das Geländer. David stand dort unten. Die Frau, die eindringlich auf ihn einredete, hatte ich noch nie gesehen. Bevor ich noch lange spekulieren konnte, wer sie war, hörte ich ihren Namen aus Davids Mund.

»Marian, vergiss es, ja? Ich will nicht darüber reden. Vergiss es einfach.«

»Was bildest du dir ein?«, zischte sie mit unterdrücktem Zorn.

Plötzlich war David nicht mehr zu sehen. Ich hörte Schritte und dann das Zuschlagen einer Tür.

Ich wich vom Geländer zurück und drückte mich so fest gegen die Wand, wie ich konnte. Mein Gott, wie peinlich, dachte ich. Wenn sie jetzt die Treppe heraufkam und mich hier sah? Marian. Das musste sie sein. Die berühmte Marian Candall-Carruthers!

»Damn!«, hallte es plötzlich zu mir herauf. Dann entfernten sich auch ihre Schritte. Wieder fiel eine Tür mit einem scheppernden Geräusch ins Schloss. Jetzt fehlte nur noch, dass sich ein Schlüssel drehte und ich hier eingesperrt war. Aber dem war glücklicherweise nicht so. Als ich nach einigen Minuten an der Glastür angekommen war, ließ sie sich wie zuvor mühelos öffnen. Weder Marian noch David waren irgendwo zu sehen.

Auf Kleist und den *Findling* konnte ich mich an jenem Tag nicht mehr konzentrieren. Ich saß stundenlang da, versuchte zu lesen und kaute viel auf einem Stift herum. Was für ein komischer Typ war dieser David eigentlich? Seine Freundin ging mit anderen Männern aus. Mit seiner Professorin redete er ziemlich respektlos und ließ sie einfach stehen, wenn es ihm passte.

Gegen halb sieben blickte ich um mich. Überall saßen Studenten und Studentinnen herum und lasen oder schrieben. Es war Sonntagabend, und kein einziger Tisch war unbesetzt. Sogar Frederic Miller saß bei den Bibliografien und schien tatsächlich zu arbeiten. Ich überflog lustlos die Liste der Kleist-Aufsätze, die ich gesammelt hatte und kommentieren sollte. Hatte Theo nicht recht? Was war denn an diesen ganzen Artikeln schon Wissenschaft? Die meisten Aufsätze, die ich bisher gelesen hatte, waren kaum mehr als hochtrabend formulierte

Geschmacksurteile. Eine ganze Industrie lebte davon, eine Industrie des Sekundären, des Kommentars, der Paraphrase.

Bevor ich Schluss machte, ging ich noch einmal zum Regal, wo die MLA-Bibliografie stand. Hier begann alles. Man musste nur irgendeinen toten oder kanonisierten lebenden Autor nachschlagen und fand sofort sämtlich Aufsätze und Studien, die zwischen Buenos Aires und Osaka, zwischen Johannesburg und Hammerfest in einer der knapp viertausend ausgewerteten wissenschaftlichen Zeitschriften erschienen waren. Die grauen, dickleibigen Folianten nahmen ein komplettes Regal in Anspruch. Neuerdings erschienen schon zwei Bände pro Jahr, um die gesammelte Weltjahresproduktion geistes- und literaturwissenschaftlicher Studien systematisch aufzulisten. Immerhin fast vierzigtausend Bücher und Aufsätze waren im letzten Band verzeichnet. Ich blätterte zu Shakespeare und überflog die lange Liste der Eintragungen. Sie zogen sich über viele Seiten. Es war einfach ein Irrsinn. Ein ganzes Shakespeareleben würde nicht ausreichen, um die Produktion der Shakespeareforschung eines einzigen Jahres auch nur zu lesen. Und ausgerechnet diesen gewaltigen Haufen wollte David in drei Wochen mit seinem Vortrag krönen.

Kapitel 15

»Zeigst du mir die Rollwende?«, fragte sie.

Wir hatten den Pool für uns. Selten schwamm hier jemand schon um halb acht Uhr morgens. Erst mittags wurde es voll.

Ich tauchte unter der Absperrleine hindurch und kam neben ihr wieder hoch.

»Im Grunde ist es ganz einfach«, sagte ich und erklärte ihr die Technik.

Ich ging auf Tauchstation und sah zu, wie sie den ersten Versuch unternahm. Sie zog die Arme schön durch, hatte auch einen ganz passablen Beinschlag. Jetzt kam der kritische Moment. Luft holen, noch ein Zug, dann in die Rolle, ausatmen, ausatmen, abstoßen, drehen, dabei den Rumpf … aber ich sah schon, dass es nichts wurde. Sie schlug mit den Beinen und tauchte auf.

»Ekelhaft, das ganze Wasser in der Nase«, hörte ich sie schimpfen, als ich neben ihr hoch kam.

»Du musst die ganze Zeit über ausatmen, solange du den Purzelbaum schlägst.«

»Ich bin blockiert. Sobald mein Kopf nach unten geht, halte ich den Atem an.«

»Das ist normal. Komm, wir machen eine Übung.«

Wir schwammen ans andere Ende. Hier konnte man stehen, und außerdem lag dieser Teil des Pools in der Morgensonne. Das Wasser ging uns bis über die Brust, aber ich hatte noch genug Halt auf dem Beckenboden, um sie zu stützen. Ich umfasste ihre Taille. Sie warf mir einen irritierten Blick zu, ließ mich aber gewähren.

»Jetzt kopfüber nach unten und erst einmal um die eigene Achse. Ich halte dich. Die ganze Zeit ausatmen, OK?«

Sie tat, was ich ihr gesagt hatte. Der erste Versuch scheiterte noch. Aber dann ging es. Prustend kam sie wieder hoch, wischte sich das Wasser aus dem Gesicht, probierte es jedoch gleich noch einmal. Meine Hände hielten unverändert ihre Taille. Es blieb auch nicht aus, dass ihre Schenkel meinen Arm streiften, und einmal spürte ich ihre orientierungslose Hand auf meiner Wade. Als sie den Purzelbaum mehrmals gemeistert hatte, ließ ich sie wieder los.

»OK, jetzt ohne mich.«

Sie kraulte mit kräftigen Zügen zum anderen Beckenrand. Kurz vor der Wand tauchte sie ab. Einen Augenblick später tauchte sie wieder auf. Es war vollbracht. Sie kam wieder herangeschwommen, blieb vor mir stehen, streckte triumphierend die Arme in die Luft.

»Geschafft!«

Ich nahm nur die weiche, helle Haut ihrer Achselhöhlen wahr und die Wölbung ihrer Brüste seitlich an ihrem Badeanzug. Und einen freudigen Glanz in ihren hellen Augen, als sie die Chlorbrille abnahm.

Wir frühstückten auf der Terrasse der Cafeteria des Geologiegebäudes, das näher lag als Pinewood Hall. Janine aß Joghurt und erzählte, dass ihre Vorfahren väterlicherseits aus Umbrien stammten.

»Mein Vater ist sogar mal hingefahren. Es ist ein kleines, verlassenes Dorf in der Nähe von Todi. Aber das Einzige, was noch vorhanden ist, sind ein paar Grabsteine.«

»Und deine Mutter? Ist sie auch Italienerin?«

»Nein. Sie kommt aus Kuba. Und du? Dein Familie? Woher kommst du?«

»Süddeutschland«, sagte ich. »Aber der Name der Stadt wird dir nichts sagen. Ist nur eine kleine Kreisstadt, die touristisch nicht viel zu bieten hat.«

»Und was machen deine Eltern?«

»Mein Vater ist Ingenieur. Er baut Kläranlagen. Das heißt: Das tat er früher. Er arbeitet nicht mehr. Mein Bruder studiert Kunst in Düsseldorf.«

»Malerei?«

»Nein. Er macht Installationen. Videos. Konzeptkunst. Ich verstehe nichts davon.«

Sie zog ihre Sonnenbrille aus der Tasche und setzte sie auf. Dann lehnte sie sich nach hinten, schlug die Beine übereinander und ließ den nächsten Löffel Joghurt genüsslich in ihrem

Mund verschwinden. Sie wusste natürlich, wie sexy sie war. Sie versteckte es nicht, aber sie ging auch nicht damit hausieren. Sie spielte auf eine fast gleichgültige Art damit, was es mir noch schwerer machte, so zu tun, als säßen wir ganz unverfänglich hier beim Frühstück, auf der Terrasse des Geologiegebäudes, wo sich mit Sicherheit keine Studenten aus den Geisteswissenschaften hinverirren würden. Vorsichtshalber setzte ich ebenfalls meine Sonnenbrille auf und versuchte nicht zu vergessen, dass sie in ein paar Stunden ihren Freund David mit einem Kuss begrüßen und vermutlich mit ihm Lunch essen würde.

»Ich mag moderne Kunst«, sagte sie. »Hier in der Nähe gibt es ein Museum von so einem Typen, der in den Sechzigerjahren nur verrücktes Zeug gemacht hat. Er ließ auf sich schießen und so. Das Museum wird angeblich irgendwann einstürzen. Am Eingang ist eine riesige Schraubwinde angebracht, die sich jedes Mal ein Stück weiterdreht, wenn ein Besucher hindurchgeht. Irgendwann ist es so weit und der Druck lässt alles zusammenstürzen.«

»Und was soll das?«

Sie kicherte.

»Genau das würde David auch fragen.«

»Und was würdest du ihm antworten?«

»Dass es eine sinnlose Frage ist. Was soll eine Etüde von Chopin?«

»Ich wusste nicht, dass Chopin Etüden geschrieben hat, die nach soundsovielen Aufführungen Konzertflügel explodieren lassen.«

Sie lachte. »Meinetwegen. Aber moderner Kunst kann man nun mal nicht die Sinnfrage stellen.«

»Ach ja?«

Sie zog die Sonnenbrille wieder ab und schaute mich an, als ob ich sie auf den Arm nehmen wollte.

»Ach komm, Matthew, Kunst ist nicht Religion. Es gibt Dinge, die einfach Spaß machen. Die einfach schön oder originell sind.«

Es war das erste Mal, dass sie meinen Namen aussprach.

»Was soll daran schön sein, wenn Wände einstürzen?«

»Die Idee. Die Lebensgefahr, die plötzlich damit verbunden ist, ein Kunstwerk zu besichtigen. Was weiß ich? Ich habe es mir nicht ausgedacht. Aber ich finde es originell.«

»David aber nicht.«

»Nein. Er würde dir sicher recht geben.«

Sie verschränkte plötzlich die Arme vor der Brust, was mir auffiel, ohne dass mir klar wurde, welches Signal sie mir damit geben wollte. Ich trank einen Schluck Kaffee, der widerlich schmeckte, lauwarm war und überhaupt diesen Namen nicht verdiente.

»Woher kennt ihr euch eigentlich?«, fragte ich. Kaum war der Satz gesagt, da spürte ich auch schon, wie dumm er gewesen war. Sofort änderte sich die Stimmung. Janine musterte mich schweigend. Ich war ein Esel. Ich hatte mir wie ein Anfänger in die Karten schauen lassen. Der unangenehme Augenblick dauerte ein paar Sekunden. Wahrscheinlich überlegte sie, ob sie die Tür zuschlagen sollte. Zu meiner Erleichterung entschied sie sich dagegen.

»Hillcrest hat oben in den Bergen ein paar Chalets, die manchmal für Konferenzen und Wochenendseminare benutzt werden«, sagte sie. »Die Chalets stehen an einem See. Sehr romantisch. Wir waren zufällig zur gleichen Zeit da oben.«

Ich merkte, dass ihr Blick zu meiner linken Hand gewandert war.

»Und du? Deine Freundin? Wo ist sie? In Berlin?«

»Ich trage den Ring nur so«, sagte ich. »Er hat nichts zu bedeuten. Jedenfalls habe ich keine Freundin. Weder in Berlin noch sonst wo.«

Ihre Augenbrauen formten jetzt zwei Bögen milder Skepsis.

»Meinst du, ich könnte mal mit David reden?«, fragte ich. »Gaststudenten wie ich dürfen nicht am INAT studieren. Aber ich würde zu gern erfahren, was die dort eigentlich machen.«

Ihre Brauen senkten sich wieder. »Im Moment ist er ziemlich mit diesem Vortrag beschäftigt, den er am Trimesterende halten muss. Aber danach hat er sicher Zeit. Warum nicht?«

»Weißt du, wovon sein Vortrag handelt?«

»Irgendwas aus den Shakespeare-Sonetten, aber Genaueres weiß ich auch nicht. Ich weiß nur, dass er Tag und Nacht daran arbeitet und ich bis dahin nicht viel von ihm zu sehen bekomme.«

Weshalb ich mich freitags allein auf Partys herumtreibe, beendete ich im Kopf ihren Satz.

»Also wenn du nächstes Wochenende Begleitung für eine Party brauchst, ich bin noch frei.«

Der Satz war mir einfach so über die Lippen gekommen.

»Ist das ein Vorschlag für ein *date*?«, fragte sie nun wieder merklich kühler.

»Janine, ich kenne hier nicht viele Leute. Wenn ich nicht aufpasse, dann verbringe ich meine Wochenenden mit Leuten wie Frederic Miller, wozu ich absolut keine Lust habe.«

Die Antwort schien sie nicht zu überzeugen.

»Ich bin Europäer, Janine«, versuchte ich mich herauszureden. »Bei uns gibt es keine *dates*. Bei uns gehen Menschen, die sich sympathisch finden, einfach so zusammen etwas trinken. Ich könnte dich nicht einmal anständig zum Abendessen einladen, mein Stipendium ist ziemlich mickrig.«

»Du kannst mich ja nicht einmal abholen«, erwiderte sie ernst. »Ohne Auto.«

»Stimmt. Siehst du. Ich bin völlig ungefährlich.«

»Ja. Ein Mann ohne Auto. Daraus kann nichts werden.«

Sie lächelte endlich wieder ein wenig.

Kapitel 16

Die nächsten Tage kam sie nicht zum Schwimmen. Und sie erschien auch nicht im Filmkurs. Ich konnte mir nicht vorstellen, dass mein dummes Gerede sie vertrieben hatte und sie mich mied, um unerwünschten Avancen aus dem Weg zu gehen. Aber vielleicht hatte ihre mehrtägige Abwesenheit doch mit unserem Frühstücksgespräch zu tun? So ganz wurde ich den Verdacht nicht los. Bei jedem Schritt auf dem Campus hielt ich nach ihr Ausschau. In der Bibliothek, in der Cafeteria, im Pool natürlich auch. Dort war es besonders schlimm, denn unsere letzte gemeinsame Schwimmstunde hatte begonnen, mich im Schlaf heimzusuchen; ein doppelt unangenehmer Zustand, da die wilden Fantasien mich ausgerechnet an dem Ort verfolgten, wo ich sie üblicherweise bekämpfte.

Ich versuchte, nicht mehr an sie zu denken, und igelte mich ein. Am Freitagnachmittag unternahm ich meinen regelmäßigen Ausflug zu Safeway und füllte mein Tiefkühlfach mit Fertiggerichten. Danach arbeitete ich das Pensum für meine Kurse ab. Ich las und schrieb bis weit nach Mitternacht, schwamm am Samstagmorgen allein und ungestört meine fünfzig Bahnen und brachte den Tag herum, indem ich immer wieder die Sonette las und einzelne Passagen übersetzte. Ich brauchte unbedingt Ablenkung.

Gab es auf diesem verdammten Campus überhaupt keine Partys? Im Filmclub lief ein französischer Film namens *Betty Blue*. Ich las die Inhaltsangabe: Schriftsteller mit Schreibblockade wird durch die Begegnung mit einer leidenschaftlichen Frau von seiner Schreibhemmung befreit. Skandalfilm aus Frankreich nach dem gleichnamigen Bestseller. Die Fotos waren ziemlich eindeutig und passten gar nicht zu meiner Stimmung.

Auf einer Infotafel neben dem Hauptverwaltungsgebäude entdeckte ich, dass die Writer's Group jeden Samstag im Kaminzimmer der Fakultät für Geowissenschaften einen literarischen Abend veranstaltete, zu dem jeder willkommen war. Ich ging hin. Theo war auch dort. Er stellte mich einigen seiner Kolleginnen und Kollegen vor. Die Gruppe war überschaubar, zehn oder zwölf Personen. Ich erfuhr, dass für Prosa und Lyrik jedes Jahr nur jeweils acht Studenten zugelassen wurden. Theo war nicht der einzige *internationale* Student, wie das hier hieß. Ein Student war Mexikaner, eine Studentin mit einem ziemlich starken Akzent kam aus Israel. Theo schien Gedanken lesen zu können. Nachdem ich mit ihr ein wenig Small Talk gemacht hatte, flüsterte er mir auf Deutsch zu: »Hegel hat geschwäbelt. Hölderlin und Schiller übrigens auch.«

Während des ersten Teils des Abends wurden Gedichte von der Sorte vorgelesen, wie John Barstow in seinem Kurs eines an die Tafel geschrieben hatte. Ich war froh, als Außenstehender nichts dazu sagen zu müssen. Einzelne Passagen gefielen mir. Eine blasse, schmale Studentin trug einen romantisch-elegischen Zyklus vor, den sie City-Poems nannte. *Auf fremden Blicken durch die Straßen schwimmend, berühren wir das Unberührte, benennen wir das Unbenannte,* las sie mit trauriger Stimme. *Dort steht ein Mann, der weint uns zu, da, eine Frau, der hinter vorgehaltener Hand ein Lächeln aus den Augen rinnt.*

Die Diskussionen danach verliefen eher matt und wohlmeinend, was meine Ansicht bestätigte, dass Diskussionen über Gedichte immer ein wenig heikel sind. Nur einer der Anwesenden, ein gewisser Brian, brachte etwas Leidenschaft in die Debatte, indem er in regelmäßigen Abständen bemerkte, im Grunde sei das doch alles Scheiße. Er las später auch noch, sogenannte Schizo-Gedichte. Seine Technik bestand vor allem darin, Wörter zu zertrümmern und dann neu zusammenzusetzen. Da *tellerte Bläue* im *verpanzerten Sein* und *verschauerte vergrünend* ein *urrasendes Nichts* oder so ähnlich. Allein ein bizarres Liebesgedicht, das er am Schluss dem von diesem Worthagel sichtlich erschöpften Publikum vortrug, hob sich ein wenig von dem wilden Gefasel ab. Der letzte Vers lautete: *Der Zungenschlag deiner Augen und das Zwinkern deiner Lippen sind meine Lieblingstiere.*

Die Prosatexte, die danach an die Reihe kamen, fand ich alle äußerst langweilig. Theo war der gleichen Meinung.

»Letztes Jahr gab es in Hillcrest einen Goldjungen«, erklärte er mir später in einem der wenigen Restaurants in Campusnähe, wo man hier am Samstagabend ein Bier trinken konnte. »Er hat mit seinem Erstlingsroman hundertfünfzigtausend Dollar Vorschuss geholt. Und jetzt schreiben alle so.«

»Und du, was schreibst du?«

»Nichts, das man vorlesen könnte. Ich übe. Ich fülle meine Werkzeugkiste. Im Moment sitze ich an einer Novelle von Maupassant. Ich lerne seinen Stil.«

»Aha. Wie das?«

»Ganz einfach: Ich nehme eine der sieben Storys, die es gibt, was weiß ich, Eifersucht, Betrug, Aufopferung, irgendetwas, und denke mir eine interessante Kombination aus. Dann schreibe ich daraus eine Szene in einem bestimmten Stil und schaue, was passiert, wie sich das anfühlt, wie das schmeckt.«

»Und dann?«

»Nichts. Das ist alles. Ich übe. Eine richtige Geschichte kommt dabei nicht heraus. Das soll es ja auch gar nicht. Niemand bekommt das zu sehen. Ich probiere mit bestimmten Stilen und Techniken herum. Man bekommt erst ein Gespür dafür, wenn man versucht, selber damit zu arbeiten.«

»Zum Beispiel?«

»Zum Beispiel: Wie komme ich ganz nah heran? An eine Figur, oder in eine Situation.«

»Und? Wie macht man das?«

»Kennst du Heinrich Mann? Seine Biografie über Heinrich IV?«

»Nein.«

»Lies nur mal die inneren Monologe. Warum wirken die so authentisch? Ganz einfach: Er hat die Personalpronomen weggelassen. Schon hast du das Gefühl, du bist im Kopf der Figur. Oder die Verhörtechnik im *Maggot* von John Fowles. Das ist ungeheuer wirkungsvoll. Man ist sofort mitten im Geschehen. Das ist auch gar nicht so schwer, aber man muss draufkommen. Diese Techniken sind auch nicht neu. Vergleichbare Formen von Dada und Kubismus gab es ja schon im sechzehnten Jahrhundert. Eine Kunstepoche definiert sich ja fast immer anhand dessen, was gerade mal wieder alles vergessen worden ist.«

»Und das wird hier unterrichtet?«, fragte ich.

»Nein. Im Grunde wird hier gar nichts unterrichtet. Hier wird geübt, das ist alles.«

»Aber ist das nicht ziemlich schematisch? Klingt wie malen nach Zahlen.«

»Na und? Besser als stammeln in Hieroglyphen. Wie lernt man Tanzen? Wie lernt man Musizieren? Durch Technik und Vorbilder. Wie sollte man sonst lernen?«

»Eben. Ich glaube nicht, dass man Kunst lernen kann.«

»Da magst du recht haben. Aber Künstler müssen lernen. Nur Ignoranten glauben an Genies. Kunst kommt auch von Können. Und Können kommt von Üben. Die Ausnahmen von dieser Regel sind minimal. Wer auf Genie setzt, sollte lieber Lotto spielen, das ist sicherer. Kunst ist Technik, Arbeit und Talent. Und ich bin mir nicht einmal sicher, in welcher Dosierung das Talent eine Rolle spielt, denn wie weit einer am Ende wirklich kommt, wie viele Seelen er berührt und ob überhaupt, das entscheiden vermutlich ohnehin die Götter.«

»Und du? Der Autor? Was entscheidest dann du?«

»Viel zu arbeiten und zu welchen Lehrern ich in die Schule gehe.«

Ich griff nach einem Hähnchenflügel und leckte die scharfe Paprikasoße ab.

»Ich dachte immer, man schreibt, um etwas auszudrücken.«

Theo zog die Mundwinkel herunter.

»Wer etwas ausdrücken muss, der soll aufs Klo gehen«, sagte er abfällig. »Es geht eher ums Weglassen. Form geben. Gestalten. »

»Und was genau gestaltet Kunst deiner Meinung nach, wenn nicht einen Ausdruckswunsch?«

Er schaute mich lange an.

»Dich!«

»Mich?«

»Ja. Für mich ist Kunst ein Spiegel, nichts weiter. Bücher, Erzählungen, Romane. Was ist das anderes als eine Projektionsfläche für unsere Wünsche, Sehnsüchte, Fragen, Ängste. Warum lesen wir denn?«

»Um etwas über die Welt zu erfahren«, schlug ich vor. »Über andere.«

»Das glaube ich nicht. Wir lesen immer nur uns selber. Die anderen sind doch immer nur ein Vorwand. Und wenn du schreiben würdest, dann würdest du das sofort bemerken. Schreiben heißt spiegeln. Wer eine Geschichte erzählt, bestimmt die Zahl, die Anordnung und den Schliff der Spiegel, die er aufstellt. Und er läuft als Erster durch den Raum, der dabei entsteht. Er schaut sich die Brechungen an, die Perspektiven, die unschönen Verzerrungen oder die schönen Verdoppelungen. Aber im Grunde ist er auch nur ein Leser, ein hoffentlich aufmerksamer Protokollant seiner eigenen Obsessionen und Projektionen. Insofern haben diese Leute vom INAT ja auch nicht ganz unrecht mit ihrer seltsamen Auffassung, dass der Autor tot sei. Nur ziehen sie daraus den falschen Schluss.«

»Inwiefern?«

»De Vander sagt doch: Es gibt gar keine Literatur, weil alles Literatur ist. Alles in der Sprache ist sinnbildlich, ein Spiegel eben, durch den man nicht hindurchgehen kann. Das meint er doch mit diesem Slogan von der *Unhintergehbarkeit der Sprache*. Und weil das so ist, behauptet er, die Welt sei ein letztendlich unlesbarer Text.«

»Und worin besteht deiner Meinung nach dann der Irrtum?«

»Genau darin. Vielleicht gibt es keine Literatur. Aber es gibt auch keine Texte. Es gibt nur uns und unsere tausend Fragen und Zweifel. Dass man mit der Sprache die letzte Wahrheit nicht *sagen* kann, mag ja angehen. Aber man kann sie *erzählen*. So sieht das jedenfalls einer meiner Lehrer. Er sagt, Erzählen sei die einzige Möglichkeit, sich selbst ins Gesicht zu sehen. Geschichten erzählen sei die Form unserer intimsten Selbstgespräche. Das ist doch etwas, oder? Wer hat das schon, außer uns?«

Ich wusste nicht, was ich darauf erwidern sollte.

»Und du?«, fragte er. »Wie stehst du eigentlich zu dieser ganzen Angelegenheit? Ich meine: als Literaturwissenschaftler?«

Kapitel 17

Seit unserer letzten gemeinsamen Schwimmstunde und dem anschließenden Frühstück waren wir uns nur in Miss Goldensons Seminar wiederbegegnet. Die Blicke, die wir dabei getauscht hatten, waren von der Art, dass sie alles und nichts bedeuten konnten. Da Janine nach dem Kurs immer gleich verschwand, entschied ich mich für Letzteres. Sie ging durchaus noch schwimmen, aber zu anderen Zeiten, wie ich einmal feststellte, als ich sie von Weitem mit feuchten Haaren in der Cafeteria von Pinewood Hall sah.

Ihr Rückzug musste irgendetwas bedeuten. Die leichte Beklemmung zwischen uns, der plötzlich komplizierte Umgang miteinander, ließ die Luft knistern, sobald wir aneinander vorübergingen oder auf dem Weg aus dem Seminarraum hinaus ein paar Worte wechselten. Sie zögerte immer einen Augenblick zu lange, wenn sie mir zu verstehen gab, dass sie es eilig hatte oder erklärte, dass sie mit ihren Hausarbeiten ziemlich im Rückstand sei. Ich ergriff keine Initiative mehr, sie privat treffen zu wollen. Umso überraschender war es, als sie mich zwei Wochen vor Trimesterende plötzlich von sich aus ansprach.

»Ich gehe heute in diesen neuen Wenders-Film«, hatte sie einfach gesagt. »Willst du nicht mitkommen?«

Es war sogar etwas Forderndes in ihrem Tonfall gewesen. *Don't you want to come*? Nicht etwa *would you like to* oder *would you care to*. Zehn Tage fast völlige Funkstille, und nun das?

Sie fuhr gegen halb acht vor meinem Haus vor und hupte zweimal, wie verabredet. Dann verließen wir den Campus landeinwärts, über eine der endlosen Straßen, an der Tankstellen, Schnellrestaurants, Elektrogeschäfte und Supermärkte einander abwechselten. Ein paar Meilen später verkündete eine turmhohe Leuchtreklame, dass wir das *Movie World* erreicht hatten. Es war nichts los. Die riesigen Parkflächen waren so gut wie leer. Janine lenkte den Wagen direkt vor den Kinoeingang. Die Sonne schien noch am wolkenlosen Himmel, wir trugen beide leichte Sommerkleidung, was mir umso mehr auffiel, als ich das Kinoplakat des Films entdeckte und darauf den grauen *Himmel über Berlin*.

Wir lösten die Karten, standen noch ein paar Minuten im extrem gekühlten Foyer des Kinos herum, bis Janine in weiser Voraussicht beschloss, zwei Strandtücher aus dem Auto zu holen, was uns vermutlich davor bewahrte, den Film mit einer Lungenentzündung zu verlassen. Man hätte glauben können, der Kinobesitzer habe den Ehrgeiz gehabt, die Raumtemperatur dem Drehort anzupassen. Es waren kaum Zuschauer da. Wir saßen allein in unserer Reihe, in Strandtücher gehüllt, die Augen auf die Leinwand geheftet. Berlin war da zu sehen, das Berlin, das ich kannte. Die meisten Schauplätze waren mir so vertraut, dass ich die Straßennamen hätte nennen können. Vielleicht kam ich deshalb nicht so recht in die Geschichte hinein. Dabei gefiel mir die Grundidee: Dass es den Engeln wohl langweilig war in ihrer ewigen Zuschauerrolle und dass sie sich nach dem Leben sehnten. Leider glückte dem Film der Sprung ins Leben ebenso wenig wie den Figuren, auch wenn er auf halber Strecke farbig wurde, nachdem Bruno Ganz die Seiten gewechselt hatte. Je länger der Film dauerte, desto bedrückender fand ich ihn. Dennoch stimmte er mich ein wenig nostalgisch. Die Schäbigkeit der Stadt, die Tristesse des Lebens entlang der Mauer. Ich konnte die Bilder auf der Leinwand buchstäblich riechen. Nur was die Erzählstimme vortrug, war unerträglich. Durch die englischen Untertitel, die hilflos versuchten, diesen Edelkitsch zu übersetzen, wurde das noch augenfälliger. Janine blickte manchmal mit gerunzelter Stirn zu mir herüber, aber mir fiel nichts ein, was ich in zwei Sätzen dazu hätte sagen sollen. Also schwieg ich.

Außerdem waren da unsere Hände. Schon deshalb werde ich diesen Film nie vergessen. Otto Sander geisterte gerade durch die Staatsbibliothek und stand neben einem Tisch, an dem ich selbst schon einmal gesessen hatte. Da spürte ich sie. Erst berührten sich nur unsere Handrücken. Dann, nach einer Weile, vergruben sich unsere Finger ineinander. Kurz vor dem Ende lösten unsere Hände sich wieder. Im Auto küssten wir uns. Als ich versuchte, sie zu streicheln, schob sie meine Hand sanft, aber bestimmt zur Seite. »Ich muss nach Hause«, sagte sie, startet den Motor und fuhr los. Als wir zwanzig Minuten später vor meinem Haus anhielten, hatten wir kaum gesprochen. Sie reichte mir zum Abschied lediglich die Hand. Dann fuhr sie davon.

Die nächsten zwei Tage war sie wieder verschwunden. Das heißt: Sie war überall, nur konnte sie außer mir niemand sehen. An jeder Ecke auf dem Campus kam sie mir entgegen, saß an jedem Tisch und spazierte sogar mitten durch Ruth Angerstons Kleist-Seminar. Dort küsste sie mich leidenschaftlich und presste ihren Körper gegen meinen, während Gerda und Doris darüber stritten, ob die Schlüsselszene in der *Marquise von O…* nun eine Vergewaltigungsszene sei oder nicht. Erst als Ruth in die Diskussion eingriff, setzte meine Tagträumerei kurzzeitig aus.

»Warum reduzieren Sie diese Szene auf eine so banale Frage?«, fragte sie die beiden.

»Was heißt hier banal«, rief Doris aufgebracht. »Der Graf hat die Marquise während einer Ohnmacht geschwängert …«

Doris war zur allgemeinen Überraschung zwei Wochen nach Trimesterbeginn auch im Kleist-Seminar aufgetaucht. Die Verhandlungen mit dem College in Columbus waren in letzter Minute gescheitert. Hillcrest hatte ihren Hilfskraftvertrag noch einmal verlängert, Gerüchten zufolge auf Betreiben von Ruth, die für solche Rettungsaktionen bekannt war. Da Doris an einem Kleist-Buch arbeitete, nahm sie nun auch am Seminar teil. Ich mochte sie nicht besonders. Sie war eine feministische Kampfhenne. Wie schon mehrfach zuvor drehte sich die ganze Diskussion gar nicht um den Text, sondern um ihre Abneigung gegen Gerda, die andere deutsche Frau im Seminar. Außer Winfried und mir saßen noch drei amerikanische Studenten im Raum, die sich jedoch bei den auf Deutsch geführten Diskussionen zurückhielten.

»*In Ohnmacht! Schamlose Posse*«, zitierte Gerda jetzt noch einmal Kleists eigenes Epigramm, mit dem er sich damals über seine Kritiker lustig gemacht hatte. »*Sie hielt sich, weiß ich, die Augen bloß zu.*«

»Augenblick, Gerda«, unterbrach Ruth. »So einfach dürfen wir es uns aber auch nicht machen. Der Graf hat der Marquise Gewalt angetan. Das steht außer Frage. Aber was hat sich zwischen diesen beiden Menschen abgespielt? Was ist da wirklich geschehen? Eine Vergewaltigung im herkömmlichen Sinne sicher nicht. Aber die Marquise soll mitgemacht haben? Glauben Sie das wirklich? Selbst wenn der Autor das behauptet?«

Gerda zuckte mit den Schultern und schielte feindselig zu Doris hinüber, die voller Verachtung wegsah. Winfried drehte die Augen zum Himmel, sagte aber nichts. Im Grunde war es ein echter Klassenkampf. Doris, ehemalige RAF-Sympathisantin, Marxistin, Feministin, gegen Gerda, Model oder Trophy-Wife, deren Mann irgendwelche Computernetzwerke erfunden hatte und in Kalifornien in kürzester Zeit steinreich geworden war. Gerda fuhr einen offenen Jaguar und führte nur aus Spaß das Studium fort, das sie in Deutschland abgebrochen hatte, als ihr Mann nach Amerika gegangen war. Sie sah klasse aus, war immer gut vorbereitet, nahm das Studium genauso ernst wie wir, ging aber mit ebenso großem Vergnügen segeln oder flog über das Wochenende auch mal nach Hawaii, wenn ihr oder ihrem Mann danach war. Sie war die Einzige hier, die für ihr Studium bezahlte. Eine untypische Erscheinung war sie also durchaus. Aber ich fand sie sympathisch. Jedenfalls sympathischer als Doris.

Ruths Frage schwebte noch immer im Raum. Da niemand antwortete, tat sie es selbst, auf die unvergleichliche Art, die ich an ihr so mochte.

»Sie beide verrennen sich allein in das irdische Geheimnis dieser Novelle. Hat er? Hat sie? War es Gewalt? War es Lust? Sie schlagen sich im Grunde nur auf die helle oder dunkle Seite der menschlichen Triebe. Was dabei völlig aus dem Blick zu geraten droht ist, dass die Novelle die Frage nach diesem *irdischen* Geheimnis nur stellt, um die Antwort auf ein *göttliches* Geheimnis zu suchen. Wie nämlich aus irdischen Trieben heilige Liebe entstehen soll.«

Am nächsten Morgen schwamm Janine bereits ihre Bahnen, als ich am Pool eintraf. Ich beeilte mich, ins Wasser zu kommen, holte zu ihr auf, überholte sie und erwartete sie am sonnigen Beckenrand. Sie hielt an, atmete schwer und musterte mich stumm. Dann schwamm sie einfach weiter. Kurz darauf trafen weitere Schwimmer ein. Ich zog mein Programm durch, um den Strom widersprüchlicher Gedanken in meinem Kopf abzustellen. Sie hörte früher auf als ich. Ich hatte mittlerweile eingesehen, dass das mit dem Kuss eine Augenblicksverirrung gewesen sein musste. Doch sie wartete am Ausgang auf mich. Wir gingen nebeneinander her zu Pinewood Hall. Sie stellte ein paar Fragen zu dem Film, den wir vor drei Tagen gesehen hatten. Ob Berlin wirklich so schäbig sei, so kaputt. Wie man das aushielt, mit so einer Mauer zu leben? Wir berührten uns nicht. Kurz vor dem Eingang zur Cafeteria verabschiedete sie sich und behauptete, noch etwas erledigen zu müssen. Mir war ein wenig schlecht. Ich hatte Magenschmerzen. Ich dachte immer nur an den Kuss im Auto, den Duft ihrer Haut, das Gefühl ihrer Fingerspitzen auf meiner Handfläche.

In Goldensons Seminar sah sie kein einziges Mal zu mir hin. Es war die letzte Sitzung vor dem Klausurtermin und man durfte Fragen stellen. Dann lief *Das Schlangenei* von Ingmar Bergmann. Bei der Szene mit dem Babygeschrei wurde mir wieder schlecht. Janine schlich noch vor Ende des Films aus dem Raum.

Am nächsten Morgen sah ich sie wieder. Diesmal waren wir allein im Pool. Auch als wir mit dem Schwimmen fertig waren, war außer uns niemand da. Ich folgte ihr in ihre Umkleidekabine. Wir schlossen die Tür. Wir küssten uns, erst lange und zärtlich, dann gierig. Ich zog die Träger ihres Badeanzugs herunter und bedeckte ihre Brüste mit Küssen. Sie hob die Arme. Ich spürte ihre Brustwarzen hart werden und saugte zärtlich daran. Sie stöhnte leise und schob meinen Kopf zu ihrem Schoß hinab. Ich ging in die Knie und zog ihren Badeanzug ganz herunter. Sie spreizte ihre Beine, indem sie ihren rechten Fuß auf die Bank stellte, umfasste zärtlich meinen Kopf und drückte ihn an sich. Sie hielt es nicht lange aus. Sie zog mich wieder zu sich hoch, riss meine Badehose herunter und klammerte sich an mich. Wir liebten uns hastig, gierig, aber fast lautlos. Es vollzog sich wie etwas Unvermeidliches. Sie seufzte die ganze Zeit leise. Als sie kam, wurde das Seufzen ein wenig lauter, behielt jedoch zugleich etwas sehr Weiches, Zartes, wie der Ruf von einem kleinen Vogel. Mir zitterten die Beine. Am Ende kniete ich wieder vor ihr. Sie saß auf der Bank der Umkleide, mein Kopf ruhte auf ihren Schenkeln, meine Kniescheiben pressten sich schmerzhaft gegen den rauen Belag der Schwimmhalle.

Sie war noch immer ein wenig atemlos, während sie den

ersten Satz sprach: »Ich werde David nicht verlassen, OK? Ich verstehe nicht, was hier läuft, aber du musst das akzeptieren. Einverstanden?«

»Ja«, antwortete ich leise. Was hätte ich sonst sagen sollen? Ich erhob mich und lehnte mich erschöpft gegen die kalte Wand der Umkleide.

»Weiß er etwas?«, fragte ich.

»Nein.«

Sie zog ihren Badeanzug wieder an, blieb aber auf der Bank sitzen und schaute vor sich hin.

»Aber ich werde es ihm sagen«, fügte sie dann hinzu. »Sobald dieser verfluchte Vortrag vorbei ist und er endlich wieder normal ist.«

Ich glaubte ihr kein Wort. Sie hatten ein ernsthaftes Problem, sonst hätte sie nicht mit mir geschlafen.

»Was hat er denn?«, fragte ich.

Sie warf ihren Kopf ein wenig zurück, strich sich die Haare aus dem Gesicht und starrte zur Decke hinauf.

»Seit seiner Rückkehr aus Europa ist er komisch«, sagte sie. »Zu mir, zu Marian, zu allen. Ich weiß nicht, was mit ihm los ist. Ich will auch nicht darüber reden. Schon gar nicht mit dir.«

»Ja. Klar.«

Wir schwiegen. Ich machte Anstalten, meine Badehose wieder anzuziehen, aber sie erwischte den Saum mit ihrem rechten Zeh und sagte: »Warte noch einen Moment.«

Sie schaute mich an. Es war merkwürdig, nackt vor ihr zu stehen. Aber ich genoss ihren Blick. Es erregte mich, dass sie mich so voller Lust ansah.

»Kannst du dich noch an den Typen auf der Party erinnern?«, fragte sie dann.

»Auf der Ledercouch?«

»Ja.«

Ich nickte.

»Wie lange ist das her?«, fragte sie. »Drei Wochen? Vier Wochen?«

»So etwa.«

»Eigentlich wollte ich es mit ihm machen. Irgendeiner, dachte ich. Aber das ging nicht.«

Sie schwieg kurz.

Dann fuhr sie fort: »Ich mag dich, Matthew.«

Ich versuchte, die Logik ihrer Sätze zu entschlüsseln, kam aber nicht sehr weit. Wollte sie David wehtun, weil er ihr wehgetan hatte, und tat sie sich dabei nun selbst weh? Irgend so ein Muster war das wohl. Jetzt kam auch ich darin vor. Ich beugte mich zu ihr herunter und küsste sie. Sie schaute mich ernst an. Dann wurden ihre Augen feucht.

»Shit!«, sagte sie und starrte an die Decke.

Kapitel 18

Barstow nahm sich viel Zeit, um meine Hausarbeit über Stephen Crane mit mir durchzusprechen. Auf den Seiten wimmelte es von seinen handschriftlichen Anmerkungen. Seine Kommentare umfassten zwei DIN-A4-Seiten. Am Ende hatte er sich an einer Fußnote festgehakt. »Wie meinen Sie das, wenn Sie schreiben, Impressionismus sei vielleicht gar kein moderner, sondern ein spätromantischer Stil?«

»Der Roman war damals eine Sensation«, sagte ich. »Sogar Kriegsveteranen schworen Stein und Bein, der Autor müsse die Schlachten des Bürgerkriegs selbst erlebt haben, um sie so realistisch beschreiben zu können. Aber der Erzählstil ist völlig unrealistisch. Das hat mich gewundert. Der extrem impressionistische Stil wurde von den Zeitgenossen gar nicht als Verfremdung wahrgenommen.«

»Und weiter?«

»Crane war nie im Krieg«, fuhr ich fort. »Aber die damaligen Leser konnten das nicht glauben. Sie empfanden die extrem zersplitterte Welt des Romans als stimmig. Und je näher die Leser mit den geschilderten Ereignissen persönlich vertraut waren, desto realistischer kam ihnen die Erzählung vor. Ich dachte immer, der Impressionismus habe etwas vorweggenommen, die moderne Welt, in der das Ich sich aufzulösen droht. Aber vielleicht war der Impressionismus ja auch ein letztes Aufbäumen der Romantik, die ja versucht hat, das bedrohte Ich als Zentrum der Welterfahrung zu retten?«

»Das eine schließt das andere ja nicht aus. Aber warum verstecken Sie so einen Gedanken in einer Fußnote?«

Ich zuckte mit den Schultern, unsicher, ob seine Bemerkung als Lob oder Tadel zu werten war. Es war das erste Mal, dass sich in Hillcrest jemand für meine Gedanken interessierte, und dieser jemand war nicht irgendwer, sondern John Barstow, ein Professor der eher gefürchteten Sorte.

»Sie brauchen nicht zu antworten«, sagte er. »Wir müssen auch zum Schluss kommen, Matthew. Ihre Note haben Sie ja bereits. Sind Sie damit zufrieden?«

»Zufrieden? Ein A. Besser geht es ja nicht.«

»Doch. Ich habe Kollegen, die A+ als Note vergeben, aber ich finde das albern. Also, die Arbeit ist ausgezeichnet. Sie können zufrieden sein. Und ich habe mein Versprechen gehalten. Ich habe mit Marian geredet.«

»Sie haben …?«

»Ja, ich denke, Sie sollten die Möglichkeit haben, ein Seminar bei ihr zu machen. Sie hat morgen Nachmittag Sprechstunde. Ich habe Sie vorsorglich schon mal angemeldet. Oder haben Sie morgen um halb fünf schon etwas Dringendes vor?«

»Aber … ich bin darauf überhaupt nicht vorbereitet. Ich weiß nicht einmal, was für ein Seminar sie nächstes Semester anbietet. Ich meine, wie soll ich in ein paar Stunden …«

Er grinste. »Ich habe ein wenig Vorarbeit für Sie geleistet. Sie haben doch in diesem Trimester ein Oberseminar bei Ruth Angerston gemacht. Über Kleist, wenn ich mich nicht irre, oder? »

»Ja.«

»Na also. Marian wird ein Seminar *Über das Marionettentheater* halten. Den Aufsatz kennen Sie doch bestimmt, oder?«

»Ja.«

Das konnte ich mit gutem Gewissen sagen. Es war sogar einer meiner Lieblingstexte von Kleist.

»Na also. Damit sind Sie wahrscheinlich der Einzige in Marians Kurs, der den Text im Original lesen kann. Marian kann Deutsch zwar einigermaßen lesen, aber von den Studenten ist dazu wohl kein Einziger in der Lage. Das habe ich auch Billings erklärt.«

»Sie waren schon bei Billings?«

»Sicher. Ich habe ihn gefragt, ob es von Hillcrest nicht äußerst dumm wäre, einen motivierten Studenten deutscher Muttersprache von einem Seminar fernzuhalten, in dem es um einen der schwierigsten Texte der deutschen Romantik geht. Kann so ein Seminar ohne mindestens einen Muttersprachler überhaupt stattfinden? Das musste sogar so jemand wie Billings einsehen. Sie bekommen hier ohnehin keine gültigen Credits. Die Universität braucht Sie nur zu dulden, kann also nur gewinnen. Sie kosten uns keinen Cent, Matthew, und wir können umsonst von Ihnen profitieren. Wo ist also das Problem? Es gibt nur eines: Marian. Aber was sollte sie dagegen haben, wenn statt sechs nun sieben Studenten im Raum sitzen, von denen dann wenigstens einer die Originalsprache der Texte beherrscht? Die ganze frühromantische Theorie kommt ja auch noch dazu, also Schillers naive und sentimentalische Dichtung, Schlegels Studium-Aufsatz und so weiter. Das kennen Sie ja wohl alles, oder?«

Ich nickte, obwohl ich zugleich das Bedürfnis hatte, den Kopf zu schütteln. Das Ergebnis war eine Art hilfloses Kopfkreisen, das Barstow zum Lachen brachte.

»Beim Bluffen müssen Sie noch besser werden, Matthew. Aber nur Mut, Sie haben ja bis morgen Zeit. Sie haben etwas, das für Marian interessant sein könnte. Also verkaufen Sie es ihr. Das Angebot habe ich schon gemacht, Sie müssen ihr morgen nur zeigen, dass Sie das Potenzial haben, in absehbarer Zeit zu liefern. Also. Es ist jetzt kurz vor elf. Morgen Nachmittag um halb fünf ist Ihr Termin. Mit Ihren Hausarbeiten und Klausuren sind Sie fertig. Das gibt Ihnen jede Menge Zeit. Was machen Sie noch hier? Viel Glück!«

Einen Augenblick lang hasste ich ihn. Warum hatte er mir das verdammt noch mal nicht früher gesagt. Das war doch Wahnsinn. Ein Tag, um mich vorzubereiten. Und ich wusste nicht einmal, worauf.

Kapitel 19

Ich ging sofort in die Bibliothek. Hatte Marian über Kleist geschrieben? Wie sollte ich nur vorgehen? Das *Marionettentheater*, Schiller und Schlegel. Damit würde ich beginnen und schauen, wie weit ich überhaupt kam.

Ich brauchte Stunden, bis ich einen knappen, aber hoffentlich repräsentativen Querschnitt der Ansätze und Lesarten recherchiert und die Texte auf meinen Tisch versammelt hatte.

Jetzt musste ich das alles querlesen und ordnen. Als ich ein erstes Inventar der wichtigsten Forschungsmeinungen erstellt hatte, war es schon zehn Uhr abends. War *Über das Marionettentheater* eine Reaktion auf Kant oder sogar eine Widerlegung? War der Text ironisch gemeint oder eine spirituelle Autobiografie Kleists, wie die meisten annahmen? Rettung durch die Kunst? Wie sollte man den Schluss deuten? Als Hoffnung? Oder als Gipfel der Hoffnungslosigkeit? Beides war möglich. Wie immer bei Kleist fand jeder, was er suchte. Alles an ihm war gespickt mit unauflöslichen Widersprüchen. Das Glück ist stumm, hatte er in seinem ersten Stück geschrieben. Und sich am Ende am kleinen Wannsee in den Mund geschossen.

Meine Augen taten mir weh, und ich hatte Hunger. Ein Stück Pizza und eine Cola versetzten mich vorübergehend wieder in einen wacheren Zustand, aber gegen halb zwölf wurde es kritisch. Immer wieder verschwammen mir die Zeilen vor den Augen. Doch die Aufsätze von Schiller und Schlegel musste ich noch schaffen. Überall wurde auf sie Bezug genommen. Ich hatte die Texte in Berlin schon auf Literaturlisten stehen sehen, aber die diesbezüglichen Seminare am Ende nicht besucht. So war ich nie dazu gekommen, sie zu lesen. Was für ein peinliches Versäumnis! Im Grunde hatte Billings völlig recht gehabt. Mir fehlten sämtliche Grundlagen. Wie sollte ich das alles in einer Nacht nachholen?

Gegen Mitternacht traf ich eine Entscheidung. Ich ging über den wie ausgestorben daliegenden Campus zu meiner Wohnung und suchte nach dem Begrüßungspäckchen, das ich nach der Einführungsveranstaltung bekommen hatte. Es lag in einer der beiden Küchenschubladen zwischen dem Insektenspray und einem Päckchen Brühwürfel. Ich schüttete den Inhalt auf meinen Klapptisch und las die Beipackzettel. Es klang ziemlich übel, aber wenn während der Examenswoche der halbe Campus dieses Zeug schluckte, dann konnte ich das wohl auch. Am Ende nahm ich die einzige Substanz, die keine Gegenindikation zu Tabakgenuss auflistete, schluckte drei statt der empfohlenen zwei Pillen, löschte das Licht und ging wieder hinaus.

»Matthew?«

Janine stand unten an der Treppe. Ich ging auf sie zu. Wir küssten uns. Dann standen wir stumm auf der Stelle und lauschten den Zikaden oder was immer in den Büschen um uns herum zirpte.

»Wo warst du denn den ganzen Abend? Ich habe zigmal bei dir angerufen.«

»Barstow hat mich bei Marian angemeldet«, antwortete ich. »Morgen Nachmittag habe ich einen Termin bei ihr. Deshalb muss ich durcharbeiten. Ich sitze schon seit heute Nachmittag in der Bibliothek.«

Sie lächelte. »Na toll. Das wolltest du doch unbedingt.« Nach einer Pause fügte sie hinzu: »Dann sind nun meine beiden Männer bei der gleichen Frau.«

Ich küsste sie. »Am liebsten würde ich nur bei dir studieren.«

»Ja, ja. Gehst du morgen schwimmen?«

»Sicher erst nach dem Gespräch mit Marian. Kommst du auch? Sagen wir, um fünf.«

»Lieber um sechs. Komm, ich begleite dich ein Stück.«

Sie hakte sich bei mir unter und wir spazierten durch die Nacht. Niemand konnte uns sehen. Es war das erste Mal, dass wir so eng umschlungen in der Öffentlichkeit herumliefen. Dazu kam die Droge, die jetzt ihre Wirkung entfaltete. Ich blieb stehen und schaute sie an.

»Komm, wir gehen zu mir«, sagte ich.

»Nein. Du musst arbeiten.«

»Ach was. Das kann ich dann immer noch.«

»Aha, du willst eine schnelle Nummer?«

»Ich pfeife auf Marian und alle Theorien der Welt für eine Minute mit Dir.«

»Danke«, sagte sie, »das ist die schönste Liebeserklärung, die du mir machen kannst.« Sie drückte mir einen Kuss auf die Wange. »Erst die Arbeit, dann das Vergnügen.« Und bevor ich noch etwas erwidern konnte, lief sie in die Nacht davon.

Ich war jetzt hellwach. Dieses Medikament war erstaunlich. Um drei Uhr hatte ich Schiller geschafft. Nein, nicht nur geschafft. Ich war sogar recht zuversichtlich, dass ich ihn morgen halbwegs würde referieren können, wenn Marian das wollte. Ich ging eine Zigarette rauchen, überlegte dabei die ganze Zeit, was zwischen Janine und David vor sich ging, kam aber zu keinem Schluss. Seit den Andeutungen vom letzten Mal hatte sie kein einziges Wort mehr über ihn verloren. Er war ihr Freund. Sie liebte ihn. Sie hatten eine schwierige Zeit. Und sie hatte Lust, mit mir zu schlafen, mit mir Zeit zu verbringen. Damit war alles gesagt. Und nichts erklärt.

Als ich am Ende von Schlegels Studium-Aufsatz angekommen war, dämmerte es. Die Gruppe der Nachtarbeiter, die die Bibliothek mit mir geteilt hatten, war mittlerweile auf drei zusammengeschmolzen, von denen einer am Tisch schlief, der Zweite eifrig schrieb und der Dritte sich soeben erhob und sein Sachen packte. Ich blickte auf den Tisch vor mir, meinen Stapel Notizblätter, die zerfledderten Fotokopien. Die Droge wirkte noch immer. Ich spürte keinerlei Müdigkeit. Aber wie sollte ich die Zeit bis zu meinem Termin verbringen?

Ich frühstückte einen Bagel. Und dann war die Wirkung mit einem Mal wie weggeblasen. Ich wankte benommen zu meinem Zimmer. Was nur, wenn ich jetzt in ein Loch der Übermüdung fiel? Dann würde ich das Gespräch gleich vergessen können. Ich stellte zwei Wecker auf einmal und legte mich in meinen Kleidern auf die Couch. Als ich wieder zu mir kam, hatte ich ein dumpfes Gefühl im Kopf. Ich duschte, erst heiß dann kalt, trank eine halbe Flasche Coca-Cola und wartete. Allmählich hob sich der schwere Druck auf der Stirn. Es war drei Uhr. Noch eine gute Stunde hatte ich Zeit, um meine Notizen der vergangenen Nacht noch einmal zu überfliegen. womit ich auch sofort begann. Danach rasierte ich mich, zog meinen einzigen Anzug an, legte Rasierwasser auf, widerstand der Versuchung, eine Zigarette zu rauchen und griff stattdessen nach einem Apfel. Dann machte ich mich auf den Weg.

Kapitel 20

Marian war nicht da. Catherine, ihre Sekretärin, meinte jedoch, sie würde sicher gleich kommen. Ich sollte einfach schon hineingehen. Ich bekam also noch mehr Zeit, mich in meiner steigenden Nervosität einzurichten. Die Tür zu ihrem Büro stand offen. Ich trat ein und nahm auf dem Besucherstuhl vor ihrem Schreibtisch Platz. Das Erste, was mir ins Auge fiel, war das Foto von Jacques De Vander, das hinter dem weitgehend leeren Schreibtisch der Professorin an der Wand hing. *To Marian, with affection and gratitude*, stand handschriftlich am unteren Rand. *Amitiés, Jacques.*

Mein Blick wanderte über die Buchrücken auf dem einzigen Regal und über die geöffnete Hängeregistratur an der Wand daneben, in der beigefarbige Akten hingen. Ein einsamer Kunstdruck schmückte den Raum: *Ceci n'est pas une pipe*, dies ist keine Pfeife, stand darauf. Darüber die Abbildung einer Pfeife. Von wem war das noch? Ich ging näher heran. Ach ja, Magritte. Musée National de Bruxelles. Vielleicht ein Geschenk von Jacques De Vander? Er war ja Belgier gewesen.

Ich war versucht, die Notizen meines Nachtmarathons noch

einmal durchzulesen, entschied mich dann aber dagegen. Jetzt war es zu spät. Ich hatte das Gefühl, gar nichts mehr zu wissen. Ich würde mich bestimmt lächerlich machen. Das einzige, woran ich mich im Moment erinnerte, waren meine Lücken. Kant, Fichte, das ganze philosophische Umfeld des deutschen Idealismus, in dem Kleists Fabel irgendwie einzuordnen war – das kannte ich alles nur vom Hörensagen.

Jacques De Vander lächelte mich an. Er stand vor einer Bücherwand, das typische Professorenfoto. Halbkörperporträt. Jackett, Schlips und weißes Hemd, die Arme auf dem Rücken, eine Pose distanzierter Bescheidenheit. Bei genauerem Hinsehen lachten nur seine Augen. Seine Mundwinkel waren enttäuscht nach unten gezogen, was in seiner Gesamtheit den Eindruck von resigniertem Gleichmut ergab. Die Widmung war datiert. 1980. Das Foto war also drei Jahre vor seinem Tod entstanden. Viel wusste ich nicht über ihn. Nur dass sein Leben eine europäisch-amerikanische Erfolgsstory gewesen war, fast das Modell für einen Bildungsroman: Mittelloser, verarmter Intellektueller strandet nach dem Zweiten Weltkrieg in New York, hält sich als Buchverkäufer notdürftig über Wasser, erregt durch Literaturkritiken Aufmerksamkeit im akademischen Milieu und steigt allmählich zum einflussreichsten Literaturwissenschaftler des Landes auf.

Jemand betrat hinter mir den Raum. Ich erhob mich und drehte mich um.

»Oh, sorry«, sagte er. »Ist Marian nicht hier?«

»Äh … nein. Ich warte auf sie.«

»Also zu spät, wie immer.«

Ich wusste überhaupt nicht, was ich sagen sollte.

»Kennen wir uns?«, fragte er. »Ich bin David. Bist du neu hier?«

»Matthew«, sagte ich. »Ich bin Gaststudent. Aus Deutschland.«

»Ah«, rief er erfreut und lächelte. »Dann kennen wir uns ja doch. Du warst mit Janine bei diesem Eiscremefritzen.«

Er sah völlig anders aus als noch vor drei Wochen, als ich ihn aus der Ferne in der Bibliothek gesehen hatte. Vielleicht hatte die Entfernung getäuscht? Er sah jetzt ungepflegt aus. Wo blieb nur Marian?

»Willst du einen Kurs bei ihr machen?«, fragte er. Er fuhr sich mit der Hand über die Bartstoppeln, und ich sah einen gelben Nikotinfleck auf seinem Zeigefinger.

»Ja«, sagte ich.

»Und welchen?«

»Kleist. Das *Marionettentheater.*«

»So? Dann sehen wir uns ja.«

Er musterte mich. Oder war das Einbildung? Wahrscheinlich versuchte er herauszufinden, warum ich so verstockt vor ihm stand und seinem Blick auswich. Hatte Janine ihm etwas gesagt? Mein idiotisches Verhalten musste ihm ja komisch vorkommen. Aber ich bekam keinen vernünftigen Satz über die Lippen. Dieses Gesicht lag jede Nacht neben ihr auf ihrem Kopfkissen.

»Was suchst du denn hier, David?«

Marian stand in der Tür und schaute uns beide verwundert an.

»Briefpapier«, sagte er, ohne den Blick von mir zu nehmen.

»Das kann Catherine dir geben.«

»Genau.«

Ohne ein weiteres Wort verließ er den Raum. Marian schloss die Tür und reichte mir die Hand.

»Sie sind Matthew, nicht wahr? Bitte. Nehmen Sie Platz. Verzeihen Sie, dass ich zu spät bin. Ich wurde aufgehalten.« Sie stellte eine übervolle Ledertasche auf dem Tisch ab und setzte sich nun ebenfalls.

»John hat sich sehr lobend über Sie geäußert«, begann sie

und erklärte mir dann, was ich schon von Billings wusste. »Sie bleiben nur ein Jahr hier, nicht wahr?«

»Ja.«

»Vielleicht aber auch länger?«

»Das weiß ich noch nicht. Es hängt auch nicht nur von mir ab.«

»Was interessiert Sie an De Vanders Theorie?«

Ich dachte, im Boden versinken zu müssen. Ich hatte mich die ganze Nacht durch Kleist, Schlegel und Schiller gekämpft, und jetzt diese Frage. Dabei war es ja die naheliegendste. Ich nahm mir drei Sekunden für meine Antwort Zeit, dann beschloss ich, alle Strategien fallen zu lassen und einfach nur ehrlich zu sein. Die Begegnung mit David hatte mir gereicht. Ich hatte dem Treffen mit Marian mit Bangen entgegengesehen. Warum nur? Sie war sympathisch. Ich schätzte sie auf Anfang vierzig. Den Kampf gegen ein leichtes Übergewicht, falls sie ihn jemals geführt hatte, hatte sie zwar verloren, nicht jedoch ihr hübsches Gesicht. Sie hatte wache Augen, eine schmale Nase und einen spitzen, aber irgendwie kessen Mund. Ihr weiblicher Körper hob sich für meinen Geschmack von der hier vorherrschenden durchtrainierten, südkalifornischen Idealfigur eher vorteilhaft ab. Ein absurder Verdacht durchfuhr mich: Hatte David möglicherweise etwas mit ihr gehabt? Hatten sie deshalb in der Bibliothek gestritten? Hatten David und Janine deshalb eine Krise? War ich der Seitensprung, mit dem Janine David etwas heimzahlen wollte?

Marian schaute mich an und wartete auf meine Antwort.

»Ich war immer fasziniert von Literatur, Miss Candall-Carruthers ...«

»Marian«, unterbrach sie mich. »Wir sind hier nicht so förmlich.«

»Ja, danke. Ich meine, deshalb habe ich dieses Studium begonnen. Ich wollte herausfinden, was Literatur in mir anrichtet. Wie das vor sich geht. Aber der Literaturunterricht, den ich bisher erlebt habe, war immer nur … ja, ich weiß nicht so recht … es war wie ein Ersatz. Literatur wurde immer als ein Vorwand benutzt, um über Ethik, Moral, Psychologie oder Geistesgeschichte zu sprechen. Aber das Eigentliche, das Wesentliche daran ist doch etwas ganz anderes.«

»Und worum könnte es sich da Ihrer Meinung nach handeln?«, fragte sie.

Warum hatte ich mich nur auf so ein Gespräch eingelassen? Ich kannte diese Frau überhaupt nicht. Und was ich ihr erklären wollte, lag völlig wirr in mir herum. Sie lehnte sich ein wenig vor. Offenbar fand sie das, was ich gesagt hatte, nicht völlig unsinnig. Was hatte ich schon zu verlieren? Wenn es nicht sein sollte, dann eben nicht. Und wollte ich überhaupt mit David in einem Seminar sitzen?

»Ich habe kein besseres Wort dafür als: Schicksal. Irgendetwas Übergreifendes. Sinn.«

Sie lehnte sich wieder zurück.

»Schreiben Sie, Matthew?«

»Was? Nein. Wieso?«

»Nur so eine Idee.«

Was für ein merkwürdiges Gespräch. Was sollte sie bloß von mir denken. Schicksal? Sinn? Waren wir hier in der Kirche? Aber ich konnte es nicht besser ausdrücken.

»Mit Ihrer Frage sind Sie hier schon richtig. Jacques De Vander hat sich sein Leben lang darüber gewundert, dass Literatur mit ästhetischen Funktionen befrachtet wird, von denen wir nicht einmal wissen, ob es sie gibt. Aber Schicksal? Gehört dieser Begriff nicht eher in die Reihe der Ersatzfunktionen, die Sie eigentlich ablehnen? Ins Theologische etwa?«

Ich sagte nichts. Ich hatte keinen klaren Begriff für das, was ich meinte. Marian wartete, aber da ich nicht antwortete, fuhr sie fort:

»Wo Sie Schicksal sagen, sagen wir: Sprache. Vielleicht ist es ja das Gleiche. Es ist auch nicht so wichtig, wie wir es bezeichnen, solange wir wissen, wovon wir sprechen. Und offenbar wissen Sie das. Oder vielleicht sollte ich besser sagen: Sie scheinen ein Gespür dafür zu haben, was ja zunächst ausreichend ist. Kommen wir zu den praktischen Fragen. Was haben Sie sich für das nächste Trimester vorgenommen?«

»Für das nächste Trimester … also, ehrlich gesagt, ich habe noch keine endgültige Wahl getroffen.«

»Wer ist ihr Counselor?«

»Das ist Mr. Billings. Aber eigentlich habe ich keinen. Als Gaststudent ist man wohl automatisch bei Billings und, na ja, er berät mich im Grunde nicht.«

Marian runzelte die Stirn. Aber warum sollte ich es besser klingen lassen, als es war?

»John hat mir gesagt, über Kleist hätten Sie schon gearbeitet?«

Es klang merkwürdig, wie sie das aussprach. Kläist.

»Ja. In Berlin die frühen Dramen und hier bei Ruth die Novellen.«

»Und wie steht es mit dem deutschen Idealismus? Kennen Sie sich damit aus?«

Ihre Fragen kamen jetzt ziemlich schnell eine nach der anderen. Sie prüfte mich und fand zielsicher jede Schwachstelle. Was sollte ich schon sagen zu Kants dritter Kritik? Ich kannte sie nicht. Und Fichtes Subjektbegriff? Fehlanzeige. Mehrmals war ich drauf und dran, selbst vorzuschlagen, die Sache auf sich beruhen zu lassen. Ich hatte einfach nicht die nötige Vorbildung für ihr Seminar. Ihr Gesichtsausdruck wurde immer ernster. Ich sah, dass sie es zu verbergen versuchte, aber ich spürte ihren Unwillen. Bei Schlegel und Schiller bekam ich wenigstens eine halbwegs zufriedenstellende Antwort hin. Aber selbst da wurde mir nach zwei genaueren

Nachfragen sofort klar, wie oberflächlich meine Lektüre gewesen war.

»Schlegels Studium-Aufsatz haben Sie wenigstens schon einmal bearbeitet«, sagte sie. »Wie lange ist das her?«

Sollte ich lügen? »Ein paar Stunden«, antwortete ich.

Sie sah mich irritiert an. Ich öffnete meine Tasche, holte mein ganzes Material heraus und legte es vor ihr auf den Tisch. »Professor Barstow hat mir gestern Mittag gesagt, dass Sie mich heute empfangen würden. Ich habe die ganze Nacht durchgearbeitet. Mehr als das habe ich einfach nicht geschafft.«

Sie blätterte zögernd in dem Stapel herum, zog ein paar der Aufsätze heraus und musterte die Überschriften.

»Haben Sie das selbst zusammengestellt?«

»Ja.«

»Wie sind Sie vorgegangen?«

Ich erzählte es ihr. Dann schob sie mir den Packen wieder hin. Warum gab sie sich mit mir ab? Wie war es Barstow überhaupt gelungen, sie dazu zu bringen, mich für ihr Seminar auch nur in Erwägung zu ziehen? Was für ein Interesse verfolgte er damit? Marians Körperhaltung sprach Bände. Sie wollte mich am liebsten so schnell wie möglich loswerden. Aber etwas hielt sie zurück, und sicher nicht meine Muttersprache oder die Tatsache, dass ich soeben den Beweis erbracht hatte, dass ich ernsthaft bemüht war, meine Wissenslücken zu füllen. Wahrscheinlich kam ihr das sogar bemitleidenswert vor.

»Hören Sie zu, Matthew. Sie sind ein nicht ganz alltäglicher Fall. Üblicherweise habe ich Studenten vor mir, die überhaupt keine Fragen haben. Sie haben offenbar eine Frage, können sie aber nicht sinnvoll stellen. Ich weiß nicht, wie das kommt. Aber ich habe mich schon oft gefragt, wie es wäre, Studenten zu haben, die keine Antworten suchen, sondern lernen wollen, ihre Fragen richtig zu stellen.«

Sie muss sich selbst überzeugen, dachte ich. Sie denkt laut.

»In 100er- und 200er-Kursen werden Sie auf dieser Ebene nicht bedient. Zudem sind Sie nur begrenzte Zeit hier und haben einen besonderen Status. Ich bin bereit, für Sie eine Ausnahme zu machen. Unter einer Bedingung: Sie halten den Arbeitsrhythmus, in dem Sie sich auf unser heutiges Gespräch vorbereitet haben, über ein ganzes Trimester. Denn das werden Sie müssen, sonst kommen Sie nicht mit. Trauen Sie sich das zu?«

Nein, niemals, dachte ich.

»Ja. Natürlich.«

»Wie viele Kurse müssen Sie für Ihr Stipendium mindestens belegen?«

»Das Minimum ist drei.«

»Gut. Sie werden kaum Zeit für etwas anderes haben. Wählen Sie also die anderen beiden Kurse entsprechend aus, irgendetwas, das ein wenig Spaß macht und nicht viel Zeit verschlingt. Ich werde Ihnen über Catherine eine erweiterte Literaturliste zukommen lassen, in die Sie sich bis nächste Woche bitte einarbeiten. OK?«

Kapitel 21

Janine kam nicht zum Schwimmen. Aber ihre Stimme war auf dem Anrufbeantworter.

»David hat mir erzählt, dass er dich heute getroffen hat. Ich glaube, er ahnt etwas. Aber er sagt nichts, wahrscheinlich wegen übermorgen. Ich werde mit ihm reden, wenn er diesen Vortrag hinter sich gebracht hat. Vorher kann ich das nicht machen. Es ist zu wichtig für ihn.«

Pause.

»Ich weiß auch gar nicht, was ich ihm sagen soll.«

Danach hatte sie noch einmal angerufen.

»Bitte lass mir Zeit bis Donnerstag.«

Pause.

»Ich denke die ganze Zeit an dich.«

Meine Hoffnung, ihr wenigstens zufällig zu begegnen, erfüllte sich nicht. Stattdessen sah ich zweimal David mit Büchern bepackt aus dem Archiv kommen. Ich beobachtete ihn verstohlen und fühlte mich elend. Wie musste Janine sich erst fühlen? Sie wohnten schließlich zusammen. Bereute sie unsere Begegnung? Welches Problem hatten die beiden eigentlich? Wie würde David reagieren, wenn er erfuhr, was geschehen war? Sie wollte ihn schließlich nicht verlassen. Das hatte sie ja erklärt. Aber wie sollte es dann weitergehen? Worauf sollte ich mich einstellen?

Mit gemischten Gefühlen bangte ich dem Donnerstag entgegen. Ich aß kaum und ging auch nicht schwimmen. Ich hockte die meiste Zeit tatenlos herum, starrte in Bücher, die mir egal waren, oder saß rauchend auf meiner Klappcouch und wartete, dass das Telefon klingelte. Als es endlich geschah, war es Winfried. Er wollte wissen, ob ich am nächsten Tag auch zur Lecture gehen würde und ob ich danach noch etwas vorhätte. Er habe Theo und Gerda auf ein Bier eingeladen und würde sich freuen, wenn ich auch vorbeikäme. Ich sagte gern zu.

Als ich mich am nächsten Abend auf den Weg zum Brooker Auditorium machte, traf ich ausgerechnet auf Gerda, die gerade ihren Wagen vor meinem Haus parkte.

»Du wohnst hier?«, rief sie überrascht.

»Ja. Du aber doch wohl nicht, oder?«

»Nein. Aber meine Parkkarte ist abgelaufen. Trimesterende. Ich hatte noch keine Zeit, eine neue zu holen. Die kontrollieren ziemlich scharf und schleppen sofort ab. Deshalb parke ich heute hier draußen.«

Wir überquerten gemeinsam die Brücke zum Campus und schlugen dann den Weg zu dem Hügel ein, auf dem das Auditorium lag. Keine Wolke stand am Himmel. Eine leichte Brise wehte vom Meer. Die Luft war wie aus Glas.

»Wie findest du Ruth?«, wollte sie wissen.

»Toll«, sagte ich. »Aber ich bin immer befangen, wenn ich mit ihr allein bin.«

»Wegen der Nummer?«, fragte Gerda.

»Ja.«

»Das geht vielen so.«

»Kennst du ihre Geschichte?«

»Nein. Andererseits weiß ja jeder, was passiert ist. Deshalb ist man ja sprachlos. Ich weiß nur, dass sie Treblinka überlebt hat.«

Allein das Wort. Treblinka.

»Kommt sie heute Abend auch?«

»Nein«, sagte sie. »Sie mag den Zirkel um Marian nicht besonders.«

»Ach ja. Warum?«

»Jemand wie Ruth hat wahrscheinlich wenig Lust dazu, sich erklären zu lassen, dass alle Fragen an die Welt rhetorisch sind. Ich bin schon gespannt, was Marians Zögling heute Abend vortragen wird. Er soll ziemlich gut sein.«

»Kennst du ihn näher?«, fragte ich.

»Nein. Du?«

»Nein«, antwortete ich knapp, während eine Stimme in mir weitersprach: Ich schlafe nur mit seiner Freundin.

»Wieso bleibst du stehen?«, fragte sie.

»Nur so«, log ich und fügte schnell hinzu: »Was soll das eigentlich heißen?«

»Was?«

»Dass Literatur nur rhetorisch ist?«

Gerda fuhr sich durch ihre fülligen blonden Haare und schüttelte leicht den Kopf, sodass sie ihr regelmäßig über die Schultern fielen. In ihrem dunkelgrünen Kostüm hatte sie mehr von einer Dozentin als von einer Studentin.

»Soweit ich das verstanden habe, geht es darum, dass es keine eindeutige Aussage geben kann.«

»Und wieso?«

»Genau erklären kann ich dir diese Theorie auch nicht. Aber David wird es uns heute Abend ja vormachen. Du wirst schon sehen. Er wird die Sonette auf eine Art und Weise interpretieren, wie du sie noch nie gelesen hast.«

»Meinst du wirklich?«

»Ja. Wenn ein Student für eine Hillcrest-Talent-Lecture vorgeschlagen wird, dann heißt das schon etwas. David wird mit Sicherheit eine lupenreine Anwendung von De Vander vortragen.«

»Und das heißt?«

»Er wird genau das nicht tun, was du und ich normalerweise mit einem Gedicht oder einem Text machen würden. Er wird vermutlich kaum etwas über Shakespeare sagen, nichts über die Geschichte der Sonette, schon gar nichts über irgendwelche philologischen oder editorischen Probleme, die sich bei Shakespeare ja immer stellen. Er wird die Sonette nicht lesen, sondern er wird sie unlesbar machen. Alle Vorträge von Leuten aus dem INAT, die ich bis jetzt erlebt habe, waren so. Sie erklären nichts, sondern sie legen ihre Interpretation wie eine flimmernde Folie über die Texte, die sie bearbeiten. Eigentlich ist es wie mit diesen Farbrätseln auf Cornflakespackungen, nur umgekehrt.«

»Was für Farbrätsel? Ich verstehe gar nichts.«

»Das kennst du doch bestimmt. Diese grünen oder blauen Farbmuster, in denen man außer flirrenden bunten Punkten nichts erkennen kann, bis man eine rote Transparentfolie drüberlegt. Plötzlich sieht man eine Zahl oder ein Wort, irgendetwas, das man vorher nicht erkennen konnte. Die Leute vom INAT machen es im Grunde genau umgekehrt. Sie interpretieren einen literarischen Text, und wenn sie damit fertig sind, hast du das Gefühl, den Text noch nie wirklich gelesen zu haben. Im Gegenteil. Wo du hinschaust, bei fast jedem Wort, siehst du plötzlich nur noch flirrende grüne und blaue Punkte. Und das Schlimme ist: Du bist dir sicher, dass da jetzt ein großes Geheimnis verborgen ist.«

»Und die rote Folie?«

»Tja, die geben sie dir nicht. Hallo ihr beiden.«

Wir waren vor dem Brooker Auditorium angekommen. Winfried trug wie üblich Cowboystiefel und Theo seinen Dufflecoat. Schon hier draußen herrschte eine erwartungsvolle Stimmung. Oder bildete ich mir das nur ein, weil ich aus einem ganz anderen Grund nervös war? Als wir den Vortragssaal betreten hatten und ich David unten in der ersten Reihe sitzen sah, wurde mir erst recht unwohl. Janine saß neben ihm. Sie unterhielten sich leise. David trug einen dunklen Anzug. Das Lederband um seine Stirn hatte er abgelegt und seine langen Haare stattdessen zu einem Pferdeschwanz zusammengebunden, was in Verbindung mit dem Anzug ziemlich gut aussah. Während das Auditorium sich langsam bis auf den letzten Platz füllte, schaute er manchmal hinter sich und begrüßte die Zuhörer, die er kannte. Aufgeregt schien er nicht zu sein. Janine trug einen todschicken, hellgrauen Hosenanzug, von dem ich wusste, dass ihre Mutter ihn ihr aus Paris mitgebracht hatte. Sie drehte sich kein einziges Mal um.

»Na, was bekommen wir wohl heute zu hören?«, spöttelte Winfried. Ich saß zwischen ihm und Gerda. Theo war links neben Gerda gelandet, weil er unbedingt den Außenplatz direkt am Gang haben wollte. »Ich tippe auf das Textbegehren der dunklen Lady.«

»Nein«, korrigierte Gerda, »darum hat sich Marian schon gekümmert.«

»Wo sind nur die Sicherheitsgurte?«, fuhr Winfried fort. »Mir wird immer so schnell schummerig bei Vorträgen von Leuten aus dem INAT.«

»Wird schon nicht so schlimm werden«, beruhigte ihn Theo. »Aber schaut euch mal seine Freundin an. Da kann einem durchaus schwindelig werden.«

»Ahh ...«, stöhnte Gerda genervt, erwiderte aber sonst nichts. Winfried und Theo grinsten sich zu. Ich blickte zu Boden.

Während die letzten Zuhörer ihre Plätze auf den dunkelroten, weichen Sesseln einnahmen, ging das Bühnenlicht an. Als nächstes erlosch feierlich und dezent die Saalbeleuchtung. Ein Mann, den ich nicht kannte, trat ans Pult und hielt eine kurze Begrüßungsrede.

»Wer ist das?«, fragte ich Gerda flüsternd.

»Jeffrey Holcomb«, flüsterte sie zurück. »Der neue Chef der Abteilung für vergleichende Literaturwissenschaft. Auch aus Yale. So wie Marvin Krueger. Das ist der Grauhaarige zwei Plätze neben Marian. Jeder der drei ist gut und gern eine Viertelmillion wert.« Theo warf uns einen missbilligenden Blick zu, woraufhin Gerda verstummte.

Ich musterte die Hinterköpfe in der ersten Reihe. Zu Marians Linken saß Janine. Rechts von ihr saß ein mir unbekannter Mann mit rotblonden Haaren, der sich soeben umdrehte und, wie ich fand, etwas grimmig auf das vollgepackte Auditorium schaute.

»Wer ist der Mann neben Marian, der sich gerade umgedreht hat?«, fragte ich Gerda leise.

»Ihr Mann. Neil Carruthers.«

Ich versuchte, mich wieder auf die einleitenden Worte von Jeffrey Holcomb zu konzentrieren. Er war sehr groß und schlank und hatte einen eckigen Kopf, was durch seine altmodische Brille noch betont wurde. Er sprach unverkrampft, ohne akademische Steifheit, rief den besonderen Anlass des Vortrags in Erinnerung, skizzierte den Werdegang von David Lavell, den kennen und schätzen zu lernen er bereits in Yale das Vergnügen gehabt habe. Ich wusste schon, dass David aus Portland stammte und auf welchen Colleges und Universitäten er zuvor gewesen war. Neu war mir nur, welche Begabtenstipendien er neben dem Mellon Grant noch alle bekommen hatte. Das INAT, so fuhr Holcomb fort, schätze sich glücklich, einen so vielversprechenden jungen Wissenschaftler in seinen Reihen zu haben, weshalb er vom Institut für die diesjährige Hillcrest-Talent-Lectures ausgewählt worden sei. Er sei sicher, dass David dieser besonderen Ehre mehr als gerecht werden würde. Die letzten Worte, mit denen Holcomb die Bühne für seinen Star freigab, hörte ich nicht mehr, weil sich mein Blick in Janines schwarzen Locken und meine Gedanken in diffusen Erinnerungen an den darunter befindlichen Nacken verloren hatten. Was für eine merkwürdige Situation. Applaus lenkte meine Aufmerksamkeit wieder auf David, der sich nun erhob. Mit einem Stich im Herzen registrierte ich, dass Janines linker Arm sich kurz hob und dann wieder senkte. Mein Gott, hatten sie die ganze Zeit Händchen gehalten?

Dann trat David ans Pult.

Kapitel 22

»Meine Damen und Herren«, begann er. »Es war ursprünglich meine Absicht, Ihnen einige Gedanken zu Shakespeares Sonetten vorzutragen.«

Während er sprach, senkte sich eine Leinwand von der Decke herab. David wartete geduldig, bis sie ausgefahren war. »Aus aktuellem Anlass möchte ich jedoch eine kleine Parenthese machen, wenn Sie gestatten.« David machte über die Zuhörer hinweg mit der Hand ein Zeichen. Die Bühnenbeleuchtung erlosch, der Lichtstrahl eines Projektors ließ die Leinwand weiß aufleuchten. Im nächsten Augenblick erschienen dort die großformatige Abbildung des Titelkupfers und das Widmungsblatt des Sonettzyklus.

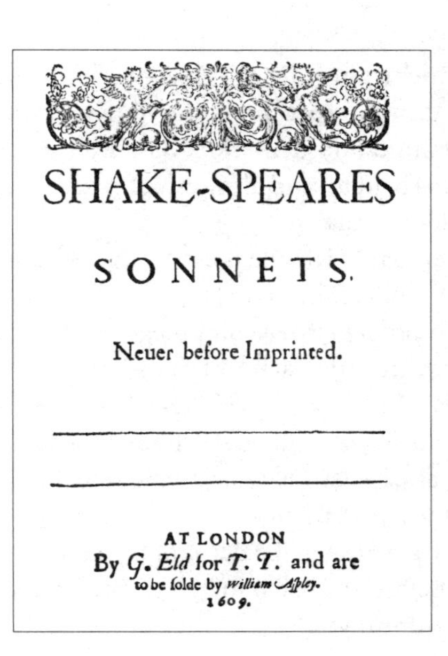
SHAKE-SPEARES

SONNETS.

Neuer before Imprinted.

AT LONDON
By *G. Eld* for *T. T.* and are
to be solde by *William Aspley.*
1609.

TO.THE.ONLIE.BEGETTER.OF.
THESE.INSVING.SONNETS.
Mr.W.H. ALL.HAPPINESSE.
AND.THAT.ETERNITIE.
PROMISED.

BY.

OVR.EVER-LIVING.POET.

WISHETH.

THE.WELL-WISHING.
ADVENTVRER.IN.
SETTING.
FORTH.

T. T.

»Ich werde nicht über die Sonette, sondern über die merkwürdige Widmung sprechen, die ihnen vorausgeht.« Ich schaute zu Janine und bemerkte, dass Marian sich zu ihrem Mann hinüberbeugte und ihm etwas ins Ohr flüsterte. Der zuckte mit den Schultern.

»Sie kennen natürlich alle diese Widmung aus der Quarto-Ausgabe von 1609«, fuhr David fort.

»Fast vierhundert Jahre später biegen sich die Regale unter zahllosen Schriften, die sich mit dem Rätsel um die Identität von *Master W.H.* befassen. Etwa drei Dutzend Kandidaten sind bis heute identifiziert und es steht zu erwarten, dass, wie bei dieser Art literarischer Ostereiersuche üblich, bald noch weitere dazukommen werden.«

Während David die Reihe der möglichen Kandidaten Revue passieren ließ, übersetzte ich mir noch einmal die an die Wand projizierte Widmung:

Dem alleinigen Schöpfer der
nachfolgenden Sonette
Master W.H. alles Glück
und jene Ewigkeit
versprochen
von
unserem unsterblichen Dichter
wünscht
der wohlmeinende
Unternehmer bei
der Herausgabe
T.T.

Es war schon seltsam, dass Thomas Thorpe einen gewissen *W.H.* als Schöpfer der Gedichte nannte. Wenn Shakespeare gar nicht der Autor dieser Sonette war, warum prangte dann Shakespeares Name dick und fett auf dem Titelkupfer? Wenn fast vierhundert Jahre Forschung an diesem Problem gescheitert waren, was würde David dann wohl heute darüber zu sagen haben? Oder würde er gleich mit der Operation beginnen, die Gerda mir vorhin beschrieben hatte?

»... behauptet, es handle sich um William Herbert, den dritten Earl of Pembroke. Noch subtiler ist die Annahme, hinter W.H. verberge sich Henry Wriothesley, der dritte Earl of Southampton, wobei die Initialen bewusst vertauscht worden sein sollen, aus Gründen, die man uns leider schuldig bleibt. Weitere Kandidaten auf dieser schier endlosen Liste sind William Hart, ein angeblicher Geliebter des vielleicht, ach ja, natürlich: homosexuellen Dichters, außerdem William Hughes, William Hathaway, William Hatcliffe und William Harrison. Eine noch kühnere Theorie besagt, W.H. stehe für nichts anderes als *William Himself*, womit wir das erste Widmungsblatt der Literaturgeschichte vor uns hätten, in dem sich ein Verleger für seinen Autor dessen eigene Unsterblichkeit wünscht. Eine andere Lesart will uns glauben machen, das Kürzel W.H. als *begetter* der Sonette bezeichne gar nicht ihren Autor oder Schöpfer, sondern denjenigen, der das Manuskript besorgt und dem Herausgeber zur Verfügung gestellt hat, also einen fleißigen Literaturagenten der Shakespearezeit. In diese Gruppe fallen Namen wie William Hervey, der jüngere William Hart und ein gewisser William Hall. Sie sehen also: wegen Master W.H. ist mehr Tinte geflossen als wegen irgendeiner anderen Problematik der Quarto-Ausgabe.«

Davids Ton war von Beginn an ein wenig ironisch gewesen. Die *literarische Ostereiersuche* hatte ihm die ersten, noch unterdrückten Lacher eingebracht. Der *ach ja, natürlich, homosexuelle Dichter* war mit einem hämischen Brummen Winfrieds neben mir belohnt worden. Der letzte Seitenhieb, dass Shakespeareforscher angesichts des W.-H.-Mysteriums generell die Tinte nicht halten könnten, führte nun zu allgemeiner Erheiterung. In der ersten Reihe schien man das allerdings nicht so witzig zu finden. Das fand ich verständlich, denn zumindest Marian hatte ja über die Geschlechterfrage in den Sonetten geschrieben. Überhaupt saßen Jeffrey Holcomb, Marvin Krueger und vor allem Marian für meinen Geschmack recht steif auf ihren Stühlen. Wechselten sie sogar erstaunte Blicke oder bildete ich mir das ein? Janine schaute mehrmals sichtlich irritiert zwischen Marian und David hin und her. Der aber sprach ruhig weiter:

»Die Vertreter dieser unterschiedlichen Theorien haben sich gegenseitig derart gründlich widerlegt, dass uns diese Arbeit glücklicherweise bereits abgenommen ist. Lässt man die abstrusesten Hypothesen einmal beiseite, bleiben eigentlich nur wenige Fakten übrig: W.H. wird als der Schöpfer, Autor, Erzeuger oder was immer ein *begetter* nun sein soll, der nachfolgenden Sonette bezeichnet und vom Verleger als *Mas-*

ter angesprochen. Dass Thomas Thorpe, ein Bürgerlicher, es gewagt haben soll, einen Lord oder Earl mit dem völlig unpassenden Wörtchen *Master* anzusprechen, glaubt wohl niemand ernsthaft, womit die adeligen Kandidaten von vornherein ausscheiden. Thorpe wusste genau, wie man gesellschaftlich höherstehende Menschen zu titulieren hatte, was seine anderen Widmungsblätter, wo Rang und Titel der Erwähnten immer absolut korrekt wiedergegeben sind, hinreichend belegen. Zu behaupten, Master W. H. beziehe sich auf Pembroke, Southampton oder sonst einen Adeligen, widerspricht jeglicher Etikette der Zeit und wäre ein absolut einmaliger Fall. Wenden wir uns der Frage zu, was ein *begetter* sein mag, so ist auch hier viel Verwirrendes gesagt worden. Interessanterweise hat es allerdings zunächst fast zweihundert Jahre gedauert, bis sich überhaupt jemand bereitfand, diese Formulierung seltsam zu finden. Shakespeares Zeitgenossen und die damaligen Käufer und Leser der Sonette scheinen sich jedenfalls nicht darüber gewundert zu haben. Zumindest ist diesbezüglich nichts überliefert. Erst 1799 kam George Chalmers auf die Idee, dass mit W. H. als dem *begetter* der Sonette in Wirklichkeit der *getter* des Manuskriptes gemeint sei, was James Boaden 1837 zu der Annahme bewegte, dies müsse natürlich im übertragenen Sinne gelesen werden. Mit dem *begetter* sei die Muse, die inspirierende Kraft gemeint, welche die Sonette *gezeugt*! habe. W.H. könne somit nur die Person sein, welche Shakespeare zu den Sonetten inspiriert habe.«

David machte eine Pause und blickte ins Publikum. Aha, dachte ich. Jetzt geht es los. Er wird sich das Wort *to beget* vorknöpfen und es nach der Manier zum Flirren bringen, die Gerda mir beschrieben hatte. Aber etwas ganz anderes geschah.

»Ich habe mir nun einmal die Mühe gemacht und die Widmungstradition des 15., 16. und 17. Jahrhunderts etwas genauer untersucht. In annähernd tausend Widmungstexten dieser Art bin ich auf keinen einzigen Fall gestoßen, wo das Verb *to beget* oder der davon abgeleitete *begetter* im Zusammenhang mit Gedichten oder sonstigen Texten etwas anderes als den Autor bezeichnet hätte. Die Metaphorik des Zeugungsaktes für das künstlerische Schaffen war fest etabliert. Unter dem *begetter* verstand man immer nur den Autor. Ich habe kein einziges Beispiel gefunden, wo etwa ein Übersetzer, Kommentator, Verleger, Abschreiber, Verfasser von Anthologien oder Plagiator so bezeichnet worden wäre. Im Gegenteil. In der Widmungstradition der Renaissance war die Betrachtung eines Textes als Nachkommenschaft eine der meistverbreiteten Metaphern überhaupt und wurde sogar sehr differenziert eingesetzt. Übersetzer galten als Adoptivväter oder als Stiefväter, Übersetzungen entsprechend als Stiefkinder, meist als Stieftöchter. Drucker, Verleger und Herausgeber wurden immer wieder als Hebammen bezeichnet, Plagiate und auch Abhandlungen religiöser Gegner als Bastarde, posthume Werke als Waisen, deren sich der Herausgeber als Vormund oder Pate angenommen hat. Wenn Thomas Thorpe mit dem *begetter* der Sonette irgendjemand anderen gemeint hat als deren Autor, so wäre seine Wortwahl für die gesamte Renaissance absolut einmalig.«

Es war jetzt sehr still im Saal. Ich spürte, dass Gerda sich zu mir herübergelehnt hatte.

»Ich glaube, wir sind im falschen Film«, flüsterte sie.

Ich antwortete nicht. Was David bisher vorgetragen hatte, war solide, konventionelle Philologie. Revolutionär kam es mir jedenfalls nicht vor. Aber vielleicht kam das Eigentliche ja erst noch.

»Gegen die Annahme, dass sich W. H. irgendwie auf Shakespeare beziehen soll, spricht nun aber der zweite Teil der Widmung, wo wir unseren *unsterblichen Dichter* haben, der ein

Ewigkeits- oder Unsterblichkeitsversprechen für W.H. bereithält. Es macht ja wenig Sinn, in einer Widmung zu sagen: ich wünsche, der Dichter möge durch die nachfolgenden Sonette die Unsterblichkeit gewinnen, die er selbst verspricht. Ja, in der ganzen mehrhundertjährigen Kontroverse um Thomas Thorpes Widmung gibt es nur einen Punkt, in dem sich gleichsam alle Kommentatoren einig sind: Mit *unserem unsterblichen Dichter* kann niemand anderes als Shakespeare gemeint sein.«

Die Stille im Saal war noch eindringlicher geworden. Ich spürte, wie mein Herz schneller zu schlagen begann. Der Einzige, der davon völlig unberührt schien, war David.

»Im Rückblick mag man bei der Formulierung *unsterblicher Dichter* in der Tat an Shakespeare denken. Ja, vermutlich ist er sogar der Erste, der uns dabei heute in den Sinn kommt. Aber wie hat sich das aus der Sicht eines Zeitgenossen von 1609 dargestellt? Außer Theaterstücken hatte Shakespeare seit fünfzehn Jahren nichts geschrieben. Und die Stücke waren zwar Kassenknüller, blieben jedoch in den meisten Fällen ungedruckt. Schaut man sich die zeitgenössische Kritik an, so glimmt Shakespeares Stern nur mäßig im Vergleich zu den strahlenden Gestirnen seiner Epoche wie etwa Spenser, Sidney, Raleigh, Drayton, Lodge oder Daniel. Shakespeare wird fast immer in einer Reihe mit zweit- oder drittrangigen Dichtern erwähnt. In Anthologien und Zitatbüchern der Zeit ist er nur spärlich vertreten. Die Sonette wollte kaum jemand lesen. Während Draytons Sonette zwischen 1599 und 1620 neun Auflagen erlebten, wurden von der Quarto-Ausgabe so wenige Exemplare verkauft, dass ein Nachdruck sich nicht lohnte. Noch 1640 wurden nur acht der hundertvierundfünfzig Sonette in einer billigen Anthologie nachgedruckt. Erst 1709, also hundert Jahre später, wurde die erste Neuauflage vorgenommen, vielleicht ein Zeichen dafür, dass Thorpes

Wunsch, der Autor der Sonette möge unsterblich werden, allmählich in Erfüllung ging. Fest steht: Um 1609 war Shakespeare alles andere als ein unsterblicher Dichter.«

Während die erste Reihe bisher in einer seltsamen Erstarrung verblieben war, kam jetzt Bewegung auf. Jeffrey Holcomb hatte sich erhoben und war gebückt zu Marian gegangen. Kaum dort angekommen, hatte Neil Carruthers sich erhoben. Jeffrey Holcomb nahm neben Marian Platz, und die beiden steckten die Köpfe zusammen, während Neil Carruthers sich auf Jeffreys leeren Platz begab. David wartete, bis wieder Ruhe eingekehrt war, bevor er weiter sprach.

»Ich habe nun erneut eine ziemlich umfassende Sichtung von Renaissance-Texten vorgenommen und eine interessante Entdeckung gemacht: Ich bin nämlich auf keinen einzigen Fall gestoßen, wo die Bezeichnung *unsterblich* für einen lebendigen, sterblichen Menschen benutzt wurde. Nicht einmal Lobgesänge auf Königin Elisabeth, wo man derartiges noch am ehesten erwarten würde, weisen solche Formulierungen auf. Ist vorstellbar, dass Thomas Thorpe einen anderen Dichter im Sinn hatte, dessen Unsterblichkeit er für den Autor der Sonette ersehnte, Sidney oder Spenser etwa? Das scheint eher unwahrscheinlich, da keiner der beiden Konkurrenten sich dabei hervorgetan hat, dem Schöpfer der Shakespeare-Sonette ein ewiges Leben verschaffen zu wollen.«

Wieder machte sich Erheiterung im Saal breit. Ich war mittlerweile enorm gespannt auf den Fortgang. Mochte es eben ein philologischer Vortrag sein und keine neuästhetische Analyse eines der Sonette; spannend und beeindruckend war Davids Argumentation auf alle Fälle. Neidvoll dachte ich daran, dass er nur zwei Jahre älter war als ich selbst. Scheinbar wie mit links jonglierte er mit vierhundert Jahren Forschungsgeschichte zu einem der geheimnisumwobensten Renaissancetexte. Das musste ihm erst einmal einer nachmachen. Und wie es aussah, hatte er noch einige Pointen auf Lager. Die nächste erschien mir einfach grandios.

»Es gibt einen sehr viel wahrscheinlicheren Kandidaten«, fuhr er fort, »denn der Zusatz *unsterblich* scheint in Renaissancetexten am häufigsten dann auf, wenn von Gott die Rede ist. Ich habe Ihnen hier einmal nur eine kleine Auswahl der bekannteren Stellen mitgebracht.«

Ein neues Dia erschien auf der Leinwand mit einer Fülle von Textstellen.

»Ich habe sie alle überprüft: Coverdale, Marlowe, Sidney, Herbert, Breton, Johnson, Hooker und sogar Sir Isaac Newton. Unsterblich war ihnen immer nur einer: Gott. Es ist also nicht ganz unwahrscheinlich, dass Thomas Thorpe mit dem *unsterblichen Dichter* niemand anderen gemeint hat als unseren Herrn, den Vater im Himmel, oder, wie man damals auch zu sagen pflegte: den Autor der Schöpfung.«

Ein überraschtes Raunen ging durch den Raum. »Wow!«, hörte man aus einer Ecke, gefolgt von zwei-, dreimaligem Händeklatschen, dass durch zorniges Zischen aus einer anderen Ecke des Saals erfolgreich zum Verstummen gebracht wurde. »Genial«, hörte ich Winfried neben mir flüstern.

Ich bohrte meinen Blick in Janines Rücken. Aber sie starrte nur David an. Was für eine geniale Analyse! Es war ja so offensichtlich, wenn man erst einmal daraufgekommen war: Thomas Thorpe wünschte dem Autor der Sonette, Master W.H, jene Unsterblichkeit, welche der unsterbliche Dichter, nämlich Gott, der Autor der Schöpfung, uns versprochen hat. So einfach war das. Es blieb zwar vorerst noch die Frage, warum Shakespeare als W.H. bezeichnet worden war, aber ich war mir sicher, David würde auch darauf eine Antwort parat haben. Sonst hätte er sich nicht so weit vorgewagt. Ich schaute gespannt auf das Widmungsblatt, das nun wieder auf der Leinwand erschienen war. Warum kam ich nicht selbst darauf? Es war doch so augenfällig. Aber ich sah es erst, als David es dem ganzen Publikum zeigte.

Er genoss sichtlich die Spannung, die er erzeugt hatte, spielte eine Quelle nach der anderen aus, um seine These gegen jeden möglichen Einwand abzusichern. Und nichts schien er so sehr zu genießen, wie den Todesstoß, die Entlarvung eines Geheimnisses, das gar keines war.

»Wenn nun aber der unsterbliche Dichter niemand anderes ist als Gott und der Schöpfer der Sonette ihr Autor, also Shakespeare, warum spricht Thorpe dann von einem Master W. H.? Mit der These, dass Shakespeare nicht der Autor der Sonette ist, sollen sich gerne andere Leute beschäftigen. Dass Thorpe die Autorschaft geheim halten wollte, kann auch nicht sein, denn im Titelkupfer wird Shakespeare ja genannt. Katharine Wilson hat behauptet, Thorpe habe nur einen Witz machen wollen. Wie Banstorff glaubt sie, W. H. stehe für William Himself und der unsterbliche Dichter sei Shakespeare, dessen Unsterblichkeit Thorpe dem Dichter selbst wünsche, als doppelte Versicherung sozusagen. Nun ja, ich überlasse es Ihnen, dergleichen plausibel zu finden. Wobei ich von der schier unüberschaubaren Menge zeitgenössischer Thesen lieber gar nicht sprechen will. Ganze Schulen subversiver Texttheorien haben sich im Schatten von W. H. gebildet und davon ausgehend Dinge in die Sonette hineingeheimnist, die weder Hand noch Fuß haben.«

Marian stand auf und verließ den Raum. Gerda knuffte mich.

»Hast du das gesehen?«, flüsterte sie. Ich war sprachlos und nickte nur. Winfried lehnte sich vor und schaute an uns vorbei zu Theo hinüber, der seinen Blick feixend erwiderte.

»Das ist ja ein Königinnenmörder«, sagte Gerda leise. Dann war wieder Davids Stimme zu hören.

»Schauen Sie sich nun bitte noch einmal ganz aufmerksam

diese Widmung an.« Man hörte das Klackern des Diaprojektors, mit der eine Nahaufnahme der umstrittenen Textstelle auf der Leinwand erschien.

MR. W. H. ALL.HAPPINESSE.

»Fällt Ihnen nichts auf?«, fuhr David fort. »Ist es nicht wahrscheinlich, dass die merkwürdige Leerstelle zwischen den Buchstaben H und A darauf hinweist, dass hier beim Setzen ein Buchstabe verloren gegangen ist? Es mag zwar banal klingen, aber die schlüssigste Erklärung für unser Problem, die uns weder dazu zwingt, die Widmungstradition der Renaissance zu ignorieren, noch Thomas Thorpe für einen Witzbold zu halten, ist einfach diese: W. H. ist nichts als ein Druckfehler. Vielleicht der folgenschwerste Druckfehler der Literaturgeschichte. Aber mehr auch nicht.«

Es war jetzt totenstill im Saal. War Marians Verschwinden daran schuld? Oder das letzte Puzzlesteinchen, das jeder selbst hätte entdecken können, denn es war ja immer da gewesen, von Anfang an, vor aller Augen. Aber niemand hatte es gesehen.

»Bravo!«, rief jetzt jemand in die Stille hinein. Der Ruf kam aus den Reihen hinter uns. Diesmal zischte niemand mehr.

»Nur an einer einzigen Stelle im ganzen Widmungstext«, fuhr David fort, »stoßen wir auf eine Leerstelle zwischen den Wörtern oder Buchstaben. Ansonsten dienen stets Punkte dazu, die Wörter voneinander abzusetzen. Falls es sich, wie ich glaube, um einen Druckfehler handelt, so ist er auch leicht zu erklären. Thorpe druckte die Bücher, die er herausgab, nicht selbst. Wäre er sowohl der Herausgeber als auch der Drucker gewesen, wäre ihm dieser Fehler wahrscheinlich nicht unterlaufen oder, falls doch, so hätte er ihn gewiss korrigiert, ebenso wie die weiteren Druckfehler, die wir in der Quarto-Ausgabe finden. Manche dieser Fehler sind ganz offensichtlich durch Flüchtigkeit entstanden, andere nachvollziehbarerweise das Ergebnis von unleserlichen Stellen im Originalmanuskript. In den dreizehn noch existierenden Originaldrucken gibt es nur ganz wenige Fälle, wo vereinzelt Korrekturen vorgenommen worden sind. Berücksichtigt man nun auch noch die nicht gerade gute Reputation des Druckers sowie die Tatsache, dass das Korrekturlesen damals sehr lässig gehandhabt wurde, so fragt man sich, warum man W.H. jemals als etwas anderes als einen Druckfehler betrachtet hat. Hat Thorpe damals Mr. W.SH. auf das Manuskript geschrieben und der Setzer das S einfach vergessen? Schrieb Thorpe vielleicht ursprünglich W.SH. oder W.Sh., besann sich dann anders und strich den zweiten Buchstaben des Nachnamens, wobei der Setzer irrtümlich diesen beibehielt und statt des S das H druckte? Vergessen wir nicht, dass in Handschriften des siebzehnten Jahrhunderts die Buchstaben S und H leicht verwechselt werden können. Ein Druckfehler dieser Art ist jedenfalls sehr viel wahrscheinlicher als all die rätselhaften Chiffren, die man in der Buchstabenkombination W.H. hat entdecken wollen. Eine banale Lösung für ein großes Geheimnis? Ich denke nicht. Das eigentliche Geheimnis bleibt uns ja erhalten. Meine Absicht war nur, das Namensschild an der Pforte zu einer der zweifellos rätselhaftesten und großartigsten Gedichtsammlungen der Weltliteratur wieder klar lesbar zu machen. Ich denke, wir sollten rasch hineingehen und uns mit den Geheimnissen in den Sonetten selbst beschäftigen. Vergeuden Sie nicht Ihre Zeit mit den akademischen Pseudohieroglyphen am Eingang. Die wirklichen Geheimnisse beginnen dahinter. Davon vielleicht bald mehr. Ich danke Ihnen.«

Es dauerte einige Sekunden, bis der Beifall einsetzte. Das Publikum applaudierte laut und kräftig. Einige Zuhörer erhoben sich respektvoll, andere folgten. Einige jüngere Zuhörer pfiffen sogar. David verbeugte sich mehrfach. Dann stieg er die Bühnentreppe hinab und setzte sich auf seinen Platz.

Jeffrey Holcomb erhob sich und trat ans Mikrofon. Der Applaus verstummte, die Zuhörer setzten sich wieder.

»Danke, David, für diesen bemerkenswerten Vortrag«, begann er. »Sie werden mir zustimmen, dass eine solch komplette und überzeugende Darstellung eigentlich keiner weiteren Diskussion bedarf. Daher bitte ich Sie nun einfach noch einmal um Applaus für diese Glanzleistung und lade Sie zu einem kleinen Umtrunk in unsere Fakultät ein. Vielen Dank, dass Sie gekommen sind.«

Winfried schüttelte den Kopf. Gerda tuschelte mit Theo, während die zweite Welle Applaus allmählich abebbte. Ich versuchte, Janine im Auge zu behalten. David hatte sich wieder erhoben. Sowohl Holcomb als auch Krueger waren schon verschwunden. Neil Carruthers näherte sich David, machte jedoch auf halber Strecke kehrt und verließ ebenfalls den Saal. Ein paar Studenten in der zweiten und dritten Reihe diskutierten miteinander. David rief ihnen etwas zu. Ich konnte nicht hören, was gesagt wurde. Janine griff David am Arm und wollte ihn wegziehen. Aber er blieb stehen. Und dann sah ich die Geste. Der Vorfall war in seiner Heftigkeit schockierend. Einer der Studenten zeigte David hasserfüllt den Finger. David lachte nur. Dann folgte er Janine, die ihn, sichtlich besorgt, zum Bühnenausgang drängte.

Ich war völlig verwirrt. Was hatte sich hier abgespielt? Gerdas Bemerkung dröhnte in meinem Kopf. Ein Königinnenmord?

TEIL II

Kapitel 23

Es gab keinen Empfang, der diesen Namen verdient hätte. Weder Marian noch Jeffrey Holcomb ließen sich blicken. Marvin Krueger spielte als einziger die Rolle des Gastgebers. Catherine, die Sekretärin, hatte Pappbecher mit lauwarmem Orangensaft vorbereitet, die niemand anrührte. Von den empörten Studenten, die ich eben noch im Vortragsaal gesehen hatte, war kein einziger gekommen.

David hatte sich an einem Stehtisch neben dem Sekretariat postiert und nahm Glückwünsche von Zuhörern entgegen. Janine stand neben ihm. Ich wagte es nicht, zu ihnen hinzugehen. Immerhin schaute sie zweimal zu mir herüber und lächelte unbeholfen.

Gerda, Winfried und Theo waren nicht mitgekommen, sondern gleich zu Winfried gegangen, um dort etwas Richtiges zu trinken. Ich bereute es jetzt, mich ihnen nicht angeschlossen zu haben. Ich schaute mich um und entdeckte John Barstow. Er kam auf mich zu.

»Hi, Matthew. Wie geht's?«

»Gut, danke«, sagte ich. »Und Ihnen?«

Er schnitt eine der Grimassen, die normalerweise eine originelle Antwort ankündigte, blieb sie diesmal jedoch schuldig.

»Ehrlich gesagt, ich habe keine Ahnung, wie es mir geht. Ich bin ... wie soll ich sagen: sehr erstaunt.« Er setzte an, noch etwas hinzuzufügen, schaute dann jedoch nur zu David hinüber, der einer älteren Dame die Hand schüttelte.

»Danke, sehr freundlich«, hörte ich ihn sagen. »Ja, der Aufsatz ist bereits zur Veröffentlichung angenommen.«

Barstow hob seinen Pappbecher. »Dieser Orangensaft«,

sagte er kopfschüttelnd. »Kann sich Hillcrest nicht einmal Eiswürfel leisten?«

»Ich habe mich noch gar nicht bei Ihnen bedankt, Mr. Barstow«, erwiderte ich. »Ihre Hilfe war erfolgreich.«

»Meine Hilfe? Ach, Matthew, wenn Sie sich nur nicht immer so unterschätzen würden. Und ob ich Ihnen wirklich einen Gefallen getan habe, werden wir erst noch sehen. Prost. Ich glaube, das wird eine lustige Runde, in die Sie da ab nächster Woche hineingeraten.«

Damit ließ er mich stehen. Ich schaute wieder zu David und Janine hinüber. Sie wich nicht von seiner Seite. Es sah fast so aus, als wollte sie ihn beschützen. So unauffällig, wie ich konnte, verließ ich den Raum.

Es war Theo, der mir die Tür öffnete. Sprechen konnte er gerade nicht, denn er löffelte etwas in sich hinein, das wie Krabbensalat aussah. Seine rollenden Augen signalisierten indessen, dass offenbar dicke Luft herrschte. Als ich das kleine Wohnzimmer betrat, saß Gerda mit finsterer Miene auf einem Sessel, hielt eine Bierdose in der Hand und schüttelte energisch den Kopf, während Winfried erregt auf sie einsprach.

»Natürlich war das eingefädelt. Barstow steckt dahinter. Oder McMillan oder sonst einer ihrer Gegner aus dem Berufungsausschuss. Ihr werdet sehen. Das Verfahren wird sich länger und länger hinziehen. So läuft das immer. Die graben so lange, bis sie irgendetwas finden. Und wenn es so weit ist, dann sägen sie sie ab.«

»Eine beschissene Männerfantasie ist das«, schnitt ihm Gerda das Wort ab. »Und ich kann gar nicht fassen, dass du auch noch heimlich darüber triumphierst. Was hat Marian dir denn getan? Dieser David hat sie heimtückisch bloßgestellt. Auf übelste Weise.«

»Ach was, er hat ihr nur ein wenig von ihrem eigenen Gift zu probieren gegeben. Du hast sie doch letztes Jahr erlebt, als sie diesen Marxisten aus Chicago auseinandergenommen hat. War das vielleicht besser?«

»Das war hart, ja. Aber der Mann stand hier nicht zur Berufung an. Und es ist nicht verboten, seinen Standpunkt mit Nachdruck zu vertreten.«

»Mehr hat David heute auch nicht getan.«

»Bullshit«, entfuhr es Gerda. Sie richtete sich zornig auf. »Er hat die Situation schamlos ausgenutzt. Wer hat ihn für diese Lecture nominiert? Wer hat ihn überhaupt hierher gebracht? Wem verdankt er seinen Erfolg, hm? Marian. Er ist ihr Schüler, verdammt noch mal. Sie hat ihm den Steigbügel gehalten, und er hat ihr heute öffentlich ins Gesicht gespuckt. Egal, was man von ihren Ideen halten mag: Dieser David ist ein hinterfotziges Schwein.«

Die Schärfe des Ausdrucks ließ Winfried verstummen. Ich schaute betreten vor mich hin. Theo hatte sich in eine Zimmerecke verzogen und rührte schweigend in seiner Krevettenmayonnaise oder was immer er da aß.

»Was meinst du denn dazu, Matthias?«, sagte Winfried plötzlich zu mir. »Du gehörst doch mittlerweile zum Club, oder? Du warst doch beim Empfang. Irgendwelche Neuigkeiten?«

»Ich gehöre zu überhaupt keinem Club«, sagte ich. »Kann mir vielleicht mal jemand erklären, was das alles soll?«

Niemand sagte etwas. Gerda fixierte mich kurz und richtete ihren Blick dann wieder auf Winfried. Ich hatte das Gefühl, sie würde gleich aufstehen und gehen.

»Zu so einer Schweinerei kann man jemanden gar nicht anstiften«, sagte sie verächtlich. »Das hat der sich schon selbst ausgedacht. Oder meinst du vielleicht, Barstow ist zu David gegangen und hat gesagt: He, alter Junge, wir wollen Marian in die Pfanne hauen. Schreibe uns doch mal eben einen genialen philologischen Aufsatz zu einem Thema, das Marian auch schon bearbeitet hat. Falls möglich, dann nimm auch noch ihre Theorie auf die Schippe und löse nebenbei eine der härtesten Nüsse der Shakespeareforschung. So ist das nie im Leben gelaufen.«

»Unwahrscheinlich«, räumte Winfried ein. »Aber wie dann?«

»Ich weiß es nicht. Der Vortrag war genial. Und er war eine Sauerei. Das Einzige, was man heute Abend also mit Sicherheit sagen kann ist, dass dieser David ein schlaues Arschloch ist.«

Theo musste kichern. Winfried zog die Augenbrauen hoch. »OK. Von mir aus. Aber David hin oder her: Er hat etwas bezweckt, oder etwa nicht?«

»Natürlich hat er etwas bezweckt«, sagte Gerda. »Er hat die Frau verraten, der er alles verdankt. Ein Muttermörder ist er.«

»Komm, Gerda«, ließ sich Theo leise vernehmen. »Mach mal halblang. Du redest ja schon wie Doris.«

Sie fuhr so zornig herum, dass ihre blonden Haare kurzzeitig ihr Gesicht verdeckten.

»Was soll denn das jetzt? Und was heißt hier halblang? Warum hat er denn nicht Holcomb oder Krueger angegriffen, wenn er dem INAT eins auswischen wollte? Warum Marian? Warum ausgerechnet sie? Weil sie eine Frau ist. Das ist alles. Wahrscheinlich erträgt es das Ego dieses Früchtchens einfach nicht, dass sie ihm haushoch überlegen ist. Wie soll man so eine Gemeinheit sonst erklären?«

»Vielleicht war zwischen den beiden irgendetwas, worüber wir nichts wissen«, versuchte Theo sie zu besänftigen. »Irgendetwas Privates. Und David war unklug genug, seine sensationelle Idee dafür zu nutzen, sie öffentlich ein wenig herauszufordern. Sie zu provozieren. Ich denke, wir sollten das nicht überbewerten. Vielleicht tut es ihm sogar leid? Sein Ehrgeiz ist mit ihm durchgegangen. Das kann doch sein, oder? Es steckt bestimmt etwas Privates dahinter.«

Gerda stellte ihr Bier ab und erhob sich.

»Etwas Privates«, sagte sie höhnisch und schaute von einem zum andern. »So, so.« Ich fragte mich, warum in diesem Raum plötzlich eine so merkwürdige Frontlinie verlief. Ich hatte an der Diskussion überhaupt nicht teilgenommen, aber es schien ausgemacht, wo ich stand. Da war Gerda, und da waren wir: wir Männer.

»Was zwischen Männern und Frauen privat ist, passt gerade mal in ein Doppelbett«, sagte sie. »Und selbst das ist wahrscheinlich eine Illusion. Als ob ich euch das erklären müsste. Gute Nacht.«

Kapitel 24

»Bist du zu Hause?«

Ich war erst zehn Minuten zuvor zurückgekommen. Es war nach Mitternacht.

»Ja.«

»Ich muss dich sehen.« Janine legte auf, ohne eine Antwort abzuwarten. Aber sie kam nicht. Ich lag bis zwei Uhr wach. Dann fielen mir die Augen zu.

Am nächsten Tag war sie nirgends zu finden, weder im Pool, noch in einer der Cafeterias. Ich wollte sie in der Bibliothek suchen, musste jedoch feststellen, dass diese heute ausnahmsweise geschlossen war. »Reinigungs- und Wartungsarbeiten. Wiedereröffnung Samstag 08:00«, stand auf einem Schild. Für einen Freitag war der Campus merkwürdig leer. Anscheinend war ich der Einzige, der das lange Wochenende bis zum Beginn des nächsten Trimesters nicht für einen Kurzurlaub nutzte. Sollte ich zu ihrer Wohnung gehen? Ihre Telefonnummer hatte ich nicht. Sie war es, die bei mir anrief. Als ich gegen Mittag in mein Zimmer zurückkehrte, hatte sie eine Nachricht auf dem Anrufbeantworter hinterlassen.

»David hat mich gebeten, mit ihm wegzufahren. Ich konnte nicht Nein sagen. Ich brauche das Wochenende, um alles zu klären. Ich denke die ganze Zeit an dich. Bitte gib mir diese drei Tage.«

Drei Tage. Was konnte in drei Tagen nicht alles passieren? Ich begann, herumzutelefonieren. Theo nahm nicht ab. Winfried hatte Besuch aus Deutschland und würde in ein paar Stunden aufbrechen, um nach Las Vegas und dann durch das Death Valley zu fahren. Sogar bei Gerda rief ich an. Aber die hatte mit ihrem Mann zusammen eine Einladung zu einem Segeltörn. Alle hatten etwas vor, außer mir, der vor lauter Abgabestress überhaupt nicht daran gedacht hatte, diese drei geschenkten Tage zum Verschnaufen einzuplanen.

Der einzige helle Moment an diesem Freitag war der Augenblick, als Marians Sekretärin mich anrief und mir mitteilte, ich könne meine Unterlagen im Sekretariat abholen. Sie lägen in meinem Fach. In meinem Fach? Ich ging sofort ins Institut. Es war genauso verwaist wie der restliche Campus. Der Stehtisch, an dem David mit Janine gestanden hatte, war noch da. Catherine saß nicht an ihrem Platz. Nur eine halbvolle Kaffeetasse neben ihrem grauen Macintosh zeigte an, dass sie in der Nähe sein musste. Ich ging um den Empfangstresen herum in den kleinen Nebenraum, wo die Postfächer untergebracht waren. An einem der Fächer stand tatsächlich mein Name. Ich zog den Stapel Blätter heraus, der darin steckte. *CompLit 303* stand auf dem Deckblatt. Ich fand eine Kursbeschreibung, eine Teilnehmerliste, eine allgemeine Literaturliste und ein zusätzliches Blatt mit Lektürevorgaben, die nur für mich bestimmt waren. Ich überflog die Titel. Kurzurlaub wäre für mich ohnehin nicht infrage gekommen.

Meine Mitstudenten hießen Jacques Sroka, Tom Brendan,

Mark Hanson, Julie Verassi und Parisa Khavari. David stand auch auf der Liste. John Barstows Bemerkung war mehr als zutreffend gewesen. Ich versuchte mir die unmögliche Situation vorzustellen, wenn die Teilnehmer dieses Seminars am kommenden Dienstag das erste Mal zusammenkommen würden: David in offener Revolte gegen Marian; ich als Anfänger in dieser sicher eingeschworenen Gruppe; dazu mein Verhältnis mit Janine, worüber David bis Dienstag mit Sicherheit Bescheid wissen würde. Ich dachte an den blonden Studenten, der David am Ende seines Vortrags wütend den Finger gezeigt hatte. Er stand bestimmt auch auf dieser Liste. War er Jacques? Oder Tom?

Ich verließ das Institut, überquerte den leeren Parkplatz und kehrte bedrückt in mein Zimmer zurück. Ich fühlte mich so einsam wie seit meiner Ankunft vor zehn Wochen nicht mehr. Ich rief erneut bei Theo an. Aber wieder war da nur der Anrufbeantworter. Ich hinterließ keine Nachricht. Marians Literaturliste drückte meine Stimmung auf den Tiefpunkt. Zum Teufel mit diesem Studium. Ich warf die Blätter in die Ecke und starrte voller Verachtung mein miserables kleines Zimmer an. Dann nahm ich ein leeres Blatt zur Hand und begann, einen langen Brief an meinen Bruder zu schreiben. Als ich fertig war, war es dunkel draußen. Sieben Seiten hatte ich vollgeschrieben. Natürlich würde ich keine einzige davon abschicken. Was sollte mein armer Bruder mit diesem Gejammer anfangen?

Ich nahm den kommentierten Kurskatalog zur Hand. Spätestens am Montag musste ich mich für zwei weitere Kurse einschreiben. *Der viktorianische Roman.* Das schied schon vom Umfang her aus. *Emerson, Thoreau und die amerikanischen Transzendentalisten.* Auch nicht gerade als lockeres Beiprogramm geeignet. *Faulkner. Die Romane.* Ich blätterte weiter. Auf der nächsten Seite wurden die Angebote etwas schillernder, das Lesepensum jedoch nicht unbedingt geringer. *Der schwarze, innerstädtische Roman der Sechzigerjahre. Geschlechtsbilder früher feministischer Lyrik. Popkultur und Mythenbildung.* Auf der nächsten Seite waren die Kurse der Hillcrest School of Creative Writing verzeichnet. Theos Institut. *Die Kunst des Dialogs. Wie recherchiert man für einen historischen Roman? Übungen zur Genreliteratur. Don't get it right, just get it written.* Dieser letzte Titel klang interessant. *Machs nicht richtig, sondern fertig*, oder so ähnlich. Ich las die Beschreibung. Es ging um die berüchtigten Schreibblockaden und um Strategien, wie sie zu überwinden waren. Keine Literaturliste! Einziger Leistungsnachweis: eine geschriebene Seite pro Tag. *Jeden Tag!* stand extra dabei. Auch samstags und sonntags. Zwei Seminarsitzungen pro Woche. Ich markierte den Kurs. Eine Seite pro Tag. Über irgendein Thema. Das konnte ich leicht nebenher erledigen. Ich blätterte weiter, suchte die Spalten nach weiteren Kursen ab, die ein Minimum an zeitlichem Aufwand versprachen. Eine halbe Stunde später hatte ich den Kurs gefunden. *Robinson Crusoe im Spiegel seiner Leser. Von Pope bis Joyce.* Das war leicht zu schaffen. Zusammenzufassen, was Edgar Allen Poe, Karl Marx oder Virginia Woolf zu der Schiffbrüchigengeschichte zu sagen hatten, dürfte nicht allzu zeitraubend sein.

Kapitel 25

Mitten in der Nacht stand sie vor meiner Tür. Nachdem ich geöffnet hatte, ging sie wortlos an mir vorbei ins Zimmer, ließ die kleine Tasche fallen, die sie dabeihatte, und setzte sich aufs Bett.

»Kann ich hier schlafen?«

Sie zog ihr Sweatshirt aus, entledigte sich ihrer Jeans und kroch unter die Decke.

»Ich erzähle dir morgen alles«, sagte sie noch. »Ich bin völlig erschöpft.«

Ihr Haar roch nach Zigaretten. Ich kuschelte mich an sie. Sie nahm meine Hände und drückte sie kurz gegen ihre Lippen. Dann rollte sie sich zusammen und drehte sich weg.

Als ich am nächsten Morgen erwachte, hörte ich das Wasser in der Dusche rauschen. Wieso war sie hier? Waren sie doch nicht weggefahren? Sie trat aus der Dusche, ein Handtuch um ihren Körper, ein kleineres um ihren Kopf gewickelt. Sie lächelte mich an, setzte sich auf den Stuhl am Fenster und frottierte ihre Haare. Ich schaute sie nur an.

»Na, so schweigsam heute?«, fragte sie.

»Das Glück ist stumm«, sagte ich und strahlte sie an.

»Hoffentlich nicht chronisch.«

»Nein. Warum bist du so weit weg?«

Sie hob die Augenbrauen. »Vielleicht habe ich Angst.«

»Wovor?«

»Vor deinen schönen Schwimmermuskeln.«

»Aha, das habe ich mir gedacht.«

»Was?«

»Dass du wie alle bist und nur das Eine willst.«

»Wieso *nur* das Eine? Vielleicht will ich ja alles?«

»Warum kommst du dann nicht her?«

Sie schüttelte den Kopf.

»No, no. Wir machen einen Ausflug. Komm. Zieh dich an. Ich will dir etwas zeigen.«

Kurz darauf saßen wir in ihrem Wagen und fuhren die Küstenstraße nach Süden. Das Meer war noch verhangen. Nur ganz allmählich wurde die Sonne stärker und brannte den Dunst weg. Wir passierten Corona del Mar, Laguna Beach, Dana Point. Alle paar Minuten gab die Straße einen noch schöneren Blick auf die malerisch daliegenden Küstenstädtchen frei. Irgendwann bogen wir ab und folgten einer von Villen gesäumten Straße, die sich zum Strand hinabschlängelte. Wir parkten an der Strandpromenade. Der Parkplatz war so gut wie leer. Sie ergriff meine Hand und lenkte unsere Schritte auf einen Pier zu, der ein ganzes Stück weit in das Meer hinausgebaut war. Wir gingen an Anglern vorbei, die stumm auf das Wasser starrten oder damit beschäftigt waren, blutige Würmer auf ihre Haken zu spießen. Es roch nach Fisch und Seetang. Möwen kreisten über unseren Köpfen und krächzten. Der Wind blies Janines Haare durcheinander, und sie musste mich loslassen, weil sie beide Hände brauchte, um sie zu bändigen. Nach ein paar Minuten erreichten wir das Restaurant am Ende des Piers. *We serve breakfast. Delicious Chowder. No credit.* Es war nur ein einfacher *Diner*, aber in was für einer Lage! Wir waren die ersten Gäste. Janine ging zielstrebig auf einen Tisch am Fenster zu und setzte sich.

Der Ort war ideal. In drei Himmelsrichtungen nichts als Wasser und landwärts nur ihr Gesicht, leicht gerötet von der frischen Morgenluft. Wir bestellten und warteten händchenhaltend auf den Kaffee und die Muffins. Sie wollte wissen, was ich gestern gemacht hatte, und ich erzählte es ihr.

»Lustig, nicht wahr?«, sagte sie. »Jetzt bist du drin, und David ist draußen. Man könnte meinen, du hättest ihn auf der ganzen Linie ersetzt.«

Ich fand das gar nicht komisch.

»Am Dienstag sitzen wir im gleichen Seminar.«

»Das bezweifle ich.«

»Ich habe gestern die Teilnehmerliste gesehen. David steht drauf.«

Sie zuckte mit den Schultern. »Warten wir's ab.«

»Kennst du die anderen eigentlich?«, fragte ich und zählte zwei Namen auf, an die ich mich erinnerte.

»Ja, klar«, antwortete sie. »Die hängen ja immer zusammen.«

Ich wollte sie fragen, wer der blonde Student war, der David nach der Lecture den Finger gezeigt hatte, aber sie kam mir zuvor.

»Ich habe David gestern alles erzählt«, sagte sie und verstummte wieder. Sie nahm eine Zigarette aus dem Päckchen. Ich gab ihr Feuer.

»Wir sind zwei Stunden gefahren. Dann kam es mir unmöglich vor, ein ganzes Wochenende mit ihm zu verbringen. Ich bat ihn, anzuhalten und dann habe ich ihm gesagt, dass ich etwas mit dir habe.«

Sie schaute mich unsicher an. Ich versuchte zu lächeln.

»Willst du nicht wissen, was er gesagt hat?«

»Doch.«

»Er wollte wissen, seit wann.«

»Und du hast es ihm gesagt.«

»Ja. Sicher.«

»Und dann?«

»Dann hat er mich gefragt, ob ich in dich verliebt sei. Ich habe Ja gesagt.«

Ich wollte ihr um den Hals fallen, aber ich griff nur nach ihrer freien Hand und küsste sie.

»Daraufhin hat er den Motor gestartet, und wir sind umgekehrt. Wir haben während der ganzen Rückfahrt geschwiegen. Ich habe ihn abgesetzt und bin zu dir gefahren. Er packt heute und wird zu einem Freund ziehen.«

Die Bedienung brachte das Frühstück, und wir sahen schweigend zu, wie sie unsere Bestellung auf dem Tisch abstellte. Ich konnte mein Glück kaum fassen. Sie hatte gesagt, sie sei in mich verliebt. Aber sie sah nicht verliebt aus, sondern traurig. Ernst. Ich wollte etwas sagen, irgendetwas, aber alles klang dumm und nichtssagend. Sie schien das zu spüren.

»Ich will jetzt nicht viel reden. Ich habe die letzten Wochen so viel geredet. Ich will das jetzt erst einmal vergessen. Wir frühstücken, und dann gehen wir an den Strand, einverstanden?«

Wir verbrachten das ganze Wochenende zusammen, allerdings nicht am Strand, sondern in meinem Studio. Und wir redeten kaum. Wir hatten Besseres zu tun.

Der unweigerliche Absturz erfolgte am Sonntagabend. Wir aßen in einem Denny's zu Abend. Danach bat sie mich, sie zu ihrer Wohnung zu begleiten. Ich hatte die beiden Räume noch nie gesehen, aber man sah auch so die Spuren, die von ihrem verschwundenen Mitbewohner zeugten: ein Nagel an der Wand, an dem kein Bild mehr hing; staubige, leere Stellen im Bücherregal; ein mit Habseligkeiten gefüllter Karton vor dem Fenster, der entweder vergessen worden war oder darauf wartete, noch abgeholt zu werden. Janine wirkte auf einmal angespannt. Ich spürte, dass sie es vorzog, diese Spuren allein zu beseitigen. Also ging ich. Gegen halb elf rief sie mich an, gab mir bei dieser Gelegenheit auch endlich ihre Telefonnummer und sagte mir Dinge, die es mir schwer machten, nicht gleich wieder zu ihr zu gehen. Aber sie verbot es mir, verschrieb uns zudem drei Tage Kontaktverbot und erklärte, dass sie sich trotz allem zusammenreißen müsse. Die nächsten zehn Wochen würden sonst unweigerlich in einer universitären Katastrophe enden, was sie, deren Eltern Tausende von Dollar für ihr Studium bezahlten, sich keinesfalls leisten konnte. Am Mittwochabend könnten wir uns sehen, und am Sonntag vielleicht aufs Meer hinausfahren und Wale beobachten. Kurz bevor wir auflegten, brachte sie noch den Gedanken ins Spiel, dass wir Weihnachten zusammen in Paris verbringen könnten. Die Wohnung ihrer Mutter dort sei frei, da ihre Eltern nach Hawaii fliegen würden. Dass ich gar kein Geld für einen Heimflug besaß, verdrängte ich sofort und sah mich stattdessen in meinen Tagträumen schon vor Sacré-Cœur mit ihr stehen.

Kapitel 26

Als ich am Montag vom Schwimmen zurückkam, stauten sich auf den Zufahrten zu den Parkplätzen die Wagen der auswärtigen Studenten. Vor dem Einschreibungsbüro traf ich Gerda, die sich beim Segeln einen üblen Sonnenbrand auf den Lippen zugezogen hatte und daher kaum sprechen konnte. Sie murmelte ein paar Erklärungen über ihren Zustand und erwähnte mit keinem Wort den Streit bei Winfried, was mir ganz recht war.

Ich schrieb mich für die beiden Kurse ein, die mir noch fehlten, und ging dann zuerst ins Englisch-Department, um den Dozenten des Robinson-Crusoe-Kurses aufzusuchen. Er war sogar in seinem Büro, einem durch Bücherstapel komplett unbrauchbar gewordenen Raum, in dem nur in einer Ecke ein wenig Platz für eine schwenkbare Computerkonsole und einen Sessel geblieben war. Dr. Harold Shawn saß dort und las das *Times Literary Supplement*. Ich stellte mich vor. So, Berlin, das sei ja eine interessante Stadt, die er leider nicht kenne. Ja, heute Nachmittag sei die erste Sitzung. Schön, dass ich mitmachen wolle. Die Unterlagen für den Kurs bekäme ich am Nachmittag. In der *Norton-Ausgabe* sei aber das meiste drin, worüber wir sprechen würden. Ich hatte das Gefühl, den richtigen Mann gefunden zu haben. Shawn war der Typ Professor, der kein großes Interesse am Unterricht hatte und dafür im Gegenzug auch keine besonderen Leistungen erwartete. Seine Publikationsliste, wie ich später erfuhr, war endlos. Er war ein Forscher, der vor allem seine Ruhe wollte. Genau das Richtige für meine Zwecke. Ich ging kurz im Buchladen vorbei und besorgte mir die für den Kurs empfohlene *Norton-Ausgabe* von Defoes Roman, das hiesige Pendant zu *Königs Erläuterungen*. Kurzzeitig verachtete ich mich dafür, solch einen Kurs zu belegen. Aber eine bessere Lösung für meine Situation fiel mir nicht ein.

Am Institut für Kreatives Schreiben herrschte eine ganz andere Stimmung. Von allen Departments, die ich bisher betreten hatte, war dies das gemütlichste. Der Empfangsraum vor dem Sekretariat sah aus wie eine Teestube. An den Wänden hingen große Porträtaufnahmen arrivierter Autorinnen und Autoren. Ein Foto der Dozentin meines Kurses hing dort auch. *Robin Anderson* stand unter dem Foto einer lächelnden Frau mit krausen, hellbraunen Locken, Nickelbrille und einem etwas länglichen Gesicht ohne besondere Auffälligkeiten. Ein Zeitungssauschnitt war darunter an die Wand geklebt. Sie war Jahrgang 1955, hatte Drama und Politik studiert, eine stattliche Zahl mir völlig unbekannter Preise für Kurzgeschichten gewonnen und fast ebenso viele Autoren-Stipendien erhalten. Darunter hingen lobende Kritiken aus verschiedenen Tageszeitungen. An einer Pinwand entdeckte ich die Kurspläne. Ich verglich die Nummer auf meinem Einschreibungsblatt mit der Übersicht, fand meinen Kurs und stellte fest, dass wir zwanzig Teilnehmer waren. Ich überflog die Namen, notierte mir noch die Raumnummer und gab meinen Zettel der Sekretärin. Damit war alles erledigt.

In Hinausgehen traf ich Theo. Er sah gar nicht erholt aus.

»Das ganze Wochenende im Bett«, sagte er kurz angebunden. »Magen. Ich bin nicht mal ans Telefon gegangen, tut mir leid.«

»Geht's jetzt wieder besser?«

»Hm, so lala. Sei froh, dass du bei Winfried nichts gegessen hast. Ich bin sicher, es war der beschissene Krevettensalat.«

»Vielleicht ist dir Gerdas Wutausbruch nicht bekommen?«

Sein Gesicht hellte sich kurz auf. »Ja, das war heftig. Na ja, sie wird sich wieder beruhigt haben. Hast du das Enfant terrible schon getroffen?«

»Nein.«

»Aber du machst doch dieses Trimester einen Kurs im INAT, oder?«

»Ja. Aber es geht erst morgen los.«

»Wenn du was hörst, erzählst du mir, was da am Donnerstag los war?«

»Falls ich etwas höre, klar.«

Der Gedanke, David zu begegnen, verursachte mir großes Unbehagen. Glücklicherweise wechselte Theo das Thema.

»Was machst du denn hier bei uns?«

»*Don't get it right, just get it written.* Robin Anderson. Ich dachte, ich probiere das mal aus.«

Theo machte große Augen.

»Schon wieder ein Abtrünniger. Ob da etwas ins Trinkwasser gelangt ist?«

»Was soll denn das heißen?«

»Erst David, der ins feindliche Lager wechselt, aber immerhin bei der Wissenschaft geblieben ist. Und jetzt du? Du wirst doch nicht heimlich einen Roman schreiben, oder?«

Es machte ihm offensichtlich Spaß, mich aufzuziehen.

»Warum feindliches Lager?«, fragte ich.

»So wird über die Sache geredet. David hat sich mit seinem Vortrag angeblich exkommuniziert.«

»Aber der Vortrag war genial.«

»Giordano Bruno war auch genial. Das INAT will ihn rausschmeißen.«

»Wie bitte?«

»Habe ich gehört.«

»Aber das war doch unglaublich gut.«

Er senkte die Stimme, als gebe er ein Geheimnis weiter. »Ja, sicher. Aber der Ort und der Anlass waren nun mal unglaublich schlecht. Aber ich muss los. Und hey, Spaß beiseite: Ich finde es toll, dass du hier etwas machen willst. Wirklich, keine

Ironie. Lass uns diese Woche doch mal was trinken gehen. Und wenn ich irgendwie helfen kann, sag Bescheid.«

Die erste Sitzung des Robinson-Crusoe-Kurses zog nur so an mir vorüber. Ich dachte die ganze Zeit an David – auch weil ich dauernd an Janine dachte. Es gelang mir nicht, sie als etwas anderes als ein Paar zu sehen. Niemand wusste von der neuen Situation. Wie sollte ich mich denn nur verhalten? Wie würde er auf mich reagieren? Nach dem Kurs hätte ich beinahe Janine angerufen, als ich kurz zu Hause Station machte, um Bücher und Fotokopien abzuladen. Sie würde vermutlich wissen, wo ich ihn vielleicht erreichen könnte. Wäre es nicht besser, wenn unser Verhältnis geklärt wäre, bevor ich ihm in diesem Seminar begegnete? Vor lauter Unruhe und Nervosität ging ich auf dem Weg zur Bibliothek noch einmal im INAT vorbei. Aber natürlich hielt sich dort um diese Zeit weder David noch sonst jemand auf. Mein Weg war jedoch nicht ganz umsonst gewesen: Mein Postfach war frisch gefüllt. Ein offizieller Umschlag des Instituts steckte darin. Ich riss ihn sofort auf. Es war eine aktualisierte Teilnehmerliste von Marians Seminar. Ohne David.

In der Bibliothek ging es drunter und drüber. Ich lief von Stockwerk zu Stockwerk und fand keinen Sitzplatz. Dabei war es schon recht spät. Ich kannte das Phänomen noch aus dem ersten Trimester. In der ersten Woche war kaum ein Durchkommen. Danach normalisierte sich der Betrieb, nahm sogar stetig ab, bis zehn Tage vor der Klausurwoche die Zustände dann wieder unerträglich wurden. Genervt folgte ich dem Beispiel anderer, setzte mich in der Nähe der bibliografischen Abteilung in eine Ecke auf den Boden, stapelte ein paar dickleibige theologische Wörterbücher, von denen ich mir nicht vorstellen konnte, dass irgendjemand sie heute benutzen würde, zu einer Art Schreibtisch vor mir auf und arbeitete eben so.

Dr. Shawn hatte uns einen anonymen Aufsatz fotokopiert. Wir sollten zum ersten Satz Stellung nehmen und außerdem raten, wer der Autor war. Der Text begann mit den Worten: »Ich hasse Bücher. Sie lehren die Menschen nur, über Dinge zu sprechen, von denen sie nichts verstehen.« Wie sollte ich zu so etwas Stellung nehmen? So ein dummer Satz. Wer hatte ihn wohl geäußert? Zur Auswahl standen: Voltaire, Nietzsche, Oscar Wilde und Rousseau. Wozu überhaupt so eine Übung? Oder war es ein Trick à la Barstow? Stand der Satz womöglich irgendwo in Defoes Roman?

Als ich aufsah, entdeckte ich ihn. Oder besser: Er hatte mich entdeckt. David stand keine fünf Meter von mir entfernt neben einem der Bücherregale und musterte mich. Ich erhob mich sofort und ging auf ihn zu.

»Hallo David«, sagte ich.

»Hi. Matthew. Wie geht's?«

Das Lederband war wieder da, auch das weiße T-Shirt. Darüber trug er eine ausgebeulte alte Highschool-Jacke, von der man die Insignien entfernt hatte. Die Jeans kannte ich schon, es sei denn, er hatte mehrere von der gleichen Sorte, mit den gleichen Rissen darin.

»Hast du fünf Minuten Zeit?«, fragte ich. »Ich würde gern mit dir reden.«

»Worüber?«, fragte er.

Ich schaute mich um. Überall saßen Studenten in Hörweite.

»Hier sind viele Leute, findest du nicht? Wir könnten rausgehen.«

»Zum Duell?«, fragte er spöttisch.

Mir war überhaupt nicht nach Witzen zumute.

»Wenn schon, dann gehen wir lieber zu mir«, sagte er und deutete auf die graue Metalltür, zu der er offensichtlich unterwegs gewesen war. »Dort drin ist es ruhig. Sollen wir?«

Er war ein wenig größer als ich, aber sehr schlank, fast

hager. In einem Zweikampf hätte ich bestimmt kein Problem mit ihm, dachte ich und wunderte mich sofort über den Gedanken. Er ging vor mir her, schloss die Metalltür auf, trat zur Seite und ließ mich vorangehen. Kaum war sie ins Schloss gefallen, hörte man nur noch das Rauschen der Klimaanlage.

»Mikroklima«, sagte David. »Komm, hier geht's lang.«

Er schloss eine zweite Tür auf, die in das Treppenhaus führte, das ich vor einigen Wochen irrtümlich betreten hatte.

»Der Weg ist etwas umständlich«, erklärte er. »Das Archiv ist erst später angebaut worden, daher die ganzen Türen und Treppen.«

Wir gingen ein Stockwerk abwärts und betraten ein Büro.

»So, hier sind wir.«

Es war endlich mal wieder ein Raum mit Fenstern. Allerdings war er ziemlich leer. Außer einem riesigen Schreibtisch und einer großen Fotokopiermaschine stand nicht viel darin. Hinter dem Schreibtisch führte eine Tür zu zwei weiteren Räumen, in denen auf Metallregalen große Archivboxen zu sehen waren. Die Wände waren beige gestrichen. Auf dem Schreibtisch stapelten sich blaue Mappen, aus denen gelbe Papierzungen heraushingen. David folgte meinem Blick.

»De Vanders Arbeitsskizzen aus den Sechzigerjahren. Willst du mal sehen?«

Bevor ich antworten konnte, hatte er mir schon eine der Mappen in die Hand gedrückt und ließ sich auf seinem Platz hinter dem Schreibtisch nieder. Ich blieb stehen und schaute kurz in die Mappe hinein. Die Notizen waren mit Bleistift geschrieben, Korrekturen oder Ergänzungen mit roter Tinte. Die Handschrift war schwer zu entziffern. Ich legte die Mappe wieder auf dem Tisch ab.

»Also?«, fragte David und verschränkte die Arme hinter dem Kopf. »Setz dich doch.«

Ich nahm auf dem Stuhl vor seinem Schreibtisch Platz.

»Ich wollte schon länger mal mit dir reden«, sagte ich.
»Ja, ich weiß.«
»Ah ja?«
»Als wir uns letzte Woche bei Marian über den Weg gelaufen sind, habe ich gar nicht geschaltet. Dabei hat Janine ja von dir erzählt. Ein Gaststudent aus Deutschland, der zu Marian will und nicht zugelassen wird. Zitat Ende. Sie hat dich im Wagen mitgenommen. So fängt das oft an.«
»So fing es aber nicht an.«
»Ist ja auch egal«, erwiderte er. »Also, was willst du. Dich entschuldigen?«
»Nein. Wofür?«
»Ja. Wofür auch? Wenn du es nicht gewesen wärst, dann wahrscheinlich ein anderer.«
»Ich … es tut mir trotzdem leid. Ich weiß gar nicht so recht, was ich hier rede.«
Wir schwiegen. Die Klimaanlage rauschte.
»Ich habe nichts gegen dich. Janine hat entschieden. Sie ist ein tolles Mädchen. Wir hatten einfach kein Glück. Wie heißt es doch bei Kleist … über das Glück: *Locked from inside.*«
»Kannst du Deutsch?«, fragte ich.
»Nicht sehr gut. Warum?«
»Er hat ein anderes Wort benutzt. Nicht *von innen,* sondern *inwendig* verriegelt, das ist stärker.«
»Was soviel bedeutet wie …?«
»*Locked from within*«, versuchte ich.
Er erwiderte nichts, sondern griff versonnen nach einem Kugelschreiber vor sich auf dem Tisch. Was redete ich hier nur? Warum war ich überhaupt hergekommen? Wie David so vor mir saß, konnte ich kaum glauben, dass es die gleiche Person war, die am Donnerstag diesen Vortrag gehalten hatte. Warum ließ er sich so gehen? Man hätte meinen können, der ungepflegte Stil sei eine intellektuelle Attitüde. Das hatte er

doch nicht nötig. Am Donnerstag hatte ich verstanden, warum Janine nicht von seiner Seite wich. Jetzt versuchte ich zu verstehen, was sie eigentlich an ihm fand.

»Ich habe gelesen, dass du nicht am Seminar teilnimmst«, sagte ich.

»Du glaubst doch wohl nicht, dass das etwas mit dir zu tun hat, oder?«, antwortete er schroff.

»Nein, das kann ich mir nicht vorstellen. Falls aber doch, dann werde ich mich morgen abmelden.«

»Quatsch. Marians Seminare sind mir scheißegal.«

Der Kugelschreiber landete mit einem klappernden Geräusch wieder auf dem Tisch. Er fuhr sich mit der Hand durch die Haare und über das Gesicht.

Ich erhob mich.

»Dein Vortrag war große Klasse, David«, sagte ich. »Wirklich beneidenswert. Schade, dass die Situation so ist, wie sie ist. Ich gehe jetzt.«

Ich streckte meine Hand aus. Er schaute kurz darauf, zögerte, dann schlug er ein.

»Schönen Abend noch, Matthew.«

Ich ging rasch.

Kapitel 27

Ich hätte sie aufnehmen sollen, heimlich meinetwegen, die ersten Stunden in Marians Seminar. Ich versuchte, mir Notizen zu machen, das alles irgendwie mitzuschreiben, was sie in ihrer angenehm ruhigen Art vortrug. Die Verknüpfungen, die sie vornahm, die Begriffspaare, die sie gegeneinandersetzte, die Art und Weise, wie sie einen Text las, das alles war so brillant wie einleuchtend. Doch wenn ich mich später hinsetzte, um ihren Gedankengang noch einmal langsam nachzuvollziehen, zerfaserte mir alles sofort.

Davids Vortrag und die Tatsache, dass er dem Seminar fernblieb, fand keinerlei Erwähnung. Die fünf anderen, die mit mir hier saßen, wussten vermutlich Genaueres. Ich als Neuling und Fremder wurde weder eingeweiht noch in den ersten Sitzungen besonders beachtet. Ein Nicken, ein unverbindliches *Hi*, ein kurzes *Where are you from?*, gefolgt von ein paar unverfänglichen Fragen – das war alles.

Ich nahm das so hin und konzentrierte mich auf Marians Vortrag. Immerhin wurde mir rasch ein Prinzip klar, das immer wieder auftauchte. Es war um eine Stelle bei Schiller gegangen, einen Passus aus der *Ästhetischen Erziehung des Menschengeschlechts*, wo die Rede davon war, dass echte Weisheit von der Vernunft nicht eingeholt werden kann, also recht besehen außervernünftig sei. Über das romantische Paradox der gefühlten Wahrheit, die widersprüchliche Vermischung von Vernunft und Gefühl, war Marian dann auf einen Grundwiderspruch zu sprechen gekommen, den sie als Unvereinbarkeit von grammatischer und rhetorischer Lesart bezeichnete.

»In der Romantik wird dieser Widerspruch ganz augenfällig, und wir werden bald sehen, wie Kleist ihn bis an die äußerste Grenze treiben wird, über die Ironie hinaus, übrigens weiter als irgendjemand sonst in seiner Generation. Nur Büchner wird an ihn anknüpfen, und viel später dann Kafka, wobei jedoch beide Autoren schon tief im Absurden stehen, im Abgrund, der zwischen Grammatik und Rhetorik klafft. Wichtig ist vor allem, dass jeder Text, ja alles Sprechen diesem Abgrund anheimfällt. Von Anbeginn. Denken Sie nur an die doppelte Mimesis in Platons Staat.«

Ich hatte keine Ahnung, wovon sie sprach. Aber glücklicherweise war ich nicht der Einzige. Die fünf anderen konnten mit

Marians Ausführungen offenbar auch nicht viel anfangen. Der blonde Student, der David nach seinem Shakespearevortrag den Finger gezeigt hatte, saß mir gegenüber. Er hieß Mark Hanson. Er verpasste selten eine Gelegenheit, zu signalisieren, dass er wusste, worauf Marian anspielte. Aber jetzt blieb auch ihm nichts anderes übrig, als sich verlegen Notizen zu machen. Ich fühlte mich wie ein Fremdkörper in dieser Gruppe. Meine Strategie war es bisher gewesen, mich auf Marian zu konzentrieren, die ja zum Glück fast die ganze Zeit über sprach. Wenn sie eine Frage stellte, schaute ich auf mein Notizheft oder neugierig in die Runde. Bisher hatte ich auf keine ihrer Fragen auch nur den Ansatz einer Antwort gehabt. Am liebsten sah ich Julie Verassi an, weil sie von allen Anwesenden die natürlichste Erscheinung war: lange, rote Haare, blasser Teint, eine Haut, als könnte es durchregnen. Ein wenig schüchtern wirke sie außerdem. Die anderen verunsicherten mich alle. Vor allem Parisa Khavari. Sie war eine optische Tretmine, sehr attraktiv, mit strahlend blauen Augen, die so viel Charme versprühten wie eine schussbereite Kobaltkanone. Ich hütete mich davor, ihren Blicke auf mich zu ziehen und war froh, dass ich sie meist nur am äußersten Rand meines Blickfeldes wahrnahm. Jacques und Tom konnte ich noch nicht so recht einschätzen. Ich schielte zu ihnen hin, um zu sehen, ob sie vielleicht wussten, was eine doppelte Mimesis sein sollte. Aber Jacques drehte nur den Daumen seiner rechten Hand nach unten, während Tom auf seinem Bleistift kaute.

»Worum geht es denn in Platons Republik?«, wollte Marian wissen.

»Er beschreibt den perfekten Staat«, antwortete Mark, der Alleswisser.

»Und wie sieht der aus? Welche Rolle spielen dort zum Beispiel die Dichter?«

»Keine. Sie haben nichts darin verloren.«

Immerhin musste man ihm zugestehen, dass er den Text tatsächlich kannte.

»Aha. Alle Dichter? Oder nur bestimmte?«

Damit war Mark Hansons Wissen erschöpft. Jedenfalls war die nächste Antwort schon erheblich unpräziser.

»Er trifft irgendeine Unterscheidung, aber ich kann mich nicht daran erinnern.«

»Kennt denn sonst niemand den Text?«, fragte Marian unwirsch und schaute auch mich kurz an.

Schweigen.

»Im dritten Buch der *Politeia* erklärt Sokrates seinem Schüler Adeimantos den Unterschied zwischen erzählender und darstellender Vortragsweise. Im zehnten Buch kommt er noch einmal darauf zurück und erklärt genauer, warum die darstellenden Dichter im idealen Staat kein Bleiberecht genießen. Er unterscheidet zwischen einem Wesensbildner, einem Werkbildner und einem Nachbildner. Das muss Ihnen doch geläufig sein?«

»Die Sache mit dem Tisch?«, warf nun Jacques ein.

»Aha. Na endlich. Bitte, Jacques, klären Sie uns auf.«

»Nach Platon gibt es drei Arten von Tischen: einen universellen, den Gott gemacht hat, an zweiter Stelle einen partikularen, einzelnen, den etwa ein Tischler herstellt, und schließlich den nachgebildeten, den scheinbaren Tisch, zum Beispiel auf einem Gemälde.«

»Oder im Text einer Tragödie«, fuhr Marian fort. »Genau dieser interessiert uns hier. Sokrates argumentiert etwa folgendermaßen: Gott hat das Wesen des Tisches erschaffen. Es ist einmalig und absolut. Jeder Holztisch kommt diesem Ideal nahe, ist aber letztendlich nur ein Abklatsch, eine unvollkommene Nachahmung, wie alles in der Welt der Erscheinungen. Dies ist jedoch verzeihlich, da die Bemühung der Nachahmung immerhin auf das absolute Original gerichtet ist. Doch was tut der Dichter oder Künstler? Welchen Rang hat sein Tisch? Gar keinen. Er ist nur ein Nachbildner, noch weiter von jeglichem Anspruch auf Wahrheit entfernt als der Handwerker. Von Homer ab, so sagt Sokrates, seien alle Dichter nur Nachbildner von Schattenbildern, welche die Wahrheit überhaupt nicht berühren. Dennoch wird nicht alle Dichtung verdammt, sondern nur die darstellende, die nachahmende, mimetische. Was meint er damit?«

Niemand antwortete. Marian wurde sichtlich ungeduldig. »Begriffe werden oft klar, wenn man ihr Gegenteil betrachtet. Was ist das Gegenteil von Mimesis?«

»Diegese«, sagte eine weibliche Stimme. Ich drehte mich herum. Parisa hatte gesprochen.

»Und was ist Diegese?«

»Erzählung im weitesten Sinne. Berichtendes Erzählen im Gegensatz zum Nachahmenden.«

»Sehr schön, Parisa. Für Sokrates ist die Unterscheidung also in der Stimme des Autors zu finden«, erklärte Marian, sichtlich irritiert, dass sie ihre Zeit mit diesem Anfängerwissen verschwenden musste. »Alles hängt für ihn offenbar von dieser Frage ab: Wer spricht? Solange ein Autor diegetisch erzählt, solange er berichtet, wie die unterschiedlichen Figuren gesprochen und gehandelt haben, ist es für ihn in Ordnung. Doch sobald ein Dichter als eine seiner Figuren auftritt, mit verstellter Stimme spricht, wird es problematisch. Aus einer Vielzahl von Gründen, die Sie bitte selbst nachlesen, wird diese nachahmende, mimetische Vortragsweise als unakzeptabel verworfen und im zehnten Buch als schädlich gebrandmarkt.«

Marian unterbrach sich und schaute uns einen nach dem anderen an.

»Und?«, fragte sie dann.

Jacques grinste verlegen. Julie wurde rot. Mark nestelte an

seinem Hemdkragen herum, konnte aber die Pointe zu dem ganzen Problem dort offenbar auch nicht finden.

»Denken Sie doch mal nach!« Marians Augen blitzten jetzt. »Wer spricht? Es geht immer wieder nur um diese Frage. Es ist DIE Frage schlechthin. Wer spricht?«

Tom Brendan brach plötzlich das Schweigen.

»Oh, mein Gott«, rief er kopfschüttelnd aus, »Platon natürlich. Platon, der so tut, als sei er Sokrates und Adeimantos, und Glaukon und Kephalos und wer sonst noch alles.«

Mark lächelte gequält. Jacques nickte Tom anerkennend zu. Marian sprach weiter.

»Ausgezeichnet, Tom. Sokrates hat niemals eine Zeile geschrieben. Alles, was wir über ihn wissen, wissen wir durch Platon. Er ahmt Sokrates' Stimme nach. Die ganze *Politeia* ist im Stil doppelter Mimesis geschrieben. Der Text tut genau das, was er verdammt. Oder, anders gesagt, er vollzieht das Gegenteil von dem, was er behauptet. Seine Grammatik und seine Rhetorik, das, *was* er sagt und *wie* er es sagt, stehen in einem unauflösbaren Widerspruch.«

Einen Augenblick lang war es völlig still im Raum. Marian blickte von einem zum andern.

»Vielleicht war Platon ein Ironiker?«, scherzte Jacques.

»Darüber nachzudenken, überlasse ich Ihnen«, erwiderte Marian kühl. »Weiß übrigens jemand, wie diese rhetorische Figur heißt, die Platon hier gebraucht?«

Erneut herrschte völlig Funkstille. Marian wartete nicht lange.

»Prosopopeia«, sagte sie. »Die Stimme, die von jenseits des Grabes spricht. De Vander hat sich die letzten Jahre seines Lebens sehr intensiv damit beschäftigt. Aber jetzt zurück zu Schiller.«

Was dann folgte, hinterließ in meinem Notizheft nur ein Sammelsurium von unzusammenhängenden Schlagwörtern, das ich schon am Nachmittag nicht mehr rekonstruieren konnte. Wie um alles in der Welt ich in den nächsten Wochen eine eigenständige Idee für eine Hausarbeit entwickeln sollte, war mir ein Rätsel. Das Einzige, was mich davon abhielt, sofort die Flinte ins Korn zu werfen, war mein Verdacht, dass der Abstand zwischen mir und den anderen Studenten nicht ganz so groß war, wie ich befürchtet hatte. Marian war genial. Meine Mitstudenten hingegen hatten lediglich einen enormen Lesevorsprung vor mir. Und den konnte ich aufholen.

Kapitel 28

»Willst du ihn mal sehen?«

Ich schrak hoch. David stand neben meinem Tisch und schaute auf mich herab.

»Man liest ihn ganz anders, wenn man ihn erlebt hat. Ich habe ein paar alte Filmaufnahmen. Keine Lust?«

Neben mir lag der zweite Band von De Vanders gesammelten Schriften, leicht zu erkennen an dem giftgrünen Einband. Aus Verlegenheit schaute ich auf die Uhr. Es war zehn Minuten nach Mitternacht. Nur wenige Tische waren noch besetzt. Hatte er diese Gelegenheit extra abgepasst, um mich allein zu treffen? Denn ansonsten war ich ja in jeder freien Minute mit Janine zusammen. Sie war die Erste gewesen, die ihre eigenen strengen Regeln gebrochen hatte. Wir verbrachten zwar nicht jede Nacht zusammen, aber natürlich sahen wir uns jeden Tag und meistens auch abends. Das Wochenende hatten wir außerhalb des Campus verbracht. Wir waren mit einem Walbeobachter-Schiff nach Catalina Island gefahren und hatten auf der Rückfahrt tatsächlich zwei Grauwale gesichtet. Nach einem romantischen Abendessen in San Clemente hatte Janine mich dann damit überrascht, dass sie in dem Städtchen ein Zimmer gebucht hatte. Wir hatten beide die Nacht so genossen, dass wir auch die nächste noch blieben und erst am Montag früh zurückgekommen waren.

»OK«, sagte ich, stand auf und folgte ihm. Den Weg kannte ich ja schon. Die Metalltür, das Treppenhaus, die Tür zum Archiv. Neu war Davids Aufmachung. Er hatte die Haare geschnitten. Außerdem trug er keine Jeans, sondern Leinenhosen und ein gebügeltes Hemd. Fand er mich auch verändert? Oder warum sah er mich so an? Nicht unfreundlich, aber auf eine Art und Weise, die mich verunsicherte. Warum lud er mich noch mal in sein Büro ein? Fragte er sich vielleicht, was Janine an mir fand?

David verschwand kurz im mittleren Archivraum und kehrte mit vier Videokassetten zurück. Er schob eine in das Gerät hinein und schaltete den Monitor an.

»Es sind Aufnahmen aus den späten Siebzigerjahren«, sagte er. »Der Meister höchstselbst. Willst du ein Bier?«

Ohne meine Antwort abzuwarten, schob er mir eine Dose hin und öffnete sich selbst auch eine. Dann nahm er auf seinem Sessel Platz, legte die Beine auf den Schreibtisch und drehte per Fernbedienung die Lautstärke auf. Es war merkwürdig, De Vanders Stimme zu hören. Nie im Leben hätte ich sie mir so vorgestellt. Sein geschriebenes Englisch war perfekt. Aber seine Aussprache! Er rollte das R stark. Das Englische *th* schien ihm völlig egal zu sein. Oder er war einfach nicht dazu fähig, es auszusprechen. Soeben wollte er offenbar sagen *The truth is …*, doch was man zu hören bekam, war *de trut is …*

Ich machte es mir auf dem Sessel vor Davids Schreibtisch bequem und trank einen Schluck.

»1978«, sagte David. »Yale. Das Rousseau-Seminar.« Er spulte vor, bis die Kamera einen Schwenk durch den Zuhörerraum machte. Nach meiner Schätzung saßen da fünfzig oder sechzig Studenten. Andächtig lauschende Gesichter zogen auf dem Monitor vorüber. De Vanders Stimme blieb die ganze Zeit zu hören. Plötzlich erkannte ich Marian. Die junge Marian. David hatte mich beobachtet und erwiderte meinen überraschten Blick mit einer unergründlichen Grimasse. Er zog beide Augenbrauen nach oben und spitzte die Lippen.

»Sie promovierte damals noch«, sagte er, als hätte ich danach gefragt.

»Schaust du dir das oft an?«

Er spulte wieder zurück und spielte erneut die Sequenz mit den andächtig lauschenden Gesichtern ab.

»Du interessierst dich für seine Gedanken«, sagte er, ohne meine Frage zu beantworten. »Das ist der Mensch, der dazugehört.«

Er verstummte wieder und ließ das Band laufen. Ich schaute auf die Mattscheibe. Einerseits gefiel es mir, hier mit ihm zu sitzen. Andererereseits konnte es nur mit Janine zusammenhängen. Warum sollte er sich sonst für mich interessieren? Ich fürchtete, dass er jeden Augenblick auf sie zu sprechen kommen würde. Und dass er das nicht tat, machte es fast noch schlimmer.

»So war das immer«, sagte er nach einer Weile. »Jacques sprach. Niemand verstand so recht, was er eigentlich sagte, aber alle waren wie verzaubert. Er war wirklich ein Meister.«

Jetzt würde ich beim Lesen seiner Texte immer diese Stimme hören, dachte ich. Den merkwürdigen Akzent, den etwas schleppenden Vortragsstil. De Vander endete immer mit einer einfachen Frage. Aber so wie er sie stellte, hatte man plötzlich den Eindruck, es sei ein gewaltiges Geheimnis darin verborgen. Nicht in der Frage, sondern in der Tatsache, dass sie überhaupt gestellt wurde. »Was also ist ein Name?«, hörte ich aus dem Lautsprecher. »Was bedeutet es: einen Namen zu geben?«

Die Kamera fuhr wieder durch den Raum. Gespannte, erwartungsvolle Gesichter. Aber keine Antwort. Jedenfalls gab De Vander keine. War das die Hausaufgabe? Oder käme die Antwort später? Aus den Augenwinkeln beobachtete ich David. Er starrte auf den Monitor. Plötzlich fing er leise an zu kichern. Ich wusste nicht, wie ich darauf reagieren sollte. Er wurde mir ein wenig unheimlich.

»Gut, nicht wahr?«, sagte er. »Wie er sie alle in seinen Bann schlägt. Wie macht er das?«

Ich nahm meinen ganzen Mut zusammen und sagte:

»Warum hast du diesen Vortrag gehalten, David?«

»Du bist ein netter Typ, Matthew. Wirklich. Ich werde es dir irgendwann mal erzählen.«

Er kicherte wieder. »Schau ihn dir an. Hier … das Interview. Das musst du dir anhören. Es ist einfach zu gut.«

Er spulte vor. Szenen aus Seminaren wechselten sich mit Sequenzen ab, in denen De Vander an verschiedenen Orten und anscheinend auch zu unterschiedlichen Zeiten Interviews gab. Es waren keine offiziellen Interviews, dafür waren sie zu amateurhaft gemacht. Hatten Studenten ihn interviewt? Oder Freunde? Ich fragte David nicht. Ich wollte gehen. Ich fühlte mich unwohl mit ihm allein, spätnachts, hier in diesem Archiv, mit Filmschnipseln von seinem Lehrer, den er neuerdings offensichtlich ebenso gering schätzte wie Marian.

»Ah, hier. Hör dir das an.«

De Vanders Gesicht war wieder in Großaufnahme zu sehen. David konnte sagen, was er wollte, der Mann war beeindruckend. Er war charmant. In seinen Augen glänzte Leidenschaft, wenn er sprach. Außerdem strahlte er Ehrlichkeit aus, Redlichkeit. Dem Mann ging es um etwas. Und das sprang über. Jedenfalls auf mich.

»Für die Beschäftigung mit literarischen Texten ist es sinnlos, sich mit den Lebensumständen ihrer Autoren auseinanderzusetzen. Es ist überflüssig und töricht. Vor allem lenkt es von dem ab, womit wir uns eigentlich beschäftigen müssten: den Texten selbst. Viel zu lange haben wir den zweiten Schritt vor dem ersten gemacht. Denn was ist eigentlich ein Text? »

David lachte leise.

Kapitel 29

»Willst du dich mit ihm anfreunden?«, fragte Janine, als ich ihr von unserem Treffen erzählte. Der Unterton in ihrer Stimme ließ mir wenig Spielraum zum Antworten.

»Er hat mich angesprochen. Soll ich mich weigern, mit ihm zu reden?«

»Kannst du dir nicht denken, warum er das getan hat?«

Ich stützte mich auf den Ellenbogen und wollte ihr Profil betrachten. Aber sie drehte sich weg.

»Ehrlich gesagt: nein.«

»Ein besonders guter Psychologe bist du nicht gerade«, sagte sie in das halbdunkle Zimmer hinein.

»Das habe ich nie behauptet.«

»Würdest du das auch machen? Den neuen Freund deiner Ex aufsuchen, mit ihm reden wollen?«

»Das kommt darauf an.«

»Worauf?«

»Auf meine Ex, wie du so schön sagst.«

Sie richtete sich auf. »Kannst du mir das bitte genauer erklären?«

»Ich glaube, dass die Sache für ihn noch nicht zu Ende ist. Deshalb kommt er zu mir.«

»Die Sache ist aber zu Ende. Und ohne dich verletzen zu

wollen: Es hat nicht in erster Linie etwas mit dir zu tun, dass David dich anspricht.«

»Und womit hat es zu tun?«

Sie schnaufte tief, bevor sie antwortete. »Findest du es normal, dass wir hier im Bett liegen und über David reden? Kann es sein, dass er dich aus genau diesem Grund aufsucht? Ich will nicht über ihn reden. Verstehst du das nicht?«

»Doch. Natürlich. Sorry.«

Ich strich über ihr Haar und suchte nach einem Satz, der uns von diesem heiklen Thema wegbringen würde. Minutenlang sagte keiner von uns etwas. Dann war es Janine, die doch wieder auf David zurückkam.

»Es geht schon seit September abwärts mit uns«, sagte sie leise, »seit seiner Rückkehr aus Europa. Er war einfach komisch. Ohne jede Vorwarnung. Er hat sich verändert. Willst du das wirklich alles hören?«

»Eigentlich schon, ja. Aber nur wenn du willst.«

»Er war einfach merkwürdig. Ich dachte, es gibt sich wieder. Wir hatten schon vor dem Sommer ausgemacht, dass wir nach seiner Rückkehr ein paar Tage nach Oregon in die Berge fahren wollten. Seine Familie lebt ja in Portland. Er fuhr Ende September für ein paar Tage zu ihnen, und ich sollte nachkommen. Doch als ich in Portland ankam, da eröffnete er mir, dass er Jom Kippur feiern wollte. Weißt du, was das heißt?«

»Nein. Nicht so genau. Ich weiß nur, dass es ein jüdischer Feiertag ist.«

»Ja. Man fastet und trauert. Vor allem lädt man keine Nichtjuden zu sich nach Hause ein. Ich kannte seine Eltern überhaupt nicht. Ich wusste, dass er aus einer jüdischen Familie kommt, aber als wir vorher darüber gesprochen haben, sagte er noch, er fühle sich so jüdisch wie ein geräucherter Schinken. Es war nie ein Thema zwischen uns. Glücklicherweise. Bis du religiös?«

»Wie ein gekochter Schinken.«

»Gut, blöde Frage. Religion ist für mich Privatsache, etwas, das man praktiziert, nicht etwas, worüber man viel redet. Er hätte mich ja anrufen können. Warum ließ er mich nach Portland kommen, wenn er doch wusste, dass es völlig unpassend war? Einen dümmeren Zeitpunkt, mich seiner Familie vorzustellen, hätte er überhaupt nicht wählen können. Die bemühten sich natürlich, luden mich zum Essen ein, mittags um drei, denn das muss ja alles vor Sonnenuntergang erledigt sein. Danach brachte David mich zu einem Hotel in der Nähe.«

»Warum denn das?«

»Es war mir sowieso lieber. Sollte ich in diesem Haus herumsitzen, während um mich herum alle bedrückt über ihr Schicksal nachdachten? Dazu die Gänge in die Synagoge. Das Leben bleibt ja völlig stehen. Kein elektrisches Licht, kein Auto, kein gar nichts eben. Es ist eine Zeit der Abbitte. Er bestand darauf, mich zum Hotel zu begleiten, zu Fuß natürlich. Ich hatte also nicht einmal einen Wagen. Ich verbrachte den ganzen nächsten Tag in diesem Hotel, wo es außer fernsehen nichts zu tun gab. Also ging ich spazieren. Hier und da sah ich Familien orthodoxer Juden auf dem Weg zu ihrer Synagoge. Versteh mich nicht falsch. Aber das alles gab mir zu denken. Warum beging er plötzlich Jom Kippur? Wie würde sich das weiterentwickeln? Ich dachte ja nicht an Heirat oder dergleichen, aber wir waren immerhin ein Liebespaar, oder? Dazu gehört für mich ein offener Horizont, die Möglichkeit für alles. Der war nun erst einmal eingetrübt.«

»Aber ihr seid dann doch noch in die Berge gefahren?«

»Ja. Sicher. Zwar nur zwei Tage, aber es war sehr schön. Wir sind gewandert, haben in einer romantischen Pension übernachtet, in einem Bett mit Quilt-Decke und einem Zimmer im Laura-Ashley-Design. Wir hatten sogar guten Sex.«

Sie unterbrach sich.

»Stört dich das, wenn ich das so sage?«

»Nein.«

Sie küsste zärtlich meine Nasenspitze und fuhr mit ihrem Finger über meine nackte Brust.

»Komm. Sei ehrlich.«

»Ja. Es stört mich.«

»Siehst du. Genau das will er. Uns stören. Aber ich lasse ihn nicht.«

Kapitel 30

Ein paar Tage lang sah und hörte ich nichts von ihm. Dann stand er plötzlich vor meiner Wohnungstür.

»Hi, Matthew. Bist du beschäftigt?«

Ich war völlig verdutzt.

»Ich esse gerade«, sagte ich.

»Oh, na dann. Kann ich vielleicht später noch mal wiederkommen? Ich wollte dich etwas fragen.«

»Später? Nein, wieso? Komm herein. Ich bin sowieso fast fertig.«

Ich trat zur Seite. Er schaute sich kurz um, ging dann zum Sofa, schob ein paar Kleidungsstücke von mir beiseite und setzte sich.

»Entschuldige das Durcheinander.«

»Nicht der Rede wert.«

Ich trug meinen fast leeren Teller in die Kochnische und versenkte ihn in der Spüle.

»Darf ich rauchen?«, fragte er.

»Ja. Klar.«

Er bot mir auch eine an, und ich griff zu.

»Wie geht's Janine?«, fragte er nach dem ersten Zug.

»Gut«, antwortete ich.

»Ich frage nur aus Höflichkeit«, setze er hinzu. »Wie ich sie kenne, fände sie es entsetzlich zu wissen, dass wir über sie reden.«

»Da kennst du sie gut. Aber wir reden ja nicht über sie.«

Er zog an seiner Zigarette, blies den Rauch aus und sagte: »Ich wollte dich fragen, ob du mir einen Absatz aus einer niederländischen Zeitung übersetzen kannst.«

»Ich spreche kein Niederländisch«, entgegnete ich.

»Aber Deutsch ist doch ähnlich, oder? So wie Spanisch und Portugiesisch.«

»Das funktioniert nur in eine Richtung. Niederländer verstehen wohl gut Deutsch, aber ich glaube nicht, dass ich Niederländisch verstehe. Gibt es hier an der Uni niemanden, der Niederländisch kann?«

Er schüttelte den Kopf. »Nicht dass ich wüsste. Vielleicht probieren wir es einfach aus. Es sind nur ein paar kurze Passagen. Hier.«

Er reichte mir einen Zeitungsartikel, der in einer Klarsichthülle steckte. *Menschen en Boeken* stand in der Überschrift. *Blik op de huidige Duitse romanliteratuur.*

»Was ist das?«

»Ein Zeitungsartikel. Von 1942.«

»Aha«, erwiderte ich.

»Die Überschrift ist einfach, nicht wahr?«, fragte er und wechselte ins Deutsche, das er mit starkem Akzent sprach: »*Menschen und Bücher. Blick auf die heutige deutsche Romanliteratur.*«

»Ja. Das ist in der Tat ähnlich.«

Ich begann zu lesen. *Toen, enkele maanden geleden, de mooie tentoonstelling van het Duitse boek in Brussel gehouden werd, kon men zich ervan rekenschap geven hoe weinig de overgrote meerderheid der bezoekers van de ware beteekenis der huidige Duitse letterkunde afwist.*

Es war ein komisches Gefühl. Ich konnte in groben Zügen tatsächlich verstehen, was da stand. David wartete neugierig.

»Also, es geht da wohl um irgendeine Veranstaltung zum deutschen Buch in Brüssel, wo nach Auffassung des Autors die Mehrheit der Besucher feststellen musste, dass sie die wahre Bedeutung der deutschen … tja, *letterkunde*, das ist vielleicht Schreibkunst oder Schriftstellerei …?«

»Vielleicht einfach Literatur?«

»Ja, möglich. Aber im Titel steht *Literatuur*? Na ja, aber so etwa. Jedenfalls beklagt der Autor, dass diese deutsche *letterkunde* nicht ausreichend bekannt sei.«

Er nickte zufrieden.

»Und dann?«

Ich musterte das Blatt. Der Artikel zog sich über zwei längere Spalten hin. Korrekt übersetzen konnte ich das auf keinen Fall. Ich konnte höchstens hier und da lückenhaft zusammenfassen und intelligent raten, was da stand. Das würde mindestens eine Stunde dauern und nicht nur ein paar Minuten. Und vor allem stellte sich die Frage, warum er damit ausgerechnet zu mir kam.

»Was ist das überhaupt?«, fragte ich.

»Wie ich schon sagte: eine Zeitung aus dem Zweiten Weltkrieg.«

»Und wer hat den Artikel geschrieben?«

»Der hier ist nicht gezeichnet. Es sind Propagandaschriften von Nazi-Kollaborateuren aus Flandern. Für Marian. Sie bereitet für nächstes Jahr eine Konferenz darüber vor: *Sprache in der Diktatur*.«

Das war ja interessant. Er arbeitete also noch für Marian. Dann hatte er seine Differenzen mit ihr inzwischen beigelegt.

»Mich interessiert vor allem die Passage da unten.« Sein Finger deutete auf eine markierte Textstelle. »Ich habe zwar die Wörter nachgeschlagen, die ich nicht kenne, aber die Wortstellung und Grammatik sind für mich einfach zu schwierig. Was meinst du?«

Ich versuchte, den Absatz zu übersetzen, kam aber nicht weit. »*Indien we de naoorlogsche litteraire productie in Duitsland nagaan* … was heißt *indien*?«

»*Wenn*«, antwortete er. »Und *naoorlogsche litteraire productie* heißt Nachkriegsliteratur.«

»Hast du die englischen Wörter irgendwo aufgeschrieben?«

»Ja. Hier.«

Er reichte mir ein Blatt, ein regelrechtes Glossar. Ich überflog die Zeilen und las den ganzen Abschnitt dann mehrmals durch. Nach dem dritten Mal war ich mir sicher, alles verstanden zu haben, was allerdings nicht sehr angenehm war.

»Das ist ziemlich widerliches Zeug«, sagte ich. »Aber wahrscheinlich typisch für die Zeit. Hier steht, es gebe in Deutschland seit dem Krieg zwei Tendenzen: eine abstrakte, intellektuelle und eine im eigentlichen Sinne deutsche Kunst, die ernsthaft und spirituell sei. Die gekünstelte Tendenz sei hauptsächlich von Nichtdeutschen und vor allem von Juden beherrscht. Da gerade sie bevorzugt übersetzt würden, sei im Ausland der falsche Eindruck entstanden, sie repräsentierten das wahre Deutschland. Tatsächlich gebe es dort aber eine Gruppe, die sich dieser Entartung erfolgreich widersetzt hätte, echt deutsche Autoren wie Hans Carossa, Ernst Jünger, Herman Stehr …«

Ich warf den Artikel und Davids Glossar neben ihn auf die Couch. »Ich hätte nicht gedacht, dass sich Nazipropaganda so gut für Holländisch als Fremdsprache eignet. Hast du noch mehr von dem Zeug?«

»Ein paar Kisten voll. Aber ich muss das nicht alles allein

bearbeiten. Ich muss es nur sichten und verteilen. Danke. Das hat mir sehr geholfen. Kann ich dir ein Bier spendieren?«

Er war einzig und allein wegen Janine hier, schoss es mir durch den Kopf. Dieser verstaubte Nazi-Text war nur ein Vorwand. Warum gab er sich mit mir ab? Er, die Koryphäe. Sein Shakespeare-Vortrag würde demnächst gedruckt und war mittlerweile sogar für den diesjährigen Preis des amerikanischen Philologenverbandes nominiert. Gerüchten zufolge steckte Barstow hinter der Nominierung. Das bedeutete, dass David mit einem Schlag in der gesamten universitären Welt bekannt werden würde. Dieser Preis wurde normalerweise nicht an Studenten vergeben.

»Schau dir den Stapel dort an«, antwortete ich mit Bedauern, das nicht einmal gespielt war. »Tut mir leid. Aber danke für die Einladung.«

»Hey, ich danke dir.«

Er stand auf und ging zur Tür.

»Ach ja, und sag ihr bitte nicht, dass ich hier war, OK?«

Ich schüttelte den Kopf. »Nein. Natürlich nicht.«

»Ich meine Marian«, sagte er.

Kapitel 31

Ich zerbrach mir eine Weile lang den Kopf über diese letzte Bemerkung, aber dann versuchte ich, den Vorfall so schnell wie möglich zu vergessen, auch weil ich Janine nichts davon erzählen wollte. Ich beschloss, David aus dem Weg zu gehen. Aber im Grunde war er immer da. Mir kam der Verdacht, dass Janine Orte mied, wo sie mit ihm gewesen war. Oder warum fuhren wir immer so weit, wenn wir ausgingen? Wenn wir die

Nacht zusammen verbrachten, so grundsätzlich bei mir, auf meiner kleinen Klappcouch oder an der Küste in kleinen Hotels, in denen es außerhalb der Saison preiswerte Zimmer gab. Einmal begegneten wir David auf dem Campus. Wir bemerkten es so spät, dass ein Ausweichmanöver peinlicher gewesen wäre als die Begegnung selbst. Wir standen uns einige Augenblicke lang betreten gegenüber, tauschten Belanglosigkeiten aus, und ich war heilfroh, als es endlich vorüber war.

Trafen sie sich manchmal noch? Telefonierten sie miteinander? Gab es nach Trennungen nicht immer noch Dinge zu klären, an die man nicht gedacht hatte? Und sei es nur ein vergessener Schlüssel oder so etwas? Ich traute mich nicht, Janine danach zu fragen. David war ein Reizthema, das wir beide mieden.

Zwei Wochen vergingen so. Ich saß in Marians Seminar und war froh, dass David nicht hier war. Aber natürlich war seine Abwesenheit auch dort spürbar. Kein Wort war jemals über seinen Vortrag gefallen. Ja, es war genau so, wie Theo gesagt hatte. Er hatte sich exkommuniziert. Dass er offenbar noch immer für Marian arbeitete, wunderte mich, aber auch darüber sprach ich mit niemandem. Und dass die anderen über David schwiegen, war mir im Grunde recht. Allerdings hatte ich fest damit gerechnet, dass früher oder später von ihm die Rede sein würde. Aber nichts dergleichen geschah. Jedenfalls nicht in meiner Gegenwart. Ich hatte noch immer keinen richtigen Kontakt zu der Gruppe gefunden. Außer mit Parisa hatte ich zwar mit allen bereits ein paar Sätze gewechselt, mich mit Julie sogar schon zweimal länger unterhalten. Aber ich fühlte mich noch immer wie ein Eindringling, ein geduldeter Zaungast. Auch blieb mir schleierhaft, wie die Beziehungen dieser fünf Studenten untereinander funktionierten. Tom und Jacques steckten fast immer zusammen. Mark nahm eindeutig eine Führungsrolle ein, schien jedoch gleichzeitig ein wenig isoliert. In den Pausen bot sich immer das gleiche Bild: Julie und Parisa saßen nebeneinander und unterhielten sich, Tom und Jacques gingen nach draußen, um eine Zigarette rauchen, Mark verschwand irgendwohin, um fast immer im Gespräch mit Marian zurückzukehren. Nachdem ich die ersten zwei Pausen allein an meinem Tisch verbracht hatte, gesellte ich mich zu Tom und Jacques auf die Terrasse vor dem Institut und rauchte mit ihnen. Immerhin nahmen sie mich auf. Ein richtiges Gespräch ergab sich dabei allerdings nicht. Jacques redete. Er jonglierte mit einer Frage oder Idee herum, die Marian vor der Pause in den Raum gestellt hatte, und Tom hörte stumm zu. Er schien allerdings zu verstehen, wovon die Rede war, was ich von mir nicht behaupten konnte. Mein Eindruck war, dass Jacques versuchte, Marian nachzuahmen, es dabei jedoch nur zu einer ähnlichen Pose brachte.

Ich war in Gedanken, als mich auf dem Heimweg eine vertraute Stimme ansprach.

»Hallo. Matthew?«

Es war John Barstow. Ich hatte ihn überhaupt nicht auf der Sitzbank bemerkt, an der ich gerade vorbeiging. Ich blieb sofort stehen.

»Hi, Professor Barstow.«

»Wie läuft es denn so?«

»Danke, ganz gut. Und wie geht es Ihnen?«

»Ich wollte schon länger mal wieder mit Ihnen reden, Matthew. Haben Sie es eilig?«

Ich setzte mich neben ihn auf die Bank.

»Wie ist es denn so bei Marian?«, fragte er. »Entspricht es Ihren Erwartungen?«

»Ja. Das heißt, ich hatte keine sehr klaren Erwartungen.«

»Aber der Kurs gefällt Ihnen?«

»Ja. Auf jeden Fall.«

Er warf einen Blick auf die Bücher, die ich mit mir herumtrug, Band I und II von De Vanders gesammelten Schriften und eine englische Ausgabe von Kleists Schriften und Essays.

»Ich habe gehört, dass David Lavell nicht im Seminar ist«, fuhr er dann fort. »Stimmt das?«

»Ja.«

»Wissen Sie, warum?«

»Nein.«

»Hat Marian nichts dazu gesagt?«

»Nein. Jedenfalls nicht zu mir. Vielleicht wissen die anderen etwas darüber.«

Warum fragte Barstow mich das? Aber die nächste Frage war noch viel direkter.

»Haben Sie mit David gesprochen?«

Die Frage war mir unangenehm. Was ging ihn das an?

»David ist ein sehr begabter Bursche, Matthew. Aber sein Vortrag war eine, wie soll ich sagen, eine etwas heikle Vorstellung. Und seither ist sein Verhalten nicht unbedingt besser geworden. Ich würde gern herausfinden, was mit ihm los ist. Sie wissen das nicht zufällig?«

Ich schüttelte den Kopf.

»Sollten Sie das nicht lieber ihn selbst fragen? Ich kenne David kaum.«

»Das mag sein. Aber Sie sind im Moment offenbar der Einzige, mit dem er überhaupt Kontakt hat.«

Barstows Augen ruhten auf mir. Ich kannte ihn mittlerweile gut genug, um zu wissen, dass die Miene, die er aufgesetzt hatte, Wohlwollen bedeuten sollte. Aber ich misstraute ihm plötzlich. Gehörte es sich, Studenten über andere Studenten auszuhorchen?

»Bitte verstehen Sie mich nicht falsch«, sagte er. »Ein Campus ist kein Polizeistaat. Leider, denn dann hätte man zumindest die Chance, sich noch ein paar Geheimnisse zu bewahren.

Leider ist das hier aber eine Waschküche. Und selbst wenn ich mir wie Odysseus die Ohren verstopfe, erfahre ich alles. Sie haben etwas mit Davids Freundin, nicht wahr?«

Was sollte ich schon sagen? Ich schwieg einfach.

»Seit der Talent Lecture redet David mit niemandem mehr. Außer mit Ihnen. Auch das haben mir die Sirenen zugeflüstert. Um das Privatleben meiner Studenten kümmere ich mich normalerweise nicht. Aber Davids Vortrag hat eine gewisse Grenze überschritten. Das war zwar sehr gute Literaturwissenschaft. Aber zugleich war es äußerst schlechte Politik. Das wissen Sie ja wohl auch, oder?«

Ich dachte an Gerdas Wutausbruch bei Winfried.

»Es gibt Leute, die das so sehen, ja.«

»Und Sie? Wie sehen Sie das?«

Ich wurde nervös. Meine Gedanken schossen davon. Ich saß wieder in Marians Büro. Wie sie mich damals gemustert hatte, als ich alles daransetzte, in ihren Kurs hineinzukommen. Ihre Körperhaltung hatte Bände gesprochen. Sie hatte mich los sein wollen. Aber etwas hatte sie damals zurückgehalten. Hatte Barstow Macht über Marian? Wie naiv ich doch war. Barstow saß in der Berufungskommission. Er war in Hillcrest sehr einflussreich. Und er mochte Marian nicht sehr, das hatte er ja bereits durchscheinen lassen. Gerda hielt Barstow sogar für einen Strippenzieher. Dieses Gespräch wies durchaus in diese Richtung. Hatte er Marian durch mich provozieren wollen? Oder testen? Und benutzte er mich jetzt wieder? Weil ihm David ein Rätsel war? Denn offenbar hatte Gerda in diesem Punkt falschgelegen. Barstow tappte im Hinblick auf David völlig im Dunkeln.

»Hören Sie mir zu, Matthew?«

»Aber ja. Sicher.«

Er atmete tief durch. Auch dieses Zeichen konnte ich lesen. John Barstow war jetzt irritiert.

»David ist ein absoluter Ausnahmestudent, Matthew. In einem absoluten Ausnahmeinstitut, dessen Gedeih und Verderben für die ganze Universität von sehr großer Bedeutung sind. Ich halte sehr viel von David. Deshalb frage ich Sie so direkt. Nicht weil ich hier den Aufseher spielen will. Sondern weil ich mir Sorgen um ihn mache. Nichts weiter. Dieses Gespräch fällt mir schwerer als Ihnen, das kann ich Ihnen versichern.«

Ich schaute ihn verwirrt an und wusste überhaupt nicht mehr, was ich denken sollte.

»Ich habe keine Ahnung, was mit David los ist«, sagte ich. »Wirklich, Professor Barstow. Es tut mir leid.«

»Kein Problem. Vielleicht ist es ja auch nur eine Phase.« Sein Blick fiel wieder auf meine Bücher.

»Und Kleist? Kommen Sie voran? Schon eine Idee für eine Hausarbeit?«

»Ich habe mich noch nicht entschieden. Aber am Montag muss ich Marian meine Literaturliste vorlegen. Bis dahin werde ich es sicher wissen.«

Ich wollte das Gespräch beenden. Aber Barstow machte keinerlei Anstalten, aufzustehen.

»Deshalb muss ich mich auch beeilen.«

»Ja, klar«, sagte er sofort. »Ich will Sie nicht aufhalten.«

Ich stand auf.

»Tun Sie mir einen Gefallen, Matthew?«

»Ja. Sicher. Wenn ich kann.«

»Kommen Sie doch gegen Ende des zweiten Trimesters mal in mein Büro. Wenn Sie mit allem fertig sind und etwas mehr Zeit haben. Einverstanden?«

Kapitel 32

Ich verbrachte den Abend allein und versuchte zu arbeiten. Aber vor lauter Grübeln kam ich überhaupt nicht voran. Gegen zehn rief ich Janine an, aber sie war nicht zu Hause. Ich sprach auf ihren Anrufbeantworter. Erst um halb zwölf rief sie zurück. Sie war bis jetzt in der Bibliothek gewesen und todmüde. Wir verabredeten uns für Sonntag. Wir würden nach Venice Beach fahren und eine Freundin von ihr besuchen. Diese Aussicht hob meine Stimmung beträchtlich.

»Aber wie soll ich es bis übermorgen aushalten, ohne dich zu sehen?«, fragte ich sie.

»Ganz einfach. Schließ die Augen.«

»Und wie soll ich dann lesen?«

»Tja, da musst du dich entscheiden. Ich oder die Bücher.«

»Du!«

»Hmm. Bist du schon im Bett?«

»Nein. Du etwa?«

»Ja.«

»Was hast du an?«

»Nichts.«

»Ich komme vorbei.«

»Nein. Ich komme vorbei.«

»Wirklich?«

»Ja. Pass auf. Schließ die Augen, und dann höre mir zu ...«

Was sie mir dann alles sagte, ließ mich schon gar nicht einschlafen. Ich lag bis zwei Uhr wach. Das übliche Mittel zur Abfuhr dieser Art Erregung war ausgeschlossen. Eine anonyme Sexfantasie konnte ich mir im Moment unmöglich zusammenbauen, und Janine war mir dafür zu schade. Also versuchte ich mich anderweitig abzulenken, mit Gedanken an Barstow und immer wieder an David.

Am nächsten Morgen stand er schon wieder vor der Tür.

»Hallo Matthew«, sagte er. »Wie geht's? Schon gefrühstückt? Wie wär's mit einem Kaffee?«

Was bezweckte David nur mit diesen Spontanbesuchen? Ich ging dennoch mit. Erstens weil ich noch nicht gefrühstückt und nicht einmal einen vertrockneten Bagel im Haus hatte. Und zweitens weil ich einfach Lust dazu verspürte. Ich mochte David. Und er tat mir plötzlich leid. Er sprach mit niemandem. Das konnte nur heißen, dass er litt. Und wenn man ihm etwas genauer in die Augen schaute, dann sah man es auch. Er litt wie ein Hund. Wegen Janine natürlich. Es konnte gar nicht anders sein. Und offenbar schien es ihm zu helfen, wenn er mit mir redete. Einen Kaffee konnte ich ja wohl mit ihm trinken. Ich stieg in seinen Wagen und überlegte, wie ich reagieren sollte, falls er auf Janine zu sprechen kam. Denn dass dies früher oder später geschehen würde, schien mir unvermeidlich.

»Ich kenne da einen originellen Ort«, sagte er und fuhr los. »Ist ziemlich speziell. Solltest du mal gesehen haben.«

Ich nickte nur. Den Vormittag konnte ich vermutlich abschreiben. Aber außerhalb des Campus liefen wir weniger Gefahr, Janine zu begegnen.

»Wie bist du eigentlich hierhergekommen?«, wollte er dann wissen.

Ich erzählte ihm in groben Zügen meine Geschichte. Wir fuhren nicht die Küstenstraße, sondern die höher gelegene Autobahn, was mir ganz recht war, denn so kamen wir schneller voran. Als wir nach fast zwanzig Minuten bereits die vierte Abfahrt zu den Küstenstädtchen passiert hatten, fragte ich, ob er bis nach Los Angeles fahren wolle.

»Nein«, antwortete er. »Eigentlich will ich noch weiter.«

»Aha. Und wohin?«

»Ich wollte dir etwas zeigen, Matthew. Du interessierst dich doch für De Vander, oder?«

»Ja. Sicher«, antwortete ich misstrauisch.

»Nördlich von L. A. gibt es etwas, das dir De Vander besser erklären kann als alle Seminare von Hillcrest zusammengenommen.«

Nördlich von L. A.? Das bedeutete mindestens zwei Stunden Fahrt.

»Moment mal, David. Wir wollten einen Kaffee trinken. Ich kann nicht einfach einen Tag freimachen.«

Er schaute mich spöttisch an. »Brauchst du ja gar nicht. Ich gebe dir nebenher ein paar Privatstunden. Was willst du wissen? Marians Ansatz zu Kleist? Das kann ich dir in einer halben Stunde erklären. Willst du eine Fragestellung zur Romantik, die ihr noch überhaupt nicht eingefallen ist, weil sie De Vanders diesbezügliche Notizen noch gar nicht gesehen hat? Kann ich dir ohne Weiteres geben. Ein Wochenende mit mir erspart dir jede Menge Arbeit.«

Ein Wochenende? War er übergeschnappt?

»David, bitte halte an!«

»Jetzt gleich?«

»Ja!«

Er lenkte den Wagen auf den Seitenstreifen und schaltete den Warnblinker an.

»Was soll das?«, fragte ich, nachdem wir zum Stehen gekommen waren. »Ist das eine Entführung?«

»Nein«, erwiderte er. »Ein Spontanausflug.«

»Warum?«

»Warum nicht? Das Schicksal hat uns verbunden. Janine hat sich in dich verliebt. Du studierst bei Marian. Offenbar wirkt irgendeine Kraft darauf hin, dass unsere Leben sich kreuzen. Ja, sogar mehr als das. Sie verflechten sich. Außerdem … Janine, Marian, wie wäre es denn mal mit einem Wochenende unter Männern? Nur du, ich und er. Was ist dabei?«

»Wer er?«

»De Vander.«

»David, hör auf mit dem Quatsch. Ich habe so viel Arbeit, dass ich gar nicht weiß, wo ich anfangen soll …«

»Geschenkt. Von einem Wochenende mit mir hast du mehr als von zwei Wochen in der Bibliothek. Ich kenne das alles in- und auswendig. Wenn du willst, skizziere ich dir heute Abend eine Argumentation zu Kleist, mit der du Mark und Jacques aussehen lässt wie zwei dämliche Anfänger. Was sie ja übrigens auch sind.«

»Warum solltest du das tun?«

Er machte eine kurze Pause. Dann sagte er: »Als Gegenleistung für den Abend, den ich dir stehle.«

»Abend? Was für ein Abend?«

War er verrückt? Ich rückte unwillkürlich ein wenig von ihm ab und versuchte, in seinem Gesicht zu lesen. Aber er lächelte nur selbstsicher und schien meine Verwirrung zu genießen.

»Was ich dir zeigen will, liegt etwa vier Autostunden von hier«, sagte er ruhig. »Die Besichtigung dauert zwei Stunden. Das heißt, *eine* Tour dauert so lange. Es gibt insgesamt vier. Wir könnten also heute Nachmittag eine oder zwei und morgen früh vielleicht noch eine dritte schaffen, bevor wir zurückfahren müssen. Beim Abendessen besprechen wir dann die Hausarbeit, die du für Marian schreibst. Na, ist das ein Angebot? Auf meine Rechnung. Und das alles für einen gestohlenen Abend.«

Wahrscheinlich dachte er, ich wäre heute Abend mit Janine verabredet. Der Motor des Wagens lief noch. David schaute mich erwartungsvoll an. Ich griff zum Zündschlüssel und schaltete den Motor aus.

»Was soll das, David?«

»Hätte ich dich vorher fragen sollen? Du wärst nicht mitgekommen. Aus Rücksicht auf Janine. Aber ich versichere dir: Es hat nichts mit ihr zu tun. Wirklich. Ich will dir nur etwas zeigen. Man muss es gesehen haben. Man kann es nicht erklären.«

»Was willst du mir zeigen?«

»De Vander.«

Entweder er war wirklich durchgedreht, oder er machte sich über mich lustig.

»De Vander ist tot.«

»Ja. Klar. Ich meine es auch nur im übertragenen Sinne. Aber gut, wenn du partout nicht willst, dann kehren wir eben um.«

Ich schaute ihn an und versuchte noch einmal, aus seinem Gesichtsausdruck schlau zu werden.

»Was willst du wirklich von mir?«, sagte ich schroff.

Er zog die Augenbrauen hoch. Nach einigen Sekunden sagte er: »Dann eben nicht.« Er griff zum Zündschlüssel. Ich fiel ihm in den Arm.

»Warum sagst du mir nicht, was du von mir willst?«

»Weil es so ist, wie ich sage, Matthew«, erwiderte er bestimmt. »Ich steige gerade von dem Berg ab, auf den du hinaufkletterst. Ich dachte, wir tauschen uns ein wenig darüber aus. Vielleicht kann ich dir ein paar Tipps geben.«

»Du steigst nicht ab. Du steigst aus. Warum?«

»Du bist zu misstrauisch. Das schafft kein angenehmes Reiseklima. Komm, wir fahren zurück. Es tut mir leid. Ich wollte dich nicht überrumpeln.«

Er startete den Motor und schob den Schalthebel nach vorn.

»Da vorn ist eine Tankstelle«, sagte ich. »Lass mich telefonieren.«

Wir fuhren schweigend die Strecke bis zur Tankstelle und hielten wieder an. Ich ging zu einem Münztelefon, das neben dem Eingang zur Toilette an der Wand hing, und wählte Janines Nummer. Noch bevor die Verbindung zustande kam, legte ich wieder auf. Was sollte ich ihr denn bloß sagen? Ich schielte zu seinem Wagen hinüber. Er gab gerade dem Service-Boy, der die Windschutzscheibe geputzt hatte, ein Trinkgeld. Wären wir morgen rechtzeitig zurück, sodass ich Janine vielleicht gar nichts von dem Ausflug erzählen müsste? Aber sie würde mich heute Abend bestimmt anrufen. Und warum sollte ich sie belügen? Ich stand unschlüssig vor dem Apparat. Keine der Lösungen gefiel mir. War das vielleicht seine Absicht? Subtile Sabotage? Ich wählte erneut. Sie nahm nach dem zweiten Klingeln ab. Ich erzählte ihr, was geschehen war. Sie lauschte stumm.

»Wo seid ihr denn?«, fragte sie dann.

»Auf dem 405. Irgendwo hinter Huntington.«

»Und. Was willst du tun?«, fragte sie knapp.

»Ich weiß es nicht. Was meinst du?«

»Dieser Bastard. Gib ihn mir bitte.«

»OK. Dann kehren wir jetzt um.«

»Blödsinn. Du willst doch mitfahren, oder? Warum fragst du mich überhaupt? Du kannst dir doch wohl denken, was ich davon halte.«

»Ich wollte deine Meinung. Ich weiß nicht, was ich machen soll.«

»Du willst dein schlechtes Gewissen bei mir abladen, das ist alles.«

»Janine, hör mal, er hat mich hereingelegt.«

»Ach ja, warum kehrst du dann nicht einfach um? Warum rufst du mich an?«

Ich spürte Unwillen in mir aufkommen. Warum war sie so giftig?

»Ich verstehe überhaupt nicht, warum du so heftig reagierst. Ich denke, er will einfach …«

»… was du denkst, ist ganz allein deine Sache, Matthew«,

unterbrach sie mich. »Für mich zählt, was du tust. Deine Zweifel und Unsicherheiten kannst du in diesem Fall gern für dich behalten. Du willst mit David das Wochenende verbringen. Bitte schön. Dann steh auch dazu. Sag mir bitte morgen früh Bescheid, ob ihr rechtzeitig zurück seid, sonst fahre ich alleine nach Venice. Und jetzt hol mir bitte David an den Apparat.«

Danach saß ich im Wagen und schaute ihm zu, wie er mit ihr sprach. Sie redeten etwa fünf Minuten miteinander. Als er aufgelegt hatte, klingelte das Telefon sofort wieder. Aber es war offenbar der Operator. David warf Münzen nach, um die fehlenden Gebühren zu bezahlen und nahm dann wieder auf dem Fahrersitz Platz.

»Also dann«, sagte er zufrieden. »Eigentlich ist mir auch wohler, dass sie im Bilde ist. Ich habe versprochen, dass ich dich morgen rechtzeitig wieder abliefere.«

»Fahren wir«, sagte ich verstimmt.

Kapitel 33

Das Gespräch mit Janine drückte auf meine Stimmung. Mehrmals stand ich kurz davor, doch wieder umzukehren. Ich verstand, dass sie nicht gerade begeistert davon war, dass ich mit ihrem Ex-Freund das Wochenende verbrachte. Aber in ihrer Stimme war mehr als Missbilligung oder Missfallen gewesen. Sie war wütend. Sie fühlte sich hintergangen.

Erst hinter Santa Barbara begann ich allmählich die Schönheit der Landschaft wahrzunehmen. Die Straße schlängelte sich die Steilküste entlang. Der Pazifik lag vor uns wie ein zweiter, tiefblauer Himmel. Ich hatte keine Ahnung, wohin die

Reise ging. Als wir an einem Schild mit Entfernungsangaben vorbeikamen, weihte er mich immerhin ein, dass unser Ziel San Luis Obispo hieß und noch siebenundachtzig Meilen entfernt lag. Einige Meilen später tauchten die erste Hinweisschilder auf eine Touristenattraktion auf: Hearst Castle.

»Schon mal davon gehört?«

»Nein.«

Immer öfter überholten wir Reisebusse. Auch die Zahl der Hinweisschilder nahm zu. Ich musste an den Roman von DeLillo denken, die Episode mit der meistfotografierten Scheune Amerikas. Schilder säumten die Straße. *Welcome to San Simeon.* Kurz darauf bog David von der Straße ab und hielt auf die Küste zu. Die Straße schlängelte sich ein paar hundert Meter hangabwärts und endete vor einem Motel. Es sah hübsch aus, ein Haupthaus mit Restaurant, daneben eine Handvoll kleiner Bungalows, alle mit einem kleinen Vorgarten und Blick aufs Meer. David parkte, verschwand im Haupthaus und kehrte nach einigen Minuten zurück.

»Alles klar. Wir haben die Nummer fünf. Da gibt es zwei Schlafzimmer. Da müssen wir nicht in einem Bett übernachten. Das ist dir doch sicher auch lieber, oder?«

»Bist du schon mal hier gewesen?«

»Klar. Schon ein paar Mal. Ich schlage vor, wir fahren gleich hinauf.« Er blickte auf die Uhr. »Halb zwei. Da schaffen wir noch die Touren um zwei und um vier.«

Fünf Minuten später parkten wir auf einem riesigen Parkplatz. *Hearst Castle Visitors' Center* stand über der Einfahrt. Wir folgten dem Besucherstrom zum Eingang. David verschwand, um Tickets zu besorgen. Ich sammelte erste Eindrücke. Ein Multimillionär namens Randolph Hearst hatte sich hier in den Zwanzigerjahren ein Schloss gebaut. Beim Durchlesen der Broschüren, die überall herumlagen, kam mir das eine oder andere nun doch bekannt vor, vor allem die

Filmfigur Citizen Kane, für den dieser Zeitungsmagnat Hearst die Vorlage geliefert hatte. Auch seine Enkelin, Patricia Hearst, war mir ein Begriff. War sie nicht entführt und einer Gehirnwäsche unterzogen worden, woraufhin sie mit ihren Entführern gemeinsame Sache gemacht hatte, bis sie bei einem Bankraub gefasst worden war?

»Ja, so war das«, bestätigte David, als er wieder zu mir gestoßen war. »Eine bizarre Familie. Aber das wirklich Bizarre ist dort oben.« Er deutete auf den Hügel, der vor uns in den Himmel ragte, dessen Gipfel man von hier unten allerdings nicht sehen konnte.

»Früher gehörte bereits die Anfahrt zum Spektakel dazu«, erklärte er, während wir auf den Bus warteten, der uns hinaufbringen sollte. »Um das Schloss herum erstreckte sich ein richtiger Zoo. Es gab sogar Eisbären, für die täglich Eisblöcke aus Los Angeles hergeschafft wurden.»

Ich versuchte, mir das vorzustellen, während der Bus die gewundene Straße hinaufkroch. Eine Stimme aus einem Lautsprecher verkündete die gewaltigen Ausmaße des Anwesens und reihte Superlativ an Superlativ. Die Eisbären wurden auch erwähnt, außerdem Bären, Löwen und Flamingos, die diese grasgrünen Hügel einmal bevölkert hatten und deren Futter über Hunderte von Meilen hatte herangekarrt werden müssen.

Der Bus entließ uns auf einem Platz vor einer Art Kirche. Ich spürte, dass David mich beobachtete, während ich versuchte, meine Wahrnehmung zu justieren. Das Ganze sah aus wie der Eingang zu einer Kathedrale im spanischen Stil. Aber irgendetwas stimmte nicht daran. Die Fassade war zu niedrig geraten. Außerdem passte der hölzerne Vorbau nicht zum restlichen Gebäude. Je länger man hinschaute, desto falscher sah alles aus. Den Grund dafür erfuhr ich von unserer Führerin, einer jungen, pummeligen Studentin namens Wendy.

Wie alles hier war auch diese sogenannte *Casa Grande* aus Gebäudeteilen von Abteien, Klöstern und Schlössern zusammengefügt worden, die Hearst in den Zwanzigerjahren in Europa zusammengekauft hatte. Das schmiedeeiserne Gitter auf dem Portal stammte aus einem spanischen Kloster des sechzehnten Jahrhunderts. Die Madonna mit Kind auf dem Fries des Giebelbogens war wohl italienischen Ursprungs. Das Bodenmosaik im Eingangsbereich wiederum kam ursprünglich aus Sizilien, die Gobelins an den Wänden wahrscheinlich aus französischen Schlössern. Über italienischem Chorgestühl hingen Tapisserien des flämischen Hochbarock. Englische Billardtische standen auf arabischen Fliesen. Über einem langen Holztisch aus einem schottischen Schloss hingen Glaslüster vermutlich böhmischer Herkunft. Auf dem Tisch standen Ketchup- und Senfflaschen aus den Zwanzigerjahren und schlugen in gewisser Weise eine Brücke zu uns.

Da David auch noch den Rundgang durch die Bäder und Küchen gebucht hatte, mussten wir nach der ersten Tour nicht wieder nach unten fahren, sondern durften am Neptun-Pool auf die nächste Gruppe warten.

»Hier haben sie ein paar Szenen aus *Spartakus* gedreht«, erklärte er.

Warum auch nicht? Schöner und prächtiger konnten die Schwimmbäder in den römischen Kaiserpalästen auch nicht ausgesehen haben. Hier war zwar alles falsch. Aber es war nicht billig. Im Gegenteil. Das Material, die Handwerksarbeit, die Gärten, alles war äußerst kostbar. Aber warum um alles in der Welt hatte David mir das zeigen wollen? Was hatte dieses Schloss mit De Vander zu tun?

Danach ging es immer so weiter, zunächst zu einem zweiten Schwimmbad im Innern des Palastes, das den Neptun-Pool an Pracht und Herrlichkeit noch übertraf, dann zu den Küchen, von denen es natürlich mehrere gab, durch die Schlafzimmer,

Lese- und Kaminzimmer bis hin zu einem hauseigenen Kino. Nirgends in diesem bizarren Schloss gab es eine Stelle, an die nicht eine Antiquität aus der alten Welt geschraubt oder festgemörtelt worden war. Alles war überladen und im Grunde geschmacklos. Dennoch fiel es mir mit der Zeit immer schwerer, von der maßlosen Protzerei nicht doch ein wenig ergriffen zu sein. Lag über diesem Schloss nicht eine furchtbare Tragik? Hier war eine hemdsärmelige, tief verzweifelte Liebe am Werk gewesen, ein Mensch, der seinen kolossalen Reichtum aufgewendet hatte, um die schönste und zugleich sprödeste, anspruchsvollste, wählerischste und launischste Frau der Welt zu erobern: die Kunst. Und was war von seiner hingebungsvollen Werbung um sie geblieben? Der Stein gewordene Korb, den er von ihr bekommen hatte.

Kapitel 34

Ich war völlig erschöpft, als wir gegen halb sieben wieder im Bus saßen, der uns in das Visitors' Center zurückbrachte. David blickte schweigend aus dem Fenster und schien seinen eigenen Gedanken nachzuhängen. Auch auf dem Rückweg zum Motel sprachen wir kaum. David sagte, er wolle kurz duschen und schlug vor, wir sollten uns später im Restaurant zum Abendessen treffen. Ich zog es vor, die Abendstimmung für einen kurzen Spaziergang zu nutzen, während David in unserem Bungalow verschwand.

Ich ging über struppiges Gras an die Stelle, wo die Küste zum Meer hin abfiel. Ein kühler Wind blies mir entgegen. Ohne einen Pulli oder eine warme Jacke würde ich es hier nicht lange aushalten. Trotzdem setzte ich mich kurz hin und schaute die Klippen hinab auf das Meer. Es schimmerte dunkelgrün und war sehr unruhig. Ich schlang die Arme um meine Knie und nahm die Aussicht in mich auf: den schmalen, hellroten Streifen am Horizont und darüber den Abendhimmel, der nach dem Sonnenuntergang noch ein wenig nachglühte. Plötzlich bemerkte ich kleine Köpfe dort unten im Wasser. Es waren Robben, die in der Brandung herumtollten. Ich schaute ihnen so lange zu, bis mir vor Kälte die Zähne klapperten.

Gegen acht saßen wir im Restaurant und entschieden uns für das Abendmenü: Clam Chowder und gegrillten Red Snapper. Ich war sehr hungrig, aber auch müde. Das Merkwürdige der ganzen Situation kam mir dadurch wieder stärker zu Bewusstsein. Was bezweckte David nur mit diesem Ausflug?

Er hatte eine komplette Theorie über Hearst Castle, die er mir vortrug, während wir auf die Suppe warteten. Er fragte sich, ob Rom nicht auch einmal so ausgesehen hatte, als es auf dem Gipfel seiner Macht stand. Schließlich habe es die gesamte bekannte Welt ausgeplündert und kopiert. Verschlang nicht jede siegreiche Supermacht alles zuvor Dagewesene und wirbelte es bis zur Unkenntlichkeit durcheinander? Andererseits könne in diesem Fall von Unkenntlichkeit ja keine Rede sein. Man sehe überall die Bruchlinien, wie bei Frankenstein. Hearst Castle war für ihn ein Sinnbild Amerikas, für den Schmelztiegel, in dem nichts verschmolz, sondern alles nur vermatscht, verschleimt und verwurstet wurde. Ja, er könne es manchmal gar nicht fassen, dass ein solcher Zustand der Auflösung kultureller Hierarchien überhaupt zu einer funktionierenden Staatsform gerinnen konnte, zudem zu einer militärischen Supermacht. Das sei das eigentliche Wunder der Gegenwart: dass so ein Homunkulus die Welt dominiere. Mir kam das alles ein wenig übertrieben vor.

»Was ist daran so schlimm? In Europa würde das ganze

Zeug wahrscheinlich in irgendwelchen Museen oder Antiquitätenläden vergammeln. Jetzt ist es eben hier. Macht doch nichts.«

»Dir wird also nicht unbehaglich, wenn du durch dieses falsche Schloss spazierst?«, fragte er.

Ich musste lachen.

»Warum lachst du?«

»Weil ich noch nie jemanden getroffen habe, der so widersprüchlich ist wie du.«

»Ach ja. Wieso?«

»Du sagst, dieses Schloss sei falsch. Für Leute, die noch nie in Europa waren, ist dieses Schloss aber nicht falsch. Sie kennen den Kontext ja nicht, aus dem die Teile stammen. Auf mich wirkt das alles wie ein Schlager, der eine Mozartmelodie variiert. Wer sie wiedererkennt, freut sich. Wer nicht, der freut sich auch, weil es einfach eine schöne Melodie ist. Es ist eben Pop. Kulturelles Recycling. Und wenn ich von De Vander irgendetwas verstanden habe, dann doch wohl genau das: Es gibt bei genauerem Hinsehen im Grunde nur Pop, nur Homunkuli. Es gibt keine organischen Formen, kein Ding an Sich, keinen Ursprung. Es gibt immer nur Fragmente, Zitate, Spuren und ihre Beziehungen. Letztlich ist alle Kunst künstlich oder unecht. Kunst und Kitsch sind nicht wirklich unterscheidbar. Du kennst De Vander in- und auswendig. Du edierst seinen Nachlass. Gleichzeitig flößt dir Hearst Castle Unbehagen ein. Wie passt das zusammen?«

»Vielleicht weil De Vander mir neuerdings Unbehagen einflößt. Ich finde nämlich, dass dieses merkwürdige Schloss hier seiner Theorie sehr ähnelt.«

»Inwiefern?«

»Insofern eine Grenze überschritten wird.«

»Welche Grenze?«

»Die zwischen Spiel und Lüge.«

Er goss mir Weißwein nach und füllte auch sein eigenes Glas. »Oder gibt es für dich diesen Unterschied nicht?«

»Natürlich«, erwiderte ich.

»Wirklich?«, fragte er. »Irgendwie klang das nicht sehr überzeugend.«

Glücklicherweise kam die Suppe. Ich lehnte mich zurück, damit die Bedienung die dampfenden Schalen vor uns abstellen konnte. Ich griff nach meinem Löffel und begann zu essen. David wartete noch einen Moment, bevor er ebenfalls zu essen anfing. Weder er noch ich fanden einen Weg, die unterbrochene Unterhaltung wieder aufzunehmen. Ich begann mich über ihn zu ärgern. Was fiel ihm eigentlich ein? Er behandelte mich wie seinen Schüler.

»Du spielst irgendein Spiel mit mir, David«, sagte ich. »Hör damit auf. Sag mir, was du willst, und lass diese komischen Fragen. Da hast du meine Meinung zum Unterschied von Spiel und Lüge. Es gibt einen Grund, warum wir hier sind. Aber du sagst ihn mir nicht. Du tust so, als wäre das hier ein akademischer Ausflug, ein Spiel, aber in Wirklichkeit bist du nicht ehrlich zu mir.«

Er legte seinen Löffel neben dem Teller ab und griff nach seinem Weinglas. Hatte ich ihn gekränkt? Dieses nutzlose Gerede über diese alten Begriffe. Wahrheit und Lüge, Ernst und Spiel, Kunst und Kitsch. Und das ausgerechnet von ihm. War De Vanders Theorie nicht gerade deshalb so spannend, weil sie an diesen unauflösbaren Gegensätzen, über die ganze Bibliotheken geschrieben worden waren, achselzuckend vorüberging? Wenn David sich mit Marian überworfen hatte, dann konnte er mir ja erklären warum, wenn er wollte. Ohnehin war mein Verdacht noch immer, dass De Vander nur der Vorwand für diesen komischen Ausflug gewesen war. Es ging um Janine. Was sonst? Ich aß schweigend weiter, während er allmählich sein Weinglas leerte. Ihm schien die köstliche Suppe nicht zu schmecken. Oder er hatte keinen Hunger.

»Seit meinem Vortrag habe ich nicht mehr viele Freunde in Hillcrest«, sagte er. »Jacques, Tom und die andern reden nicht mehr mit mir.«

»Wundert dich das?«

Er zuckte mit den Schultern.

»Warum hast du Marian öffentlich bloßgestellt?«, frage ich. »Warum auf so eine Art und Weise?«

»Ich habe einen Vortrag gehalten, sonst gar nichts. Die Reaktion darauf zeigt nur, wie weit es schon gekommen ist. Wo leben wir denn? In Moskau? Ist das INAT vielleicht das Zentralkomitee für Literaturfragen? Ich habe ganz sachlich argumentiert und meine Ergebnisse vorgetragen.«

Ich schüttelte den Kopf. Davids Gesichtsausdruck hatte sich verändert. Er bekam etwas Feindseliges, Abweisendes. Er wusste genau, was er getan hatte.

»Warum sind wir hier, David?«, fragte ich noch einmal. »Ist es wegen Janine? Dann sag es doch. Soll ich mich entschuldigen? Willst du wissen, wie das alles passiert ist? Ich …«

»Ich wollte dir Hearst Castle zeigen«, unterbrach er mich. »Das ist alles.«

»Warum?«

»Wahrscheinlich war es keine gute Idee«, sagte er. »Tut mir leid.«

»Mir tut es auch leid, David.«

»Wie oft soll ich dir noch sagen, dass du dich nicht zu rechtfertigen brauchst?«

»Du kannst es hundertmal sagen, ich fühle mich trotzdem beschissen. Und du auch. Gib es doch wenigstens zu.«

Eine peinliche Pause entstand. Ich goss sein Weinglas voll. Er schaute kurz auf. Er brauchte gar nicht zu antworten. Ich wusste auch so, dass ich recht hatte. Bestimmt fragte er sich die ganze Zeit, was Janine an mir fand. Es ging ihm überhaupt nicht gut. Die Suppe hatte er fast nicht angerührt, und sein Fisch lag noch genauso vor ihm auf dem Teller, wie die Bedienung ihn vor wenigen Minuten hingestellt hatte.

»Isst du nichts?«, fragte ich.

»Doch.«

Aber anstatt zu essen, erhob er sich und verschwand zu den Toiletten. Ich war schon fast fertig, als er endlich zurückkam. Er aß drei Bissen von seinem mittlerweile kalten Red Snapper und ließ den Rest zurückgehen. Dafür bestellte er noch eine Flasche Wein und fragte, ob ich etwas dagegen hätte, den Nachtisch an der Bar einzunehmen, weil man dort rauchen dürfe. Aber ich wollte überhaupt keinen Nachtisch. Ich wollte ins Bett und so schnell wie möglich zurück nach Hillcrest.

Kapitel 35

Der Nachmittagsverkehr im Großraum Los Angeles bescherte uns drei Stunden Verspätung. Als absehbar war, dass wir niemals rechtzeitig zurück wären, versuchte ich, Janine anzurufen. Aber entweder nahm sie nicht ab, oder sie war nicht zu Hause. Ich hinterließ eine kurze Nachricht, dass wir auf dem Rückweg seien. Eine Dreiviertelstunde später – wir steckten mittlerweile kurz hinter der Abfahrt zum Flughafen fest – rief ich noch einmal an, erwischte jedoch wieder nur den Anrufbeantworter. Ich bat sie, auf mich zu warten, auch wenn es etwas später werden sollte.

Um kurz vor fünf Uhr nachmittags trafen wir endlich auf dem Campus ein. David setzte mich neben Pinewood Hall ab. Wir hatten auf der Rückfahrt nicht viel gesprochen, nur einmal Highschool-Erlebnisse ausgetauscht und ein wenig über Berlin geredet. Es waren Gespräche gewesen, die dazu dienten, Gespräche zu vermeiden. Je näher wir Hillcrest kamen, desto anhaltender war das Schweigen zwischen uns geworden. Auf den letzten Kilometern hatte er plötzlich angefangen, über Kleist zu reden. Offenbar war ihm sein Versprechen wieder eingefallen. Aber ich hatte keinen Kopf mehr dafür. Ich war froh, endlich aus dem Auto herauszukommen.

Ich ging sofort zu Janines Wohnung. Ihr Wagen stand nicht vor dem Haus. Ich klingelte trotzdem. Natürlich war sie längst weggefahren. Die nächsten Stunden überlegte ich unablässig, was ich tun konnte, um sie wieder zu versöhnen. Blumen kaufen? Das war an einem Sonntagabend aussichtslos. Ein kleines Geschenk? Ich rief jede halbe Stunde bei ihr an und begann die aufgezeichnete Stimme, die mich jedes Mal begrüßte, allmählich zu hassen. Um halb elf war sie noch immer nicht zurück. Venice Beach lag etwa eine Stunde von Hillcrest entfernt. Wie lange dauerte denn so ein verdammter Grillnachmittag? Soweit ich wusste, fand die Party in einem Haus statt, das Janines Freundin mit drei anderen Studenten gemietet hatte. Ich hatte weder die Adresse noch eine Telefonnummer. Womöglich würde sie sogar erst am nächsten Tag nach Hause kommen. Die Vorstellung bescherte mir Magenstechen. Ich verfluchte David. Und dann mich selbst. Was war ich für ein Idiot. Genau das hatte er beabsichtigt.

Meine schlimmsten Ahnungen bestätigten sich, als ich um kurz vor Mitternacht das letzte Mal erfolglos bei ihr anrief. Ich schlief miserabel, wurde laufend wach, doch mitten in der Nacht bei ihr anzurufen, erschien mir übertrieben. Am nächsten Morgen antwortete sie noch immer nicht. Ich ging trotzdem zu ihrem Haus: Keine Spur von ihrem Wagen. Mein Magenstechen hatte sich mittlerweile fest eingerichtet. Trotzdem ging ich schwimmen. Aber das half auch nicht viel. Ich redete mir ein, dass es Unsinn war, aber meine Fantasie hörte gar nicht mehr auf, mir unangnehme Szenen vorzuspielen. Sie hatte in Venice Beach übernachtet! Natürlich kam mir die Party in der Millionärsvilla in den Sinn. Die Art und Weise, wie sie dort auf der Couch gelegen hatte. Der Mann daneben. Dabei war ich auch noch selbst schuld. Was in Teufels Namen hatte mich nur dazu verleitet, mit David nach Hearst Castle zu fahren? Und dann war ich auch noch zu spät zurückgekommen. Kein Wunder, dass sie stinksauer war.

Um kurz vor neun stand ich wieder ratlos vor ihrem Haus. Danach saß ich mein Robinson-Crusoe-Seminar ab und rief in der Pause wieder bei ihr an. Keine Antwort. Nach dem Kurs ging ich erneut zu ihrem Haus. Endlich. Schon von weitem sah ich mit klopfendem Herzen ihren Wagen auf dem Parkplatz. Ich lief sofort die zwei Treppen hinauf und klopfte an die Tür. Keine Reaktion. Ich wartete, lauschte. Nichts. Ich hatte sie verpasst. Aber sie musste meine Nachrichten abgehört haben. Vielleicht stand sie ja gerade vor meiner Tür. Aber dort war niemand, als ich dort völlig außer Atem ankam. Ich ging sofort zum Telefon, in der festen Erwartung, dass das rote Lämpchen des Anrufbeantworters blinken würde. Aber da war nichts. Kein Anruf. Totale Funkstille.

Ich setzte mich und hatte das Gefühl, mich gleich übergeben zu müssen. Das war doch nicht normal. Oder hatte sie nicht angerufen, weil sie wusste, dass ich heute Seminare hatte? Klar. Sie ging natürlich davon aus, dass ich irgendwo auf dem Campus war, in der Bibliothek oder in der Cafeteria.

Ich trieb mich zwei Stunden lang überall herum, wo unsere Wege sich hätten kreuzen können. Immer wieder versuchte ich es bei ihr zu Hause. Sie sitzt in ihren Seminaren, sagte ich mir. Ich muss eben bis heute Abend warten. Ich verhielt mich wie ein Narr. Sie war über Nacht bei ihrer Freundin geblieben, gerade noch pünktlich zurückgekommen und gleich zum

Unterricht gegangen. Jetzt saß sie vermutlich irgendwo in der Bibliothek oder hatte ein Gespräch mit einem ihrer Professoren. Bei diesem Gedanken fuhr es mir plötzlich heiß den Rücken herunter. Ich hatte ja heute auch einen Termin! Bei Marian! Und ich hatte überhaupt nichts vorbereitet.

Ich kehrte sofort nach Hause zurück, zog meine verschwitzten Sachen aus und duschte. Das tat mir gut. Vorübergehend wurde ich wieder ein wenig ruhiger. Auf meinem Schreibtisch lag das ganze Material, das ich mir am Freitag vor meiner unerwarteten Abreise zusammengestellt hatte. Ich hatte keine Zeit mehr, noch etwas davon zu lesen oder vorzubereiten. Marian erwartete eine Idee von mir. Einen Vorschlag für eine Hausarbeit.

Mir fiel sofort auf, wie müde sie aussah, als ich ihr Büro betrat. Sie wirkte unkonzentriert, und ich hatte das Gefühl, dass ihr der Termin genauso wenig passte wie mir. Aber offenbar sah ich noch schlimmer aus als sie.

»Ist alles in Ordnung mit Ihnen?«, fragte sie mich sofort, nachdem ich mich gesetzt hatte.

»Ja, danke.«

»Viel gearbeitet am Wochenende?«

»Ja.«

»Und? Haben Sie Ihre Literaturliste mitgebracht?«

Darauf war ich vorbereitet. Ich gab ihr einen Ausdruck, den ich schon am Freitag besorgt hatte. Es waren nur bibliografische Angaben ohne Kommentare, was sie natürlich sofort monierte. Aber genau darauf hatte ich meinen Bluff aufgebaut.

»Ich habe die Kommentare noch nicht geschrieben, weil mir am Wochenende Zweifel gekommen sind, ob Sie das überhaupt akzeptieren würden.«

Sie musterte den Ausdruck erneut.

»Alles auf Deutsch«, sagte sie missgestimmt.

»Ja. Das Stück, über das ich gern schreiben würde, gibt es nicht auf Englisch. Es ist nicht sehr bekannt und deshalb wohl nie übersetzt worden. Auch die Sekundärliteratur ist fast ausschließlich auf Deutsch.«

Ein besserer Trick, meinen Kopf für heute aus der Schlinge zu ziehen, war mir nicht eingefallen. Sie würde natürlich ablehnen. Wie sollte sie eine Arbeit bewerten, wenn sie weder das Stück noch die Sekundärliteratur dazu kannte? Sie würde ablehnen, und ich könnte mir bis nächste Woche in Ruhe etwas anderes ausdenken.

»Wie heißt das Stück?«, fragte sie.

»*Die Familie Schroffenstein.*«

»Und warum wollen Sie ausgerechnet darüber schreiben?«

Sie drehte ungeduldig einen Bleistift zwischen den Fingern. Sie hatte bestimmt nicht viel oder auf jeden Fall sehr schlecht geschlafen. Oder hatte sie aus anderen Gründen schlechte Laune? Ich musste mich vorsehen. Wenn sie durchschaute, was ich hier tat, würde mir das übel bekommen.

»Es ist sein erstes Stück«, sagte ich. »Kleist hat es selbst als misslungen betrachtet, und vielleicht ist es auch deshalb fast vergessen. Aber ich finde, es nimmt schon alles vorweg, was später kommt. Auch eine zentrale Passage im Marionettentheater.«

Jetzt würde sie gleich abwinken. Aber genau das tat sie nicht.

»Was passiert in dem Stück?«, fragte sie, noch immer ernst und abweisend.

»Es ist eine Art Romeo-und-Julia-Geschichte« erklärte ich. »Aber dunkler, grotesk, und noch grausiger. Es geht um zwei Familien des gleichen Adelsgeschlechtes, die durch einen Erbvertrag miteinander verbunden sind. Der Vertrag wurde in grauer Vorzeit geschlossen, um auszuschließen, dass das Vermögen jemals an ein fremdes Geschlecht fällt. Aber natürlich vergiftet der Vertrag die Beziehungen zwischen den beiden

Familien. Bei jedem ungewöhnlichen Todesfall verdächtigt ein Zweig den anderen des Mordes. Das Misstrauen ist so groß geworden, dass die Familien nicht einmal mehr direkt miteinander sprechen. Nur Boten gehen noch hin und her, deren Botschaften allerdings durch das Misstrauen der Beteiligten immer verzerrt werden.«

»Und was ist mit Romeo und Julia?«

»Die Kinder der beiden Häuser, ein Junge und ein Mädchen, sind sich im Wald begegnet und haben sich ineinander verliebt. Sie wissen natürlich, dass ihre Liebe nicht sein darf. Also tun sie beide so, als wären sie nicht die, die sie sind.«

»Interessant. Und wo sehen Sie die Beziehung zum Marionettentheater?«

»In der Sprache der beiden Liebenden. Das hat etwas von der natürlichen Grazie, von der im Marionettentheater die Rede ist.«

Ihre Stirn begann sich wieder zu runzeln. Die Sprache der Liebe. Natürliche Grazie. Sie müsste mich längst unterbrochen haben. Noch schwammiger ging es ja wohl nicht. Aber sie sagte nichts, beäugte kritisch meine Literaturliste und erwartet offenbar, dass ich fortfuhr.

»Zwischen den von Misstrauen zerfressenen Familien ist jegliche Kommunikation unmöglich geworden. Jeder Versuch, Klärung zu schaffen, macht alles nur noch schlimmer. Die Sprache wird dabei regelrecht verrückt. Wann immer die Figuren aus ihren Überlegungen einen gültigen Schluss ziehen wollen, endet die Szene mit Schweigen. Bei den Liebenden ist es genau umgekehrt. Sie machen sich die ganze Zeit etwas vor, lügen sich im Grunde an, aber das kann ihnen gar nichts anhaben. Das Ganze wird in einem extremen Bild auf die Spitze getrieben. Als die Missverständnisse eskalieren und in eine offene Familienfehde ausarten, tauschen die Kinder die Kleider, um sich vor dem Hass des jeweils anderen Hauses in

Sicherheit zu bringen. Das wendet die bereits drohende Katastrophe ins Grausige. Die Väter erschlagen, getäuscht durch die vertauschten Kleider, jeweils das eigene Kind.«

»Und wo ist der Bezug zu Kleists Aufsatz?«

»In der Szene, die dem Doppelmord vorausgeht. Sie spielt in einer Höhle, wohin die beiden sich geflüchtet haben. Der junge Mann entkleidet die junge Frau, wobei er sie mit Worten regelrecht hypnotisiert. Dann versucht er sie durch den Kleidertausch zu retten. Es wimmelt in der Szene und in der Sprache von christlichen Bezügen. Gleichzeitig vollziehen die beiden aber ein heidnisches Vermählungsritual. Manche Interpreten sprechen sogar von Inzest. Sie *fallen* sowohl aus ihrer Kultur heraus als auch durch die Hand des jeweils eigenen Vaters. Dieser doppelte Fall erinnert stark an den letzten Satz im Marionettentheater, wo es ja um die Aufhebung des ersten Sündenfalls durch einen zweiten geht. Kleist schreibt, dass wir ein zweites Mal vom Baum der Erkenntnis essen müssen, um in den Stand der Unschuld zurückzufallen, und dass dies das letzte Kapitel der Geschichte der Welt sei. Die ganze Vieldeutigkeit dieses Satzes ist für mich in der Höhlenszene schon gestaltet. Was für ein Fall ist dieser zweite Sündenfall? Hinein in ein erlöstes Christentum ja wohl sicher nicht. Wohl eher aus ihm heraus. Aber wohin? In die Mörderhände der Väter?«

Marian schaute mich schweigend an. Spürte sie, was ich hier trieb? Dabei dämmerte es mir selbst erst jetzt, warum mir ausgerechnet diese Passage eingefallen war: Es gab eine sehr konkrete Furcht und Sehnsucht, die mir ausgerechnet die Höhlenszene in Erinnerung gerufen hatte.

»Sie müssten mir die wichtigsten Passagen des Dramas erst einmal übersetzen«, sagte sie. »Die deutsche Sekundärliteratur, die Sie heranziehen wollen, müssten Sie mir außerdem sehr viel ausführlicher als üblich kommentieren, damit ich mich damit beschäftigen kann, bevor ich Ihre Fragestellung akzeptiere. Allegorische Interpretationen, mit denen Sie sich auseinandersetzen müssten, gibt es ja vermutlich schon, oder?«

»Ja. Bestimmt«, antwortete ich so vage wie möglich.

»Das Thema klingt vielversprechend, Matthew«, sagte sie und wurde das erste Mal etwas freundlicher. »Wenn Sie keine platte Motivgeschichte daraus machen, sondern wirklich tiefer in diese Thematik einsteigen, kann das sehr spannend werden. Aber ich will die Passagen aus dem Drama erst auf Englisch sehen. Sind Sie sicher, dass sie das zeitlich schaffen? Die Übersetzung wird Ihnen einige Arbeit machen.«

Für einen Augenblick vergaß ich alles andere und war einfach nur erleichtert, diese Besprechung unbeschadet hinter mich gebracht zu haben.

»Ja, sicher«, sagte ich ausgelassen. »Es ist ja nicht Holländisch.«

Sie stutzte.

»Wie soll ich das verstehen?«

»Es war nur ein Scherz«, antwortete ich. »Sie haben doch David vor zwei Wochen zu mir geschickt wegen dieser holländischen Artikel für die Konferenz, die Sie organisieren.«

Sie schaute mich völlig ausdruckslos an.

»Ach, das meinen Sie«, sagte sie dann.

»Ich hoffe, ich habe nichts Falsches gesagt.«

Ihre Miene war eisig geworden.

»Sind Sie mit David befreundet?«

»Befreundet? Nein, überhaupt nicht«, erwiderte ich, knallrot vor Verlegenheit.

Ihr Ton war jetzt wieder normal, aber ich spürte genau, dass sie sich gerade sehr zusammennahm. »Ich kenne ihn kaum«, fügte ich rasch hinzu.

»Aber Sie übersetzen für ihn?«

»Nur ein paar Passagen aus einem Zeitungsartikel. Er wollte wissen, ob er mit seiner Übersetzung richtig lag.«

»Was für ein Artikel war das?«

»Ein Kommentar über eine Buchmesse. In Brüssel. Während des Krieges. Der Text war auf Holländisch. Ich kann kein Holländisch. Aber ich konnte den Artikel in groben Zügen lesen. Eine antisemitische Schmiererei.«

Sie blinzelte. Dann griff sie nach ihrer Tasche. Ein untrügliches Zeichen, dass unsere Unterredung zu Ende war. Doch ich irrte mich, denn sie blieb sitzen.

»Wie fühlen Sie sich eigentlich bei uns im Seminar, Matthew? Haben Sie zu den anderen schon ein bisschen Kontakt aufgenommen? Ich meine außerhalb des Unterrichts.«

»Nein, das kann man nicht sagen.«

»Ganz von selbst geschieht das ja auch nicht.«

War das ein Vorwurf? Wollte sie mir damit irgendein Signal geben? Aber das Gegenteil war der Fall.

»Ich sollte mal wieder eine kleine Party geben. Vielleicht am Samstag. Sind Sie frei, Matthew?«

»Ja. Sicher.«

Jetzt erhob sie sich.

»Gut. Ich sage den anderen morgen Bescheid. Bei zwanglosen Treffen bricht das Eis schneller. Wann bekomme ich Ihre Kleist-Texte?«

Kapitel 36

Als ich nach Hause zurückkehrte, hatte Janine sich noch immer nicht gemeldet, trotz meiner ganzen Anrufe auf ihrem Anrufbeantworter. Wenn sie unbedingt schmollen wollte, konnte ich es auch nicht ändern. Diese Verteidigungshaltung funktionierte ein paar Stunden. Dann brach sie völlig in sich zusammen. Ich ließ alles stehen und liegen, verließ die Bibliothek und machte mich zum wer weiß wievielten Mal auf den Weg zu ihrer Wohnung.

War alles vielleicht noch viel schlimmer, als ich befürchtet hatte? War es schon das Ende? Ich hatte ja bisher nur die Rolle des unbelasteten, unbeschwert Neuen gespielt. Das war nicht viel. Trotz des schönen Geredes von Paris und Weihnachten. Ich ließ die Bibliothek links liegen, ging querfeldein über die Wiesen zwischen dem Pool und dem Geologiegebäude hindurch und erreichte die Straße, die zu Janines Wohnblock führte. Der Anblick traf mich wie ein Schlag. Die Fenster ihrer Wohnung waren erleuchtet. Auf dem Parkplatz stand ihr Wagen. Und direkt daneben der von David.

Ich blieb einfach stehen und starrte auf die Fenster. Die Vorhänge waren zugezogen. Aber dahinter brannte Licht. Ich ging ein paar Schritte rückwärts und setzte mich an einer geschützten Stelle ins Gras. Redeten sie? Worüber? Über mich? Über sich? Über uns drei? Oder was taten sie?

Ich saß da und wartete, Minute um Minute. Aber nichts geschah. Das Licht war noch immer an. War vielleicht nur sein Wagen hier? Oder war es gar nicht seiner? Natürlich war es Davids Wagen. Ich war ja gestern hunderte von Meilen darin gefahren. Ich kannte sogar die Nummer. Sollte ich einfach hinaufgehen? Schließlich hatte ich keinerlei Veranlassung, mich zu verstellen. Ich wollte sie endlich sehen, und sei es nur für ein paar Minuten. Ich ging zur Bibliothek zurück. Wenn sie nicht ans Telefon ging, dann wusste ich wenigstens, woran ich war. Aber sie antwortete nach dem dritten Klingeln. Endlich.

»Hello.«

Ich hatte einen trockenen Mund. Mein Herz raste.

»Ich bin's. Matthew.«

Pause.

»Ich kann jetzt nicht sprechen«, sagte sie. »Ich rufe dich morgen an. OK?«

»Aber ... Janine, ich meine, kannst du mir bitte sagen, was los ist?«

»Nicht jetzt. Bitte. Ich rufe dich morgen an. Mach dir keine Sorgen. Ich kann jetzt nicht. Morgen. Versprochen.« Dann war die Leitung tot. Ich knallte den Hörer auf die Gabel.

»Ts, ts«, machte eine Stimme neben mir. Es war Theo.

Kapitel 37

»Alles klar?«, fragte er und lächelte unsicher.

»Ja, so etwa.«

Ich wusste überhaupt nicht, wohin mit mir. Ich kämpfte mit den Tränen, wollte mir aber nichts anmerken lassen. Und Theo blieb einfach stehen und schaute mich skeptisch an.

»Sag mal, hast du schon zu Abend gegessen?«, fragte er.

Der Gedanke an Essen war mir zuwider. Aber Theo war mir willkommen. Ich musste aus dieser Stimmung heraus.

Fünfzehn Autominuten später saßen wir in einer klimatisierten Tex-Mex-Kneipe. Ich begriff, warum Theo ständig mit einem Dufflecoat herumlief. Auch ich ließ meine Jacke an.

Draußen war mildes Herbstwetter, und hier drin lief die Klimaanlage.

»Wie läuft es bei Robin?«, wollte Theo wissen.

»OK. Sie ist sehr nett.«

»Und die Schreiberei? Feuer gefangen?«

Er war bei ihr. Was geschah in diesen Minuten? Warum saß ich hier? Hatte David sein Ziel erreicht? Sie liebte ihn noch. Ich war nichts als eine kurze Affäre gewesen. Beziehungstherapie.

»Ich glaube nicht, dass ich Talent habe.«

»Warum?«

»Weil es mir ziemlich schwerfällt, jeden Tag eine Seite vollzuschreiben.«

»Das ist eher ein gutes Zeichen. Flaubert hat meistens nur einen Satz geschafft. Und wie läuft's im INAT?«

»Reden wir lieber über etwas anderes.«

Er sah mich besorgt an.

»Sag mal, was ist denn mit dir los?«, fragte er. »Du siehst total blass aus.«

Am liebsten hätte ich ihm alles erzählt. Das Telefongespräch lief wie ein Dauerecho durch meinen Kopf. *Mach dir keine Sorgen. Mach dir keine Sorgen.* Das war mein einziger Strohhalm. Keine Sorgen! Pah. Er wollte sie wiederhaben. Natürlich. Was denn sonst. Und ich verbrachte auch noch ein Wochenende mit diesem falschen Hund. Gerda hatte recht gehabt. David war ein intelligentes Arschloch.

»Zu viel Arbeit«, log ich.

Wenn es ohnehin vorbei war, dann brauchte auch niemand davon zu erfahren.

»Was machst denn du dieses Trimester?«, fragte ich ihn, um von mir abzulenken.

»Ich mache einen Kurs bei Ruth«, sagte er.

»Ach ja. Dann wirst du also auch abtrünnig.«

»Nicht so ganz. Ruth ist eine von uns.«

»Von euch?«

»Ja. Sie schreibt.«

»Woher willst du das wissen?«

»Von Winfried.«

»So? Und was schreibt sie?«

»Im Moment ihre Biografie. Aber vielleicht kommt danach noch mehr. Ich würde nie bei jemandem Literatur studieren, der nicht selbst schreibt.«

»Darauf soll ich jetzt vermutlich etwas erwidern.«

»Nein. Warum? Es gibt ja Heerscharen von Studenten, die Literatur bei Leuten studieren, die noch nicht einmal versucht haben, auch nur ein Epigramm zu Papier zu bringen. Aber wundern tut es mich schon.«

»Also doch. Du willst mit mir streiten.«

»Du kennst mich doch«, erwiderte er grinsend. »Ich streite nie. Ich frage nur.«

»Muss man deiner Meinung nach also Flossen haben, um sich mit Fischen zu beschäftigen?«

»Sehr gute Antwort, Matthew. Eins zu null. Komm, lassen wir das. Was ist los mit dir? Hast du Zahnschmerzen?«

»Nein. Liebeskummer.«

»Oje. Das tut mir leid.«

Seit wir an diesem Tisch Platz genommen hatten, war es der erste Satz aus seinem Mund, der aufrichtig klang. »Schlimm?«

Ich zuckte mit den Schultern.

»Ich will nicht darüber reden, Theo. Lass uns einfach ein paar Biere trinken. Ich denke, dann geht es mir schon besser.«

Er nickte stumm und füllte sofort unsere Gläser.

»Ging mir auch so, als ich hier ankam«, sagte er dann. »Alle Treueschwüre dieser Welt. Und nach ein paar Monaten kam ein Brief, und das war's.«

Ich ließ ihn auf dem Holzweg, dass der Grund für meinen Liebeskummer in Deutschland wohnte.

»Winfried übrigens auch.«

»Wie lange willst du eigentlich hierbleiben?«, fragte ich.

»Das Programm dauert vier Jahre. Ich bin im zweiten.«

»Und wenn du fertig bist?«

»Keine Ahnung. Kommt darauf an.«

»Findest du es nicht komisch, auf Englisch zu schreiben?«

»Nein. Außerdem schreibe ich nicht alles auf Englisch. Isst du nichts?«

Der Ober war an unseren Tisch gekommen. Theo bestellte einen Burrito. Ich blieb bei Bier.

»Und welcher Teil deines Schreibens findet auf Deutsch statt?«

»Ich will vom Schreiben leben, Matthias. Das geht nur, wenn man gewisse Genres bedient. Die Amerikaner und Engländer machen das am besten, daher lerne ich bei ihnen. Zudem haben sie den größten Markt und verdienen dadurch im Durchschnitt das meiste Geld. Das ist die eine Seite. Daneben habe ich natürlich auch Projekte, die mir sehr am Herzen liegen, die aber nur schwer zu verkaufen sind. Novellen und Kurzgeschichten etwa, die heute in Deutschland fast niemand drucken will, weil der Markt dafür im Moment sehr klein ist. Ein paar sehr literarische Entwürfe habe ich auch in Arbeit, aber der Markt dafür ist noch kleiner, und außerdem ist man in dieser Sparte sehr stark vom Kulturbetrieb abhängig, der ganz anderen Gesetzen folgt als der allgemeine Buchmarkt. Also schreibe ich von Anfang an unter zwei Namen, in zwei Sprachen. Der eher kommerzielle, englische Teil finanziert den anderen, den ich nur in Deutschland anbiete und der außerhalb von Deutschland auch keinen Menschen interessiert.«

»Und was ist dann überhaupt dein Stil?«

»Mein Stil? Früher haben die meisten Schriftsteller als Journalisten gearbeitet, um ihre Schreiberei zu finanzieren. Und ich kann dir sagen: Hemingway einmal ausgenommen versaut Journalismus den Stil erheblich mehr, als wenn man sein Geld mit handwerklich gut gearbeiteten Romanen für das breite Publikum verdient. Aber ich dachte, du wolltest nicht mit mir streiten?«

»Wieso streiten?«

»Na ja, dein Gesichtsausdruck. Mit Winfried fängt es auch immer so an. Wir reden über Literatur, und nach drei Sätzen geraten wir uns in die Haare.«

»Na ja, ein wenig gewöhnungsbedürftig ist das schon, was du da beschreibst.«

»Wieso? Ihr posaunt doch immer herum, der Autor sei tot? Und wenn das jemand beim Wort nimmt, wird euch plötzlich bang. Warum soll sich der Autor nicht in jedem Buch neu erfinden dürfen?«

»Weil es sehr nach Geschäft klingt, und weniger nach Kunst.«

»Ach je. Immer die gleiche Leier. Warum habt ihr Literaturwissenschaftler nur immer einen so romantischen Blick auf euren Gegenstand. Kann es daran liegen, dass die Romantik euer Fach erfunden hat?«

»Hat sie das?«

»Ja. Sicher. Kunstkritik, wie ihr sie betreibt, gibt es erst seit Schlegel. Das kam doch auch bei diesem Shakespearevortrag zur Sprache. Wann fing das denn an mit der Ostereiersuche nach W.H? Um 1800. Seither wurde sich in Hunderten von Doktorarbeiten, Habilitationen und Konferenzen der Kopf darüber zerbrochen. Wegen eines Druckfehlers! Hast du übrigens mal mit diesem David geredet?«

»Nein.«

»Also: Ich gebe es zu. Ich denke durchaus, dass man Flossen anziehen muss, wenn man Fische verstehen will.«

»Zum Beispiel?«, fragte ich. Ich musste mich ablenken. Und

sei es mit dieser Diskussion. Wenn er nur David nicht noch einmal erwähnte.

»Nimm die Romantheorie«, sagte er. »Du als Wissenschaftler. Wie erklärst du dir das Aufkommen des Romans?«

»Soviel ich weiß, gibt es darüber mehr als eine Theorie.«

»Von mir aus. Irgendeine. Nimm den englischen Roman des siebzehnten Jahrhunderts. Warum schrieben die Leute damals plötzlich Romane und kaum noch Theaterstücke?«

Das war nicht schwer zu beantworten.

»Weil die Welterfahrung der Menschen eine andere geworden war. Das Bewusstsein hatte sich verändert. Und der Roman bot für dieses neue Bewusstsein einfach mehr Darstellungsmöglichkeiten als das Drama oder die anderen, klassischen Formen.«

»Genau«, sagte Theo. »Das würde Winfried auch sagen. Wie bei Hegel. Der Weltgeist hat einen Hebel umgelegt, und die Kunst reagiert darauf.«

»Und das ist falsch?«

»Es ist höchstens die halbe Geschichte.«

»Und wie lautet die andere Hälfte?«

»Ganz einfach: Die Theater waren geschlossen, weil ein reaktionärer König sie verboten hatte. Es gab jahrzehntelang keinen Markt für Dramen. Unter anderem deshalb schrieben die Autoren Romane. Und dadurch kam durchaus eine Revolution zustande, nicht durch ein ominöses neues Bewusstsein. Denn mit einer Sache hatte niemand gerechnet.«

»Und womit?«

»Mit den Autoren. Für sie war das eine kolossale Befreiung. Gibt es für Schriftsteller überhaupt etwas Entsetzlicheres als Theater? Was für ein riesiger Aufwand, um eine Geschichte zum Publikum zu bringen! Allein die gewaltigen Kosten. Das verleiht Theaterdirektoren eine enorme Macht der Vorauswahl. Dann hängt sehr viel vom Regisseur und den Schauspielern ab. Und das Publikum ist begrenzt. Wie viel vorteilhafter ist da ein Roman. Der ganze kostspielige und oft entstellende Klimbim fällt weg. Kein dämlicher Schauspieler oder Spielleiter ruiniert das Stück. Keine Obrigkeit kann das Theater so einfach schließen, denn ich halte es ja in meinen eigenen vier Wänden in den Händen. Ich erlebe es in meinem Kopf und kann es leicht verstecken oder außer Landes bringen. Die Stimme des Autors spricht direkt zum Leser. Mächtige Filter sind plötzlich verschwunden. Die Stimme hat sich vertausendfacht. Das ist die Revolution. Ich will mich nicht mit dem Weltgeist anlegen. Vielleicht gibt es ihn ja wirklich. Aber den ersten Roman hat nicht der Weltgeist geschrieben, sondern ein Autor, der auf eine Marktsituation reagiert hat. Und beim letzten Roman wird es genauso sein.«

»Und was würde Winfried dazu sagen?«

»Was er immer sagt. Dass ich ein verkappter Marxist bin, der alles auf den Markt reduziert.«

»Und was antwortest du?«

»Dass es leicht ist, über den Markt zu spotten, wenn man im hochsubventionierten und von allen Marktkräften geschützten Raum der Universität Engelzählerei betreibt.«

Ich musste trotz meiner Magenschmerzen lachen.

»Eure Diskussionen sind sicher unterhaltsam.«

»Ja, Matthias. Aber es ist eben nicht nur witzig. Denn die ganzen hochtrabenden Mythen und Legenden über Literatur, die Winfried und seinesgleichen erzeugen, machen es für Leute wie mich verdammt schwer.«

»Inwiefern?«

»Ganz einfach. Hast du deinen Deutschunterricht genossen?«

»Ehrlich gesagt, nein.«

»Hast du dich einmal gefragt, woran das liegt? Du studierst Literatur? Warum eigentlich?«

Ich überlegte einen Moment lang. Ich fand die Frage unfair. Wie sollte ich das mit einem Satz beantworten? Und das abfällige Gerede vom Weltgeist und der Engelzählerei provozierte mich auch ein wenig.

»Ich studiere Literatur, weil ich glaube, dass die Geschichten, die die Menschen sich erzählen oder erzählt haben, etwas darüber aussagen, wie sie die Welt gesehen und erlebt haben.«

»OK. Das glaube ich auch. Aber da nennst du auch schon das Stichwort: *Menschen*. Kennst du auch nur eine Literaturepoche, in der Menschen vorkommen?«

Die Frage warf mich völlig aus dem Gleis. Was sollte denn das jetzt?

»Probieren wir's mal«, sagte er. »Es gibt die Romantik, das Biedermeier, Sturm und Drang, Empfindsamkeit, Naturalismus, Expressionismus und so weiter. Du kannst die Reihe gerne fortsetzen. Kommt da irgendwo ein Mensch vor?«

»Ach, Theo, was soll denn das? Überall natürlich.«

»So? Wie sieht denn ein expressionistischer Mensch aus? Redet der nur in schrägen Bildern und trägt knallbunte Klamotten? Und die Naturalisten. Haben die alle den Darwin in der Tasche mit sich herumgetragen? Oder die blassen Bewohner der Empfindsamkeit. Haben die überhaupt einmal Holz gehackt oder ein Schwein ausgenommen?«

»Das sind doch wirklich nur Schlagwörter. Was soll denn das?«

»Nein, Matthias. Es sind Wahrnehmungsfilter, die ein Weltbild und eine Ideologie transportieren.«

»Und die lautet?«

»Zum Beispiel dass bestimmte Zeiten wesentlich anders gewesen sind als andere. Dass der Mensch Fortschritte macht. Dass die Geschichte linear verläuft. Dass wir heute raffinierter oder anspruchsvoller leiden, lieben oder hassen als ein

Mensch vor vierhundert Jahren. Kurz gesagt: dass es gar keine Menschen gibt, sondern nur irgendwelche abstrakten Kräfte, die sich ihrer bedienen, um eine Epoche zu erzeugen. Das steckt dahinter. Dass wir keine Täter sind, sondern Opfer. Und genau deshalb bist du im Deutschunterricht mit Recht eingeschlafen, weil deine Seele natürlich genau spürt, was für ein Quatsch das ist. Und vermutlich studierst du deshalb Literatur, weil du die Hoffnung hast, dass du an der Uni findest, was dir im Deutschunterricht schon gefehlt hat. Ein Schlüssel zu dem, was Literatur in dir anrichtet. Eine Sprache für diese Sprache.«

Ich hatte das Gefühl, dass Theo gar nicht mit mir sprach, sondern mit Winfried. Hatten die beiden sich heute oder gestern gestritten, und schwirrten ihm diese Gedanken vielleicht deshalb noch im Kopf herum? Und jetzt wurde er sie eben an mich los, weil ich nun mal vor ihm saß. Aber sein letzter Satz traf mich dann doch.

»Und wo findet man diese Sprache?«, fragte ich.

»Nirgends. Sie existiert nicht. Es gibt ja auch keine zweite Sprache für Musik oder Tanz. Wieso sollte es eine fürs Erzählen geben?«

Kapitel 38

Die beiden Wagen standen noch immer da. Ich überquerte die Straße. Bevor ich die andere Seite erreichte, erlosch das Licht hinter den Fenstern. Halb elf. Und sie löschte das Licht? Würden sie jetzt gleich herauskommen? Würde er endlich gehen und sie mich dann vielleicht doch anrufen? Oder zu mir kommen?

Ich wartete. Jede Minute fühlte sich länger an als die vorherige. Aber niemand verließ das Haus. Weder sie noch er. Ich stand noch einige Minuten unschlüssig herum. Dann machte ich kehrt.

Zwanzig Minuten später war ich wieder zu Hause. Mein erster Griff galt dem Telefon. Aber sie nahm nicht ab. Ich ließ es lange klingeln, legte auf und wählte noch einmal. Keine Antwort. Auch kein Anrufbeantworter. Es gab nur eine Erklärung: Sie hatte den Stecker herausgezogen. Es wäre ja auch zu schön gewesen. Zu einfach. Wie sie neben ihm ausgeharrt hatte am Abend des Vortrags. Ich hatte ihre Stimme noch im Ohr: *Ich werde David nicht verlassen, OK?* Sie hatte es ja von Anfang an gesagt. Die beiden hatten eine Krise. Aber sie liebte ihn. Sein Coup mit unserem Kurzausflug hatte offenbar Eindruck auf sie gemacht.

Eine Stunde später saß ich noch immer so da, das Telefon auf den Knien, die Hand am Hörer. Ich wählte noch einmal ihre Nummer. Keine Antwort. Ich feuerte den Apparat in eine Ecke und ging wieder nach draußen. Diesmal nahm ich einen anderen Weg, an der Tankstelle bei Safeway vorbei, wo es Zigaretten gab. Ich kaufte ein Päckchen und rauchte gleich zwei hintereinander, bis ich wieder vor ihrem Haus angekommen war. Fassungslos starrte ich auf den Parkplatz. Es war fast Mitternacht, und sein beschissener Wagen stand immer noch da. Sollte ich hinaufgehen? Ausgeschlossen. Ich setzte mich ins Gras und versuchte, die Situation zu begreifen Aber was gab es da schon zu begreifen. Während ich hier saß, schlief sie mit David.

In der Ferne war der schrille Klang einer Sirene zu hören. Ich nahm ihn zunächst gar nicht richtig wahr. Ein Unfall unten auf der Küstenstraße wahrscheinlich. Doch das Geräusch kam näher. Der Polizeiwagen musste in der Nähe des Campus unterwegs sein. Ich erhob mich und ging querfeldein zurück. Das Sirenengeheul war jetzt so nah, dass ich beunruhigt stehen blieb. Ich war zwischen dem Pool und dem Geologiegebäude angekommen, als ich das Zucken des Blaulichts bemerkte. Der Polizeiwagen musste direkt vor der Bibliothek zum Stehen gekommen sein. Von hier unten konnte ich ihn nicht sehen. Der Platz war noch gut zweihundert Meter entfernt und lag wesentlich höher. Aber die grellblauen Lichtblitze, die dort oben über die Fassaden sichelten, waren unübersehbar. Das Sirenengeheul hörte plötzlich auf. Im selben Augenblick konnte ich es riechen. Rauch. Es brannte!

Unschlüssig schaute ich mich um. Aber nirgendwo war Feuer zu sehen. War in Pinewood Hall der Pizzaofen explodiert? Ich würde einen großen Bogen um den Platz machen. Die amerikanische Polizei war mir noch nie geheuer gewesen. Ich bog nach rechts ab und ging den gleichen Weg wie damals, als ich zufällig den Hintereingang zur Bibliothek und der Archivabteilung entdeckt hatte. Und dann sah ich es: im dritten Stock quoll weißer Rauch aus zwei Fenstern. Ich blieb stehen und blickte erschrocken zu der Fassade hinauf, es gab einen Knall, eins der Fenster barst, und sofort schlugen Flammen aus der Öffnung in die Nacht hinaus. Das Archiv brannte! Ich wich zurück, immer die beiden Fenster im Auge, von denen das eine Flammen, das andere weißen Qualm in die Nacht schleuderte.

Überall liefen plötzlich Menschen herum. Ich kletterte die Böschung zu den Parkplätzen hinauf und lief einem Polizisten in die Arme, der mich anschrie, was ich hier verloren hätte. Mit den anderen trieb er mich vor sich her auf die Terrasse der gegenüberliegenden Cafeteria zu. Studenten und Bedienstete stürzten aus der Bibliothek ins Freie. Man sah Rauchschlieren hinter den großen Glasscheiben im Erdgeschoss.

Feuerwehrleute rissen Klappen auf, rollten Schläuche ab, schrieen Befehle hin und her. Mit ohrenbetäubendem Sirenengeheul traf ein zweiter Löschzug ein, gefolgt von einem Sanitätswagen. Der zweite Löschzug setzte zurück, wendete und fuhr rückwärts so weit er konnte an die Böschung heran. Vier Feuerwehrleute zogen die Schläuche von den Rollen und verschwanden auf der abschüssigen Grasfläche, die hinter das Gebäude führte. Von der Cafeteria aus war nur zu sehen, dass die Luft in der noch immer hell erleuchteten Bibliothek noch etwas diesiger geworden war. Der Rauch fand anscheinend seinen Weg durch das Treppenhaus und unter den Türen hindurch. Trotzdem konnte es jetzt nicht mehr lange dauern, bis die Sache unter Kontrolle war.

»Auch hier?«

Ich drehte mich um.

»Hallo Winfried«, sagte ich.

»Warst du auch da drin?«, fragte er.

»Nein. Ich war Zigaretten holen und bin noch ein paar Schritte spazieren gegangen.«

»Schöne Scheiße«, brummte Winfried. »So wie das aussieht, kann man die Bibliothek für Wochen vergessen.«

»Das glaube ich nicht. Das Feuer ist hinten, im Archiv. Wenn sie es gleich löschen, werden sie den Rest nur gut lüften müssen.«

»Im Archiv«, wiederholte er bestürzt. »Das ist ja noch viel schlimmer. Wo denn?«

»Irgendwo im dritten Stock. Rechts vom Treppenhaus, das vierte und fünfte Fenster.«

Sein Gesicht hellte sich auf. »Na dann geht es ja noch. Das achtzehnte Jahrhundert ist im Erdgeschoss. Bleibt nur zu hoffen, dass sie beim Löschen nicht alles unter Wasser setzen.«

»Die werden schon wissen, was sie tun.«

Winfried zog die Mundwinkel herunter. »Da würde ich mich nicht drauf verlassen. Dritter Stock hast du gesagt?«

Ich nickte.

»Da lagert nur das zwanzigste Jahrhundert«, fuhr er spöttisch fort. »Bestimmt ein Kurzschluss.«

»Meinst du?«

»Was denn sonst? Rauchen darf man hier nirgends. Kann also nur ein Kurzschluss sein. Oder vielleicht ein explosiver Gedanke.«

Winfried war schon mal witziger gewesen.

»Ich gehe ins Bett«, sagte ich. »Mach's gut.«

»Tschüss. Bis demnächst mal.«

Die Wasserpumpen liefen schon. Ich bahnte mir einen Weg durch das Gedränge. Nach einigen Minuten verflog der Brandgeruch, und ich roch wieder den vertrauten Eukalyptusduft. Auch das zuckende Blaulicht von jenseits der Fußgängerbrücke war nicht mehr zu sehen. Winfried hatte wohl recht. Ein Kurzschluss. Der Vorfall beschäftigte mich schon nicht mehr, als ich die Tür zu meinem Studio aufschloss. Mich interessierte nur noch eines. Aber alle Hoffnung war vergebens. Der Anrufbeantworter blinkte nicht.

Kapitel 39

Es war noch dunkel, als das Telefon klingelte. Ich erkannte ihre Stimme. Aber nur allmählich gelang es mir, aus ihrem Gestammel den Sinn der immer wiederkehrenden Botschaft herauszuhören.

»Er ist tot, Matthew. Was haben wir getan!«

»Janine?«

Ihre Antwort bestand nur aus einem unterdrückten, würgenden Husten. Dann wieder das Gestammel: »Warum hat er das getan, er ist TOT, aber wir können doch nichts dafür, oder, sag doch was, verdammt noch mal.«

Ich hielt den Hörer in der Hand. Tot? Wer war tot?

»Janine, was ist passiert?«, sagte ich schließlich. »Wo bist du? Wer ist tot?«

»David ist tot«, schrie sie.

Er ist doch bei dir, wollte ich sagen. Er hat doch die Nacht bei dir verbracht.

»Janine, wovon redest du …?«

Ich hörte, wie sie die Nase hochzog.

»Was haben wir nur getan«, wimmerte sie.

Dann brach die Verbindung ab. Mit einem Satz war ich aus dem Bett. Der Wecker stand auf zwanzig nach sechs. Ich zog mich an und rannte die Treppe hinunter. Ich überquerte die Fußgängerbrücke und wollte den kürzesten Weg quer über den Campus nehmen. Doch ich kam nicht weit. Schwarzgelbes Plastikband versperrte kurz hinter der Brücke den Weg. Die beiden Löschzüge standen noch da. Ebenso ein Polizeiwagen sowie ein grauer Kleinbus, der gestern Abend noch nicht hier gewesen war. Zwei Männer in weißer Schutzkleidung gingen darauf zu und gaben einem Polizisten in Uniform einige Behälter. Was war denn das? Die Spurensicherung? Ich lief auf die Absperrung zu. Ein paar Studenten standen in der Dämmerung herum und betrachteten schweigend die Vorgänge.

»Wisst ihr, was passiert ist?«, fragte ich atemlos.

»Ein Feuer im Archiv. Letzte Nacht. Ein Doktorand ist ums Leben gekommen. Erstickt oder verbrannt. Sie wissen es noch nicht genau.«

Der Junge sprach wie ein Nachrichtensprecher. Ohne jegliche Emotion. Offenbar war die Nachricht schon nicht mehr besonders aktuell.

»Aber … wieso?«

»Erst war es nur ein Feuer«, fuhr der junge Student fort. »Sie haben es gelöscht und dann einen Toten im Archiv gefunden. Die Polizei sagt, es war Brandstiftung. Mehr wissen wir auch nicht.«

Ich machte sofort kehrt und ging so lange an der Absperrung entlang, bis sie an einem Baum endete. Von dort lief ich quer über das Gelände. Ein paar Polizisten, die Wache schoben, beäugten mich missbilligend, ließen mich jedoch passieren. Die dunklen Höhlen der ausgebrannten Räume waren weithin sichtbar. Löschgerät und Leitern standen neben dem Eingang herum. Ich lief so schnell ich konnte zu Janines Haus. Davids Wagen stand noch immer da. Der von Janine war verschwunden. Ich rannte die Treppe hinauf und klopfte gegen ihre Tür. Keine Reaktion.

Diese Vorwürfe. *Wir sind schuld.* War sie verrückt geworden? Ich trat wütend gegen die Tür. Hatte sie mich überhaupt von zu Hause aus angerufen? Womöglich war sie ganz woanders. Bei einer Freundin? Ich starrte Davids Wagen an und versuchte eine Verbindung zwischen der Tatsache herzustellen, dass er gestern Abend zunächst hier gewesen war und dann möglicherweise dort drüben im Archiv … Ich musste Klarheit haben. Ich kehrte um, ging diesmal nicht querfeldein, sondern die Straße entlang bis zur Haupteinfahrt der Universität. Es war Viertel vor sieben. Zwei Übertragungswagen parkten halb auf dem Gehsteig. Auf Monitoren konnte man verfolgen, was sich vor der Bibliothek abspielte. Die halbe County wusste anscheinend schon Bescheid. Hatte Janine im Frühstücksfernsehen von dem Unglück erfahren? Deshalb der schockierte Anruf? Aber wo war sie denn nur?

Ich fragte einen der Männer, die bei den Übertragungswagen standen, was passiert sei.

»Ein Feuer in der Hillcrest Library«, sagte er. »Ein Student hat sich angezündet.«

Ich schaute ihn bestürzt an.

»Weiß man das schon sicher?«

»Nein. Aber es sieht so aus. Die Pressekonferenz ist um neun.«

Ich schluckte. »Weiß man, wer das Opfer ist?«

»Ja. Ein gewisser David Lavell.«

Es war einfach zu unwirklich. David tot? Verbrannt? Ich ging weiter, ohne eine Ahnung zu haben, wohin. Zu Theo, dachte ich. Oder zu Gerda. Mit irgendjemandem musste ich reden.

Ich ging nach Hause und rief bei Theo an. Er hatte noch geschlafen und wusste von gar nichts.

»Das ist nicht wahr!«, rief er ungläubig. Eine halbe Stunde später saßen wir in einem Coffeeshop bei mir um die Ecke. Im Fernsehen meldete ein Lokalsender den Vorfall als *Breaking News*. Wir tranken Milchkaffee, kauten auf klebrigen Muffins herum und erfuhren immer wieder das Gleiche in leicht abgewandelter Form. Das Feuer war gegen Mitternacht ausgebrochen. Die Hillcrest Universitätsbibliothek war daraufhin sofort evakuiert worden. Der Brandherd hatte im Rückgebäude gelegen und war rasch gelöscht worden. Leider gab es einen Todesfall zu beklagen. Erste Untersuchungen hatten ergeben, dass es sich mit an Sicherheit grenzender Wahrscheinlichkeit um Brandstiftung handelte. Ob der am Brandherd tot aufgefundene Doktorand als Täter infrage kam, stand noch nicht fest.

»Ich kann das gar nicht glauben«, sagte Theo nach einer Weile. »Glaubst du das? Brandstiftung?«

Ich schüttelte schweigend den Kopf.

»Was hat er nur mitten in der Nacht im Archiv gewollt?«, fragte er dann.

Wenn es nur nicht so war, wie es Janine gesagt hatte. Wegen uns? Wegen ihr? Was hatte sich gestern zwischen ihm und

Janine abgespielt? Er war bei ihr gewesen. Und danach war er irgendwann ins Archiv gegangen, hatte also gar nicht den ganzen Abend bei ihr verbracht. War er ausgerastet? War er überhaupt der Typ, dem so etwas passierte? Hatte er den Kopf verloren? Aus Eifersucht?

Theos Augen waren auf den Fernseher gerichtet, wo jetzt Bilder der ausgebrannten Räume gezeigt wurden Es war unheimlich. Der Tisch, an dem David gesessen hatte, als ich das erste Mal mit ihm gesprochen hatte, stand noch da, völlig verkohlt.

»Furchtbar, einfach furchtbar«, murmelte Theo.

Ich suchte den ganzen Vormittag nach ihr. Ich irrte kreuz und quer über den Campus, soweit die Absperrungen und der zunehmende Presserummel es zuließen. Gegen Mittag gab ich auf. Als ich mein Zimmer betrat, klingelte das Telefon.

»Matthew?«

Es war Marian.

»Ja.«

»Sie wissen, was passiert ist?«

»Ja. Sicher.«

»Ich rufe jeden von Ihnen an, weil ich es für meine Pflicht halte. Ich habe keine Worte für das, was geschehen ist. Die nächsten Tage werden hoffentlich Klarheit bringen.«

»Ja. Bestimmt.«

»Das Institut bleibt diese Woche geschlossen.«

»Ja. Sicher.«

»Aber es bleibt bei der kleinen Runde bei mir am Samstag. Bitte kommen Sie, wenn Sie können. Ich will bis dahin versuchen herauszufinden, was letzte Nacht passiert ist. Ich denke, Sie alle haben ein Recht, das zu erfahren.«

»Ja. Danke. Ich komme gern.«

Sie schwieg einen Augenblick. Was für eine Situation!

»Die Universität hat eine Station für alle diejenigen eingerichtet, die David näher gekannt haben und vielleicht mit jemandem sprechen möchten.«

»Ja, danke, ich weiß.«

»Das sind sehr fähige Leute, Matthew. Gehen Sie bitte hin, wenn Sie das Bedürfnis haben. Sie können dort jederzeit anrufen. OK?«

Ich notierte mir die Nummer. Es tat mir gut, mit ihr zu reden.

»Danke, Marian. Das ist sehr nett von Ihnen.«

»Samstag, vier Uhr, bei mir.«

»Haben Sie auch Janine angerufen?«, fragte ich sie. Die Frage kam einfach so aus mir heraus. Ich griff nach jedem Strohhalm.

»Sie kennen Janine?«

»Ja. Wir hatten letztes Trimester einen Kurs zusammen. Wir sind befreundet.«

»Janine liegt im St. James', Matthew. Sie hatte einen Zusammenbruch.«

»Was?«

»Ja. Heute Morgen. Sie ist ein paar Meilen vom Campus entfernt von einer Streife aufgegriffen worden. Ihr Wagen stand am Straßenrand. Sie saß am Steuer und hatte einen Weinkrampf. Das arme Mädchen. Aber jetzt geht es ihr bestimmt schon besser.«

»Ja, bestimmt«, erwiderte ich.

»Auf Wiedersehen, Matthew.«

Ich wählte die Null, fragte den Operator nach der Nummer von St. James und rief sofort im Krankenhaus an. Ja, Miss Uccino sei bei ihnen, nehme jedoch keine Anrufe entgegen. Ihr Zustand sei stabil, es bestehe kein Anlass zur Sorge. Besuche seien auf keinen Fall möglich.

Nur für Familienangehörige.

Kapitel 40

St. James lag ziemlich weit weg.

Ich rief Winfried an und fragte, ob ich seinen Wagen leihen könnte. Das Krankenhaus lag an der Strecke, die ich damals mit ihr gefahren war, als wir ins Kino gegangen waren. Der Komplex sah nicht sehr einladend aus. Sechs Stockwerke, ein Backsteinbau, unter jedem Fenster ein vergitterter Kasten mit der Klimaanlage. Die Eingangshalle war mit grünem Linoleum ausgelegt. Ich ging zum Empfang und nannte Janines Namen. Ob ich ein Familienangehöriger sei. Nein. Dann seien Besuche absolut unerwünscht. Ob ich wenigstens eine Nachricht hinterlassen dürfte? Die Frau schob mir einen Block hin und legte einen Kugelschreiber daneben. Ich nahm auf einer der Wartebänke Platz und schrieb *Janine* auf das Papier. Zehn Minuten später saß ich noch immer so da, ohne ein weiteres Wort geschrieben zu haben. Schließlich erhob ich mich wieder, ging zu einem Kiosk am Eingang, kaufte einen Blumenstrauß und trug Janines Namen und Zimmernummer auf einem Formular ein. Ins Nachrichtenfeld schrieb ich nur: Bitte rufe mich an. Matthew.

Gegen sieben war ich wieder in Hillcrest. Ich parkte den Wagen vor Winfrieds Apartmentblock und brachte ihm die Schlüssel zurück.

»Schon wieder da?«

»Ja.«

»Komm rein.«

Ich war froh über die Einladung. Nur nicht allein sein. Erst dann wurde mir klar, dass Winfried natürlich über das Feuer würde reden wollen. Er holte zwei Bier aus dem Kühlschrank und fing auch schon an. Das Feuer, der Unfall, der Selbstmord. Ein Gerücht jagte das nächste. Winfried schob eine Schale

Nacho-Chips und Schmelzkäse in die Mikrowelle, holte sie eine Minute später wieder heraus und stellte sie vor uns auf den Tisch.

»Du siehst nicht besonders gut aus«, sagte er.

»Nein. Die Sache hat mich ziemlich mitgenommen.«

»Verstehe. Na ja, ihr habt ja schließlich im gleichen Seminar gesessen.«

»Nein«, widersprach ich. »Nach seinem Vortrag hat er sich abgemeldet.«

»Hm.« Winfried nickte. »Schon komisch.«

»Ja.«

Er griff nach einem Chip. Durch den Schmelzkäse war er völlig mit den anderen zusammengebacken. Mit einiger Mühe brach er endlich ein Stück ab und steckte es sich in den Mund. Ich tat es ihm gleich und kaute schweigend vor mich hin.

»Erst dieser Auftritt«, murmelte er, »und dann zündet er gleich das ganze Archiv an.«

»Wenn er es war«, widersprach ich. »Ich kann es mir nicht vorstellen. Es muss ein Unfall gewesen sein.«

»Glaubst du?«

Ich zuckte mit den Schultern.

»Vielleicht hat jemand anderes das Feuer gelegt«, sagte er. »Vielleicht läuft hinter den Kulissen irgendeine Schweinerei? Das kommt ja vor bei feindlichen Übernahmen.«

»Was soll denn das heißen?«

»Na ja, neuerdings reden ja hier alle nur noch von diesem INAT mit seinem riesigen Budget und all den neuen Leuten, die sich überall ausbreiten. Sie besetzen die Posten in den wichtigen Gremien, schachern sich gegenseitig die Stellen zu, hieven sich gegenseitig auf die Lehrstühle, und das alles auf einem einzigen Ticket: De Vanders Theorie. Man bekommt ja allmählich den Eindruck, der Mann hätte die Literaturwissenschaft ganz allein erfunden.«

Die unterschwellige Spitze entging mir nicht. Ich leerte meine Bierdose zur Hälfte und suchte nach einem Weg, das Gesprächsthema zu wechseln. Aber worüber hätten wir sonst sprechen sollen?

»Vielleicht war es ja wirklich ein Anschlag?«, sagte Winfried.

»Worauf denn?«

»Auf das INAT.«

»Quatsch«, erwiderte ich.

»OK. Spaß beiseite. Ruth meint übrigens, du wärst begabt. Hast du dir schon überlegt, hierzubleiben? Ich denke, du hättest ganz gute Chancen, wenn du dich bewirbst.«

»Ich weiß nicht«, erwiderte ich matt.

»Willst du denn zurückgehen?«

»So wie du redest, könnte man meinen, ganz Deutschland sei eine DDR«, sagte ich ein wenig gereizt.

»Ist es doch. Du solltest froh sein, dass du die Chance hast, da rauszukommen. Hier ist es auch kein Zuckerschlecken, aber wenigstens benutzt man nicht ausgerechnet die Geisteswissenschaften als bildungspolitische Kloake, in die man alles einleitet, wofür man anderweitig keine Verwendung hat.«

Da war es: Winfrieds Lieblingsthema. Seine Augen funkelten vor unterdrückter Empörung.

»In Deutschland kann doch noch die letzte taube Nuss achtzehn Semester lang an einer Universität herumlungern«, schimpfte er, »vorausgesetzt er taucht nicht in einem Seziersaal oder einem chemischen Labor auf, sondern in einem der sogenannten geisteswissenschaftlichen Fächer, wo dreihundert Leute beieinander sitzen und Studieren spielen. Reaktionäre Gesellschaften schließen Universitäten. Progressive öffnen sie für alle! Das Ergebnis ist das Gleiche. Die Massenuniversität ist eine Volksverarschung. Was solltest du dort wollen?«

»Du redest wie mein Vater«, sagte ich.

»Und?«

»Vielleicht liegt es ja an den Fächern«, sagte ich. »Vielleicht taugen sie einfach zu nichts mehr. Naturwissenschaft und Technik haben eben gewonnen.«

Er schaute mich entrüstet an.

»Vielleicht sind die Geisteswissenschaften einfach erledigt«, fuhr ich fort. »Nur noch Unterhaltung auf hohem Niveau.«

Er schüttelte resigniert den Kopf und lehnte sich zurück.

»Weißt du, als ich damals aus Freiburg abgehauen bin, war gerade ein Manifest im Umlauf. Es hieß: *Die Austreibung des Geistes aus den Geisteswissenschaften* oder so ähnlich. Der Verfasser war Germanist und fragte sich unter anderem, ob es überhaupt Gedanken gibt und nicht etwa nur Wörter. Er war übrigens gerade dabei, sich zu habilitieren. Mittlerweile ist er bestimmt Professor geworden. Das geht heute alles.«

Er machte eine Pause, wohl um mir Gelegenheit zu geben, die Bedeutung dieser Aussage zu erfassen.

»Das ist etwa so«, fuhr er fort, »wie wenn sich ein Biologe vor seinen Petrischalen fragt, ob es vielleicht gar kein Leben gibt, sondern nur Zellhaufen. Genau genommen geht es ja wohl auch nur noch darum. Geist. Seele. Das Leben. Diese ganzen schwammigen Begriffe. Das stört einfach. Es ist verworren, unklar, lästig. Da ziehen die Naturwissenschaft, die radikale Aufklärung und die vereinigte Linke alle an einem Strang. Wie viel schöner ist es doch, wenn man alles auf anonyme, blinde und automatische Vorgänge reduzieren kann. Es gibt keine handelnden Menschen, die Gedanken oder Ideen haben und über die Konsequenzen ihres Tuns nachdenken könnten. Nein. Es gibt nur vibrierende Zellhaufen, die Wörter ausscheiden, und soziale Umstände, die nichts als Opfer erzeugen.«

Sein Tonfall war schneidend geworden. Ich schwieg. Ich

war jetzt nicht in der Verfassung, diese Art von Diskussion zu führen.

»Die großen Fragen wissenschaftlich beantworten zu wollen«, sagte er verächtlich, »ist die größte Lachnummer des Jahrhunderts. Aber in Freiburg hat niemand gelacht. Im Gegenteil. Alle fanden das toll. Man sah ja auch sofort, warum. Mit so einem Denken kann man endlich einen Schlussstrich unter all die lästigen Fragen ziehen. Unter Auschwitz. Unter den Gulag. Unter jedes noch so unfassbare Versagen der Zivilisation. Es gibt ja keine Gedanken. Keine Schuld. Keine Täter. Keine Moral. Die Gesellschaft, die Struktur, irgendein Code ist an allem schuld.«

Winfrieds Wangen hatten sich gerötet.

»Es gibt keine Gedanken«, wiederholte er voller Hohn. »Nur Wörter. Codes. Strukturen. Wie bei deinem Doktor De Vander. Und damit wird man in Deutschland heutzutage Professor. Na dann, gute Nacht!«

Ich erwiderte nichts. Was auch? Es war heute zu viel geschehen.

Kapitel 41

Die meisten Studenten erschienen am nächsten Tag erst gar nicht. Die wenigen, die da waren, spazierten verloren herum, suchten den Ort des Geschehens auf oder standen in Grüppchen beieinander und diskutierten.

Ich traf zwei Studentinnen aus Miss Goldensons Seminar, die ich flüchtig kannte. Sie sahen verstört aus und erkundigten sich bei mir, ob ich schon Genaueres wüsste. Eine von ihnen wollte wissen, ob ich Janine gesehen hätte.

»Sie muss völlig fertig sein«, sagte die andere. »Er war doch ihr Freund, oder?«

»Ja«, sagte ich.

Gegen Mittag meldeten die Nachrichten, dass der Universitätsbetrieb auch heute noch unterbrochen blieb. Wann die Bibliothek wieder geöffnet werden könne, sei noch nicht bekannt. Der größte Verlust sei zweifelsohne das Menschenleben, welches der Brand gefordert habe. Der Dekan habe für Freitag um 14 Uhr im Brooker Auditorium eine Trauerfeier anberaumt.

Am frühen Nachmittag saß ich wieder zu Hause und starrte die Wände an. Jede Initiative erschien mir sinnlos. Janine hatte auf meine Botschaft nicht reagiert. David war tot. Verbrannt oder erstickt. Ich dachte an seine Eltern, die sich bestimmt auf dem Weg hierher befanden. Ich hatte keine Ahnung, wer sie waren. Sie existierten in meinem Kopf als eine Prozession gläubiger Juden, die am Jom-Kippur-Tag irgendwo in Portland zu Fuß zur Synagoge gingen.

Dann klingelte das Telefon. Es war Mr. Billings. Er erkundigte sich, ob mit mir alles in Ordnung sei. Es täte ihm sehr leid, aber im Rahmen der Untersuchungen des Vorfalls sei mehrfach mein Name genannt worden. Daher wolle die Polizei meine Aussage hören. Ob ich dazu bereit sei? Eine Aussage? Ich sollte verhört werden? Warum? Voll übler Vorahnungen machte ich mich auf den Weg.

Billings empfing mich ohne weitere Erklärung und brachte mich in einen Raum neben seinem Büro. Dort musste ich an der Spitze eines ovalen Konferenztisches Platz nehmen. Am anderen Ende saßen zwei Männer in Polizeiuniform und ein weiterer Mann, den ich ebenso wenig kannte. Einer der Polizisten blätterte in Dokumenten. Billings nahm neben ihm Platz und schaute dann genauso ernst vor sich wie die anderen auch. Aus den herumstehenden Kaffeebechern und einer fast leeren Donut-Schachtel schloss ich, dass ich nicht der Erste war, der befragt wurde. Der wievielte Zeuge mochte ich sein? Der jüngere der beiden Polizisten schrieb irgendetwas auf. Er war wohl der Protokollführer.

»Ich bin Mr. Delany«, sagte der Mann ganz außen. »Guten Tag, Matthew.«

»Guten Tag, Sir«, erwiderte ich. Ich kannte den Namen des Dekans, hatte ihn jedoch noch nie zuvor gesehen.

»Die Herren von der Polizei möchten Ihnen ein paar Fragen stellen. Sind Sie damit einverstanden?«

»Ja. Natürlich.«

Der Polizist mit den Dokumenten räusperte sich.

»Sie sind Matthew Theiss, Gaststudent aus Deutschland?«, fragte er.

»Ja.«

»Seit wann sind Sie in Hillcrest?«

Ich beantwortete alle Fragen. Es stand ja sowieso alles in den Unterlagen vor ihm auf dem Tisch. Es war offensichtlich meine komplette Akte.

»Mr. Theiss, kannten Sie Mr. Lavell?«

»Ein wenig, ja.«

»Was bedeutet ein wenig?«

»Ich habe vor drei Wochen seinen Vortrag gehört, der einiges Aufsehen erregt hat.«

»Sonst hatten Sie keinen Kontakt zu ihm?«

Ich zögerte. Wie sollte ich darauf antworten? Die ganze, komplizierte Geschichte erzählen? Der Mann kam mir zuvor.

»Ich kann es Ihnen ja gleich sagen. Wir haben Sie unter anderem deshalb sprechen wollen, weil einige Studenten ausgesagt haben, dass Sie in letzter Zeit mehrfach mit Miss Uccino gesehen wurden, Mr. Lavells Freundin. Ist das richtig?«

»Ja. Wir sind befreundet.«

»Und Sie wissen auch, wo Miss Uccino sich gegenwärtig aufhält?«

»Ja. Miss Candall-Carruthers hat mich gestern informiert, dass sie in St. James ist.«

Delany erhob sich, ging zu Billings und flüsterte ihm etwas ins Ohr. Billings stand auf und verließ den Raum. Delany setzte sich wieder.

»Würden Sie uns bitte schildern, in welchem Verhältnis Sie zu Mr. Lavell und Miss Uccino stehen«, fuhr der Polizist fort.

Das war tatsächlich ein richtiges Verhör.

»Miss Uccino ... Janine und ich haben uns im letzten Trimester in einem Kurs kennengelernt. Wir haben uns angefreundet.«

Niemand sagte etwas.

»David und Janine haben sich vor Kurzem getrennt«, fügte ich hinzu.

»Wegen Ihnen?«

»Nein. Ihre Trennung war bereits im Gang, als ich noch gar nicht hier angekommen war. Das hat sie mir jedenfalls gesagt.«

»Wann genau ist es zu dieser Trennung gekommen? Wissen Sie das?«

Durfte man mich über so private Dinge einfach ausfragen? Redete ich mich hier womöglich um Kopf und Kragen?

»Am Tag nach Davids Vortrag wollten er und Janine für ein paar Tage wegfahren. Von diesem Ausflug kehrten sie frühzeitig zurück. Sie hatten gestritten, und daher waren sie nach wenigen Stunden umgekehrt. Janine sagte mir damals, sie habe sich von David getrennt. Er zog an diesem Wochenende aus ihrer Wohnung aus.«

»Wann war das genau?«

»Es war das Wochenende vor Beginn des zweiten Trimesters. Also der 13., 14. November.«

Die Tür öffnete sich, und Billings kam wieder herein. Er ging auf den Polizisten zu, der die Fragen stellte und sagte leise etwas zu ihm. Der Mann nickte.

»OK«, sagte er. »Fünf Minuten Pause. Mr. Theiss, Mr. Billings will mit Ihnen sprechen. Bitte.«

Billings nickte mir zu. Ich erhob mich und folgte ihm nach draußen. Wir gingen in sein Büro.

»Ich habe in New York beim Auslandsamt angerufen«, sagte er, »um mir Weisung zu holen, wie ich verfahren soll. Bisher handelt es sich um eine schlichte Befragung. Aber Sie können sich vorstellen, dass die Polizei in alle Richtungen ermittelt.«

»Verdächtigt man mich?«

»Sie haben mit dieser Sache bestimmt nichts zu tun, Matthew, davon bin ich überzeugt. Aber ausgerechnet Sie waren in letzter Zeit der Einzige, der zu David Kontakt hatte. Sie haben dies ja auch Professor Barstow gegenüber bestätigt, nicht wahr?«

Ich nickte stumm.

»Deshalb werden Sie befragt. Ich habe dem Auslandsamt die Situation erklärt. Man bittet Sie, zu kooperieren und auszusagen, was Sie wissen oder beobachtet haben. Sollte man jedoch von Ihnen verlangen, unter Eid auszusagen oder Vernehmungsprotokolle zu unterschreiben, dann sollen Sie das nicht ohne Rücksprache mit einem juristischen Beistand tun. Sollte es dazu kommen, dann werden wir uns natürlich darum kümmern. Aber ich halte das für unwahrscheinlich.«

Mir wurde schwindelig. Juristischer Beistand? Eid?

Die Befragung dauerte über zwei Stunden. Ich trat die Flucht nach vorn an und erzählte die ganze Geschichte. Von Anfang an. Meine Bekanntschaft mit Janine, wie wir uns nähergekommen waren, mein Interesse am INAT und damit auch an David. Ich beschrieb, welche Dreiecksbeziehung vorübergehend daraus entstanden war. Auch meine beiden Treffen mit ihm in seinem Büro verheimlichte ich nicht. David sei wiederholt auf mich zugekommen, einmal wegen einer Übersetzung, das zweite Mal, um mich auf diesen mir selbst rätselhaften Ausflug nach Hearst Castle mitzunehmen. Die Gesichter meiner Zuhörer wurden immer interessierter. Der Polizist, der die Befragung leitete, unterbrach mich nun oft, hakte nach, wollte Fakten hören, den Namen des Motels, die Zeitpunkte der Telefonate, die Tankstellen, an denen wir angehalten hatten. Ich wusste das alles noch recht genau. Es war ja nur wenige Tage her.

Schließlich ging es um Montagnacht. Wann ich wo gewesen sei? Wie lange? Was ich beobachtet hatte? Auch dies schilderte ich wahrheitsgemäß und detailgetreu, bis zum Zeitpunkt, da das Fenster explodiert war. Ich berichtete von Janines Anruf, von meiner erfolglosen Suche nach ihr bis zu dem Telefongespräch mit Marian.

Der Protokollant schrieb noch, als ich geendet hatte. Mein Blick wanderte zu Billings, der mich freundlich anschaute und mir aufmunternd zunickte, was ich nicht recht deuten konnte. War er zufrieden? Beruhigt? Oder nickte er mir zu wie jemandem, dem nicht zu helfen war?

»Wann haben Sie David das letzte Mal gesehen?«

»Am Sonntagnachmittag. Er hat mich gegen fünf Uhr auf dem Campus abgesetzt.«

»Erinnern Sie sich, worüber Sie zuletzt gesprochen haben?«

»Wir sprachen über Kleist.«

»Wer ist das? Ein Mitstudent von Ihnen?«

Unter normalen Umständen hätte ich sicherlich lachen müssen.

»Nein. Heinrich von Kleist ist ein deutscher Dichter der romantischen Periode.«

»Worüber hat dieser Dichter geschrieben?«

»Über Missverständnisse. Die meisten seiner Dramen und

Novellen handeln von der Unmöglichkeit, sich zu verständigen. Kleist ist das Thema des Seminars, das ich bei Miss Candall-Carruthers besuche«, ergänzte ich. »David sollte ursprünglich auch in diesem Seminar sitzen. Daher lag das Thema nah.«

»Und Ihre Beziehung zu Miss Uccino? War das kein naheliegendes Thema?«

»Doch. Aber wir sprachen nicht darüber. Nach dem Telefonat auf der Hinfahrt haben wir nicht mehr über sie gesprochen.«

»Fanden Sie das nicht seltsam?«

»Der ganze Ausflug war seltsam. Ich weiß nicht, warum David mich eingeladen hat. Ich vermute, er war neugierig auf mich. Eine andere Erklärung habe ich nicht.«

»War er aggressiv? Machte er Ihnen Vorwürfe?«

»Nein. Aber er wirkte bedrückt. Das schon. Soweit man das bei jemandem beurteilen kann, den man kaum kennt. Er hat mir erzählt, dass er sich isoliert fühle, was mich nicht wunderte.«

»Warum?«

»Sein Vortrag hat viele Leute vor den Kopf gestoßen.«

»Und haben Sie ihn nicht gefragt, warum er ihn dann gehalten hat?«

»Sicher. Wir haben darüber gesprochen.«

»Und? Was hat er dazu gesagt?«

»David äußerste sich kritisch über De Vanders Theorie.«

»Was heißt kritisch?«

»Soweit ich ihn verstanden habe, betrachtete er sie als erledigt.«

Blicke gingen hin und her. Was wollte der Mann nur? Sollte ich ihm vielleicht die neue ästhetische Theorie erklären? Mr. Delaney hob die Hand und kam mir zu Hilfe.

»Sir, ich glaube, diese Zusammenhänge kann ich Ihnen

nachher besser erklären. Mr. Theiss ist erst seit zwei Wochen Student von Miss Candall-Carruthers. Er kann zu diesen Fragen unmöglich Stellung nehmen.«

Der Polizist schien nicht sehr zufrieden, fügte sich jedoch und kam noch einmal auf meine Schilderung des Montagabends zu sprechen.

»Sie haben Mr. Lavell also nicht in Miss Uccinos Apartment gesehen, sondern lediglich seinen Wagen, der vor dem Gebäude auf dem Parkplatz stand.«

»Ja.«

»Aber Sie sind sich sicher, dass er bei ihr war?«

»Nein. Aber ich nehme es stark an. Warum hätte der Wagen sonst dort stehen sollen?«

»Um welche Uhrzeit genau waren Sie das erste Mal dort?«

»Ich war den ganzen Tag immer wieder dort. Aber sein Auto stand erst am Abend da. Das war irgendwann gegen acht.«

»Dann sind Sie in die Bibliothek gegangen und haben mit Miss Uccino telefoniert?«

»Ja.«

»Hat sie gesagt, dass David bei ihr war?«

»Nein. Sie hat nur gesagt, sie könne jetzt nicht mit mir sprechen und werde mich am nächsten Morgen anrufen.«

»Hat sie erklärt, warum?«

»Nein. Sie hat gesagt, ich solle mir keine Sorgen machen, und hat aufgelegt.«

»Und danach sind Sie mit Ihrem Bekannten essen gegangen.«

»Ja.«

Er ging alles minutiös noch einmal durch, obwohl ich es zuvor schon ausführlich geschildert hatte. Warum nur?

»Ihren letzten Versuch, sie zu sprechen, starteten Sie also gegen halb zwölf?«

»Ja. Ich habe zuerst Zigaretten gekauft. Dann bin ich noch

einmal zu ihrem Haus gegangen, um zu schauen, ob Davids Wagen vielleicht verschwunden war.«

»Hätten Sie sie in diesem Fall aufgesucht?«

»Ja. Bestimmt.«

»Hatte sich zwischen Ihren beiden Besuchen irgendetwas verändert? Waren die Wagen bewegt worden? Waren die Fenster offen oder geschlossen? Brannte Licht?«

Ich schüttelte den Kopf.

»Nein. Es sah alles so aus wie zuvor.«

»Welche Vermutungen haben Sie über den Verlauf des Abends? Nach Ihrem Telefongespräch mit Miss Uccino mussten Sie davon ausgehen, dass Mr. Lavell bei ihr war, oder?«

»Ja. Das habe ich vermutet, aber nicht wirklich glauben können. Erst als ich seinen Wagen sah. Aber sollten Sie das nicht lieber Miss Uccino fragen?«

»Uns interessieren Ihre Eindrücke. Mr. Lavell war also wahrscheinlich bei ihr, als Sie das erste Mal dort eintrafen. Als Sie später noch einmal wiederkamen, haben sie gesehen, wie das Licht in Miss Uccinos Wohnung erloschen ist. Warum sind Sie da nicht zu ihr gegangen?«

Ich schüttelte verständnislos den Kopf.

»Weil es mir peinlich gewesen wäre.«

»Was war Ihrer Vermutung nach der Grund dafür, dass das Licht erloschen ist?«

»Intime Handlungen«, sagte ich schnell, damit es endlich vorüber sein mochte.

»Waren Sie nicht eifersüchtig? Wütend? Enttäuscht?«

Ich zuckte mit den Schultern.

»Ich war todtraurig«, sagte ich. Diese Befragung ging mir allmählich zu weit. Musste ich hier wirklich mein Gefühlsleben ausbreiten? Glücklicherweise kam mir der Dekan zu Hilfe.

»Ich denke, das reicht erst einmal, meine Herren. Danke, Matthew. Sie können gehen.«

Kapitel 42

Die Stunden nach dem Verhör verbrachte ich in einer Mischung aus Unruhe und Apathie. Ich las die Berichte der Universitätszeitung über den Stand der Ermittlungen, bewegte mich jedoch so wenig wir möglich vom Telefon weg, um ein eventuelles Lebenszeichen von Janine nicht zu verpassen. Wenn sie sich nicht meldete, dann konnte es dafür nur zwei Gründe geben. Entweder es ging ihr noch dreckiger als mir. Oder sie versprach sich nichts von einem Gespräch mit mir. Man würde mich sicher nicht zu ihr durchstellen. Also konnte ich nur warten.

Um sechs rief Theo an. Er wusste ebenso wenig wie ich, was er mit seiner Zeit anfangen sollte. Die meisten Institute hatten beschlossen, erst nächste Woche wieder zu öffnen. Solange nicht klar war, was überhaupt geschehen war, konnte sich offenbar niemand durchringen, zum Alltag zurückzukehren.

Ich erzählte ihm von Winfrieds kryptischen Sprüchen und seiner Verschwörungstheorie.

»Typisch Winfried. So ein Quatsch«, sagte er trocken.

»Meinst du?«

»Ja. Winfried liest zu viele Krimis.«

»Und das sagst ausgerechnet du?«

»Ja. Natürlich. Ein Archiv anzuzünden, um eine Berufung zu verhindern! Das glaubst du doch wohl selbst nicht. David war doch nicht bekloppt.«

Ich sagte nichts dazu. Die Spekulationen klangen im Augenblick alle absurd. Wenn ich nur mit Janine hätte sprechen können. Hatte sie womöglich recht? War David ausgerastet? Was hatte ihn so fertiggemacht? Weltekel? Studienüberdruss? Oder einfach Liebeskummer? *Was haben wir getan?*

Theo schlug vor, ins Kino zu gehen, aber ich hatte keine

Lust. Ich wollte nicht vom Telefon weg. Ich wartete noch eine Stunde, dass sie endlich anrufen würde, aber der Apparat blieb stumm. Um sieben klingelte er endlich. Aber es war nicht Janine. Es war John Barstow.

»Mr. Delany hat mich gebeten, Sie anzurufen. Wie geht es Ihnen. Sind Sie OK?«

»Es geht so. Danke.«

»Ich habe eine Nachricht für Sie. Keine gute Nachricht, aber eine, die Sie beruhigen wird. Sie werden nicht noch einmal aussagen müssen. Sie haben Davids Wagen untersucht und Plastikflaschen mit Benzin im Kofferraum gefunden. Die Ermittlungen laufen zwar noch weiter, aber Fremdverschulden wird jetzt ausgeschlossen. Sie müssen sich also keine Sorgen machen.«

»Danke.«

»Janine hat vor einer Stunde eine Aussage gemacht. Sie hat alles bestätigt, was Sie erzählt haben.«

»Wissen Sie, wie es ihr geht?«, fragte ich ihn.

»Nicht besonders gut«, antwortet er.

»Ist sie noch im Krankenhaus?«

»Ja.«

»Wissen Sie, wann sie entlassen wird?«

»Soweit ich weiß, fährt sie morgen oder übermorgen nach Hause.«

»Nach Hause? Sie kommt nicht zurück?«

»Nein. Sie bricht das Trimester ab. Ihre Eltern sind schon gekommen.«

Ich brachte kein Wort mehr heraus.

»Soweit ich gehört habe, ist sie in einem ziemlich schlechten Zustand, Matthew. Wenn sie meine Tochter wäre, würde ich sie auch erst einmal zu mir nehmen.«

Ich spürte einen Schauder im Nacken. Und was war mit mir? Ich atmete durch. Vielleicht würde sie heute Abend ja anrufen. Sie hatte ausgesagt. Dazu war sie also in der Lage. Ich ging nach draußen. Und dann traf es mich mit voller Wucht. Sie würde das Trimester abbrechen. Nach Hause reisen. Was denn auch sonst? Ihre Wohnung, wo sie mit ihm gelebt hatte, weiter bewohnen? Auf diesem Campus leben, der voller Erinnerungen war an ihre glückliche Zeit mit ihm? Sollte sie in der Bibliothek weiterstudieren, in der ihr Freund umgekommen war? Meine dämlichen Blumen. Ich dachte ja nur an mich. Kein Wunder, dass sie sich nicht meldete.

Winfried war nicht zu erreichen. Theo war ins Kino gefahren. Sonst kannte ich niemanden, der ein Auto hatte. Nicht einmal bei Safeway gab es Taxis. Also nahm ich das Fahrrad. Der Feierabendverkehr wälzte sich neben mir her. An den Ampeln streiften mich die Blicke von Autofahrern, die mich aus ihren klimatisierten Zellen heraus irritiert oder amüsiert betrachteten. Ich brauchte über eine Stunde. Verschwitzt und durstig betrat ich die Empfangshalle und verlangte, Miss Uccino sehen zu dürfen. Die Empfangsdame schaute in ihren Computer und teilte mir mit, dass Miss Uccino bereits entlassen worden sei. Der Schweiß floss nur so an mir herunter. Meine Oberschenkel schmerzten. Draußen dämmerte es.

Ich trat den Rückweg an. Mir war zum Heulen zumute, aber ich riss mich zusammen. Sie konnte doch nicht einfach so verschwinden. Bilder der letzten Wochen schossen mir durch den Kopf, während ich mit zusammengebissenen Zähnen in die Pedale trat. Janines Rollwende. Janine drei Reihen vor mir im Filmseminar. Unser erster Kuss auf dem Parkplatz des *Movie World*. Das Licht auf ihrer Haut in der Umkleidekabine.

Allmählich wurde es wirklich gefährlich auf der Straße. Ich fuhr auf dem Seitenstreifen. Überall lag Müll herum. Vor allem Flaschen und Dosen, Reifenteile, zerfetzte Styroporbehälter, in denen noch halbe Hamburger klebten. Mir war übel von der Anstrengung und den Abgasen. Ich fuhr dennoch geradewegs zu ihr. Aber da war nichts. Weder ihr Wagen, noch ein Licht in ihrer Wohnung. Ich stieg ab, ließ das Fahrrad einfach fallen, ging zur Haustür und klingelte. Keine Antwort. Ich hob das Fahrrad auf und fuhr nach Hause. Mein Zimmer war stockdunkel. Kein rotes Blinken auf dem Anrufbeantworter. Ich duschte lange, trank in einem Zug eine Dose Bier leer und legte mich auf die Couch.

Kapitel 43

Bei der Trauerfeier sah ich sie zum ersten Mal wieder. Wem war es nur eingefallen, das gleiche Auditorium zu benutzen? Es war gespenstisch. Wie schon drei Wochen zuvor saßen nun wieder alle dort unten: Holcomb, Krueger, Neil Carruthers, Marian und andere Mitglieder des INAT. Janine saß auch dort, begleitet von einem Mann und einer Frau, die ich noch nie gesehen hatte. Das mussten ihre Eltern sein, die gekommen waren, um sie abzuholen. Davids Bild war auf die Leinwand projiziert. Ein Blumengesteck stand neben dem Rednerpult.

Noch immer strömten Menschen herein. Ich saß so weit hinten wie möglich. Ich wollte niemanden treffen, mit niemandem reden müssen. Als die Musik zu Ende war, betrat der Dekan die Bühne und hielt seine Ansprache. Die Zeremonie war schlicht. Ich bekam wenig davon mit. Mein Blick war die ganze Zeit über auf einen einzigen Menschen gerichtet. Aber wie schon vor drei Wochen schaute sie kein einziges Mal nach hinten. Sie musste doch wissen, dass ich hier war. Delany bedauerte, dass Davids Angehörige nicht zu der Trauerfeier gekommen waren, äußerte jedoch zugleich Verständnis dafür.

Dann sprach er vom Schicksal, vom Unbegreiflichen, das uns vor die Wahl stelle, zu glauben oder zu verzweifeln, Ja oder Nein zu sagen. Die Rede dauerte nicht lange. Niemand sonst ergriff das Wort. Auch Marian nicht. Delany dankte allen und gab dann das Zeichen für den Beginn der Schweigeminute. Alle erhoben sich. Stille senkte sich über den Raum. Dann erklang wieder Musik, Delany trat von der Bühne herab, und die Sache war vorüber. Das Ganze hatte keine halbe Stunde gedauert. Jetzt schien jeder rasch gehen zu wollen. Ich hatte Schwierigkeiten, Janine im Auge zu behalten. Sie schritt mit gesenktem Kopf zwischen ihren Eltern auf den Ausgang neben der Bühne zu. Ich drängelte mich durch die Menge, aber als ich endlich im Freien angekommen war, hatten sie schon den Parkplatz erreicht. Sie wollte mich nicht sehen. Sie standen bereits vor ihrem Wagen. Die Türen öffneten sich, Janine verschwand auf der Rückbank. Ich bog nach rechts ab und lief die Böschung zu der Stelle hinunter, wo die Ausfahrt des Parkplatzes auf den Straßenzubringer mündete. Dort blieb ich stehen und wartete. Sie saß hinten, auf der Beifahrerseite. Sie schaute mich nicht an. Lediglich ihre Mutter fixierte mich kurz. Es dauerte nur Sekunden. Janines Gesichtsausdruck war völlig starr. Sie nahm mich gar nicht wahr. Ihre Mutter drehte sich noch einmal nach mir um. An der Kreuzung bogen sie nach rechts ab, stoppten, wendeten und wählten die andere Campusumfahrung, die nicht an der Bibliothek vorbeiführte. Dann waren sie außer Sichtweite.

Ich kehrte in mein Studio zurück und verbrachte den Nachmittag in fast völliger Untätigkeit. Ich konnte nichts essen. Ein stechender Kopfschmerz plagte mich. Immer wieder versuchte ich, zu arbeiten, an das anzuknüpfen, was ich begonnen hatte. Aber meine Gedanken gehorchten mir nicht. Nachts wachte ich immer wieder auf, lag stundenlang wach, starrte in die Dunkelheit und lauschte den Zikaden. Ich würde ebenfalls abbrechen, beschloss ich. Ich würde nach Hause fahren. Morgen war der Empfang bei Marian. Sollte ich überhaupt noch dort hingehen? Was sollte ich bei diesen Leuten?

Ich ging nur deshalb hin, weil ich das Alleinsein nicht mehr ertrug. Der Campus war wie ausgestorben. An der Bibliothek sah man noch Reste von Absperrband und im Gras die Reifenspuren der schweren Löschfahrzeuge. Aushänge an den Fenstern gaben Auskunft, dass der vordere Teil des Gebäudes ab Montag wieder geöffnet sein würde.

Marian wohnte auch auf dem Faculty Hill, in der gleichen Straße wie Ruth Angerston. Neil Carruthers öffnete mir. Er versuchte zu lächeln, als er mich begrüßte, obwohl ihm sichtlich nicht danach zumute war. Er drückte mir die Hand und bat mich herein.

Wenn man direkt vor ihm stand, sah er eigentlich sympathisch aus und nicht so grimmig, wie er während Davids Vortrag auf mich gewirkt hatte. Er hatte lebendige, blaue Augen, war bestimmt über einsneunzig groß, hatte eine hohe Stirn und ausgeprägte Wangenknochen. Seine Stimme war auffallend leise. Weiter kam ich nicht mit meinen Beobachtungen, weil Marian hinter ihm erschien.

»Hallo Matthew. Kommen Sie herein.«

Ich folgte den beiden ins Wohnzimmer. Die anderen waren schon da. Jacques und Tom saßen auf der Kamineinfassung, jeder eine Dose Coors-Bier in der Hand. Sie nickten mir stumm zu. Parisa und Julie hatten auf einer Cordsamtcouch Platz genommen, die vor dem Fenster stand. Parisa fixierte einen Punkt einige Zentimeter unter meinem Kinn und murmelte eine Begrüßung, während Julie wie immer zu einem freundlichen *Hi* ein gewinnendes Lächeln anbot. Mark Hanson fehlte, wobei schon im nächsten Augenblick das Geräusch einer Wasserspülung über seinen Verbleib Auskunft gab. Eine Minute später kam er hinter mir ins Zimmer herein, schlug mir kumpelhaft auf die Schulter und sagte auf Deutsch: »Guten Tag, Herr Kollege.«

Die Situation war ein wenig steif. Niemand schien so recht zu wissen, was er sagen sollte, wobei ich nicht den Eindruck hatte, dass das vor meinem Eintreffen anders gewesen war.

»Neil, holst du Matthew bitte etwas zu trinken«, sagte Marian. »Was möchten Sie? Ein Bier wie die beiden da oder lieber etwas anderes?«

»Am liebsten einen Kaffee«, sagte ich.

Neil Carruthers verschwand, ich setzte mich auf einen Stuhl, den Marian mir anbot, und blickte ein wenig befangen von einem zum andern.

»Also«, begann Marian, »wir sind vollzählig. Das heißt, wir sind fast vollzählig, oder?« Sie schaute uns an. »Jeder von Ihnen denkt in diesem Augenblick an David, nicht wahr? Mir geht es so, und Ihnen natürlich auch.«

Niemand antwortete. In der Küche hörte man Geschirr klappern.

»Seine Abwesenheit ist schwer zu ertragen. Vor allem für mich. Ich bin traurig. Traurig und wütend. Traurig über die letzten Wochen und wütend über seine sinnlose Tat.«

Was für ein Verhältnis hatten sie alle zu David gehabt? Tom etwa, der sehr gefasst wirkte. Oder Julie, am anderen Ende des Spektrums, mit ihren ängstlichen Augen. Mark hatte die Lippen aufeinandergepresst. Und Jacques? Sogar jetzt stand ihm der Hochmut ins Gesicht geschrieben. Seine linke Augenbraue hatte sich bei Marians letztem Satz hochgebogen.

»Ich finde es toll, dass Sie uns eingeladen haben«, sagte Parisa. »Ich sitze seit Tagen nur noch herum und kann mich auf nichts konzentrieren.«

»Das geht mir ähnlich«, ließ sich Tom vernehmen.

Ich schielte unauffällig zu Parisa hin, verwundert über ihre plötzlich zur Schau getragene Sensibilität.

»Ich hatte Ihnen versprochen, Sie zu informieren. Möchten Sie die Einzelheiten hören?«

Alle nickten, nur Julie nicht.

»David hat am Montagmorgen seinen Wagen vollgetankt. Was er den Tag über gemacht hat, ist unklar. Irgendwann hat er mit einem Schlauch mehrere verschließbare Plastikflaschen mit Benzin aus seinem Tank abgefüllt und sie in seinem Kofferraum gelagert. Gegen Viertel vor sieben hat er seinen Wagen vor seiner Wohnung abgestellt. Janine hat ausgesagt, dass er kurz vor sieben bei ihr eingetroffen ist.«

Ich blickte unsicher um mich. Julie schaute kurz zu mir herüber und blickte dann zu Boden. Die anderen schauten alle Marian an. *Seine* Wohnung, hatte sie gesagt. Wussten sie denn nicht, dass David schon seit drei Wochen gar nicht mehr dort wohnte? Und meine Beziehung zu Janine war ja wohl auch kein Geheimnis mehr. Oder überging sie das alles aus Takt?

»David ist gegen zehn wieder gegangen«, fuhr sie fort.

Drei Stunden, dachte ich. Sie hatten drei Stunden geredet.

»Janine hat mir nicht gesagt, worüber sie gesprochen haben. Aber offenbar haben sie gestritten.«

Wieder spürte ich kurz Julies Blick.

»Ob David danach gleich ins Archiv gegangen ist oder erst später, weiß niemand. Aber die Polizei nimmt an, dass er um diese Zeit zwei der drei Benzinflaschen aus dem Kofferraum genommen und ins Archiv gebracht hat. Was er bis zum Ausbruch des Feuers getan hat, ist wieder unklar. Es war um diese Zeit außer ihm niemand im Archiv. Die Feuerwehr geht davon aus, dass David die Flaschen ausgeschüttet und dabei unterschätzt hat, mit welcher Wucht sich Benzin in geschlossenen Räumen entzündet. Möglicherweise hat er zu lange gewartet. Das Benzin hatte vielleicht schon Dämpfe gebildet und ist explodiert. Die Untersuchung kommt jedenfalls zu dem Schluss, dass es sich um Brandstiftung mit Todesfolge für den Brandstifter handelt.«

Marian unterbrach sich. Neil Carruthers kam aus der Küche und brachte mir meinen Kaffee. Niemand sprach ein Wort.

»In Davids Wagen fand man zwei Koffer und einen kleinen Rucksack, in dem Flugtickets nach New York und Tel Aviv sichergestellt wurden. Was immer sein Motiv für diese Wahnsinnstat gewesen ist, Selbstmord ist vermutlich auszuschließen. Das ist zwar kein Trost, aber wenigstens braucht sich niemand Vorwürfe zu machen. Vor allem nicht Janine.«

Ich war sprachlos. Koffer? Flugtickets? Er hatte das alles von langer Hand geplant?

»Er wollte abhauen?«, sagte Mark entgeistert. »Einfach übergeschnappt. Ein Jude, der Bücher verbrennt. Ich fasse es nicht.«

Ein peinliches Schweigen entstand. Es war Parisa, die es brach.

»Wissen Sie, wie es Janine geht?«, fragte sie.

»Nicht sehr gut«, antwortete Marian, sichtlich mitgenommen von der Heftigkeit, mit der Mark seiner Empörung Luft verschafft hatte. Mir ging es ähnlich. Daran hatte ich noch gar nicht gedacht.

»Ihr Vater hat mir gesagt, dass sie noch immer Medikamente bekommt. Aber die veränderte Umgebung tut ihr in jedem Fall gut.«

»Hat denn niemand eine Ahnung, was in Teufels Namen mit David los war?«, fragte Tom.

»Genau das wollte ich Sie alle fragen«, griff Marian die Frage auf. »Sie haben doch mitbekommen, dass er sich mir gegenüber komisch verhielt. Hat er sich Ihnen gegenüber nicht ausgesprochen, Bemerkungen über mich gemacht? Würden Sie mir das jetzt bitte sagen, falls es so war?«

»Zu uns war er doch genauso komisch«, sagte Parisa und warf einen Seitenblick auf mich, als ob ich etwas dafür konnte.

»Stimmt das?«, fragte Marian und schaute in die Runde.

»De mortuis nil nisi bene«, sagte Jacques. »Aber er macht es einem schon schwer. Ich fand ihn in letzter Zeit unausstehlich.«

Julie nickte. Mark sagte gar nichts. Aber man sah ihm auch so an, was er von David hielt. Seine Geste nach Davids Vortrag war noch jedem in Erinnerung.

»Ich hätte viel früher ein solches Treffen organisieren sollen«, sagte Marian, »um mit ihm und mit Ihnen allen offen zu sprechen. Ich weiß, dass ich an dieser Universität Feinde habe. Aber ich hoffe, falls einer von Ihnen dazu gehört, dann ist er oder sie wenigstens so fair, mir das zu sagen. Oder kann ich davon nicht ausgehen?«

Die Tragweite von Davids Tat wurde mir erst jetzt allmählich klar. Und den anderen offenbar auch. Marian war in einer furchtbaren Situation.

»Niemand hier ist Ihr Feind«, rief Tom erbost. »Im Gegenteil. Wenn Sie nicht wären, wäre keiner von uns hier. Und David ... ach, er hat doch alle immer nur als Publikum für seine Eitelkeit benutzt. Sogar seinen Ausstieg hat er wie eine Show inszeniert.«

»Wieso reden Sie von *Ausstieg*, Tom? Bin ich vielleicht ein Guru, von dem man sich gewaltsam befreien muss? Können Sie mir das erklären?«

»David hat diesen Begriff benutzt, Marian.«

»Und wie haben Sie das verstanden, Tom? Denkt hier im Raum vielleicht noch jemand so über mich?«

»Ich habe David während der letzten Monate ebenso wenig verstanden wie alle anderen«, verteidigte sich Tom. »Er hat sich doch nur noch über alles und jeden lustig gemacht.«

»Ich weiß. Aber die Frage ist damit nicht beantwortet. Davids *Ausstieg*, wie Sie das nennen, klebt an mir. Umso mehr nach seinem Tod. Und ob Sie das wollen oder nicht: er klebt an uns allen, am ganzen Institut.«

»Das sehe ich nicht so«, sagte Parisa. »Niemand von uns wollte David etwas Böses. Er hat von heute auf morgen beschlossen, in eine andere Richtung zu gehen, was ja sein gutes Recht ist. Ich weiß auch gar nicht, was ihr alle an dieser Shakespeare-Sache so schlimm findet. Im Grunde hat er sich doch nur lächerlich gemacht.«

»Ach ja?« Mark war offenbar anderer Meinung.

»Ja«, erwiderte sie spitz. »Läppische Fragen liefern nur läppische Antworten, auch wenn sie noch so scharfsinnig argumentiert sind. Besserwisserei war das, sonst nichts. Fechten mit Zwergen. Fast jede literaturwissenschaftliche Arbeit ist irgendwann überholt. Um nicht zu sagen: fast jede wissenschaftliche Arbeit. Aus Irrtümern von anderen seine Pointen zu holen, ist doch läppisch. Fakt ist: David hatte zu den Sonetten selbst gar nichts zu sagen. Deshalb hat er eine Polemik zur Diskussion um das Widmungsblatt verfasst.«

»Aber was war denn nur mit ihm los?«, warf nun Julie ein. »Weiß das denn niemand?«

Neil, der bisher an die Wand gelehnt der Unterhaltung gelauscht hatte, trat hinter Marian und legte ihr seine beiden Hände auf die Schultern. Marian schaute kurz zu ihm auf und lächelte dankbar.

Später gab es überbackenen Käsetoast und Weißwein. Ich kam zum ersten Mal mit Parisa ins Gespräch und erfuhr, dass sie ursprünglich aus Bangalore stammte. Sie war zufällig in der gleichen County zur Highschool gegangen wie ich. Der Name des Football-Teams ihrer Schule, das vom Team meiner Schule zwar vergeblich aber umso leidenschaftlicher bekämpft worden war, klang mir noch deutlich in den Ohren. Offenbar stieg ich in ihrem Ansehen, als ich zugab, keines dieser Spiele verfolgt und daher weder ihre Schule noch deren Football-Arena jemals betreten zu haben.

Jacques und Tom interessierten sich vor allem für Berlin. Sie hatten den neuen Wenders-Film gesehen und stritten darüber, ob er postmodern sei oder neoromantisch. Mit Mark sprach ich wenig. Je näher ich ihn kennenlernte, desto heftiger wurde meine Abneigung gegen ihn. Alles an ihm wirkte aufgesetzt. Er hatte etwas Feistes und Selbstgefälliges. Zugegebenermaßen war meistens er es, der noch die abseitigsten Autoren und Texte kannte. Aber dennoch stellte ich mir im Zusammenhang mit Mark Hanson zum ersten Mal in meinem Leben die Frage, ob zu viel Lesen nicht auch dumm machen konnte.

Am längsten sprach ich mit Julie Verassi, mit der ich auf dem Nachhauseweg ein Stück zusammen ging. Sie erkundigte sich nach Janine. Ob ich wisse, wie es ihr ging? Dabei schaute sie mich auf eine Weise an, die keinen Zweifel daran ließ, dass sie über uns im Bilde war.

»Offenbar weiß ja jeder Bescheid.«

»Es gibt Gerüchte.«

»Und wie lauten die?«

»Dass sie etwas mit dir hatte.«

»Ich wusste nicht, dass sie auch zu eurer Gruppe gehörte«, sagte ich.

»Das war auch nicht so. Sie ist letztes Jahr manchmal in unseren Lektürekreis gekommen. Den veranstalten wir schon länger. Nur wir unter uns, ohne Marian. Solange David dabei war, ist sie manchmal auch gekommen.«

»Ich weiß nicht, wie es ihr geht«, sagte ich nach einer kurzen Pause. »Ihre Eltern haben sie gestern abgeholt. Sie hat das Trimester abgebrochen.«

Julie nickte ernst.

»Die Arme. Das kann ich gut verstehen. Es ist ja fast ein Frevel, einfach weiterzustudieren.«

Wir spazierten den äußeren Rundweg um den Campus entlang und waren schon fast an der Brücke angekommen, die zu meinem Wohnheim führte.

»Du kennst Janine vermutlich viel besser als ich, wenn du Lektürestunden mit ihr hattest.«

»Ich kenne nur ihre Ansichten«, erwiderte sie. »Im Grunde hat sie besser zu uns gepasst als David.«

Ich blieb überrascht stehen.

»Wie meinst du das?«

»Wie soll ich sagen? Bei David konnte man manchmal den Eindruck haben, dass er De Vander nur deshalb so gründlich gelesen hat, weil er ihn widerlegen wollte.«

»Ach, wirklich?«

»Jedenfalls ist er den letzten Schritt nie mitgegangen.«

»Welchen Schritt?«

»Dass allem nur eine anonyme, stumme Struktur zugrunde liegt, die einfach nur da ist, so wie wir eben einfach nur da sind, ohne Ursprung und ohne Ziel, weder gut, noch schlecht, einfach nur da, wie ein Code, der endlos viele Botschaften generiert, die aber am Ende alle nur etwas über den Code aussagen und gar nichts über die Welt.«

»Aha. Und glaubt Janine das auch?«

»In diesem Punkt geriet sie jedenfalls oft mit David aneinander. Er sprach immer von einem Bewusstsein, als hätte es Marx, Freud und den Strukturalismus nie gegeben. Für uns war das längst erledigt, Schaum auf dem Meer. Janine sah das auch so. Menschen, wie David sie sich vorstellte, kamen bei uns einfach nicht mehr vor.«

So sollte Janine gedacht haben? Ich runzelte die Stirn. Ich wusste im Grunde sehr wenig über sie. Julie sprach weiter.

»David kam mir oft vor wie ein Geologe, der bei seinen

Bohrungen darüber verzweifelt, dass er keine Trollburgen und Drachenhöhlen findet. Vielleicht hat ihn das am Ende fertiggemacht, mehr als wir bemerkt haben. Dazu noch die Spannungen mit Janine. Möglicherweise kam das am letzten Dienstag alles zusammen?«

Sie schwieg einen Moment, bevor sie den Satz, der sie offenbar hatte zögern lassen, dann doch aussprach.

»Machst du dir Vorwürfe?«

Ich verschränkte die Arme vor der Brust. Ich wollte darüber nicht reden. Sie spürte es wohl.

»Sorry«, sagte sie. »Das war eine dumme Frage.«

»Es war kein Selbstmord, Julie. Nie und nimmer. Vielleicht hat er wirklich dieses Feuer gelegt. Es fällt mir schwer genug, das zu glauben. Aber niemand kann mir weismachen, dass er sterben wollte.«

Sie nickte. Dann sagte sie: »Wahrscheinlich hast du recht. Aber nach allem, was in den letzten Wochen geschehen ist, glaube ich, dass David De Vander und Marian gehasst hat. Er hasste es, dass er sie nicht widerlegen konnte. Er ertrug die Konsequenzen einfach nicht.«

»Und wie sehen die aus?«

»In einer Welt ohne Gewissheiten zu leben, als die traurigen biologischen und symbolischen Maschinen, die wir nun mal sind.«

»Das klingt ja furchtbar.«

»Warum? Es geht ja nicht viel anders weiter als zuvor. Nur aus einer anderen Haltung heraus.«

»Und wie sieht die aus?«

»Wir erzeugen noch immer die gleichen Vorstellungen: von Gott, Religion, Moral, von Gerechtigkeit, von Liebe oder von Sinn. Aber da wir wissen, dass wir sie erzeugen, haben wir zum ersten Mal die Möglichkeit, ihnen nicht mehr zum Opfer zu fallen. Sie kontrollieren nicht mehr uns, sondern wir sie. Indem wir begreifen, wie sie entstehen: durch die Sprache. Bis zu Beginn des zwanzigsten Jahrhunderts wurde Sprache als ein transparentes Fenster zur Welt betrachtet. Dabei ist sie eine undurchdringliche Wand. Jeder Versuch, irgendetwas über die Welt auszusagen, kommt dem Versuch gleich, schneller als der eigene Schatten mit dem Fuß den Boden zu berühren.«

»Und was soll man also tun? Das Licht ausknipsen?«

»Das ist gar nicht möglich. Die Surrealisten haben versucht, das Bewusstsein von der Sprache zu trennen. Die Dadaisten ebenso. Und viele andere Anti-Bewegungen des zwanzigsten Jahrhunderts, bis zur Beat-Generation mit ihren Drogenexzessen und Burroughs Slogan, die Sprache sei ein Virus aus dem All. Wir kommen aus der Sprache nicht heraus. Also müssen wir lernen sie auszuhalten, ohne auf sie hereinzufallen. Sprache kann gar nichts sagen. Das war De Vanders geniale Grundthese. Das ist auf den ersten Blick genauso verstörend, wie die Einsicht Freuds, dass das Ich nicht Herr im eigenen Hause ist. Aber das heißt ja nicht, dass wir uns nicht mehr darum kümmern müssten. Im Gegenteil. Jetzt erst recht. Dass es kein Ich gibt, heißt ja nicht, dass es verschwunden wäre. Wir machen uns ständig Bilder von uns selbst, indem wir uns über uns selbst Geschichten erzählen. Das stellt unsere Identität her. Wir konstruieren Zusammenhänge und Abfolgen in unserem Leben, um daraus eine sinnvolle, lebenswerte Story herzustellen. Aber diese Story ist ebenso wenig real wie jedes andere Hirngespinst, das wir erzeugen. Literatur ist nur ein Sonderfall dieses Vorgangs. Im Grunde ist alles Literatur. Wir sind alle Autoren. Genau das ist es doch, was so viele Leute gegen De Vander aufbringt. Sie werfen ihm vor, er zerstöre die Literaturwissenschaft. Ebenso hat man Freud vorgeworfen, er nehme dem Menschen die Seele. Das Gegenteil ist wahr. Er hat sie gefunden. Sie gefällt uns vielleicht nicht.

Aber das ist ein anderes Problem. Man gewinnt nichts, wenn man den Boten köpft, der eine unerwünschte Nachricht bringt.«

Sie brach plötzlich ab.

»Sorry«, sagte sie dann. »Ich rede zu viel.«

»Nein«, antwortete ich. »Ich weiß zu wenig über diese Dinge.«

»Unsinn«, erwiderte sie. »Tut mir leid. Berufskrankheit. Wie lange bleibst du in Hillcrest?«

»Ein Jahr«, antwortete ich.

Sie legte ihre Hand auf meine verschränkten Arme und sagte: »Ich habe dich total zugequatscht. Soll nicht wieder vorkommen. Schön, dass du bei uns im Kurs bist. Und du brauchst keine Angst zu haben. Ich halte den Mund. Ich hasse Tratsch.«

Kapitel 44

Ich hörte nichts von ihr. Die Tage vergingen. Ich versuchte, die Lektüre für meine Kurse wieder aufzunehmen, aber es führte nur dazu, dass ich tatenlos herumsaß. Eine Woche nach dem Unglückstag betrat ich das erste Mal wieder den Pool. Es war sieben Uhr morgens. Niemand war da. Die Wasseroberfläche lag wie ein frisch polierter Spiegel vor mir und reflektierte die Streben der Dachkonstruktion. Ich ließ mich ins Wasser gleiten, schwamm ein paar Züge und blieb dann still auf dem Rücken liegen. Auch dieser Ort war für mich nur schwer zu ertragen.

Ich hatte versucht, über die Auskunft ihre Telefonnummer herauszubekommen. Es gab überhaupt niemanden mit dem

Nachnamen Uccino in New Orleans. Wahrscheinlich wohnten ihre Eltern in einem Vorort. Oder vielleicht lebten sie ganz woanders. Sie hatte ja nur gesagt, sie sei dort geboren. Und welcher Amerikaner lebte schon länger als ein paar Jahre am gleichen Ort? War nicht die Rede von Hawaii gewesen? Ich erwog, Billings nach ihrer Telefonnummer oder nach ihrer Adresse zu fragen. Auch Marian wusste wahrscheinlich, wie ich sie erreichen konnte. Aber ich unternahm gar nichts. Was hätte ich ihr sagen sollen, selbst wenn ich ihre Nummer gehabt hätte? Sie hatte ja meine. Sie musste doch wissen, wie sehr ich auf ein Lebenszeichen von ihr wartete.

Noch immer sah man manchmal Polizisten im Archiv. Aber die Reporter waren verschwunden. Seit die Unizeitung darüber berichtet hatte, dass das für die Brandstiftung benutzte Benzin tatsächlich aus dem Tank von Davids Auto stammte, war die Berichterstattung zum Erliegen gekommen. Es gab keinen Zweifel. David hatte das Feuer gelegt und dabei unterschätzt, mit welcher Wucht sich das Benzin in einem geschlossenen Raum entzünden würde.

So ganz konnte ich trotzdem nicht daran glauben. Selbst wenn Julie mit ihrer Vermutung recht hatte und David immer schon ein Abtrünniger gewesen war – der Shakespeare-Vortrag wies ja in diese Richtung – war das ein Grund, ein Archiv anzünden? David war Jude gewesen. Nicht sehr religiös vielleicht, aber er hatte immerhin einige Wochen zuvor Jom Kippur begangen. Ein Jude, der ein Archiv voller Handschriften anzündete? Die Vorstellung erschien mir unerträglich. Was hatte er sich dabei nur gedacht? Was, wenn die ganze Bibliothek abgebrannt, wenn andere Menschen zu Schaden gekommen wären? Nein. Er war nicht planvoll und methodisch vorgegangen. Er hatte in einem Affekt gehandelt. Irgendetwas hatte ihn völlig aus der Bahn geworfen. Und das war bestimmt nicht die Geschichte zwischen Janine und mir.

Wenn ihn das so mitgenommen hatte, dann wäre mir das aufgefallen.

Zehn Tage nach dem Feuer stand plötzlich ein Unbekannter vor meiner Tür. Ob ich Matthew Theiss sei? Er las meinen Namen von einem Zettel ab.

»Ja«, sagte ich, nicht besonders freundlich. Ich war mir sicher, dass er ein Polizist war.

»Roger Lehman«, sagte der Mann und reichte mir seine Karte. Ich schaute verwundert darauf. *New York Times*?

»Was wollen Sie von mir?«

Ich war auf fast alles vorbereitet, aber nicht auf den nächsten Satz.

»Ich habe das Gefühl, Herr Lavell hätte gewollt, dass wir uns unterhalten.«

»Wie kommen Sie denn darauf?«

»Hier. Lesen Sie. Das heißt, darf ich mich setzen, während Sie lesen?«

Er reichte mir ein Blatt Papier. Ich ließ ihn herein. Er war sehr schlank, um nicht zu sagen hager. Er trug eine altmodische Hornbrille, als wollte er den forschen Blick seiner Augen verbergen. Er war frisch rasiert, trug einen Pulli mit V-Ausschnitt und darunter ein kariertes Hemd ohne Krawatte. Er nahm auf meiner Couch Platz, legte die Hände in den Schoß und wartete. Ich schaute mir das Stück Papier an, das er mir gegeben hatte. *INAT* stand in großen Lettern oben auf dem Bogen. Dann Davids Name und Funktion. Ich wusste gar nicht, dass David offiziell als *Personal Assistant to Dr. Candall-Carruthers, Director of the De Vander Archive* firmiert hatte. Der Brief war mit dem Computer geschrieben, adressiert an:

The New York Times Literary Supplement
attn. Mr. Roger Lehman
Humanities Section
New York, New York.

Betr: Der gestohlene Abend

Geschätzter Roger Lehman,
ich habe die Absicht, Sie über einen Sachverhalt zu informieren, der für Sie von höchstem Interesse sein dürfte. Die Natur der Angelegenheit macht es erforderlich, dass ich persönlich und unter vier Augen mit Ihnen spreche. Ich werde vor meinem Weiterflug nach Tel Aviv am 2. und 3. Dezember in New York sein. Falls Sie Interesse haben, hinterlassen Sie bitte an der Rezeption des Lincoln Hotels im East Village eine Nachricht unter dem o. a. Betreff und nennen Sie mir eine Telefonnummer, unter der ich Sie erreichen kann.

Einer Ihrer dankbaren Leser,
David Lavell, Hillcrest University, CA.

Ich ließ das Blatt sinken und schaute den Mann an.

»Na? Was meinen Sie?«, fragte er.

»Wann haben Sie das bekommen?«

»Der Brief lag am 30. November in meiner Post. Er kam per Express und per Einschreiben, abgeschickt am Mittwoch, dem 25. November.«

Das war unmittelbar vor unserem Ausflug nach Hearst Castle gewesen. Der gestohlene Abend? Diese merkwürdige Formulierung hatte er an dem Wochenende auch benutzt.

»Sie können sich vorstellen, dass ich normalerweise auf solche Post nicht reagiere. Briefe dieser Art erreichen uns täglich dutzendweise. Allerdings weiß man ja nie. Daher behalten wir solche Vorgänge trotz allem immer ein Weilchen im Auge. Ich habe erst vorgestern erfahren, was mit Mr. Lavell geschehen ist.«

Ich gab ihm den Brief zurück, lehnte mich gegen die Wand und steckte die Hände in die Taschen. Ich sollte mit diesem Mann nicht sprechen. Marian hatte uns förmlich darum gebeten.

»Warum kommen Sie ausgerechnet zu mir?«, fragte ich.

»Soweit ich weiß, waren Sie mit Mr. Lavell befreundet.«

»Wer hat das gesagt?«

»Der untersuchende Kommissar hat das so ausgedrückt.«

»Sie kennen meine Aussage?«

»Ich weiß, dass Sie befragt wurden, weil Sie mit der ehemaligen Freundin des Toten ein Verhältnis hatten. Dieser Brief …«, er hielt ihn noch einmal hoch, »… bekommt durch Mr. Lavells Unfalltod einen sehr seltsamen Beigeschmack, finden Sie nicht auch?«

Lehman schaute mich erwartungsvoll an.

»Was sagt denn die Polizei dazu?«, fragte ich.

»Die Polizei weiß nichts von diesem Brief«, antwortet Lehmann. »Bisher jedenfalls nicht.«

»Machen Sie sich da nicht strafbar?«

»Nein. Wieso? Die kriminaltechnischen Untersuchungen haben eindeutig ergeben, dass Mr. Lavell seiner eigenen Brandstiftung zum Opfer gefallen ist. Die Ermittlungen sind abgeschlossen. Die Straftat ist aufgeklärt, der Täter nicht mehr zu belangen.«

Gehörte dieser Brief nicht trotzdem in die Hände der Polizei? War es nicht illegal, Beweismittel wie dieses zurückzuhalten?

»Mr. Lehman, ich kann Ihnen nicht weiterhelfen. Sie sollten die Polizei informieren. Oder Miss Candall-Carruthers. Ich bin Gast hier. Ich will nicht mit dem Gesetz in Konflikt geraten.«

»Sie brauchen keine Angst zu haben«, sagte er. »Die rechtliche Situation ist glasklar. Meinen Sie, ich hätte Lust, mich mit der Polizei anzulegen? Der Brief fällt im Moment noch unter das Pressegeheimnis, als hätte Mr. Lavell sich an einen Anwalt gewandt. Es gibt keine laufenden Ermittlungen, die durch diesen Brief beeinflusst würden. Was sollte die Polizei anhand dieses Briefes denn schon unternehmen?«

»Nachforschungen anstellen. So wie Sie.«

»Glauben Sie? Die haben genug mit ihren laufenden Fällen zu tun. Mr. Lavell hat mir geschrieben, nicht der Polizei.«

Je länger ich darüber nachdachte, desto eigenartiger kam mir das alles vor. Wenn David nicht im Archiv umgekommen wäre, dann hätte er nach dem Feuer ein Flugzeug nach New York genommen? Er hätte diesen Journalisten getroffen, ihm irgendwelche Informationen gegeben, von denen er glaubte, die *New York Times* würde sich dafür interessieren, um dann nach Israel weiterzufliegen? Und das alles unter dem Codenamen eines gestohlenen Abends?

Lehman erhob sich.

»Mr. Theiss, ich habe Verständnis dafür, dass Sie misstrauisch sind. Alle hier sind sehr misstrauisch. Niemand will mit mir reden. Das ist es ja, was mich so stutzig macht. Hier ist die Karte des Hotels, in dem ich zu erreichen bin. Es liegt unten auf der Newport Halbinsel. Falls Sie doch mit mir über David sprechen möchten, rufen Sie mich an. Vielleicht ist das alles ja nur eine Ente, ein Streich, der dem überreizten Hirn eines nicht mehr ganz zurechnungsfähigen Studenten entsprungen ist. Vielleicht litt Mr. Lavell unter Verfolgungswahn. Ich bin noch bis Montag hier.«

»Mit wem haben Sie denn bisher sonst noch gesprochen?«

»Mit Mr. Billings. Und mit dem Pressebüro der Polizei.«

»Und was ist mit dem INAT? Miss Candall-Carruthers?«

»Ich konnte noch keinen Termin bei ihr bekommen. Aber ich bleibe dran.«

»Und Miss Uccino?«, fragte ich.

»Habe ich noch nicht erreicht«, antwortete er. »Warum fragen Sie?«

»Nur so. Ich glaube nicht, dass sie mit Ihnen sprechen würde. Sie zuallerletzt.«

»Man muss es versuchen.«

»Wissen Sie denn, wo sie ist?«

Er schaute mich erstaunt an. Mir war es plötzlich egal. Sollte er doch denken, was er wollte.

»Setzen Sie sich wieder hin«, sagte ich. »Ich beantworte Ihre Fragen, so weit ich kann. Unter zwei Bedingungen.«

»Ich höre.«

»Erstens: Ich will nicht zitiert werden. Nirgendwo. Keinerlei Nennung meines Namens.«

»OK. Und die zweite Bedingung?«

Kapitel 45

Ich erzählte ihm, was ich wusste. Der Shakespeare-Vortrag interessierte ihn, die Spannungen in der Gruppe um Marian, die Gerüchte um ihre umstrittene Berufung. War David vielleicht in eine hochschulpolitische Intrige involviert gewesen? War er unter Druck gesetzt worden? Lag das Motiv für das Feuer vielleicht hier? Lehman schien einen ähnlichen Verdacht zu hegen wie Winfried. War es das? Eine Berufungsintrige? So etwas kam ja vor. Aber warum sollte ein Postengerangel an einer Universität im fernen Kalifornien ein Thema für die *New York Times* sein? Wen sollte das schon interessieren?

Der mysteriöse Betreff aus Davids Schreiben war ein weiterer Punkt, auf den er immer wieder zurückkam. Hatte David mir gegenüber von einem gestohlenen Abend gesprochen? Hatte er genau diese Formulierung verwendet? Ob ich ihn nicht gefragt hätte, was er damit sagen wollte? Ich hatte mir zu dieser Frage auch schon den Kopf zerbrochen. Aber die Gespräche, die wir auf Hearst Castle geführt hatten, boten diesbezüglich keinerlei Anhaltspunkt. Ich konnte es mir nur so erklären, dass die Formulierung auf unsere Dreiecksbeziehung bezogen war. David hatte Janine und mir durch seine sonderbare Aktion nicht nur einen Abend, sondern das ganze Wochenende verdorben. Vielleicht war es ja auch eine Gedichtzeile? Ein Vers aus den Sonetten?

Als Lehman wieder ging, hatte er zwei Blöcke mit Notizen in seiner Tasche, und ich besaß seine Karte, auf deren Rückseite er eine zehnstellige Telefonnummer notiert hatte. Mein Zeugengeld. Ich hatte das Gefühl, dass wir beide einen wertlosen Tausch gemacht hatten. Was würden Lehman meine Informationen nützen? Und was sollte ich mit Janines Telefonnummer anfangen, jetzt, da ich sie hatte? Sie anrufen? Wozu? War ihr Schweigen nicht eindeutig?

Das Wochenende brachte sintflutartige Regenfälle. Erdrutsche wurden gemeldet. Das Thermometer sank zum ersten Mal auf unangenehm winterliche Temperaturen, und ich sehnte mich nach Steinhäusern und beheizten Cafés. Ich wollte nach Hause. In zehn Tagen begann die Weihnachtspause. In einem Anfall von Heimweh rief ich meine Eltern an und bat sie, mir einen Heimflug zu spendieren, was sie auch taten. Es war nur noch einer dieser Höllenflüge mit drei Zwischenstopps zu bekommen, der über zwanzig Stunden dauern würde und in Amsterdam endete. Die restliche Strecke musste ich mit dem Zug fahren. Aber dafür würde ich am 21. Dezember fliegen. Das allein interessierte mich. Weg hier. Ich überlegte, ob ich nicht sogar alles hinschmeißen sollte. Das ganze Studium.

Mein Elan war dahin. Selbst Marians Seminar saß ich nur noch ab. Ich sagte selten etwas, lauschte teilnahmslos ihren Ausführungen zu Kleist, wechselte manchmal einen Blick mit Julie, wenn Mark Hanson zu einer längeren Antwort ausholte und vor allem zu erkennen gab, was er gerade wieder alles gelesen hatte. Ich konnte mich bemühen, so sehr ich wollte: Etwas war in mir abgerissen. Ich fühlte mich verlassen und verraten. Irgendeine ungute Heimlichkeit war um David und Janine gewesen. Und hatte nicht auch Marian damit zu tun? Das INAT, die anderen Studenten, Julie, Tom, Parisa oder Mark? Wussten sie vielleicht irgendetwas? War ich der einzige Ahnungslose?

Ich lauschte den ersten Referaten über Kleists *Marionettentheater*. Ich erkannte jetzt immerhin, wie Jacques oder Julie mit Marians und De Vanders Denkfiguren herumjonglierten. Immer wieder ging es um den rätselhaften Schluss von Kleists Aufsatz, wo es hieß, dass man vielleicht ein zweites Mal vom Baum der Erkenntnis essen müsse, um in den Stand der Unschuld zurückzufallen. Dies, so hieß es weiter, sei dann aber gewiss das letzte Kapitel der Geschichte der Welt. Wie war das zu lesen? Als ein Aufruf, den Sündenfall zu wiederholen, eine Aufforderung zur Revolte? Hieß es, dass nur gar kein oder aber ein totales Bewusstsein aus Schuldverstrickungen herausführen könne? Stand der Mensch also nur vor der Wahl, ein Automat oder ein Gott zu werden? Ich hatte den Faden der Debatte schon länger verloren, als Parisa gegen Mark einen merkwürdigen Einwand vorbrachte. De Vander habe doch immer gesagt, dass Schuld ein höchst problematischer Begriff sei. Schließlich existiere jede Erfahrung zweimal, einmal als empirische Erfahrung, ein anderes Mal als fiktionale Erzählung. Niemand könne mit Sicherheit sagen, welche der beiden Versionen die richtige sei.

Ich schaute erwartungsvoll zu Marian, die stumm nickte. Der Einwand, der sich auch in mir sofort regte, wurde von Julie vorgetragen. Ob man auf diese Weise nicht die schlimmsten Verbrechen rechtfertigen könne, fragte sie. Doch, natürlich. Genau dies sei das Dilemma. Auch so etwas wie Schuld sei im Grunde niemals genau zu bestimmen. Und im Umkehrschluss verweise diese Tatsache auf die Gefahr, die von aller Literatur ausgehe, wenn sie glaube, sie sei über diesen inneren Widerspruch erhaben. Dann sei man also immer schuldig, oder niemals, fügte Mark konfus hinzu, was mit allgemeinem Kopfnicken und wie mir schien ratlosem Schweigen quittiert wurde. Und mir wurde zum ersten Mal bang in dem Kreis.

Die Tage zogen sich dahin. Im Crusoe-Seminar hörte ich kaum mehr zu. Die einzige Tätigkeit, die mir leicht von der Hand ging, war die tägliche Seite für Robin Anderson. Um meine melancholische Grundstimmung zu vertreiben, verfasste ich ein paar lyrische Beschreibungen, und als ich davon genug hatte, dachte ich mir kurze Geschichten aus, die ich recht schnell zu Papier brachte. Vier Tage vor meinem Heimflug entwarf ich einen ersten Brief an das akademische Auslandsamt, in dem ich aus persönlichen Gründen um Entlassung aus dem Stipendiatenverhältnis bat. Ich erklärte, durch die Vorfälle nicht in der Lage zu sein, mein Studium fortzusetzen. Nach stundenlangen Formulierungsversuchen warf ich alles in den Mülleimer und schrieb eine zweizeilige Kündigungserklärung ohne jegliche Begründung, die gleichfalls im Müll endete. Dann suchte ich in meinen Unterlagen nach dem Faltblatt mit den ganzen Bestimmungen und Modalitäten meines Studienaufenthaltes. Was ich las, klang niederschmetternd. Wenn ich es nicht sehr intelligent anstellte oder von einer Brücke sprang, würde ich jeden einzelnen Dollar zurückzahlen müssen.

Dann klingelte das Telefon.

»Hallo«, sagte sie.

Ich sagte bestimmt fünf Sekunden lang gar nichts und dann auch nur:

»Hallo.«

»Wie geht es dir?«, fragte sie.

Als ob ich nicht sämtliche Nuancen des Tonfalls ihrer Stimme gekannt hätte. Das schlechte Gewissen, die Unsicherheit, die verschämte Neugier.

»Miserabel«, sagte ich schließlich. »Wo bist du?«

»Bei meinen Eltern«, erwiderte sie. »In Baton Rouge.«

Ich wartete. Was sollte ich schon sagen? Sie hatte fast drei Wochen lang geschwiegen. Es war an ihr, zu reden.

»Was machst du gerade?«, fragte sie.

»Nichts. Ich packe.«

Sie schwieg einen Augenblick lang.

»Fährst du nach Hause?«, wollte sie dann wissen.

»Ja.«

Erneut Stille. Ich versuchte, sie mir vorzustellen. Wie sah Baton Rouge wohl aus? Saß sie auf der Veranda einer Südstaaten-Villa? Oder im Penthouse eines Wolkenkratzers? Warum rief sie plötzlich an?

»Ein Journalist war hier. Roger Lehman, von der *New York Times*.«

»Ja. Bei mir ist er auch gewesen«, sagte ich. »Rufst du deshalb an? Nach drei Wochen?«

»Ich habe oft an dich gedacht, Matthew«, sagte sie nach einer Pause. »Es ging mir sehr schlecht. Ich konnte nicht reden. Mit niemandem. Ich war wie tot.«

Wieder wurde es still in der Leitung. Ich hörte sie atmen. »Ich aber nicht«, sagte ich schließlich. »Hast du überhaupt irgendwelche Gefühle für mich?«

»Gefühlt habe ich in letzter Zeit wenig«, sagte sie.

Ich spürte, dass ich den Hörer viel zu fest umklammert hielt und lockerte meinen Griff.

»Hast du deshalb angerufen? Um mir das mitzuteilen?«

»Nein … so habe ich das doch nicht gemeint. Ich … ich wollte deine Stimme hören. Erfahren, wie es dir geht.«

Wie falsch das klang. Ich glaubte ihr kein Wort.

»Adieu Janine«, sagte ich rasch. Dann legte ich auf.

TEIL III

Kapitel 46

Ich verbrachte die Feiertage bei meinen Eltern und fuhr zum Jahreswechsel nach Berlin. Der Untermieter, der während meines USA-Jahres meine Wohnung benutzte, war über die Weihnachtsferien verreist und hatte nichts dagegen, dass ich für ein paar Tage zurückkam. Es war eiskalt und ein wenig feucht in den Räumen. Glücklicherweise waren die Wasserleitungen noch nicht zugefroren, was sonst jeden Winter vorkam. Ich heizte ein, putzte einen halben Tag lang, telefonierte viel und versuchte herauszufinden, wer überhaupt in der Stadt war. Schon nach einem Tag hatte ich das Gefühl, überhaupt nicht weg gewesen zu sein. Hillcrest verschwamm am Horizont und nahm erst wieder Konturen an, als ich meine Taschen auspackte und die Literaturlisten zu Robinson Crusoe und Kleist und meine anderen Unterlagen zum Vorschein kamen. Ich rief in der Universitätsbibliothek in Dahlem an und erkundigte mich nach den Öffnungszeiten. Bis zum 2. Januar war geschlossen. Ich schob den unerledigten Papierstapel in eine Ecke des Schreibtisches, saß untätig da und spielte mit der kleinen Karte, die sich in dem Stapel Unterlagen befunden hatte. Roger Lehman, *The New York Times*. Und auf der Rückseite Janines Telefonnummer.

Ich besuchte Freunde, ging ins Kino, füllte zweimal täglich den Kachelofen und brachte die Asche weg. Berlin stank nach verbrannten Kohlen, und wenn es morgens hell wurde, dann nur in schwarzweiß. Ich erwachte wie früher von dem Geklapper, das ein Stadtstreicher veranstaltete, der frühmorgens die Mülltonnen in meinem Hinterhof nach Verwertbarem durchwühlte. Trotz der kalten Jahreszeit spielte sich auch jetzt am Spätnachmittag das regelmäßig wiederkehrende Ritual eines völlig versoffenen Pärchens im Nebenhaus ab, das darin bestand, dass er gegen fünf in den Hinterhof torkelte, wüste Beschimpfungen zu grölen begann, woraufhin sie im dritten Stock das Küchenfenster öffnete, ähnliche Verwünschungen erwiderte und mit Kartoffeln nach ihm warf. Das Ganze dauerte nie länger als ein paar Minuten, dann war der Vorrat an Kartoffeln oder an Schimpfwörtern erschöpft. Er stieg die Treppe hinauf, sie ließ ihn herein, und was dann geschah, konnte man, sofern man etwas für Intimszenen à la Zille oder Wilhelm Busch übrig hatte, durch die gardinenlosen Fenster beobachten.

Meine Stimmung hob sich auch an Silvester nicht besonders. Ich besuchte zwei Silvesterpartys und blieb nur deshalb bis halb drei in der Früh, weil vorher die Gefahr bestand, von Balkonen aus mit Feuerwerkskörpern beschossen zu werden. Bei leichtem Schneetreiben kehrte ich nach Hause zurück und bemerkte, dass der Anrufbeantworter blinkte. Drei Nachrichten. Ich hörte sie ab, während ich frische Briketts in den Kachelofen schob. Ein Neujahrsgruß meiner Eltern. Einer von meinem Bruder. Und dann völlig unerwartet ihre Stimme.

»Ich hoffe, das ist dein Telefon, Matthew. Frohes neues Jahr. Ich bin in Paris. Vielleicht rufst du mal an?«

Der hochfeuernde Kachelofen wummerte. Ich drückte die Wiederholungstaste und lauschte der Botschaft erneut. Beim dritten Mal griff ich nach dem Telefon und wählte die Nummer, die sie langsam auf das Band gesprochen hatte.

»Hello?«, sagte sie.

Ich saß auf dem Boden, an den Kachelofen gelehnt und hatte das erste Mal seit Wochen wieder das Gefühl, frei atmen zu können.

»Ich bin es. Matthew.«

»Gott sei Dank. Ich dachte schon, es wäre irgendein fremdes Telefon in Berlin gewesen. Die Stimme auf dem Anrufbeantworter …«

»Ist nicht von mir«, sagte ich und erklärte, dass die Wohnung untervermietet war. »Woher hast du meine Nummer?«

»Von Marian«, sagte sie.

Sie war vor Weihnachten in Hillcrest gewesen, um sich wieder anzumelden. Angesichts der besonderen Umstände war man sehr entgegenkommend gewesen. Das verlorene Trimester wurde ihr gutgeschrieben. Sie würde es ohne finanzielle Einbußen wiederholen können. Neben den Verhandlungen mit der Universität hatte sie auch Marian getroffen und sie gefragt, ob in meinen Bewerbungsunterlagen nicht meine Berliner Adresse und meine Telefonnummer zu finden seien.

»Davids Unfall hat mich umgehauen, Matthew. Ich bin durchgedreht, verstehst du. Es tut mir leid. Du hast recht, wenn du denkst, ich sei völlig egoistisch gewesen. Aber das sah nur so aus. Ich konnte nicht anders.«

Im Hinterhof explodierte ein verspäteter Feuerwerkskörper.

»Was ist das?«, fragte sie.

»Die Russen kommen«, sagte ich.

»Wenn das so ist, dann solltest du schnell fliehen.«

»Wohin denn?«

»Nach Paris zum Beispiel.«

Wie sie das sagte.

»Kannst du nicht kommen?«

Es knallte erneut. Aber diesmal war es ein glühendes Stück Kohle, das aus dem Offen schoss. Ich sprang auf, trat die Glut auf dem Dielenboden aus und schloss die Ofenklappe.

»Was ist denn an diesem letzten Abend überhaupt passiert?«

»Wir haben gestritten. Er wurde verletzend. Ich war total

am Ende, als er ging. Ich musste einfach allein sein, schlafen, mich von ihm lösen. Ich wäre fast noch zu dir gekommen. Aber unsere ganzen Missverständnisse, das ganze verkorkste Wochenende, ich hatte einfach keine Energie mehr.«

»Worüber wollte er denn mit dir reden?«

»Worüber reden Paare, die sich trennen, Matthew? Frisch Verliebte sind stumm, weil sie nicht fassen können, was mit ihnen geschieht. Aus dem gleichen Grund können frisch Getrennte nicht aufhören, zu reden. Man sucht eine Erklärung, stumm im Glück, wortreich im Unglück. Dabei gibt es in beiden Fällen keine.«

Um halb zehn war David endlich gegangen. Oder vielleicht auch etwas früher. Sie wusste es nicht mehr so genau. Sie hatte noch eine Weile aufgewühlt dagesessen, dann das Telefon ausgeschaltet und war ins Bett gegangen. Während sie mir das alles schilderte, spulte sich der ganze Abend in meiner Erinnerung noch einmal ab. Ich musste David nur knapp verpasst haben. Wären Theo und ich früher zurückgekommen, hätte ich ihn wahrscheinlich noch gesehen, bepackt mit den Taschen oder Tüten, in denen er die Flaschen mit Benzin transportiert hatte. Hatte er einfach aus dem brennenden Archiv herausspazieren, zu seinem Wagen gehen und zum Flughafen fahren wollen? Ich begann, Janine auszufragen. Sie hatte keine blasse Ahnung, was er wirklich vorgehabt hatte. Erst jetzt hatte sie erfahren, dass David nach ihrer Trennung überhaupt nicht zu einem Freund, sondern in ein Hotel gezogen war. Allem Anschein nach war er schon seit dem Shakespeare-Vortrag entschlossen gewesen, Hillcrest zu verlassen.

»Aber können wir nicht über uns sprechen?«, fragte sie. »Können wir uns sehen?«

Kapitel 47

Ich bekam erst für den übernächsten Abend einen Platz in einem Zug nach Paris. Die Zeit bis dahin verbrachte ich in Hochstimmung. Trotz des schäbigen Wetters machte ich mich am Sonntag auf den Weg zum Flohmarkt und entschied mich nach langer Suche für eine Jugendstilbrosche. Ich hatte eigentlich Ohrringe kaufen wollen. Aber hatte Janine überhaupt Löcher in den Ohrläppchen?

Den Rest des Tages versuchte ich, mit dem Crusoe-Referat voranzukommen. Ich hatte den Roman nun schon drei Mal gelesen. Wovon war in dem Buch die Rede? War es wirklich eine Aussteigergeschichte? War es nicht das genaue Gegenteil, die Chronik einer Kolonisierung? Und war es vielleicht deshalb ein Bestseller geworden, weil er Englands damalige Situation auf den Punkt gebracht hatte: Den Einfall in die Kolonien. Defoe hatte ja nebenher noch so manches geschrieben. Sätze wie: *Nichts folgt mehr dem Lauf der Natur als der Handel.* Ich hatte mir dummerweise die Quelle nicht notiert, wusste aber noch, aus welchem Buch das Zitat stammte. Dies war einer der Gründe, warum ich am Montag vor meiner Abreise nach Dahlem in die Bibliothek fuhr. Außerdem würde der Tag so schneller vergehen.

Ich fand ohne Schwierigkeiten das Buch von Walter Wilson mit den *Memoirs of the Life and Times of Daniel Defoe* von 1830 und darin den Satz, den ein früherer Leser sogar unterstrichen und am Rand mit einem Fragezeichen versehen hatte: *Nothing follows the course of Nature more than Trade.* Ich vermerkte Jahreszahl und Bandangabe der Quelle, einer Zeitschrift Namens *Review*, wo der Text ursprünglich erschienen war. Ich machte mich auf dem Weg zum Katalog, um herauszufinden, ob die Zeitschrift im Magazin vorhanden war. Aber ich hatte kein Glück. Dafür kam mir angesichts der Karteikarten plötzlich ein ganz anderer Gedanke. Ich ging zum Stichwortkatalog. Mit welchem Wort sollte ich beginnen? Und in welcher Sprache? Mit *Abend* oder mit *gestohlen*? Ich erinnerte mich vage, dass man bei der Suche nach Titeln, die aus mehreren Wörtern zusammengesetzt waren, beim ersten unflektierten Hauptwort zu beginnen hatte. *The stolen evening* wäre demnach unter *evening* zu suchen. *Evening, Charles, Evening Standard Index, Evening as trope.* In den fünfzig oder sechzig Karteikärtchen, die unter dem Schlagwort *evening* sortiert waren, fand sich kein *stolen evening*. Überhaupt hätte ich unter *evening* nur fündig werden können, falls Davids merkwürdige Zeile aus einem englischen Buchtitel stammte. De Vander war Belgier gewesen. Und in Belgien sprach man Flämisch und Französisch. Und Deutsch.

Ich griff nach einem Zettel und schrieb den Satz in drei Sprachen auf. *The stolen evening. Der gestohlene Abend. Le soir Volé?* Bei den Bibliografien gab es ein Regal mit Wörterbüchern. Es dauerte eine Weile, aber schließlich hatte ich den Satz auch auf Niederländisch zusammengebastelt. *De gestolen avond.* Die grauen Rücken der MLA-Bibliografie standen keine drei Meter von mit entfernt. Aufs Geratewohl zog ich die letzten drei Jahrgänge heraus und schlug das Stichwortregister auf. 1986 ergab keine Eintragung, in keiner der Sprachen. Doch 1985 wurde ich fündig: *Stolen Evening, The Le Soir Volé (8837).*

Ich nahm den Hauptband zur Hand und suchte den Eintrag unter der genannten Nummer. Ich verglich die Nummern. Hatte ich mich verlesen? Aber nein. Es stimmte. Es musste eine falsche Spur sein. In diesem Abschnitt waren Aufsätze zu Comic-Literatur gelistet. Dinge wie Asterix und Obelix, Spiderman und Donald Duck. Es war mir neu, dass es dafür eine eigene Abteilung gab, Literaturwissenschaft über Comic-Figuren. Der Eintrag zur 8837 verwies auf einen Aufsatz.

Alignon, Frédéric: »Le Mythe Hergé«. *Les Cahiers de l'Imaginaire* 4, 1985: 22–25. (Hergé; behavior during occupation; publications in *Le Soir Volé / The Stolen Evening*)

Es gab also eine Zeitschrift namens *Le Soir Volé.* Aber hatte David sich darauf bezogen? Und wer war Hergé? Ich suchte das Umfeld der Eintragung ab. Das Wort *Tintin* tauchte mehrfach auf. Das kam mir irgendwie bekannt vor. Aber erst als ich Hergé und den deutschen Namen seiner berühmtesten Figur im Großen Meyer gefunden hatte, begriff ich, wovon die Rede war: Vom Schöpfer von *Tim und Struppi.*

Ich ging zum Zeitschriftenkatalog. Aber weder *Les Cahiers de l'Imaginaire* noch *Le Soir Volé* waren dort gelistet. Auch der Berliner Gesamtkatalog führte die Zeitschriften nicht.

Kapitel 48

An Schlaf war in dem Sechserabteil nicht zu denken. Die Luft war stickig, einer meiner Mitreisenden schnarchte, und das ungleichmäßige Klopfen und Rattern der Räder taten ein Übriges. Einmal blieb der Zug längere Zeit stehen. Liège las ich auf einem Schild. Darunter stand: Luik. Im Streckenplan fand ich heraus, dass wir in Lüttich standen. Ein Ruck ging durch den Zug. Wir wurden hin und her rangiert. Einige Minuten später ertönte ein Piff, und die Eisenbahnwagen setzten sich quietschend in Bewegung. Der verlassene Bahnhof trieb vorbei. Er war in ein schmutziggelbes Licht getaucht. Dann wurde draußen alles schwarz, und ich sah mein Spiegelbild auf der Scheibe des Abteilfensters. Ich fand, ich sah furchtbar aus: übermüdet, mit zerzaustem Haar, Bartstoppeln und von der trockenen Abteilluft aufgesprungenen Lippen. Ich kramte in meinem Rucksack nach einem Fettstift und strich meine Lippen damit ein.

Zwei Stunden vor der Ankunft war ich hellwach. Ich wusch mich, putzte mir die Zähne, kämmte die feuchten Haare, legte Rasierwasser auf und zog frische Kleider an. Als Mitbringsel hatte ich am Bahnhof Zoo aus einer Laune heraus auch noch eine Packung Schnapspralinen gekauft, was mir jetzt ziemlich albern vorkam. Schnapspralinen und eine Brosche. Was für eine Zusammenstellung! Wenn ich wenigstens Blumen gehabt hätte.

Dreißig Minuten vor der Ankunft hielt es mich vor Nervosität und Ungeduld nicht mehr auf dem Sitz. Draußen war es dunkel, aber die beleuchteten Gassen und kleinen Straßen der Vorstädte waren schon zu sehen. Mein Gepäck stand längst an der Tür. Ich ging auf dem Gang hin und her, fuhr mir durch die Haare, von denen ich plötzlich fand, dass sie mir zu sehr am Kopf klebten. Dann war ich mir auf einmal sicher, dass sie nicht am Bahnhof sein würde. Es war so unwirklich, sie hier zu treffen.

Ich erkannte sie erst, als sie einen Strauß gelber Rosen hin und her schwenkte. Ihre Haare waren kurz geschnitten. Sie kam lächelnd auf mich zu, während ich einen Augenblick brauchte, um ihr altes und neues Gesicht irgendwie in Verbindung zu bringen. Je näher sie kam, desto aufregender fand ich, was ich sah. Sie umarmte mich, fuhr mit einer Hand durch mein Haar und küsste mich. Arm in Arm durchquerten wir die Bahnhofshalle. Ich musste sie immer wieder anschauen. Es war Janine, aber eigentlich war es ein ganz anderes Mädchen. Mit den kurzen Haaren sah sie aus wie eine Pariserin. Sie trug schwarze Jeans, einen grauen Pulli, darüber einen taillierten, dunkelgrünen Trenchcoat sowie einen kleinen Hut, der ihr zwei Jahre stahl und ihr etwas von einem Schulmädchen gab.

Sie strahlte mich an. Wir sprachen kaum, fuhren mit der Metro bis St. Sulpice und gingen dann die kurze Strecke bis zu ihrer Wohnung in der Rue du Cherche-Midi. Janine tippte auf eine Tastatur, die in den gelben Sandstein neben dem Hauseingang eingelassen war, und die Verrieglung öffnete sich mit einem leisen Klicken.

»14C13«, flüsterte sie und schob mich in den Hausflur. »Falls du hier jemals allein stehen solltest, was ich nicht glaube.«

Eine enge Holztreppe brachte uns in den dritten Stock. Die Wohnung war nicht sehr groß. Ein schmaler Flur, in dem man sich kaum umdrehen konnte, verband ein winziges Bad mit einer ebensolchen Küche. Dazwischen führte ein Durchgang in zwei Wohnräume, die durch eine Tür miteinander verbunden waren. Das Ganze lag zu einem engen Hof hin, ohne Lichteinfall oder Grün. Hinter den Gardinen konnte man schemenhaft die Fenster der Nachbarwohnungen erkennen. Als ich aus der Dusche kam, erfüllte Kaffeeduft die Wohnung. Ein Teller mit Croissants stand auf dem Couchtisch, Janine saß mit hochgezogenen Beinen auf der Couch und schaute mich erwartungsvoll an. Ich trug den Bademantel ihres Vaters. Zum Frühstück kam es nicht mehr.

Als wir wieder aus dem Schlafzimmer kamen, war es halb eins. Der Himmel hatte sich aufgeklärt, und ein schmaler Streifen Sonnenlicht fiel ins Wohnzimmer. Wir zogen uns an und machten uns auf die Suche nach einem Restaurant, um zu Mittag zu essen. Alles war wie damals, als wir uns zum ersten Mal begegnet waren. Ich konnte mich gar nicht sattsehen an ihrem Gesicht, ihren Augen, ihren Lippen, die ich küssen durfte, sooft ich nur wollte. Nach dem Essen spazierten wir durch den Jardin du Luxembourg, kehrten jedoch schon bald in die Wohnung zurück und verließen das Bett an diesem Tag nicht mehr.

Kapitel 49

»Woran denkst du?«

Ich hatte nicht bemerkt, dass sie wach war. Ich lag schon seit geraumer Zeit mit offenen Augen da und beobachtete, wie die dunklen Konturen des Zimmers mit dem ersten Frühlicht allmählich Gestalt annahmen.

»An nichts«, sagte ich.

Aber ich hatte an David gedacht, an unseren Ausflug nach San Luis Obispo und die Nacht im Motel. Sie kuschelte sich an mich. Wenn sie ausatmete, spürte ich es auf meinem Rücken. Ein leichtes Rauschen drang durch die Fensterscheiben. Regentropfen schlugen auf das Blech der Fensterbank.

»Wie geht es eigentlich Marian?«

»Warum fragst du?«

»Betreut sie jetzt das Archiv? Das muss doch schwierig für sie sein, oder?«

»Jeffrey Holcomb kümmert sich im Moment darum.«

Sie vergrub ihren Kopf tiefer im Kopfkissen. Ich hing wieder meinen Gedanken nach. David war hier. Die ganze Zeit. Ich wollte ihn los sein. Janine richtete sich auf und schaute mich an.

»Du denkst dauernd an ihn, nicht wahr?«, fragte sie.

»Ja. Du etwa nicht?«

»Ja. Natürlich. Aber ich weiß auch, dass ich damit aufhören muss.«

Sie schaute über mich hinweg auf die nassen Fensterscheiben. Eine leichte Gänsehaut breitete sich auf ihrem Oberkörper aus. Ich zog die Decke hoch und legte sie ihr um die Schultern.

»Vielleicht sollten wir über ihn reden?«

»Worüber?«, sagte sie matt. »Ich habe die letzten Wochen ständig an ihn gedacht. Er soll mich endlich in Ruhe lassen.«

Eine Weile war nur das Rauschen des Regens zu hören.

»Hat der Journalist dir auch diesen Brief gezeigt?«

»Ja. Offenbar hat er halb Hillcrest danach gefragt.«

»Und? Was hast du ihm gesagt?«

»Dass er sich zum Teufel scheren soll.«

Sie kroch unter die Decke und zog die Beine an. Nach einer Weile drehte sie sich wieder zu mir und schaute mich an.

»Wie soll das mit uns weitergehen, Matthew? Werden wir jeden Morgen aufwachen und über David reden?«

Sie erhob sich und verließ das Zimmer. Ich hörte Wasser rauschen. Ich wartete darauf, dass sie zurückkam. Dann hörte ich sie rufen: »Hey, großer Schwimmer, kommst du ins Wasser?«

Als ich das Bad betrat, saß sie schon in der Wanne. Sie hielt mir ihren rechten Fuß hin, ließ den Kopf ein wenig nach hinten fallen und bat um eine Massage.

»Lass uns einfach nicht mehr davon reden«, sagte sie mit geschlossenen Augen.

Kapitel 50

Wir verbrachten den Vormittag im Louvre, aßen in einer Brasserie zu Mittag und besuchten am Nachmittag das Musée d'Orsay. Ich überließ mich ihrer Führung. Sie kannte die Stadt viel besser als ich. Da sie die Aussicht vom Dachcafé des Centre Pompidou mochte, gingen wir auch dort noch hin und schauten uns eine Fotografieausstellung an.

Die Rolltreppe nach unten führte an der Bibliothek vorbei. Janine hatte Lust, sie sich anzuschauen. Wir liefen zwischen den Regalen umher und blieben bei den Kunst- und Fotobänden hängen. Von einem Band über David Hockney konnte sie sich gar nicht wieder losreißen. Ich ging zum Katalog und öffnete die Schublade mit dem Buchstaben S. Ein *Soir Volé* war nicht gelistet. Dafür wurde ich bei C fündig. Die *Cahiers de l'Imaginaire* mussten hier irgendwo ausliegen. Ich merkte mir die Signatur und suchte das entsprechende Regal. Janine war noch immer in Hockney versunken. Drei Regale weiter fand ich die Zeitschrift, leider nur das aktuelle Heft. Die älteren Jahrgänge konnte man jedoch bestellen. Ich füllte einen Leihschein aus und deponierte ihn in der Bestellablage. Für heute war es zu spät. Der Band würde erst morgen aus dem Magazin kommen.

Janine war wieder zu mir gestoßen und musterte neugierig den Bestellschein.

»Sogar jetzt bist du fleißig?«, sagte sie spöttisch.

»Zufall«, sagte ich. »Den Aufsatz suche ich schon länger.«

»Aha. Und worüber?«

»Comics. Tim und Struppi.«

Sie runzelte die Stirn.

»Nie gehört. Ich wusste gar nicht, dass du Comics liest?«

Glücklicherweise fragte sie nicht weiter nach, sondern hakte sich bei mir unter.

»Dann musst du aber morgen allein wiederkommen. Gehen wir?«

Warum log ich sie an? Warum sagte ich ihr nicht, aus welchem Grund ich den Artikel lesen wollte? Natürlich würde ich allein wiederkommen. Auf dem Heimweg überlegte ich sogar, ob ich in die Bibliothèque Nationale fahren sollte, um dort zu schauen, ob in Frankreich ein *Soir Volé* existierte. Doch das erwies sich als unnötig. Denn als ich am nächsten Morgen den Artikel in den *Cahiers de l'Imaginaire* fotokopiert und gelesen hatte, war mir klar, dass ich ganz woanders suchen musste, wenn ich diese Spur weiterverfolgen wollte.

Les Cahiers de l'Imaginaire war gar keine französische Zeitschrift. Sie erschien in Brüssel. Der Aufsatz, auf den ich gestoßen war, richtete sich an ein Publikum, das sich für die belgische Innenpolitik der Dreißigerjahre interessierte. Keiner der Namen, die dort auftauchten, sagte mir etwas. Raymond de Becker, Léon Degrelle, Paul Jamin. Ein Name allerdings fiel mir sofort auf. Hendrik De Vander. Wer war denn das? Ein Verwandter von Jacques De Vander? Der Autor schien die Kenntnis der Biografien dieser Personen vorauszusetzen und bemühte sich nachzuweisen, in welchem Verhältnis Hergé, der Zeichner von Tim und Struppi, zu ihnen gestanden hatte. Die unterschiedlichen Personen dienten dabei als Messlatte für den Grad von Hergés Nähe zum rechtsradikalen, faschistischen Spektrum der Dreißigerjahre. Der Schöpfer von Tim und Struppi hatte offenbar eine erzreaktionäre, rassistische Grundeinstellung gehabt. Schon vor dem Krieg hatte er dem rechtsradikalen Lager angehört. Die ersten großen Schritte seiner Karriere machte er im von Hitler besetzten Belgien. Der Aufsatz analysierte Hergés frühe zeichnerische Produktion. Sie war vornehmlich in der größten Belgischen Tageszeitung *Le Soir* erschienen. Das Blatt war nach dem deutschen Überfall auf Belgien gleichgeschaltet worden und hatte von 1940 bis zur Befreiung 1944 als wichtiges Propagandaorgan der Nationalsozialisten gedient. Die Bevölkerung nannte die Zeitung daher nur: *Le Soir Volé*.

Der gestohlene Abend? Hendrik De Vander? Ich versuchte diese Informationen sinnvoll miteinander zu verbinden. David war letzten Sommer in Brüssel gewesen. Er hatte Material über De Vander gesucht. Für Marian. Hatte er etwas gefunden, das De Vander mit dieser Zeit in Verbindung brachte? Der Gedanke war so absurd, dass ich ihn sofort beiseite schob. De Vander war einer der einflussreichsten Intellektuellen der Gegenwart. Nicht nur das. Sein Lebenswerk bestand darin,

Ideologien und Mythen zu entlarven, nicht ihnen aufzusitzen. Außerdem war er viel zu jung, um damals irgendeine Rolle gespielt zu haben. Was war das überhaupt für eine Zeitschrift? Die *Hefte des Imaginären*. Durchaus ein passender Titel für ein Journal über Comics, aber wohl kein Forum für heikle Themen wie dieses. Ich schaute mir den Artikel genauer an. Er war alles andere als seriös. Nirgends gab es Belege oder Fußnoten. Keinerlei Quellenangaben und auch keine Literaturliste. Der Autor versuchte nicht einmal, sich den Anstrich von wissenschaftlicher Seriosität zu geben. Formulierungen wie *man weiß* und *es ist hinreichend bekannt* dominierten.

War David in Brüssel auf dubiose Zusammenhänge dieser Art gestoßen und hatte voreilige Schlüsse gezogen? Rührte daher das Zerwürfnis mit Marian? Hatte David in seinem Eifer vielleicht etwas herbeifantasiert, gestützt auf obskure Quellen wie diese hier und auf fremdsprachige Artikel, die er nicht einmal richtig hatte lesen können? Je länger ich darüber nachdachte, desto plausibler schien mir diese Erklärung. De Vander war der Letzte, der eine Angriffsfläche für derartige Verdachtsmomente bot. Hatte ich nicht irgendwo gelesen, dass er im Widerstand aktiv gewesen war und sogar Juden versteckt und gerettet hatte?

Ich starrte auf die Karikatur am Ende des Artikels. Tim und Struppi bestiegen eine schwarz-weiß-rote Mondrakete. Der Mond am Himmel über ihnen, zu dem sie aufbrachen, trug einen Scheitel und ein Hitler-Bärtchen.

Irritiert schob ich das Heft von mir weg.

Kapitel 51

Ich gab den Code ein, ging die Treppe hinauf und betrat die Wohnung. Wie ausgemacht, war ich als Erster zurückgekommen und hatte den Schlüssel. Ich war die ganze Strecke zu Fuß gegangen, in der Hoffnung, Paris würde meine misstrauischen Gedanken zerstreuen. Aber das war nicht der Fall. Im Gegenteil. Je länger ich nachdachte, desto mehr Einzelheiten und Ungereimtheiten der letzten Monate begannen sich zu einer Geschichte zusammenzufügen, die sich vor meinen Augen abgespielt haben musste und von der ich keine Ahnung gehabt hatte. Es stand außer Frage: Ich würde nach Brüssel fahren und diesen *Soir Volé* nach Hinweisen durchforsten, genau wie David es vermutlich auch getan hatte. Oder war das nur der erste Schritt, in seine Paranoia einzusteigen? War sein Unfall vielleicht gar kein Unfall gewesen? *Irgendeine Schweinerei hinter den Kulissen?* Moment, sagte ich mir leise vor. Ganz langsam. Aber die nächste Frage folgte sofort. Was hatte Janine von der Sache gewusst?

Mein Gespräch mit Marian nach dem Besuch in Hearst Castle kam mir in Erinnerung. Ihre Reaktion, als ich den flämischen Artikel erwähnt hatte. Die antisemitische Schmiererei. Ihr Gesichtsausdruck! Dieses Blinzeln! Konnte es für Marian überhaupt etwas Gefährlicheres geben, als ein solches Gerücht: dass De Vander eine wie auch immer geartete Nazivergangenheit hatte? Schon allein ein solcher Verdacht barg die Gefahr von Rufmord, vor allem jetzt, während sie zur Berufung anstand und die Gegner ihrer Arbeit jede Gelegenheit nutzen würden, um ihr zu schaden. Oder hatte David wirklich etwas gefunden, etwas derart Unfassbares? Wenn diese Vermutung keine Wahnvorstellung eines überspannten Studenten gewesen war, dann musste Marian befürchten, ich sei eingeweiht.

Es klingelte. Janines von der Winterluft kühle Wange streifte mein Gesicht, ich spürte ihre Lippen, die Feuchtigkeit ihrer regennassen Haare.

»Blinis, Kaviar, Crème fraîche«, rief sie gut gelaunt und stellte Einkaufstüten auf den Küchentisch. »Und eine Flasche Ruineart. Ich liebe Frankreich. Wie war's in der Bibliothek?«

Dann zog sie ihren dunkelgrünen Trenchcoat aus und hielt ihn mir hin.

Ich war sprachlos.

»Wow«, entfuhr es mir. »Wahnsinn.«

Sie trug ein neues Kleid und sah umwerfend darin aus. Sie lachte, freute sich, drehte sich einmal um die eigene Achse. Dann hatte sie plötzlich, ich weiß nicht, woher, ein Päckchen in der Hand.

»Für dich.«

Noch bevor ich es auspacken konnte, hatte sie mein Hemd aufgeknöpft und es mir ausgezogen, um mir dafür den schönsten schwarzen Kaschmirpullover überzustreifen, den ich jemals besessen habe. Lange trug ich das gute Stück allerdings nicht. Und ich vergaß ohnehin erst einmal alles, als plötzlich ihr Kleid herabfiel. Ich liebte Frankreich jetzt auch, vor allem seine Dessous-Läden.

»Dafür braucht man aber einen Waffenschein.«

»Ich habe einen«, hauchte sie. »Schau.« Sie öffnete den BH und ließ die Körbchen mit dem gewiss sündhaft teueren Label vor meinen Augen hin und her baumeln.

»Und Sie, Officer? Sagen Sie mal, wann haben Sie Dienstschluss?«

Kapitel 52

»Mit wem hast du gesprochen?«, fragte sie.

»Mit meinem Reisebüro in Deutschland. Ich wollte meinen Rückflug bestätigen. Es gibt ein Problem mit meiner Reservierung.«

»Was für ein Problem?«

»Ich muss einen Tag früher oder vier Tage später fliegen.«

»Vier Tage? Da verpasst du eine ganze Woche.«

»Ja. Das heißt, ich habe keine Wahl.«

»Schön«, sagte sie. »Dann komme ich mit dir. Ich war noch nie in Amsterdam.«

Ich lächelte sie an. Gleich würde sie bemerken, dass ich unehrlich war. Aber sie drückte mir einfach einen Kuss auf die Stirn. Mir fiel keine zweite Lüge ein, mit der ich die erste wieder aus der Welt hätte schaffen können. Ich empfand ihren spontanen Wunsch, mit mir nach Amsterdam zu fahren, als zudringlich. Und zugleich beschämte mich dieses Gefühl. Ich wollte den Dämon, den David in mir heraufbeschworen hatte, im Geheimen bannen. Ich wollte nicht, dass sie davon erfuhr. Aber das war unmöglich. Ich hatte gar keine Wahl. Ich würde ihr sagen müssen, was ich vorhatte. Aber wann? Jetzt gleich? Hier in Paris?

Es regnete, und wir verbrachten den Vormittag mit Lesen. Ich hatte mir eines ihrer Bücher geliehen, das sie für die Ferien mitgenommen hatte. Es waren Aufsätze von Soziologen. Die Texte selbst interessierten mich gar nicht so sehr. Was mich faszinierte, waren Janines Unterstreichungen.

»Was hältst du von der Geschichte vom Schuhladen?«, fragte ich sie.

»Welche Geschichte?«

»Du hast sie ziemlich dick unterstrichen. Hier. Ein Mann

geht die Straße entlang und sieht ein Schild mit der Aufschrift *Schuhe zu verkaufen*. Als er den Laden betritt und ein paar Modelle sehen will, schaut ihn der Verkäufer verständnislos an und sagt, er habe keine Schuhe. Er verkaufe nur Schilder.«

»Ach, das meinst du. Das ist von Kierkegaard.«

»Und was will er damit sagen?«

»Ist doch logisch. Dass Inhalte kontextabhängig sind. Hätte der Mann gewusst, dass er nicht vor einem Schuhladen, sondern vor einem Schilderladen stand, dann hätte er das Schild im Schaufenster richtig interpretiert. Aber diese Theorie stimmt heute leider auch nicht mehr. Kontexte sind ja auch nicht objektiv. Sie sind ebenso unbestimmt und fließend wie die Inhalte. Die ganze Unterscheidung ist neunzehntes Jahrhundert. Sie ist zusammengebrochen.«

»So. Wie das?«

»Es gibt tausend Möglichkeiten. Vielleicht ist der Inhaber des Schilderladens ein Spion, und das Schild *Schuhe zu verkaufen* hängt nur als Code für irgendwelche geheimdienstlichen Operationen im Schaufenster. Oder da wird gerade ein Film gedreht. Es ist gar kein Laden, sondern eine Kulisse. Was weiß ich? Die Wirklichkeit hinter den Zeichen ist nun mal nicht zugänglich. Es gab und gibt dort niemals Schuhe. Nur Zeichen. Wir müssen wieder barfuß gehen, wie vor dem Sündenfall.«

»Also grundsätzlich skeptisch. Misstrauisch.«

»Nein. Ironisch.«

»Ist das nicht traurig?«

»Das alte Schema ist nun mal kaputt. Es hat nicht funktioniert. Niemand glaubt mehr an irgendetwas. Die Leute heiraten und schließen nebenher Verträge, weil sie damit rechnen, dass sie sich scheiden lassen werden. Sie glauben an Wahlversprechen, von denen sie erwarten, dass es Lügen sind. Das ist der Status quo. Ein Leben im Zustand des Als-ob.«

»Klingt furchtbar.«

»Es ist ein Übergang.«

»Und was kommt danach?«

»Ein neues Denken. Die Menschen vor uns haben an Metaphysik geglaubt, an das Jenseits, an das Unsichtbare. Wir haben es mit der Realität versucht, mit den Fakten, mit Ursache und Wirkung, mit dem Sichtbaren. Aber das hat auch nicht funktioniert.«

»Und warum nicht?«

»Weil es keine Fakten gibt. Oder anders gesagt: Man kann sie nicht erfassen, ohne sie zu verändern.«

»Du sitzt hier vor mir und trinkst Cappuccino.«

»Geschenkt, Matthew. Willst du hören, wie die Fabel von Kierkegaard heute lauten müsste?«

»Ja. Gern.«

»Vor ein paar Jahren wurden auf den Philippinen im tiefsten Dschungel ein paar Angehörige eines Eingeborenenstammes entdeckt, die seit achthundert Jahren ohne jeden Kontakt zur Außenwelt gelebt haben. Um sie in ihrer Natürlichkeit zu belassen, beschloss man, sie nicht dem Zugriff von Touristen und Ethnologen auszusetzen. Die Initiative ging von sogenannten progressiven Anthropologen aus, die verhindern wollten, dass diese Menschen unter den Blicken der modernen Menschen wie Mumien zerfallen. Man versetzte das Gebiet in einen Dornröschenschlaf. Niemand durfte hinein, niemand heraus. Keine Wissenschaft sollte diese Menschen jemals erforschen. Und das wurde auch noch so hingestellt, als gehe es darum, diese Menschen zu retten. Dabei ging es um etwas ganz anderes.«

»Und worum ging es?«

»Um die Rettung der Wissenschaft, der Ethnologie, der Anthropologie. Es geht nur noch um die Rettung des Glaubens an eine objektive Wissenschaft. Die in ihrem Urzustand eingefrorenen Eingeborenen sind das Alibi für eine Wirklichkeit, die simuliert ist. Es gibt keine Wirklichkeit. Nur Zeichen davon, die Vorstellungen, die Bilder, die wir uns machen. Die Zeichen haben die Sache immer schon aufgefressen oder eingefroren, wenn du so willst. Aber wie kommst du darauf?«

»Bei Marian war davon auch schon mal die Rede. Kennst du sie eigentlich gut?«

»Es geht so.«

»Und was hältst du von ihr?«

»Ich finde sie großartig. Warum?«

»Nur so. Ich auch. Aber warum wird sie so angefeindet?«

»Weil sie eine Frau ist.«

»Das habe ich vor ein paar Wochen schon mal gehört.«

»Marians verschleppte Berufung ist reiner Sexismus. Sie hat einen Fehler gemacht. Ich an ihrer Stelle wäre erst gekommen, nachdem der Hickhack in Hillcrest abgeschlossen ist. Dann wäre das alles schneller gegangen. Jetzt hängt sie in der Luft. Wenn ihre Feinde sich durchsetzen, muss sie weiterziehen, ohne Stelle.«

»Glaubst du, dass so etwas passieren könnte?«

»Hey, man weiß nie, wie die Dinge laufen. Marian legt sich mit mächtigen Gegnern an. John Barstow würde Marian sofort absägen, wenn er könnte. Er versucht es ja mit allen Mitteln.«

So direkt hatte ich das noch von niemandem gehört.

»Woher willst du das wissen?«

Sie zuckte mit den Schultern.

»Ich weiß es eben. Eine Universität ist eine Schlangengrube. Es geht nur um Politik.«

Sie trank einen Schluck von ihrem Cappuccino.

»Hast du eigentlich bei ihr studiert?«

»Nein.«

»Aber du hast ihre Bücher gelesen?«

Sie antwortete nicht und warf mir einen missmutigen Blick zu. Sie spürte, dass ich Antworten auf Fragen suchte, die ich nicht direkt stellen wollte. Aber verheimlichte sie mir nicht auch etwas? Warum hatte ich die ganze Zeit dieses Gefühl?

Als wir am Nachmittag im Marais-Viertel in eine Kunstgalerie gerieten, wo die Art von Kunst ausgestellt war, für die mein Bruder so schwärmte, leere Leinwände, verbogene Drähte und sonstiges für mich unverständliches Zeug, quittierte sie meine sarkastischen Bemerkungen mit Schweigen. Ich verkniff mir weitere Kommentare. Wir taten, was wohl alle Verliebte tun: Wir schlafwandelten durch das verminte Gelände unserer Gegensätze.

Ich fand einfach keine Gelegenheit, ihr zu sagen, was ich vorhatte. Ich würde sie mitnehmen. Erst unterwegs würde ich ihr alles sagen. Dann wäre sie bei mir, und wir würden uns diesen gestohlenen Abend gemeinsam vornehmen.

Kapitel 53

Am nächsten Morgen bestiegen wir am Gare du Nord den Zug nach Amsterdam. Als wir den Großraum Paris hinter uns gelassen hatten, wurde es allmählich hell. Schon bald säumten die leeren Felder der Picardie die Gleise. Das Wetter war gut, bis wir die belgische Grenze passierten, wo ein feiner Nieselregen einsetzte, der die nächsten Tage nicht mehr nachlassen würde. Eine Stadt namens Bergen wurde gerade angekündigt. Brüssel lag nur noch eine gute halbe Stunde entfernt. Ich konnte nicht länger warten.

»Janine«, sagte ich.

Sie sah von ihrem Buch auf.

»Ja?«

»Ich muss dir etwas sagen.«

Sie runzelte die Stirn. Dann lächelte sie.

»Aha. So förmlich?«

»Ich werde in Brüssel aussteigen, Janine. Ich habe dich angelogen. Mein Flug geht nicht morgen, sondern wie geplant erst am Sonntagabend.«

Sie starrte mich an. Dann ließ sie ihr Buch sinken.

»Was ... was soll das?«, sagte sie. Dann errötete sie.

»Ich habe merkwürdige Hinweise gefunden«, fuhr ich fort. Meine Stimme zitterte ein wenig. War es die Scham über meine Unehrlichkeit? Oder über ihre? Ich hatte sie völlig überrumpelt. Aber ich war nicht der Einzige hier, der nicht ganz ehrlich war. Wie zur Bestätigung verdunkelte sich jetzt ihr Blick, wurden ihre Augen kalt und der Zug um ihren Mund düster.

»Ich habe Hinweise gefunden«, begann ich wieder. »David muss geglaubt haben, dass jemand aus De Vanders Familie eine ...«

Das Wort »Nazivergangenheit«, das ich hatte benutzen wollen, kam mir nicht über die Lippen. »... eine problematische Vergangenheit hat. Ich habe keine Ahnung, ob etwas an der Sache dran ist. Aber ich will das überprüfen. Und ich würde gern wissen, ob du etwas darüber weißt?«

Ich wollte noch mehr sagen, ihr den ganzen Wust meiner wirren Überlegungen und Spekulationen darlegen, ihr erklären, wie grässlich ich diese Situation fand, aus der ich jedoch keinen anderen Ausweg als diesen gefunden hatte.

Sie sagte kein Wort, klappte ihr Buch zu, nahm ihre Handtasche, erhob sich und verließ das Abteil. Sie ging ein paar Schritte, blieb jedoch nicht weit entfernt von unserem Abteil auf dem Gang stehen, zog eine Schachtel Zigaretten aus ihrer Handtasche und begann zu rauchen. Was bedeutete das? Dass ich recht hatte. Ich stand auf und öffnete die Abteiltür.

»Janine«, sagte ich leise, »komm bitte wieder her! Und bitte antworte mir.«

Sie drehte sich um. So hatte ich sie noch nie gesehen. Ihre Augen waren weit aufgerissen. Sie war aschfahl. Aber ihre Stimme war fest, obwohl sie leise sprach.

»Hallo David«, sagte sie.

Ich schaute sie nur an.

»Fahren wir also nach Brüssel. Du tust, was du tun musst. Ich werde dir nicht im Weg sein.«

Sie drehte sich wieder zum Fenster und zog an ihrer Zigarette. Ihre Hand zitterte.

Sie blieb dort draußen stehen, bis wir Brüssel erreichten. Als wir am Zentralbahnhof auf die Straße traten, ging sie ohne ein Wort zu sagen auf das erstbeste Hotel auf der gegenüberliegenden Straßenseite zu und kümmerte sich überhaupt nicht darum, ob ich ihr folgte oder nicht. An der Rezeption verlangte sie ein Einzelzimmer, nahm ihren Schlüssel entgegen und ließ mich mit der Bemerkung an der Rezeption stehen, sie werde sich bei mir melden, wenn sie das Bedürfnis hätte, mich zu sehen.

Der Rezeptionist fragte mich, ob ich auch ein Zimmer wolle? Ich nickte und gab ihm meinen Pass. Ich hatte sie hintergangen. Zugegeben. Aber sie? Sagte sie mir vielleicht die Wahrheit? Ich fragte nach ihrer Zimmernummer. Der Mann schaute mich amüsiert an.

»308, Monsieur«, sagte er und stellte mir ungefragt ein Telefon hin. Aber sie antwortete nicht.

»Gibt es hier irgendwo eine Bibliothek?«, fragte ich.

»Einen Buchladen?«

»Nein. Eine Bibliothek.«

»Hier schräg gegenüber ist die Königliche Bibliothek. Aber sie ist sehr groß, mein Herr.«

Er gab mir meinen Schlüssel.

»Kann ich meine Tasche hierlassen?«, fragte ich. »Ich beziehe das Zimmer später.«

»Sicher.«

»Und könnten Sie mir den Weg zu dieser Bibliothek erklären?«

Er ging zur Tür und deutete auf ein imposantes Gebäude direkt hinter dem Bahnhof.

»Dort ist der Eingang. In zwei Minuten sind Sie da.«

Ich überquerte die stark befahrene Straße, stieg die Treppe zu dem modernistischen Bau hinauf und betrat die Eingangshalle. Ich gab meine Jacke an der Garderobe ab und ging eine breite Treppe hinauf, die zum eigentlichen Bibliothekseingang führte. In einem Glaskasten neben einem Drehkreuz saß eine ältere Frau. Sie empfahl mir einen Wochenausweis. Eine Buchausleihe war damit zwar nicht möglich, aber das hatte ich ohnehin nicht vor. Sie kopierte meinen Reisepass, übertrug meine Daten auf eine gelbe Karte, faltete sie zusammen und steckte sie in eine Plastikhülle. Die Benutzernummer sei zugleich der Zugangscode für den Computerkatalog, erklärte sie mir. Bei der ersten Benutzung müsse ich ein Passwort aus mindestens fünf Buchstaben eingeben. Ich musste mich zwingen, ihr zuzuhören. Ich bereute, überhaupt hergekommen zu sein. Ich musste mit Janine reden, sobald ich hier fertig war. So konnte es doch nicht zwischen uns bleiben.

Ich nahm an einem der Computer Platz, gab meine Nummer ein und blickte ein paar Sekunden auf das umrandete Feld, unter dem in kursiven Buchstaben ein Eingabebefehl aufblinkte: *INTRODUIRE VOTRE MOT DE PASSE.* Mir fiel nichts Besseres ein, also schrieb ich DAVID, drückte auf ENVOYER und befand mich auf der Suchmaske. Ich gab den Suchbegriff *Soir Volé* ein und wartete. Die Maske auf dem Bildschirm wechselte und zeigte eine weiße Fläche. Am unteren Rand stand: *Résultat de votre recherche: 0.*

Ich würde es mit *Le Soir* versuchen müssen. Aber welche Jahrgänge? Ich gab *Le Soir* ein und wurde sofort fündig. Der Bildschirm füllte sich mit langen Zahlenreihen, bei denen es sich nur um Jahrgänge und Bestandshinweise handeln konnte. Nach langer Suche in den eng gedruckten Ziffernfolgen fiel mir eine Eintragung auf. Da stand ein Sternchen und in Klammern daneben endlich der gesuchte Titel: *Le Soir Volé.* Ich klickte auf das Sternchen. Eine neue Maske erschien.

Le Soir / sous la rédaction de Horace Van Offel, Raymond De Becker et Willy Schraenen. – Bruxelles. – ill.; 60 x 44 cm. – Quotidien. [Il s'agit du **Soir** »**Volé**«, qui parut du 14 juin 1940 au 3 septembre 1944.]
1940 n° 139 (14 juin) – n° 1 (31 déc/1 jan) (54e ann.)
1941 n° 1 (31déc/1 jan) – n° 29 (3 fév) (55e ann.) n° 31 (5 fév) – n° 132 (6 juin) n° 134 (9 juin) – n° 306 (31 déc/1 jan)
1942 n° 306 (31 déc/1 jan) – n° 7 (9 jan) (56e ann.) n° 9 (12 jan) – n° 15 (19 jan) n° 17 (21 jan) – n° 18 (22 jan) n° 20 (24/25 jan) – n° 30 (5 fév) n° 32 (7/8 fév) – n° 43 (20 fév) n° 45 (23 fév) – n° 307 (31 déc/1 jan)
1943 n° 307 (31 déc/1 jan) – n° 5 (7 jan) (57e ann.) n° 7 (9/10 jan) – n° 307 (31 déc/2 jan)
1944 n° 307 (31 déc/2 jan) – n° 54 (4/5 mar) (58e ann.) n° 56 (7 mar) – n° 206 (2/3 sep)

Wo sollte ich beginnen? Auf gut Glück klickte ich auf die zweite Zeile der Bestandsliste mit dem Jahrgang 1941. Eine Signatur erschien und die Frage, ob ich das Werk bestellen wolle? Ich klickte auf OUI. Wieder musste ich meine Leserausweisnummer und das Passwort eingeben und wurde aufgefordert, auf ENVOYER zu drücken. Die Rückmeldung kam prompt: *16:00. Salle des périodiques. Table 09.*

Zwei Stunden. Ich lehnte mich zurück. Erst dann wurde

mir klar, was ich mir vorgenommen hatte. Sollte ich sämtliche Kriegsjahrgänge dieser Tageszeitung durchsuchen? Nach irgendwelchen Hinweisen auf diesen Hendrik De Vander oder sonst jemand dieses Namens? Wie sollte ich das schaffen? Welchen Umfang mochte die Zeitung haben? Zwanzig Seiten? Wenn ich zwei Jahrgänge prüfen wollte, dann wären das über zehntausend Zeitungsseiten. Und ich wusste nicht einmal, wonach ich suchte.

Ich ging zum Ausgang. Die Dame, die mich registriert hatte, war nicht mehr da. Ein junger Mann saß jetzt dort. Ich wollte ihn schon fragen, wo sich der Lesesaal für die Periodika befand. Aber plötzlich kam mir eine ganz andere Idee. Ich kehrte zum Computer zurück und beschäftigte mich eine Weile mit dem Suchsystem. Als ich gefunden hatte, was ich suchte, kehrte ich in die Nähe der Eingangskontrolle zurück und beobachtete den jungen Mann. Er kontrollierte nur die Neuankömmlinge. Ich riskierte es einfach, wartete, bis zwei Besucher auf einmal das Drehkreuz passierten und schlich hinter ihnen hinaus, ohne dass er mich bemerkte. Sollte ich es wirklich wagen? Ich hatte so wenig Zeit. Ich musste es versuchen. Ich ging zur Garderobe, verlangte meine Sachen und zog mich an. Dann ging ich die Treppe wieder hinauf und direkt auf das Kontrollhäuschen zu.

»Guten Tag«, sagte ich auf Englisch, bemüht, eine leicht amerikanische Färbung durchscheinen zu lassen.

»Guten Tag, Sir«, kam es zurück.

»Mein Name ist David Lavell«, sagte ich. »Ich war letztes Jahr im Sommer längere Zeit hier und bin nun wiedergekommen, um meine Arbeit fortzusetzen. Dummerweise habe ich meinen Leserausweis in den USA vergessen.«

»War es ein Jahresausweis?«, fragte der junge Mann.

»Ja«, sagte ich und hoffte inständig, dass David nicht drei oder vier Wochenausweise gekauft hatte.

Der Mann zog eine Schublade heraus.

»Lavell, sagen Sie?«

»Ja.«

Er blätterte die Karteikarten durch, zog eine heraus und legte sie vor mich hin.

»Sind das Ihre Daten?«, fragte er.

»Ja«, sagte ich.

Ein unbehagliches Gefühl beschlich mich, als ich die Adresse las: c/o INAT, Hillcrest University, Hillcrest, CA, 92571. Doch etwas ganz anderes interessierte mich viel mehr. Es stand am oberen Rand der Karte: Davids Benutzernummer.

»Dann brauche ich Ihren Ausweis bitte.«

»Natürlich. Daran habe ich gar nicht gedacht. Er ist im Hotel. Ich hole ihn gleich. Vielen Dank.«

»Keine Ursache«, sagte er, legte die Karte zur Seite und schob den Karteikasten wieder in den Schacht zurück. »Kommen Sie nachher mit Ihrem Ausweis, dann stelle ich Ihnen einen Ersatz aus.«

Ich verließ die Bibliothek. Mein Herz pochte vor Aufregung. Ich notierte mir sofort Davids Benutzernummer.

Jetzt musste ich warten, bis die Frau wieder am Eingang saß. Würde ihr Kollege ihr sagen, dass ein junger Amerikaner kommen würde, um sich einen Ersatzausweis ausstellen zu lassen? Dem jungen Mann dürfte ich auf keinen Fall wieder in die Arme laufen.

Ich spazierte nervös unter den Arkaden vor der Bibliothek hin und her und beobachtete ihn aus sicherer Entfernung. Es dauerte fast eine Dreiviertelstunde, bis die Frau ihn endlich ablöste. Ich ging sofort wieder hinein und gab meine Jacke an der Garderobe ab. Die Dame an der Eingangskontrolle warf nur einen kurzen Blick auf meinen Leserausweis und schaute mich nicht einmal an. Davids Karteikarte lag noch immer dort. Nicht zu ändern. Ich musste schnell handeln. Ich ging sofort an einen der Computer und gab Davids Benutzernummer ein. Wie erwartet, verlangte die Maschine ein Passwort. Ich probierte die erste Möglichkeit aus, die ich mir während des Wartens überlegt hatte. Ich tippte: JANINE.

Ich konnte es selbst kaum glauben. Ich war eingeloggt. Mit wenigen Mausklicks gelangte ich zu dem Untermenü, das mich interessierte: HISTORIQUE DE VOS RECHERCHES. Ich klickte darauf. Die Liste erschien sofort. Alles war exakt gespeichert. Datum, Uhrzeit, Signatur. Jedes Medium, das David zwischen dem 3. und 22. August bestellt hatte, war aufgelistet. Ich drückte auf IMPRIMER, schloss die Seite und loggte mich aus. Kurz darauf hörte ich das Sirren eines Nadeldruckers. Er stand neben der Buchausgabe. Ich nahm die ausgedruckten fünf Seiten heraus, faltete sie zusammen und verließ die Bibliothek, so schnell ich konnte. Janine musste das sehen. Vielleicht war in diesen alten Zeitungen eine Erklärung für Davids unerklärliches Verhalten zu finden? Ich konnte das nicht alles allein machen. Es war zu viel Material. Janine musste mir helfen. Und wir mussten endlich aufhören mit diesem Theater.

Kapitel 54

»Sie hat keine Nachricht hinterlassen?«

»Nein.«

»Sagen Sie mir bitte unbedingt Bescheid, wenn sie zurückkommt.«

»Ich werde ihr ausrichten, dass sie sich bei Ihnen melden soll, Monsieur.«

Ich ging in mein Zimmer, hielt es aber dort nicht lange

aus. War sie womöglich abgereist? Zurück nach Paris? Ich ging zu ihrem Zimmer. Es lag einen Stock höher. Ich klopfte und drückte schließlich die Klinke. Die Tür war verschlossen. Ich nahm den Lift ins Erdgeschoss, kümmerte mich nicht darum, was der Rezeptionist vielleicht von mir denken würde, und fragte, ob Madame Uccino auch wirklich noch im Hotel gebucht sei. Der Mann blieb ganz geschäftsmäßig und sagte, ja, sie habe ihren Zimmerschlüssel noch.

Nicht sehr beruhigt fuhr ich wieder hinauf. Sie konnte jeden Augenblick zurückkommen, ihren Schlüssel abgeben und verschwinden. Und die Wahrscheinlichkeit, dass sie das tun würde, erschien mir mit jedem Augenblick höher. Ich hätte ihr in Paris sagen müssen, was ich vermutete und was ich vorhatte. Oder nicht? Warum hatte ich sie nur hintergangen? Was war nur mit mir los?

Um zwanzig vor sieben klingelte endlich das Telefon.

»Janine?«

»Ja.«

»Ich komme hoch.«

»Nein. Ich will duschen und muss mich einen Moment ausruhen.«

»In einer halben Stunde also.«

»Nein. Um halb acht. In der Lobby. Ich habe in einem Restaurant in der Nähe einen Tisch reserviert.«

»OK.«

»Um halb acht.«

Sie legte ohne Gruß auf. Ich duschte ebenfalls, zog mir frische Sachen an und saß schon ab zehn nach sieben dort unten. Ihre Stimme war schwer zu ertragen gewesen. Sachlich. Kalt. Als hätte sie sich jedes Wort vorher genau überlegt. Es war fast acht, als die Fahrstuhltür endlich aufging und sie die Lobby betrat. Sie trug das blaue Kleid aus Paris und darüber ihren Trenchcoat. Ob sie bemerkte, dass ich den Kaschmirpulli anhatte? Wie sie aussah! Wir sollten überhaupt nie mehr reden, dachte ich, sondern uns immer nur küssen. Sie kam auf mich zu, blieb jedoch weit von mir entfernt stehen, sodass jede körperliche Berührung ausgeschlossen war. Gegen ihre Gewohnheit war sie leicht geschminkt. Sie trug Lippenstift, Eyeliner und sogar ein wenig Mascara. Kam mir ihr Gesicht deshalb so ernst und unwiderstehlich vor?

»Wie war dein Tag?«, fragte sie und ging bereits zum Hotelausgang.

»Ich war in der Bibliothek. Und du? Was hast du gemacht?«

»Ich habe mir Brüssel angeschaut. Paris ist schöner.«

Wir liefen wie zwei Fremde nebeneinander die Straße entlang. Sie bog plötzlich nach links ab, ohne mich zu warnen, blieb aber immerhin kurz stehen, bis ich wieder zu ihr aufgeschlossen hatte.

»Da vorn ist es schon«, sagte sie.

Ich ergriff sie am Arm und hielt sie fest.

»Janine …«

»Hier? Auf der Straße?«

»Ja. Verdammt, können wir das nicht alles klären, bevor wir essen gehen?«

»Klären? Es gibt nichts zu klären, Matthew. Es gibt höchstens etwas zu entscheiden. Meinst du, dass die Straße der richtige Ort dafür ist?«

Wir legten schweigend die letzten fünfzig Meter zurück und betraten das Restaurant. Es war nicht sehr groß. Ein Dutzend Tische, sehr aufwendig aber geschmackvoll gedeckt mit aufgestellten, gestärkten weißen Servietten sowie Besteck und Gläsern für ein ganzes Abendmenü. Die Wände waren dunkelrot und bis auf Schulterhöhe holzvertäfelt. Auf einer Tafel waren in geschwungener Kreideschrift die Speisen aufgelistet. Unter anderen Umständen genau der richtige Ort für ein romantisches Abendessen.

Der Ober nahm unsere Mäntel und führte uns an einen Tisch. Wir waren die ersten Gäste, was mir recht war. Janine bestellte ein Glas Weißwein. Ich schloss mich an. Dann musterten wir beide die Tafel. Genau wie ich sprach sie Französisch nicht besonders gut, konnte es aber lesen. Was Speisekarten betraf, war sie mir haushoch überlegen. Das war mir in Paris schon aufgefallen. Die blumig umschriebenen Gerichte bereiteten ihr keinerlei Verständnisschwierigkeiten. Ich sagte, ich wolle das Gleiche wie sie, und sie bestellte sofort, als der Ober den Wein brachte.

Obwohl wir uns gegenübersaßen, gelang es ihr irgendwie, mich kaum anzuschauen. Die wenigen Sätze, die wir seit Betreten des Restaurants ausgetauscht hatten, waren die einzigen Momente gewesen, wo wir Blickkontakt hatten. Jetzt stand sie auf und ging zur Toilette. Ich wartete und nippte an meinem Weißwein. Sie hatte ihren noch nicht angerührt. Bestand vielleicht Hoffnung, dass ein wenig Alkohol die frostige Stimmung mildern würde?

Der Gruß aus der Küche stand schon da, als sie zurückkam. Sie griff nach einem der vier winzigen Toaststücke mit Gänseleberpastete und steckte es in den Mund. Dann trank sie einen Schluck Wein, ohne mit mir anzustoßen, machte dem Kellner ein Zeichen und bestellte eine Flasche Wasser. Mit jeder Minute erschien sie mir schöner, begehrenswerter und fremder. Ich kannte diese Frau überhaupt nicht. Ich hatte zwar diese Haut geküsst, die hinter den weißen Spitzen ihres Ausschnitts zu sehen war, und auch diese Lippen. Und ich wusste, welchen sinnlichen Glanz diese Augen, die mir dauernd auswichen, ausstrahlen konnten. Aber was sich dahinter abspielte, war mir schleierhaft.

»Und? Wonach hast du in der Bibliothek gesucht?«, fragte sie. »Neue Aufsätze über Tim und Struppi?«

Dieser Ton.

»Können wir vielleicht zwei Dinge trennen, Janine?«

»Bei Menschen, an denen mir etwas liegt, trenne ich keine *Dinge.*«

»Ich habe einen Fehler gemacht. Ich hätte dir in Paris sagen sollen, was ich vorhatte.«

»Was hat David dir erzählt?«

»David? Gar nichts. Genauso wenig wie du.«

»Was willst du damit sagen?«

»Dass du genauso unehrlich bist wie ich, Janine. Irgendetwas war zwischen euch, das ich nicht wissen soll. OK, das ist eure Sache.«

»Wenn es unsere Sache ist, warum lässt du es dann nicht unsere Sache sein?«

»Weil ... mein Gott, Janine, David ist tot.«

»Das brauchst du mir nicht zu sagen.«

Die Vorspeise kam. Einige Minuten lang sagten wir kein Wort.

»Also, welche Dinge willst du trennen?«, fragte sie dann.

»David und mich. Hillcrest und uns. Ich ... ich liebe dich, Janine. Das Letzte, was ich im Sinn hatte, war ...«

»Hör auf. Menschen, die man liebt, hintergeht man nicht. Nicht so. Du weißt überhaupt nicht, wovon du redest.«

Ich ließ meine aufgespießte Jakobsmuschel liegen und schob den Teller zur Seite. War das die Ohrfeige, nach der es allmählich besser werden würde?

»David hat mir nichts erzählt«, sagte ich. »Auf der Fahrt nach San Simeon hat er ein paar Mal gesagt, er werde mir einen Abend stehlen, aber es würde sich für mich lohnen. Ich dachte, er meinte uns beide damit, dich und mich, unser Wochenende, das er uns mit seiner Aktion verdorben hat. Als dann später dieser Journalist mit Davids Brief aufgetaucht ist, fiel mir die seltsame Formulierung wieder ein. Es war offenbar irgendein Code für ihn. Also habe ich versucht, mir einen Reim darauf zu machen. Und die Spuren führen hierher.«

»Und warum hast du mir davon nichts gesagt?«

»Weil das Thema David zwischen uns so heikel ist. Und weil ich Angst hatte, dass du wieder so reagieren würdest wie damals, als wir nach San Simeon gefahren sind.«

»Weil du mich nicht respektierst, Matthew.«

»Natürlich respektiere ich dich.«

»Warum bist du dann mitgefahren? Warum verhältst du dich wie David? Warum hintergehst du mich ständig, lügst mich auf Schritt und Tritt an?«

Ich spielte mit meinem Weinglas. Ich spürte ihren Blick, doch jetzt war ich es, der ihr auswich.

»Kennst du das Wort *Vertrauen*?«, fragte sie. »Hat das irgendeine Bedeutung für dich?«

»Natürlich.«

»Und? Du wusstest genau, wie es um uns stand. Dass ich ihn dafür gehasst habe, wie er sich an dich herangemacht hat. Es hat dich nicht davon abgehalten, ihm nachzugeben und in seine verquere Welt einzusteigen.«

»Wovon redest du?«

»Von dir und David. Er hat dich verführt, Matthew. Um mich zu reizen. Um das fortzusetzen, was unsere Trennung ausgelöst hatte. Es ist ihm keine Sekunde lang um dich gegangen, das kann ich dir versichern. Das konntest du vielleicht nicht wissen. Aber du hättest es spüren sollen. Er hat dich manipuliert, Matthew, wie er immer alle manipuliert hat. Und er hat dich eingefangen, weil du ihn anhimmelst.«

Die Ohrfeige war nur der Auftakt gewesen.

»Du redest von Vertrauen«, sagte ich. »Hast du mir denn vertraut? Hast du mir jemals irgendetwas erzählt? Zum Beispiel den wahren Grund, warum ihr euch getrennt habt. Oder dass du zu Marians Gruppe gehörst.«

»Ich gehöre zu überhaupt keiner Gruppe. Und was habe ich dir verschwiegen?«

»Den Lektürekreis.«

»Bin ich dir vielleicht Rechenschaft schuldig? Über meine Probleme mit David? Könnte es sein, dass ich sehr gute Gründe habe, darüber nicht sprechen zu wollen? Was bildest du dir eigentlich ein?«

»Wo ist also der Unterschied? Du hast deine Geheimnisse. Akzeptiert. Ich habe dich nie bedrängt, sie mir zu sagen.«

»Nein. Du hast mich hinters Licht geführt, und plötzlich sitze ich wie eine Idiotin in einem beschissenen Zugabteil.«

»Das tut mir leid. Das war unfair von mir.«

»Unfair?«

Der Kellner erschien und räumte die Vorspeisenteller ab. Wir hatten sie beide kaum angerührt.

»Ich kann das nicht wieder ungeschehen machen«, sagte ich. »Aber ich bedauere es wirklich. Ich hatte Angst, dass du das alles falsch verstehst.«

»Falsch? Wie soll ich es verstehen, wenn du hinter meinem Rücken herumspionierst? Du misstraust mir. Du verdächtigst mich. Ich habe in Hillcrest kein Feuer gelegt, Matthew. David hat etwas Ungeheuerliches getan. Und dass ich darüber nicht sprechen kann, nicht sprechen will, hast du genau gespürt. Sonst hättest du dich nicht so verhalten. Aus allem, was du tust, spricht Verstellung, Unsicherheit und Scham.«

»Was ist in dieser Bibliothek?«, unterbrach ich sie.

»Finde es doch heraus. Ich kann dich nicht aufhalten.«

»Aber du willst nicht, dass ich das tue?«

»Tu, was du nicht lassen kannst. Du bist nichts als Davids Wiedergänger, Matthew. Er benutzt dich.«

Ich schüttelte den Kopf. »Ist das wirklich dein Ernst? David ist vielleicht wegen dieser Sache verbrannt, und du erwartest, dass ich dein Schweigen darüber respektiere?«

»Ja. Genau das erwarte ich. Weil du sagst, dass du mich liebst. Aber das ist nicht wahr. Du liebst David. Das heißt, in Wirklichkeit liebst du nur dich selbst. Genau wie er. Er hat dir etwas eingeflößt, das uns zerstören wird, wenn du nicht aufpasst. Misstrauen.«

Das erste Mal war etwas Wärme in ihrer Stimme. Fast etwas Flehendes. Ich griff nach ihrer Hand.

»Ich habe Fragen, Janine. Fragen, auf die ich eine Antwort suche.«

»Die Fragen sind bereits die Antwort, Matthew. Du wolltest doch unbedingt bei Marian studieren. De Vander verstehen. Da hast du ihn. Der ganze De Vander steckt in diesem Problem. Es gibt keine unschuldigen Fragen, Matthew. Der Blick auf die Sache verändert sie schon. Es gibt nur Vertrauen und Misstrauen, das ist alles.«

»Es gibt Fakten, Janine.«

»Fakten, Matthew? Du mit deinen Fakten.«

Sie zog ihre Hand zurück und schüttelte den Kopf.

»Stell dir einmal vor, du liebst eine Frau«, sagte sie. »Und sie liebt auch dich. Jedenfalls sagt sie das. Und sie verhält sich auch dementsprechend. Du verbringst viele glückliche Jahre mit ihr. Dann kommt sie bei einem Autounfall ums Leben. Nach einiger Zeit ordnest du ihre Sachen und stößt dabei auf Briefe eines anderen Mannes oder anderer Männer. Was tust du? Liest du sie?«

»Was soll denn dieser Vergleich?«

»Antworte mir. Was tust du? Was passiert jetzt mit deiner Liebe? Wird sie ängstlich, klein? Fängst du an, deine Frau anders zu sehen? Natürlich. Du beginnst zu zweifeln, ihr zu misstrauen. Oder etwa nicht? Nimmst du die Briefe nur diskret zur Kenntnis, liest sie aber nicht, weil du an eurer Liebe keinerlei Zweifel hast? Alles hängt davon ab, was für ein Mensch du bist, Matthew. Und von welcher Art deine Liebe ist. Die Antwort auf diese Situation wird einzig und allein von der Frage abhängen, die du stellst. Wie du sie stellst. Wenn du dich fragst, ob deine Frau dich nicht wirklich geliebt hat, sondern einen anderen, wirst du wahrscheinlich eine entsprechende Antwort bekommen. Vielleicht stellst du aber eine ganze andere Frage? Genoss deine Frau einmal vorübergehend die Aufmerksamkeit eines anderen, weil deine nachgelassen hatte? Oder fand sie bei einem anderen etwas, das du gar nicht hast, liebte dich aber so sehr, dass sie dich das niemals spüren lassen wollte? Möglicherweise wollte sie dich einmal verlassen, blieb nur wegen der Kinder? Vielleicht aber auch nicht. Egal was du tust, die Wahrheit wirst du ohnehin nie erfahren. Denn deine Frau ist tot. Selbst wenn du die Männer finden solltest, die die Brief geschrieben haben, sie aufsuchst, sie ausfragst, vielleicht sogar die Briefe deiner Frau zurückforderst, sie bekommst und liest. Selbst dann wirst du nie Gewissheit haben. Denn hat sie immer die Wahrheit gesagt? Hat sie selbst die Wahrheit überhaupt gekannt? In Herzen und Seelen gibt es keine Fakten, Matthew. Es gibt nur Vertrauen und Misstrauen. Also. Ich will nicht wissen, was du denkst, sondern was du *tust*. Liest du die Briefe?«

»Ich weiß es nicht.«

»Du weißt, dass sie niemals für deine Augen bestimmt waren. Sie waren ihr Geheimnis. Nichts in ihren Briefen an dich, nichts an ihrem Verhalten hat dich jemals daran zweifeln lassen, dass sie dich aufrichtig geliebt hat und mit dir glücklich war. Also. Liest du die Briefe? Antworte mir.«

»Es ist also wahr?«, sagte ich. »De Vander stammt aus einer Nazifamilie. Irgendein Verwandter von ihm hat dieses entsetzliche Zeug geschrieben, das David mir gezeigt hat. Und du hast die ganze Zeit davon gewusst.«

Sie fixierte mich stumm. Aber ich konnte nicht anders.

»Wovon reden wir hier denn?«, rief ich. »Was ist das überhaupt für ein perfider Vergleich? Liebesbriefe! Verdammt noch mal. Weißt du überhaupt, wovon du sprichst? Was liegt in dieser Bibliothek, Janine?«

Der Ober kam und stellte das Essen vor uns ab. Keiner von uns rührte sich. Wir schauten uns schweigend an, während der Ober leise kommentierte, was auf unseren Tellern lag. Kaum war er fertig und wieder verschwunden, stand Janine auf, ging zur Garderobe, nahm ihren Mantel und verließ das Lokal. Es ging so schnell, dass ich überhaupt nicht reagieren konnte. Der Ober kam bestürzt zu mir.

»Verzeihung. Ist etwas nicht in Ordnung?«

Ich schüttelte den Kopf.

»Entschuldigen Sie bitte«, sagte ich betreten. »Meiner Freundin geht es nicht gut. Ich fürchte, sie wird nichts essen können.«

»Soll ich den Teller warm stellen?«

»Ja. Das wäre nett. Vielen Dank.«

Er nahm den Teller und verschwand in der Küche. Ich saß da und versuchte zu essen. Mit Mühe und Not schaffte ich die halbe Portion, verlangte dann nach der Rechnung, entschuldigte mich nochmals und verließ das Lokal.

Sie hatte nur etwa zwanzig Minuten Vorsprung gehabt. Aber das hatte gereicht. Der Rezeptionist sah mich betreten an. Ich hätte gar nicht nach ihr zu fragen brauchen, tat es aber trotzdem.

»Madame ist vor zehn Minuten abgereist«, sagte er. »Das hat sie für Sie dagelassen.«

Er reichte mir ein Buch. Irgendein sperriger Gegenstand lag zwischen den Seiten, aber ein starkes Gummi hielt das Buch geschlossen. Ich nahm es entgegen und setzte mich in einen der Sessel. *Shakespeare's Sonnets*. Ich entfernte das Gummi und öffnete den ziemlich zerlesenen Band. Zum Vorschein kam die Brosche, die ich ihr geschenkt hatte. Ich strich mit dem Finger über die Seite und die Druckstellen, die das Schmuckstück im

Papier hinterlassen hatte. Sonst fand ich keine Nachricht. Es sei denn, das Sonett selbst war als solche gemeint. Es war das einundsiebzigste Sonett. Rechts im Original, links in moderner Schrift. Zwei Zeilen waren mit Bleistift unterstrichen.

No longer mourn for me when I am dead
Than you shall hear the surly sullen bell
Give warning to the world that I am fled
From this vile world, with vilest worms to dwell:

Nay, if you read this line, remember not
The hand that writ it; for I love you so,
That I in your sweet thoughts would be forgot,
If thinking on me then should make you woe.

O! if, – I say, you look upon this verse,
When I perhaps compounded am with clay,
Do not so much as my poor name rehearse,
But let your love even with my life decay;

Lest the wise world should look into your moan,
And mock you with me after I am gone.

Ich blätterte zum Vorsatz. Der Name des Vorbesitzers stand in grüner Tinte auf der Innenseite des Buchdeckels. David Lavell.

Ich stand auf, überquerte die Straße und ging in den Bahnhof hinein. Aber sie war nirgends zu sehen. Weder im Wartesaal noch auf den Bahnsteigen. Ich ging in die Innenstadt und spazierte ziellos umher. Restaurierte Zunfthäuser, Design- und Delikatessenläden wechselten sich ab mit Souvenirshops, Dönerbuden, neonbeleuchteten Obst- und Gemüseläden und verwahrlosten Wohnhäusern, aus deren zum Teil eingefallenen Dächern Bäume herauswuchsen. Die Schäbigkeit des

Stadtbildes tat mit wohl. Ich fühlte mich hässlich. Ich hatte auf einmal Skrupel, diese Zeitungen zu durchforsten. Janines Reaktion, ihr erbitterter Protest gegen mein Vorhaben verunsicherten mich. Was ging mich das alles an?

Am Ende geriet ich in eine Passage, die an Paris erinnerte. Ein Café hatte noch geöffnet. Ich setzte mich in eine Ecke, bestellte eine Karaffe Wein, saß einfach da, trank lustlos und fühlte mich elend. Die ganze Zeit führte ich in Gedanken ein endloses Gespräch mit Janine, stellte ihr immer wieder die gleichen Fragen, erklärte mich, rechtfertigte mich. Ihre Geschichte mit den Liebesbriefen ging mir im Kopf herum. Und natürlich das einundsiebzigste Sonett, das ich immer wieder las und so gut ich eben konnte übersetzte.

Nicht länger traure du um meinen Tod,
Als du die Glocke schlagen hörst mit dunklem Tone
Der Welt verkündend, dass ich ihrer Not
Entflohen bin und bei den Würmern wohne.

Gedenke nicht beim Lesen dieser Zeilen
Der Hand, die schrieb, denn sieh, ich liebe dich
So sehr, dass dein Erinnern ein Vergessen wäre,
Wenn schmerzvoll die Erinnerung an mich.

Ach, liest du diese Verse da ich längst
Vermodert und zu Staub zerfallen bin
Dann will ich, dass du nicht mal meinen Namen denkst
So wie den Leib ich gab, gib deine Liebe hin.

Damit kein Spötter sich an deinem Kummer weide
Und dich mit mir verhöhnt, wenn aus der Welt ich scheide.

Kapitel 55

Die *Salle des périodiques* lag im zweiten Untergeschoss. Vierzehn große Tische standen in zwei Reihen nebeneinander. Die meisten waren leer. Nur auf fünf Tischen lagen großformatige Zeitungsbände. Ich war ganz allein. Ohne Probleme fand ich den Tisch mit der Nummer 9 und darauf die bestellten Exemplare des *Soir,* die wohl schon seit gestern Nachmittag dort auf mich gewartet hatten. Ich schob die beiden schweren, in beigefarbenen Karton gebundenen Bände in die Mitte des Tisches, drehte sie so herum, dass ich den Rücken sehen konnte, und nahm mir den Jahrgang 1941 vor.

Die Bindung knarrte, als ich den Einband aufklappte. Auch das Papier war brüchig. Es riss leicht ein, auch wenn ich es noch so vorsichtig anfasste. Ich blickte zur Buchausgabe. Aber dort war gar niemand. Diese Bestände waren eigentlich viel zu alt für eine Konsultation im Lesesaal. Sie gehörten längst auf Mikrofiche oder anderweitig faksimiliert. Ich blätterte behutsam Seite um Seite um und versuchte, mir einen Eindruck von dem Blatt zu verschaffen. Nachrichten über den Kriegsverlauf machten etwa die Hälfte der Berichterstattung aus. 9. April: *Deutsche Truppen brechen serbischen und griechischen Widerstand.* 15. April: *Deutsche Truppen stehen in Ägypten. 21. April: Serbien kapituliert. Hoffnung auf Rücktritt Churchills. Gestern große Feierlichkeiten in Berlin anläßlich des 52ten Geburtstags des Führers.*

Was den Umfang der Zeitung betraf, so hatte ich mich glücklicherweise völlig verschätzt. Eine Ausgabe, so war unter dem Titelkupfer zu lesen, bestand aus acht Seiten. Merkwürdigerweise waren in dieser Sammlung jedoch immer nur vier Seiten jeder Ausgabe vorhanden. *Erscheint in Brüssel um 13 und 17 Uhr*, stand da außerdem. *Weitere Ausgaben: Flandern*

(Antwerpen, Löwen), Lüttich-Limburg, Namur-Luxembourg, Hainaut-Nivelles-Philippeville. Ich nahm erst einmal hin, dass ich nur einen Teil des Jahrgangs vor mir hatte, blätterte wieder zurück und sah mir die vermischten Meldungen an. 6. April: *Die schöne Filmschauspielerin Herta Feiler wird am Montag in Begleitung ihres Mannes, des berühmten Schauspielers Heinz Rühmann, in Brüssel eintreffen.* 15. Mai: *Diabetiker erhalten wegen strengerer Rationierung besondere Lebensmittelkarten.* 4. Juni: *Wilhelm II, ehemaliger deutscher Kaiser, in Doorn gestorben.* Dazwischen schoben sich immer wieder großformatige Kästen mit Kriegsnachrichten. 11. Juli: *Heutige Bilanz sowjetischer Verluste: 400 000 Gefangene, 7615 Panzer, 4432 Geschütze, 6233 Flugzeuge. Franzosen in Syrien erobern Rakka zurück. 25 Jahre Bolschewismus: 32 Millionen ermordet oder verhungert.* Es folgte eine Aufschlüsselung der Opfer nach Stand und Beruf.

Die politische Ausrichtung der Zeitung war deutlich. Am 14. Juli 1941, dem französischen Nationalfeiertag, erörterte ein Dr. Montandon, Professor für Ethnologie an der Hochschule für Anthropologie zu Paris, auf der Titelseite in einem Leitartikel *Das Konzept des Ariertums für Frankreich.* Herr Montandon wies nach, dass das Ariertum nicht auf die germanische Rasse beschränkt sei, sondern durchaus auch lateinische und andere Rassen, sofern sie weiß waren, umfassen konnte. Überhaupt sei die Hautfarbe ein bedeutendes Kriterium bei der Bestimmung der arischen Ethnie. Ich griff zu Papier und Bleistift, als ich die Schlussfolgerung des Wissenschaftlers las:

> In Erwartung, dass eine Verbindung Deutschlands, Frankreichs und Italiens es ermöglicht, gemeinsam antisemitische und gegen exotische Elemente gerichtete Maßnahmen zu ergreifen, lässt sich die Lösung des ethno-rassischen Problems für Frankreich folgendermaßen zusammenfassen:

1. Anerkennung der Existenz eines ethno-rassischen Problems als Grundlage für die Schaffung eines neuen Frankreichs
2. Anerkennung der Gleichwertigkeit der drei Rassen, welche die arische Ethnie bilden
3. Anerkennung der Tatsache, dass innerhalb der drei gleichwertigen Rassen (und ihrer Unterrassen) die Nordrassen eine herausragende Rolle spielen
4. Anerkennung der Minderwertigkeit, welche fremde Elemente in der arischen Ethnie verursacht haben
5. Notwendigkeit der Ausmerzung und Beseitigung dieser Elemente auf dem französischen Hoheitsgebiet, soweit dies noch möglich ist.

Ich blätterte wieder zum Anfang zurück und konzentrierte mich jetzt auf die Leitartikel, in denen die Seele dieser Publikation am deutlichsten zutage trat. Am 24. April hatte ein nicht genannter Journalist einen Herrn Hans Reiter, Präsident des Amtes für Volksgesundheit, interviewt. Ich notierte mir nur einen Satz aus der Einleitung: *Der Nationalsozialismus ist eine tief greifende spirituelle Erneuerung, die in der Geschichte einen wichtigeren Platz einnehmen wird als die Reformation und die französische Revolution.*

Ein paar Tage später schrieb ein Journalist namens Léon van Huffel, dass es eine europäische Lösung der Judenfrage geben müsse: *Man sieht sofort, sobald man sich die Frage in ihrer ganzen Ernsthaftigkeit stellt, dass es im Hinblick auf das Judenproblem keine gemäßigte Lösung geben kann. Es geht darum, ein fremdes Element aus dem europäischen Volkskörper auszumerzen, das seine moralische und physische Gesundheit bedroht. Keine der bisher angewandten Methoden hat sich als wirksam erwiesen. Not tut eine gesunde, antisemitische Politik. Nur eine europäische Lösung der Judenfrage kann dem Problem gerecht werden.*

Ich lehnte mich zurück, nahm die Liste von Davids Bestellungen zur Hand, die ich gestern ausgedruckt hatte, und betrachtete sie genauer. Wonach hatte er gesucht? Nach Material für Marians Konferenz über Sprache in der Diktatur? Oder nach Artikeln von diesem Hendrik De Vander? Hatte er für diese Zeitung geschrieben? War er überhaupt mit Jacques De Vander verwandt? Und wenn tatsächlich jemand aus Jacques De Vanders Familie mit Hitlerdeutschland sympathisiert hatte, dann warf das vielleicht ein schiefes Licht auf De Vanders Herkunft. Aber daraus Rückschlüsse auf Jacques De Vanders damalige Gesinnung zu ziehen schloss sich doch von selbst aus. So unprofessionell konnte David nicht gewesen sein. Wonach aber hatte David den *Soir Volé* dann so akribisch durchforstet? Konnte ich anhand seiner Bestellungen ein Muster finden, das es mir gestatten würde, zu rekonstruieren, wie er vorgegangen war? Ich trug alle Bestellungen in eine improvisierte Tabelle ein. Manche Bände hatte er nur einmal, andere über mehrere Tage hinweg mehrmals bestellt. Hatte er gesichtet und später Kopien gemacht? Ich ging zur Buchausgabe und klingelte. Ein älterer Herr erschien. Ich erklärte ihm, dass ich am Tisch 09 arbeitete und weitere Bände des *Soir* bestellen wollte. Zwanzig Minuten später erhielt ich die Jahrgänge, mit denen David die meiste Zeit verbracht hatte, auf einem Rollwagen, den der Bibliothekar neben mir abstellte. Ich wuchtete einen der vier unhandlichen Bände auf meinen Tisch, schlug ihn auf gut Glück im ersten Drittel auf und begann, die Seiten querzulesen. Es waren Sonderausgaben des *Soir*, Beilagen mit Artikeln über Mode und Kultur sowie zu allgemeinen geistigen Fragen der Zeit. Die Beiträge waren gekennzeichnet, aber ich kannte keinen der Namen. Die gemeldeten Ereignisse, die Fotos, die Reklame, das war alles kaum interessant. Aber plötzlich hatte ich eine Kolumne vor Augen. Der Titel lautete:

L'actualité littéraire
Flämische Broschüren über das III. Reich
Aufgrund der jahrelangen Gehirnwäsche durch französische und englische Propaganda weiß der belgische Leser nichts über die politischen und sozialen Fortschritte, die in Deutschland gemacht worden sind.

Ich hielt inne, den Blick ungläubig auf den Autorennamen geheftet. Jacques De Vander.

Man hat ihn sorgfältig im Unwissen gelassen über die beträchtlichen Wiederaufbauleistungen, die in diesem Land im Gang sind. Hastig las ich weiter, blieb an Satzteilen hängen, und wollte doch sofort weiterlesen: … *ist die deutsche Agrarpolitik die revolutionärste Politik der Nationalsozialisten … unverzichtbar für ein objektives Verständnis dieser gewaltigen europäischen Unternehmung … zeigt sich klar, wie viel würdevoller, gerechter, menschlicher das siegreiche Deutschland sich verhält als etwa das Frankreich von 1918, das außerdem einen sehr viel weniger klaren Sieg davongetragen hatte … die Wunder der deutschen Chemieindustrie …*

Ein Namensvetter, dachte ich. Oder doch derselbe Mann? Ich überflog den Artikel erneut, bemüht, eine Erklärung zu finden. Er fasst ja nur zusammen, was in flämischen Broschüren stand, dachte ich. Allmählich fand ich mehr und mehr Artikel von De Vander. Er hatte vor allem Rezensionen und Literaturkritiken geschrieben und dies zum Anlass genommen, seine politischen und geschichtsphilosophischen Ansichten zu verbreiten. Ich wehrte mich bei jedem Satz dagegen, dass es derselbe Autor sein sollte, dessen Theorien ich seit Monaten mit wachsender Begeisterung studiert hatte. Aber da war dieser Stil, der ruhige, leichtfüßige und dennoch wie über alle Zweifel erhabene Tonfall, der so typisch für ihn war. Er schrieb, als spreche er von außerhalb der Welt, aus einer vollendeten Zukunft heraus, in der er schon angekommen war und zu der seine Leser noch eine Weile unterwegs sein würden. Es waren keine Essays oder Überlegungen, sondern letzte Wahrheiten: *Der Krieg wird die beiden Dinge, die schon immer zusammengehörten, die Seele Hitlers und die Seele Deutschlands, nur enger miteinander verschweißen, um eine einzige und einzigartige Macht daraus zu formen. Das ist ein wichtiges Phänomen, denn es bedeutet, dass Hitler und Deutschland zusammengedacht werden müssen und die Zukunft Europas ohne das deutsche Genie gar nicht vorstellbar ist. Es handelt sich nicht nur um eine Reihe von Reformen, sondern um die endgültige Emanzipation eines ganzen Volkes, das berufen ist, Hegemonie in Europa auszuüben.*

Immer wieder griff ich zu einem neuen Blatt und schrieb Passagen ab. *Welcher neue Mensch wird hieraus entstehen? Es gibt ja schon seit längerer Zeit keinen festen, klar umrissenen Menschentypus mehr. Ein sogenannter Individualismus bestimmte, dass ein jeder für sich entscheiden könne, welche Art von Mensch er werden wolle und dass ein jeder die daraus entstehenden Gewissenskonflikte mit sich selbst auszumachen habe. Es ist keine gering zu achtende Neuerung totalitärer Regime, dieser wirren Anarchie einen Rahmen aus klaren Pflichten und Verbindlichkeiten gesetzt zu haben, innerhalb dessen ein jeder seine Fähigkeiten einzubringen hat. Und mag der neue Mensch noch ein wenig roh und elementar aussehen, so liegt dies daran, dass er in der relativ starren und engen Form des Krieges gegossen wurde …*

Dann stieß ich auf einen kleinen Papierstreifen. Er war zwischen zwei Seiten an einer Stelle eingeklemmt stecken geblieben, an der sich De Vander in einem langen Artikel darüber amüsierte, dass die französische Literatur in einer Zeit des Siegeszuges des Kollektivs an der Idee des einzelnen Menschen festhielt. *Der Staat der Zukunft kann auf egoistische*

Einzelinteressen keine Rücksicht nehmen, stand dort, wo der Streifen lag. Er war nicht viel größer als ein U-Bahn-Ticket. CEGES stand darauf. Darunter waren handschriftlich Davids Nachname sowie eine Signatur und ein Datum eingetragen: 17. August 1987. Ich ging wieder zur Buchausgabe.

»Ich habe das hier in einer der alten Zeitungen gefunden«, sagte ich.

Der Bibliothekar blickte auf den Streifen und zuckte mit den Schultern.

»Wissen Sie, was CEGES bedeutet?«

»Ja«, antwortete er. »Das ist ein Kriegsarchiv. Warten Sie.«

Er schlug in einem dunkelblau gebundenen Buch nach, das mit anderen am äußeren Rand des Tresens stand.

»Wollen Sie die Adresse?«

»Ja. Bitte. Ist das weit von hier?«.

»Zu Fuß etwa zwanzig Minuten. Mit dem Auto geht es schneller. Aber ich würde in der Gegend kein Auto auf der Straße stehen lassen. Es ist in der Nähe des Südbahnhofs.«

»Wissen Sie, was für ein Archiv das ist?«

Er stellte die Siglenkonkordanz wieder an ihren Platz zurück.

»Ein Archiv für Kriegsopfer«, antwortete er.

Kapitel 56

Wie war David auf diese Artikel gestoßen? Hatte er Hinweise gehabt? War er von jemandem kontaktiert worden? Jacques De Vander war eine berühmte Persönlichkeit. Wenn er mit der Person identisch war, die diese Artikel verfasst hatte, wie hatte er dann überhaupt nach dem Krieg in die USA emigrieren können? War er nach der Befreiung untergetaucht? Er musste doch bekannt und verhasst gewesen sein.

Das Taxi hielt vor dem *Centre d'Etudes et de Documentation – Guerre et Sociétés contemporaines* (CEGES), das in einem Gebäude aus den Zwanzigerjahren untergebracht war. Der vierstöckige Bau hatte schon bessere Zeiten gesehen. Im Innern schien die Zeit allerdings stehen geblieben zu sein. Die Eingangshalle aus dunklem Holz, Chrom und Glas war in perfektem Art-Deco-Stil gehalten. Es fehlten nur schwarze Bakelit-Telefone, um die Illusion perfekt zu machen. Die Empfangsdame mit Dutt und Hornbrille hätte aus Kafkas Zeiten stammen können. Sie registrierte meine Daten, nahm den symbolischen Betrag von dreißig belgischen Francs für meinen Leserausweis entgegen, prüfte die Signatur auf dem Abschnitt, den ich in der Bibliothek gefunden hatte und übertrug die Bestellnummer auf einen neuen Bestellschein. Der Kontrollabschnitt, den ich zurückbekam, sah genauso aus, wie der, den ich gefunden hatte.

Der Lesesaal befand sich im ersten Stock. Zehn Minuten später lag die Bestellung vor mir auf dem Tisch. Es waren die gleichen Jahrgänge, die ich mir schon in der königlichen Bibliothek angesehen hatte, aber diese Sammlung war umfänglicher und enthielt noch weitaus mehr Sonderausgaben und Beilagen. Bereits ein wenig mit dem Blatt vertraut, musste ich nicht lange suchen, bis ich auf weitere Artikel von Jacques De Vander stieß. Obwohl ich mich allmählich an die Rhetorik gewöhnt hatte, mit der De Vander die Naziideologie zu einer seriösen Gesellschaftsphilosophie hochstilisierte, war ich dennoch nicht vorbereitet auf das, was am 4. März 1941 in einer Sonderbeilage unter dem Titel *Die Juden und wir. Die kulturellen Aspekte* zu lesen war. Eine ganze Seite war dem Thema gewidmet. Léon van Huffel, von dem ich ja schon Kostproben kannte, hatte einen hetzerischen Aufmacher geschrieben, der nachwies, dass die Juden nicht Opfer rassistischer Verleumdung, sondern ihrerseits die rassistischste Rasse überhaupt seien und daher weder integriert noch assimiliert werden könnten. Zwei Fotos rahmten den Artikel ein: links ein Unbehagen einflößendes Porträt eines drohend auf den Leser herabblickenden alten Mannes, und rechts ein mehr tierische als menschliche Züge aufweisendes, von verzerrter Mimik entstelltes, bärtiges Gesicht.

Der Artikel darunter befasste sich mit den sogenannten Folgen der jüdischen Malerei. Zwei Gemälde von Picasso dienten dem Nachweis, dass von jüdischer Malerei zwar keine Rede sein könne, die von Juden dominierte Kunstkritik jedoch an der Verjudung und Entartung der modernen Kunst schuld sei. Mein Blick wanderte zu den nächsten Artikeln. *Eine jüdische Lehre: Der Freudianismus*. Und daneben: *Die Juden in der zeitgenössischen Literatur*. Von Jacques De Vander. Ich begann zu lesen.

Der vulgäre Antisemitismus betrachtet die kulturellen Erscheinungen der Nachkriegszeit (nach dem Krieg 1914–18) gern als degeneriert und dekadent, da sie verjudet seien. Auch die Literatur ist diesem lapidaren Urteil nicht entgangen; es hat ausgereicht, hinter latinisierten Pseudonymen einige jüdische Schriftsteller zu entdecken, um die gesamte zeitgenössische Produktion als verschmutzt und schädlich zu betrachten. Die Juden selbst haben den Ruhm für sich in Anspruch genommen, die führenden Köpfe der literarischen Bewegungen zu sein, die unsere Epoche kennzeichnen. Da die Juden seit 1920 tatsächlich einen wesentlichen Anteil an der künstlichen und chaotischen Existenz Europas hatten, verdiente es ein Roman, der in dieser Atmosphäre entstand, bis zu einem gewissen Punkt durchaus, als verjudet bezeichnet zu werden.

Doch die Wirklichkeit sieht anders aus …

Ich setzte meinen Stift ab und las ohne mitzuschreiben weiter. Die Wirklichkeit sah anders aus? Ja. Schlimmer. Wie der

Autor in seinem neutral-belehrenden Ton mit jeder Nuancierung des sogenannten *vulgären Antisemitismus* (gab es denn auch einen feinen?) in immer tiefere Schichten seines Rassenwahns vordrang! Die zeitgenössische Literatur sei keineswegs jüdisch verseucht, argumentierte er. Jüdische Schriftsteller seien immer nur zweitrangig gewesen, was für die westlichen Intellektuellen eine beruhigende Feststellung sei.

Dass sie in einem so repräsentativen Bereich der Kultur, wie die Literatur es ist, fähig waren, sich vor dem jüdischen Einfluss zu schützen, beweist ihre Lebenskraft. Es bliebe für die Zukunft unserer Zivilisation wenig zu hoffen, wenn sie der Invasion einer fremden Macht ohne Widerstand nachgegeben hätte. Indem die Literatur trotz der semitischen Einflüsse in allen Bereichen des europäischen Lebens ihren Ursprung und ihr Wesen bewahrt hat, hat sie bewiesen, dass sie in ihrem Kern gesund ist.

Er war es nicht. Es konnte nicht sein. Ausgeschlossen, dass diese Sätze von jenem Jacques De Vander stammten, dessen Philosphie ich studierte und bewunderte.

Man sieht außerdem, dass eine Lösung des Judenproblems durch die Schaffung einer jüdischen Kolonie außerhalb Europas keine bedauerlichen Folgen für das literarische Leben des Westens hätte. Es verlöre im Großen und Ganzen nur ein paar Persönlichkeiten von mäßigem Wert und würde sich, wie schon in der Vergangenheit, nach den höchsten Gesetzen der Evolution weiterentwickeln.

Ein Namensvetter. Das war die einzige Erklärung. Ich musste fast lachen. Doch sofort hörte ich ein anderes Lachen in meiner Erinnerung: Davids Kichern beim Betrachten der Videomitschnitte aus Yale.

Ich erhob mich, klappte den schweren Band zu und schaute mich um. Drei Tische hinter mir saß eine junge Frau an einem Tisch und schrieb. CONSEIL SCIENTIFIQUE stand auf einem Schild vor ihr. Ich ging zu ihr und erkundigte mich, an wen ich mich wenden müsste, um eine Rechercheberatung für das Archiv zu bekommen. Sie stellte ein paar Fragen, wollte wissen, von welcher Universität ich kam, schrieb *Hillcrest* auf einen Zettel, notierte sich die Zeit, die mich interessierte, den Namen De Vanders und weitere Stichworte, die ich nicht lesen konnte. Dann verschwand sie. Kurz darauf kehrte sie in Begleitung eines Mannes zurück. Er schaute mich neugierig an und stellte sich als Frédéric Alignon vor. Der Autor des Artikels über Hergé? Aber die erste Frage, die er mir stellte, brachte mich noch mehr aus der Fassung.

»Schon wieder jemand aus Hillcrest«, sagt er und lächelte erfreut. »Kennen Sie Mr. Lavell?«

Kapitel 57

»Bitte, rauchen Sie nur«, sagte er und schob mir seinen Aschenbecher hin. Das Büro lag ein Stockwerk höher als der Lesesaal. Auf dem Hochhaus gegenüber drehte sich ausgerechnet eine übergroße Plastik-Nachbildung von Tim und Struppi.

Frédéric Alignon war klein und ein wenig rundlich, er hatte schwarzes Haar, das sich bereits ein wenig lichtete, und er hielt die Hände beim Sprechen vor sich auf dem Tisch gefaltet, als bereite es ihm andernfalls Mühe, nicht zu gestikulieren. Er trug einen Ehering, ein kariertes Hemd und sah zufrieden aus. Er sprach Englisch, was mir willkommen war.

»Wie geht es David? Hat er Sie zu uns geschickt?«

»Nein«, antwortete ich und deutete auf das Hochhaus gegenüber.

»Ich bin durch Ihren Artikel über Hergé auf den *Soir Volé* aufmerksam geworden.«

»Ach ja«, rief er erfreut aus.

Etwas hielt mich zurück, von Davids Unfall zu sprechen. Dieser Mann hatte Informationen, und ich hatte sehr wenig Zeit.

»Aber Sie interessieren sich für Jacques De Vander, genauso wie David?«

»Er ist es also tatsächlich?«, fragte ich ungläubig.

Alignon lächelte amüsiert. »Der Professor aus Yale? Ja, sicher. Warum sollte er es nicht sein? Seine ruhmreiche Vergangenheit ist ja allseits bekannt.«

»Bekannt? Wo?«

»Überall. Hier sowieso. Aber wohl auch in den USA.«

»Wie meinen Sie das?«

»De Vander wurde denunziert. In den Fünfzigerjahren, als er noch in Harvard war.«

»Sie sagen, es war in Harvard bekannt, dass De Vander ein überzeugter Nationalsozialist und Antisemit gewesen ist?«

»So stand es in einem anonymen Brief, der 1955 in Harvard einging.«

»Woher wissen Sie das?«

»Wir sind das Dokumentationszentrum für Kriegsopfer. Die Leute schicken uns alles Mögliche. Hier ist damals eine Kopie des Schreibens eingegangen.«

»1955 sagen Sie?«

»Ja.«

»Und was geschah dann?«

»Nichts. De Vander hat alles geleugnet, von Verleumdung gesprochen und alles auf Hendrik De Vander geschoben, den er außerdem fälschlich als seinen Vater ausgegeben hat.«

»Und wer war Hendrik De Vander?«

»Jacques De Vanders Onkel. Vermutlich wollte Jacques De Vander mit dieser kleinen Ungenauigkeit seinen familiären Hintergrund dunkler malen, um sich als Opfer hinzustellen.

Danach hat niemand mehr genauer nachgefragt. Jedenfalls nicht bei uns.«

»Haben Sie dafür Beweise?«

»Sicher. Eine Kopie von De Vanders Rechtfertigungsschreiben an den Dekan von Harvard liegt bei uns im Archiv. Aber es kamen damals keine weiteren Nachfragen. Man wollte es wohl lieber nicht so genau wissen.«

»Weiß man, wer De Vander angezeigt hat?«

»Nein. Aber wir vermuten, dass es jemand aus seiner Familie gewesen ist. Oder jemand aus der Familie seiner Frau.«

»Er war verheiratet?«

Alignon zog die Augenbrauen hoch.

»Jacques De Vander war ein Schwindler«, sagte er. »Er hat Belgien vor allem deshalb verlassen, weil er bankrott war. Nach dem Krieg hat er mit geliehenem Geld einen Verlag gegründet, der bald pleiteging. Seinen Vater, der für ihn gebürgt hatte, hat er auf den Schulden sitzen lassen und ist in die USA gegangen. Seine Frau und seine drei Kinder hat er nach Argentinien geschickt. Seine Frau hatte dort Familie. Als De Vander nach einem Jahr eine Vertretungsstelle an einem College bekam, schwängerte er im ersten Semester eine seiner Studentinnen und heiratete sie, was natürlich praktisch war wegen der Aufenthaltsgenehmigung. Als seine Ehefrau mit den drei Kindern in New York auftauchte, hat er sie mit dieser Situation konfrontiert. De Vander zwang sie zur Scheidung und bot an, im Tausch dafür die Kinder zu unterstützen. Sie willigte ein, und ein Notar setzte eine entsprechende Vereinbarung auf. De Vander nahm den ältesten der drei Söhne zu sich und verschwand. Seine Frau hörte elf Monate lang nichts von ihm und bekam auch kein Geld. Sie saß mittellos und krank in einem fremden Land fest. Die Eltern in Argentinien brauchten ihre Unterstützung ebenso wie ihre beiden kleineren Kinder. De Vander konnte damit rechnen, dass sie irgendwann aufgeben und zurückfahren würde. Er entzog sich seinen Pflichten einfach dadurch, dass er kaum erreichbar und nicht aufzufinden war. Seinen Sohn gab er den Eltern seiner amerikanischen Frau in Pflege. Es waren eben schwierige Zeiten. Jeder musste zusehen, wo er blieb.«

Ich sah in an. Er lächelte wieder und hob seine Hände.

»Ihr Kollege hat mich letztes Jahr genauso angeschaut. Was glauben Sie, wie viele Biografien dieser Art es gibt. Ist Amerika nicht das Land, wo man sich neu erfinden kann? Viele haben das getan. Aber nur wenige hatten dabei so viel Erfolg wie Jacques De Vander. Ich verstehe nichts von seiner Arbeit. Was ich in der Presse über ihn gelesen habe, ist allerdings beeindruckend.«

»In den USA ist er vermutlich der einflussreichste Literaturwissenschaftler der Gegenwart.«

»Dann hat er wenigstens etwas im Leben richtig gemacht. Wenigstens in der Literatur.«

»Aber diese Artikel …«

Alignon faltete seine Hände wieder.

»De Vander glaubte an Hitler. Sicher stand er auch unter dem Einfluss seines Onkels. Henri De Vander war ein überzeugter und prominenter Faschist. Für diese Leute war Hitler die Erlösung. Halb Europa stand unter dem Hakenkreuz, und es gab keinen Grund, zu glauben, dass sich das auf absehbare Zeit ändern würde. Kein Mensch hatte damit gerechnet, dass Belgien und vor allem Frankreich so rasch kapitulieren würden. Die USA schauten zu. England war auf dem Kontinent geschlagen. Viele Intellektuelle jubelten insgeheim oder offen darüber, dass endlich Schluss war mit Dekadenz und Demokratie. Jacques De Vander bekam die Gelegenheit, als Literaturkritiker für die größte belgische Zeitung zu schreiben. In seiner Naivität griff er zu.«

»Was ich gelesen habe, klingt überhaupt nicht naiv«, entgegnete ich. »Es klingt nach überzeugtem Antisemitismus und Nationalsozialismus.«

»De Vander hatte überhaupt keine Überzeugungen«, erwiderte Alignon. »Er entsprach einem bestimmten Typus des Intellektuellen, der damals recht häufig war. Er war ein gebildeter und hochintelligenter Mensch ohne jegliche moralische Grundsätze. Er kokettierte sogar damit. Man nannte das damals *moralische Einsamkeit*, ein besonders menschenverachtender Strang einer weitverbreiteten geistigen Strömung, die man auch Nihilismus nennt. Die Leute, die De Vander gekannt haben, sagen alle das Gleiche. Ihn reizte an einem Disput immer nur, recht zu behalten oder die Gegenseite so weit in Widersprüche zu verwickeln, dass er als Sieger dastand. Ansonsten war er eben ein eiskalter Opportunist. Ein zynischer Charmeur, wenn Sie so wollen. Er begann seine Mitarbeit am *Soir Volé* im Dezember 1940. Gegen Hitlers Endsieg und den Untergang der Zivilisation erhob sich damals in ganz Europa eigentlich nur noch eine einzige Stimme: die von Winston Churchill. Erst 1942, als der Umschwung absehbar war, stieg De Vander wieder aus. Die Amerikaner hatten in Afrika die Wende erzwungen. Hitlers Russlandfeldzug war verloren. Ein Kollege von De Vander war an einer Straßenbahnhaltestelle in Brüssel von Widerstandskämpfern erschossen worden. Er hatte immer ein Gespür für den richtigen Zeitpunkt. Er zog nach Antwerpen und verbrachte die Zeit bis zum Kriegsende damit, *Moby Dick* zu übersetzen.«

»Und nach dem Krieg hat man ihn einfach in Ruhe gelassen? Keine Anklage wegen Kollaboration?«

Alignon schüttelte den Kopf.

»Nein. Es gab eine Untersuchung, aber sie ließen ihn laufen. Opportunismus ist nun mal kein Kriegsverbrechen. Die Untersuchungsrichter werden De Vander schon richtig eingeschätzt haben. Ein intellektueller Mitläufer, der Naziparolen nachgebetet hat, während man die jüdische Bevölkerung Belgiens bereits waggonweise in die Vernichtungslager transportierte. Persönlich hatte er überhaupt nichts gegen Juden. Er soll sogar einmal ein jüdisches Paar, das von der Ausgangssperre überrascht wurde, für eine Nacht in seinem Haus beherbergt haben. Er war einfach gewissenlos, im Guten wie im Schlechten. Ihm war alles ein *exercice de style*, wenn Sie so wollen. Hauptsache, es hat ihm genützt. Insofern gehörte er eigentlich zur schlimmsten Sorte, zu denen, die sich aus allem herausreden können. Er hat ja nur laut nachgedacht. Er hat die Juden nicht in die Waggons getrieben. Er hat nur Überlegungen darüber angestellt, ob das Verschwinden der Juden für die europäische Kultur ein großer Verlust wäre. Man wird doch noch darüber nachdenken dürfen.«

Da ich zu keiner Erwiderung fähig war, fuhr er nach einer kurzen Pause fort.

»Sein Onkel war ein anderes Kaliber. Ihm wollte man ernsthaft den Prozess machen. Aber Hendrik De Vander hat sich rechtzeitig in die Schweiz abgesetzt und ist Anfang der Fünfzigerjahre bei einem Autounfall ums Leben gekommen. Wahrscheinlich war es Selbstmord.«

Er verstummte und legte den Kopf schief, als habe er den Eindruck gewonnen, ich hörte nicht mehr so recht zu, was überhaupt nicht der Fall war. Aber ich musste die ganze Zeit über an David denken. War er möglicherweise von Marian auf diese Sache angesetzt worden? Hatte sie davon gewusst und beschlossen, dass es an der Zeit war, De Vanders Vergangenheit publik zu machen? Hatte De Vander vor seinem Tod Marian gegenüber eine Art Geständnis abgelegt? Wie musste das auf David gewirkt haben? Sein Lehrer war in jungen Jahren ein Hitlerverehrer und Antisemit gewesen. Der Prediger der Geschichtslosigkeit der Literatur hatte selbst eine Geschichte, die einem den Atem verschlug. Warum hatte David die Texte nicht sofort veröffentlicht oder zumindest einen Artikel über seinen Fund geschrieben? Die Nachricht wäre wie eine Bombe eingeschlagen. Ausgerechnet De Vander, der nicht müde geworden war zu wiederholen, biografisches Material sei völlig wertlos für die Interpretation von Texten. Ich dachte an den Brief, den David an den Journalisten geschrieben hatte. Warum hatte er fast ein halbes Jahr lang geschwiegen?

Ich saß fast eine Stunde in Alignons Büro und lauschte seinen Ausführungen. Irgendwann kam er wieder auf David zu sprechen, dem er all diese Dinge letztes Jahr im August auch erzählt habe. Er fragte sehr direkt nach ihm. Ob ich am gleichen Institut wie er studierte. Ich konnte nicht länger um die Sache herumreden. Also erzählte ich ihm, was geschehen war. Von einem Augenblick zum anderen waren unsere Rollen vertauscht.

»Verbrannt?«, rief er erschrocken.

»Verbrannt, erstickt. Ja. Er hat im De-Vander-Archiv der Universitätsbibliothek Feuer gelegt und ist dabei ums Leben gekommen. Er hat dort gearbeitet. Als Assistent.«

Alignon unternahm mehrere Anläufe, etwas zu erwidern, ließ es aber sein. Ich konnte mir vorstellen, was ihm durch den Kopf ging.

»Furchtbar. Einfach furchtbar«, sagte er schließlich mit leiser Stimme. »Ich habe mich sehr gut mit ihm unterhalten. Er saß genau da, wo Sie jetzt sitzen.« Er schüttelte den Kopf und rieb sich die Augen, bevor er hinzufügte: »Verstehen kann ich es. Manchmal, wenn man sich das alles vergegenwärtigt, möchte man einfach nur, dass es verschwindet, dass es nicht so war, wie es war.«

Nach einer kurzen Pause stand ich auf.

»Vielen Dank, dass Sie sich so viel Zeit für mich genommen haben.«

Auch er erhob sich.

»Keine Ursache. Was werden Sie jetzt tun? Kann ich Ihnen irgendwie behilflich sein?«

»Das ist sehr nett von Ihnen«, sagte ich. »Aber ich habe leider wenig Zeit. Ich fliege morgen schon zurück in die Staaten. Allerdings wird sich Hillcrest sicher bald sehr für Ihr Archiv und den *Soir Volé* interessieren. Ich war bestimmt nicht der Letzte, dem Sie diese Geschichte erzählen müssen.«

Er hob die Hände. »Ich erzähle sie jedem, der sie hören will. Und Ihre Kollegen können gern herkommen und unser Archiv benutzen. Für den *Soir* brauchen Sie allerdings nicht so weit zu fahren. Stanford hat alles auf Mikrofiche. Das Hoover Institut verfügt über eine komplette Sammlung der relevanten Jahrgänge.«

Stanford hatte diese Artikel auch? Und niemand hatte jemals darüber geschrieben?

Kapitel 58

Die Meldung stand nicht irgendwo, sondern auf Seite eins der *New York Times*. Das gleiche Foto, das auch in Marians Büro hing, war neben den beiden Spalten abgebildet. Ich las den Artikel im Flughafen von Chicago, während ich auf meinen Anschlussflug nach Los Angeles wartete.

Yale-Professor schrieb für Nazi-Zeitung!
Von Roger Lehman

Ein die akademische Welt schockierender Zufallsfund hat enthüllt, dass ein Professor aus Yale, der als einer der einflussreichsten Intellektuellen seiner Generation gilt, während des Zweiten Weltkriegs für eine antisemitische und nazifreundliche Zeitung in Belgien geschrieben hat.

Jacques De Vander, der 1983 im Alter von vierundsechzig Jahren gestorben ist, gilt als Begründer einer umstrittenen Sprach- und Literaturtheorie, für die ihn manche als einen der größten Denker seines Zeitalters betrachten.

Nun sind Artikel aufgetaucht, die Jacques De Vander zwischen 1941 und 1942 in der belgischen Tageszeitung *Le Soir*, einer pro-nationalsozialistischen Zeitung, veröffentlicht hat. In einem dieser Artikel diskutiert der junge Jacques De Vander die Frage, ob Juden die moderne Literatur »verschmutzt« haben.

Diese bisher unbekannten Schriften eines Mannes, der sowohl in Yale als auch ganz allgemein höchsten Respekt genoss, haben die akademische Welt erschüttert. Die aufgefundenen Artikel könnten eine bereits seit längerer Zeit schwelende Kontroverse um die ethischen Aspekte von Professor De Vanders Philosophie weiter entfachen, sagten einige Kollegen des Verstorbenen. De Vanders Theorie betrachtet Sprache als ein unzuverlässiges und letztlich unkontrollierbares Medium. Manche Wissenschaftler kritisieren, dass durch solch eine Sichtweise moralische Urteile unmöglich werden.

Anlässlich einer Gedächtnisfeier wurde Professor De Vander noch vor wenigen Monaten als »humanitäre Lichtgestalt in Leben und Lehre« gewürdigt, nach dessen Hinscheiden »nichts wieder ganz so sein wird wie zuvor.«

»Es war schmerzvoll und traurig, diese Schriften lesen zu müssen«, sagte Jeffrey Holcomb, ein enger Freund des Verstorbenen, heute Direktor des Instituts für neue Ästhetische Theorie (INAT) an der Hillcrest University. »Sie passen so überhaupt nicht zu der Person, die ich gekannt habe.«

Marian Candall-Carruthers, ebenfalls Professorin in Hillcrest und Direktorin des dort im Aufbau befindlichen De-Vander-Archivs, beschrieb ihren ehemaligen Lehrer als »vorurteilsfreien Menschen, dessen Leben von hohen moralischen Normen geprägt war.«

Ich rechnete zurück. Am Freitag waren Janine und ich am späten Vormittag in Brüssel angekommen. Gegen halb zwölf waren wir im Hotel gewesen. Hatte Janine Marian von dort aus angerufen und ihr erzählt, was ich vorhatte? Und hatte Marian dann unverzüglich die Presse informiert? Dass dieser Roger Lehman die gleiche Spur wie ich verfolgt und die Artikel in Stanford ausgegraben hatte, schien mir sehr unwahrscheinlich. Marian war an die Presse gegangen. Aber warum ausgerechnet jetzt? Wegen mir? Oder hatte sie wirklich nichts von der Sache gewusst?

»Welche Dimensionen dieser Fund für De Vanders Schüler hat, verdeutlicht das tragische Schicksal des Studenten David Lavell, der die kompromittierenden Schriften letztes Jahr entdeckt hat. Es gilt als sicher, dass der sechsundzwanzigjährige Doktorand vor sechs Wochen im De-Vander-Archiv Feuer gelegt hat. Der junge Mann fand bei dem Brandanschlag, dem auch viele nachgelassene Schriften De Vanders zum Opfer fielen, den Tod. Bei der Durchsuchung von Lavells persönlichen Gegenständen stieß die Polizei auf Kopien von De Vanders Artikeln in französischer und niederländischer Sprache, deren Inhalt und Brisanz erst jetzt bekannt geworden sind.

»David hat niemandem von diesem Fund erzählt«, erklärte Candall-Carruthers in einem Telefoninterview. »Er kam sehr verändert aus Belgien zurück. Aber niemand wusste, was mit ihm los war.«

Lavells Tat und sein tragischer Tod haben auf dem Campus große Trauer und Betroffenheit, aber auch Unverständnis und Befremden ausgelöst.

Je öfter ich den Artikel las, desto deutlicher erschien mir die Absicht dahinter: Schadensbegrenzung. Jemand warf kontrolliert Ballast ab, um einer Bruchlandung zuvorzukommen. Wie sollte man Kruegers Äußerung sonst verstehen?

»Wir sind fassungslos«, so Marvin Krueger, Vize-Direktor des Instituts, »sowohl über die Artikel, als auch über Davids Tat. Warum hat er niemandem etwas gesagt? Es war verantwortungslos von ihm, diesen Fund so lange zu verheimlichen. Das Schlimmste wäre, wenn jetzt der Eindruck entstünde, irgendetwas solle vertuscht werden. Was aufgeklärt werden kann, werden wir aufklären. Aber es bedarf einer sorgfältigen Sichtung des Materials.«

Dies dürfte sich als heikle Aufgabe erweisen. Mindestens ein Artikel Jacques De Vanders mit dem Titel »Die Juden und die zeitgenössische Literatur« erscheint Forschern als klar antisemitisch. Der Artikel erschien am 4. März 1941 in einer Sonderbeilage von Le Soir, zu einer Zeit also, als die jüdische Bevölkerung Belgiens bereits unter schweren Repressalien durch die deutschen Besatzer litt.

Wie viele Leute hatten Bescheid gewusst? Hatte David wirklich niemandem von seinem Fund erzählt? Ich dachte an seinen Shakespeare-Vortrag. Und wenn das der tiefere Sinn seiner Ansprache gewesen war, eine verdeckte, nur an Marian gerichtete Botschaft? Ich konnte mir einfach nicht vorstellen, dass David sie nicht informiert hatte. Hatte es zwischen ihnen Differenzen über das weitere Vorgehen gegeben? War er deshalb ausgerastet?

Theo war nicht zu Hause, als ich nach der Landung in L. A. bei ihm anrief. Also probierte ich es bei Winfried.

»Ja sag mal, wo treibst *du* dich denn herum?«, rief er überrascht. »Ich habe heute schon ein paar Mal bei dir angerufen.«

»Ich bin gerade erst in L. A. gelandet.«

»Kommst du mit dem Bus?«

»Ja. In drei Stunden bin ich am Busbahnhof in Santa Ana.«

»Ich hole dich ab. Du kannst dir gar nicht vorstellen, was hier los ist. Besorg dir sofort eine *New York Times*.«

»Ich habe sie schon in Chicago gekauft.«

»Hier steht alles Kopf. Der Dekan ist außer sich. Marian ist offenbar ohne sich mit ihm abzustimmen an die Presse gegangen. Holcomb und Krueger wussten anscheinend auch nichts oder haben erst in letzter Minute davon erfahren. Das ganze Institut ist in Aufruhr. Es wird über nichts anderes geredet. Ich lese die Artikel gerade. Es ist nicht zu fassen.«

»Die Artikel? Welche Artikel?«

»Die von De Vander. Aus dem *Soir*. Im INAT liegen seit heute Morgen stapelweise Fotokopien aus. Jeder kann sie sich abholen. Das heißt, jeder, der Französisch kann. David hat das Material schon letzten Sommer in Brüssel ausgegraben und hergebracht. Aber angeblich hat er niemandem davon ein Sterbenswörtchen gesagt. Die ganze Geschichte ist noch nicht einmal in Ansätzen geklärt. Es gehen sogar Gerüchte um, dass die Polizei neu ermitteln will, ob Davids Unfall wirklich ein Unfall war. Hier ist die Hölle los. Wann genau kommst du an?«

»Um halb sechs. Terminal zwei.«

»OK. Ich werde da sein. Schöne Fahrt. Bis nachher.«

Ich wählte die Nummer in Baton Rouge. Nach dem vierten Klingeln nahm jemand ab.

»Hallo?«

»Könnte ich bitte mit Janine sprechen?«

»Sie ist nicht da. Wer ist da bitte?«

»Wir kennen uns von der Uni. Ich wollte nur wissen, ob es ihr besser geht. Wir hatten einen Kurs zusammen.«

»Wenn Sie mir Ihren Namen geben, sage ich ihr gern Bescheid, dann kann sie Sie vielleicht zurückrufen.«

Ich zögerte.

»Frederic Miller«, sagte ich. »Aber es ist nicht so wichtig. Ich sehe sie ja dann wahrscheinlich im Kurs. Danke.«

Als ich aus dem eiskalten klimatisierten Bus stieg, sah ich Winfrieds Wagen schon auf dem Parkplatz stehen. Er bemerkte mich erst, als ich neben seinem Fenster stand, so vertieft war er in die Lektüre der Fotokopien auf seinem Schoß.

»Da wünscht man doch, man hätte im Gymnasium besser Französisch gelernt«, sagte er, nachdem wir uns begrüßt hatten und ich auf dem Beifahrersitz Platz nahm. »Aber was ich verstehe, reicht ja schon. Ist es zu fassen!«

Das Leuchten in seinen Augen sprach Bände. Winfried triumphierte. Ich warf einen kurzen Blick auf die faksimilierten Seiten. Die Spalten waren im Original abfotografiert, verkleinert und auf DIN-A4-Seiten montiert worden. Der widerliche Kontext, in dem De Vanders Texte erst ihren wirklichen, trüben Glanz bekamen, war dadurch verschwunden. Ich blätterte den Packen durch. Es waren knapp hundert zum Teil beidseitig bedruckte Blätter. Manche erkannte ich auf Anhieb wieder.

Winfried fuhr los. »Wo bist du eigentlich gewesen?«, fragte er dann.

»In Deutschland. Bei meinen Eltern und in Berlin.«

»Und? War's schön?«

»Ja. Es war OK. Und du? Wie hast du die Ferien verbracht?«

»Ich war nur ein paar Tage Ski fahren in Lake Tahoe.«

»Hast du Theo schon gesehen?«

»Ja. Aber er ist im Moment kaum ansprechbar. Er will das Zeug bis morgen komplett durchlesen. Morgen um zehn gibt es eine Pressekonferenz. Holcomb wird im Namen des INAT eine Erklärung abgeben.«

»Wo?«

»Im Brooker Auditorium. Ich würde früh hingehen. Es wird bestimmt ziemlich voll.«

»Wird Marian auch etwas sagen?«

Winfried beschleunigte und fädelte sich in den Abendverkehr zur Küste ein, was ein wenig schwierig war, weshalb er nicht gleich antwortete.

»Ich glaube eher nicht«, sagte er dann. »Sie ist in einer ziemlich beschissenen Lage.«

Der Tonfall seiner Stimme ließ auf unverblümte Schadenfreude schließen.

»Es klingt nicht gerade so, als ob dir das leidtäte«, sagte ich.

»Nein. Ich hätte nicht geglaubt, dass es jemand schafft, diesen Leuten einen Schluck ihrer eigenen Medizin zu verabreichen. Und dass es ausgerechnet der Meister selbst aus dem Grab heraus tun würde, hätte ich mir in meinen kühnsten Träumen nicht vorstellen können. Der Tod des Autors! Das Ende der Geschichte! Autobiografie ist Entstellung! Prosopopeia, die Stimme aus dem Jenseits. Jetzt fehlt nur noch, dass Holcomb die Nazipropaganda dieses Untoten in einen unbestimmbaren *Text* verwandelt.«

Winfried genoss seinen Spott. Ich war mit meinen Gedanken woanders. Morgen um zehn würde Holcomb sprechen. Und Janine? Würde sie auch da sein? Ich musste mit ihr reden. Sie hatte dieses Geheimnis um jeden Preis schützen wollen. Wegen Marian? Oder wegen De Vander? Konnte es wirklich einen plausiblen Grund geben, eine derartige Vergangenheit besser ruhen zu lassen? Das musste sie mir noch erklären. Wenigstens das.

Ich schaute auf das Meer, das nun in Sicht kam. Die Dächer der Villen von Corona del Mar glänzten feucht zwischen den

Palmen. Es regnete nicht, aber Nebelstreifen zogen von der Küste herauf. Ich war überhaupt nicht vorbereitet auf die Gerüche und den Strom von Erinnerungen, den sie auslösten. Konnten wir uns nicht aussprechen? Warum sollte das fragwürdige Schicksal dieses Belgiers uns trennen? Was hatten diese schäbigen Artikel letztlich mit uns zu tun? Wie stand ich überhaupt zu der Sache?

Winfrieds Äußerungen gefielen mir nicht. Er machte es sich ein wenig zu einfach mit seinem Spott. De Vander war zweiundzwanzig gewesen, als er diese Artikel schrieb. Er war als junger Mensch einer mörderischen und barbarischen Ideologie aufgesessen. Aber eben nicht nur er. Der fanatische Glaube an Hitler hatte sich durch alle Kreise und Schichten gezogen. Und wenn die Untaten verjährten, warum nicht auch die Gedanken und Ideen? Möglicherweise hatte De Vanders Theorie von der Unlesbarkeit der Welt einen viel tieferen, tragischeren Sinn gehabt, als ihm selbst bewusst gewesen war. Hatte er am Ende gar keine Theorie verfasst, sondern eine bizarre Form der Abbitte, der Beichte? Vielleicht hatte er die Sprache zum Verstummen bringen und sie zu einem System von widersprüchlichen Zeichen herabwürdigen wollen, um sein persönliches Trauma zu tilgen. Vielleicht hatte er die Stimme in seinem Kopf zum Schweigen bringen wollen, die ihn täglich an die furchtbaren Sätze erinnerte, die er einmal geschrieben hatte.

Der Anblick des Campus verstärkte meine melancholische Stimmung noch. Wir fuhren sogar an Janines Appartement vorbei. Hinter den Fenstern brannte Licht. War sie schon hier? War sie nach unserer Trennung in Brüssel umgehend nach Paris zurückgekehrt und früher geflogen? Ich lehnte Winfrieds Vorschlag, noch ein Bier zu trinken und eine Pizza zu essen, dankend ab und musste mich auch nicht sehr verstellen, um von der langen Reise erschöpft zu wirken. Wir verabredeten uns für den nächsten Morgen, um gemeinsam zu Holcombs Vortrag zu gehen. In meinem Studio angekommen, griff ich sofort nach dem Telefonhörer und wählte die Nummer von Janines Appartement. Eine weibliche Stimme antwortete, aber es war nicht ihre. Sorry, nein, es habe einen Wechsel gegeben. Die Vormieterin studiere nicht mehr in Hillcrest. Ich wusste, dass das nicht stimmte. Aber Janine war offenbar umgezogen.

Kapitel 59

Wir waren vierzig Minuten zu früh da und hatten dennoch Mühe, überhaupt in den Hörsaal hineinzukommen. Die Saalordner waren überfordert. Übertragungswagen der örtlichen Fernsehsender waren diesmal zwar nicht zu sehen. Dafür zählte ich schon in den ersten Minuten sechs Journalisten, die, meist einen Fotografen im Schlepptau, jeden interviewten, der bereit war, eine Stellungnahme oder eine Meinung abzugeben. Ich sah John Barstow, der einem Reporter kurze Antworten gab, die dieser auf seinen Block notierte. Ein Stück von ihm entfernt schüttelte Professor Shawn energisch den Kopf und schritt kommentarlos an zwei Journalisten vorbei, die ihn fragten, ob er Fragen beantworten werde. »No comment«, sagte Shawn nur, lächelte und deutete auf den Eingang zum Hörsaal. Der Dekan, Mr. Delany, erschien, belagert von zwei weiteren Reportern, die ihn mit Fragen bestürmten. Auch Delany deutete nur auf den Hörsaal und antwortete nicht.

Ich entdeckte Julie und Parisa in der Warteschlange zum Mitteleingang. Julie nickte mir zu, worauf auch Parisa zu mir herüberschaute. Ich gab ihr erst gar keine Gelegenheit, mich mit einem ihrer herablassenden Blicke zu beehren, sondern suchte in der Menge nach weiteren bekannten Gesichtern. Mark Hanson stand etwas abseits und rauchte. Vom Parkplatz näherten sich Ruth Angerston und Doris, die in ein Gespräch vertieft langsam den Hügel heraufkamen. Als ich mich wieder Winfried zuwenden wollte, blickte ich in Theos grinsendes Gesicht.

»Prost Neujahr, Matthias«, sagte er. »Wo bist du denn so lange gewesen?«

Ich blieb bei der gleichen Version, die ich am Tag zuvor auch Winfried erzählt hatte, und schaute auf die Fotokopien, die er unter dem Arm trug.

»Und? Alles gelesen?«

»Das kann man wohl sagen. Sehr schönes Französisch.«

»Da zeigt sich der Vorteil neusprachlicher Gymnasien«, bemerkte Winfried, »und der Nachteil altsprachlicher, humanistischer Bildung.«

»Vor allem zeigt sich, dass weder gutes Französisch noch humanistische Bildung vor Barbarei schützen«, erwiderte Theo. »Hört euch das mal an.« Er blätterte in den Papieren, auf denen er viele Passagen mit gelber Leuchtfarbe hervorgehoben hatte. »Hier etwa. Originalton: *... niemand kann die grundlegende Bedeutung Deutschlands für das Leben der gesamten westlichen Welt leugnen. In der Starrköpfigkeit, sich nicht unterkriegen zu lassen, muss man mehr sehen als nur eine nationale Standhaftigkeit. Das gesamte Fortbestehen der westlichen Zivilisation hängt von der Einheit des Volkes ab, das ihr Zentrum bildet.* Hübsch, nicht wahr? Geschrieben am 16. März 1942, nur ein paar Wochen nach der Wannsee-Konferenz.«

Ich spürte, wie es um uns herum still wurde. Das Wort *Wannsee-Konferenz*, ausgesprochen von einem Deutschen mit deutschem Akzent, in einer Versammlung von Studenten und

Professoren, von denen nicht wenige Juden waren, zudem in der angespannten Situation, entfaltete eine unheimliche Wirkung. Theo bemerkte es ebenfalls und steckte die Fotokopien rasch wieder unter den Arm.

»Na ja, zwischenzeitlich haben wir ja schon eine aktuelle Würdigung von Professor Barstow.«

Damit drückte er mir eine Zeitung in die Hand. Es war *The Nation* von heute Morgen. Theo hatte das Blatt so gefaltet, dass man den Artikel sofort sah. Die Überschrift lautete: *Jacques De Vanders neue SS-thetik*. Winfried beugte sich über meinen Arm und las neugierig mit. Im Vergleich zu Lehmans Artikel stand nichts wesentlich Neues darin. Aber der Ton war völlig anders: Er war griffig und giftig. Das Spiel mit den SS-Runen in der Überschrift machte klar, dass es eine Kampfansage war und keine Berichterstattung. Ich drehte mich um. Barstow sprach inzwischen mit zwei Journalisten gleichzeitig.

Mit Mühe bekamen wir noch ein paar Sitzplätze auf den Treppenstufen. Nervös ließ ich meinen Blick über die Hunderte von Köpfen vor mir gleiten, in der Hoffnung, doch irgendwo Janine zu entdecken. Soweit ich wusste, hatte sie ursprünglich gestern von Paris nach New Orleans zurückfliegen wollen. Theoretisch hätte sie bereits in Hillcrest sein können, falls sie sofort weitergeflogen war. Aber ich glaubte nicht so recht daran.

Fünf Mikrofone waren am Rednerpult auf der Bühne befestigt. Nun wurde noch ein weiteres Kabel für ein sechstes gelegt. Die drei vorderen Reihen waren für das allgemeine Publikum gesperrt. Dort nahmen nun der Dekan und einige Fakultätsangehörige Platz. Als Marian erschien, reckte ich unwillkürlich den Kopf. Aber aus der Entfernung war ihr Gesichtsausdruck schwer zu deuten. Neil Carruthers ging neben ihr her, wie immer mit mürrischer Miene. Holcomb und Krueger trafen ein. Gary Helm ging auf sie zu, begrüßte sie und sprach ein paar Worte mit ihnen. Auch Barstow tauchte jetzt dort unten auf. Ruth Angerston gesellte sich zu ihm, und sie wechselten ein paar Worte. Mir fiel auf, dass Barstow mehrfach zu Marian und Holcomb hinübersah, diese ihn jedoch keines Blickes würdigten. Weitere Minuten vergingen. Bis auf die reservierten ersten drei Reihen, wo noch ein paar privilegierte Spätankömmlinge Platz nahmen, war der Hörsaal völlig überfüllt. Der Lärm war beträchtlich. Überall waren lebhafte Gespräche im Gang. Holcomb saß auf seinem Platz und schien sich zu sammeln oder seine Notizen zu überfliegen. Was würde er wohl sagen? Würde er über den Menschen De Vander sprechen, seinen Kollegen und Freund? Oder würde er sich nur als Direktor des Instituts äußern, dem er vorstand, als herausragender Vertreter einer Theorie, der als Methode ein von ihrem Begründer unabhängiges Existenzrecht zustehen sollte?

Und was zog nur diese Massen an? Die Zahl derer, die hinreichend mit De Vanders Lehre vertraut waren, um das Verstörende der Enthüllung wirklich zu begreifen, war gewiss nicht sehr groß. Es lag natürlich am Kontext, dass der halbe Campus das Auditorium belagerte. Ein Yale-Professor, der einen geistigen Pakt mit Hitler geschlossen hatte, eine Verbindung mit dem absolut Bösen eingegangen war, das war natürlich eine Sensation.

Jetzt würde es gleich losgehen. Holcomb saß reglos da. Neben ihm Krueger, dann Marian und ihr Mann, schließlich Dekan Delany. Holcomb beugte sich vor und sagte etwas zu Marian. Sie nickte. Die Bühnenbeleuchtung ging an. Sofort wurde es ruhiger im Saal. Die beiden sprachen noch immer miteinander. Dann erhob sich Marian, ging zwischen den Stuhlreihen hindurch und auf das Bühnentreppchen zu. Ein überraschtes Raunen ging durch den Saal. Als Marian hinter das Rednerpult trat, kehrte wieder Stille ein.

Kapitel 60

»Ladies and gentlemen. Dear colleagues. Ich danke Jeffrey, dass er mir Gelegenheit gibt, als Erste zu sprechen.«

Marian machte eine kurze Pause. Die Stille wirkte geisterhaft auf mich. Ich musste daran denken, wer noch vor zwei Monaten an diesem Pult gestanden hatte.

»Wie Sie alle stehe ich vor einem Rätsel, vor einer unbegreiflichen Tatsache. Der einzige Unterschied zwischen Ihnen und mir besteht darin, dass ich das zweifelhafte Privileg habe, alle Fragen, die sich aus dieser Angelegenheit ergeben, bereits seit Wochen mit mir herumzutragen. Alle Fragen kann aber auch ich Ihnen sicher nicht beantworten. Ich will versuchen, Ihnen die Umstände zu schildern, die dazu geführt haben, dass diese problematischen Texte unter nicht minder problematischen Umständen an die Öffentlichkeit gekommen sind.«

Sie griff nach einem Glas Wasser vor sich auf dem Pult und trank einen Schluck. Ich blickte mich um. Niemand rührte sich. Das Publikum wartete gespannt.

»David Lavell«, begann sie erneut, »mein Doktorand und Assistent, fuhr im vergangenen Sommer in meinem Auftrag für mehrere Wochen nach Europa, um nach Material für das De-Vander-Archiv zu suchen. Es war mir bekannt, dass Jacques schon während seiner Studentenzeit journalistisch tätig gewesen ist. Er hat es mir selbst mehrfach bestätigt, ohne jedoch auf Einzelheiten einzugehen. Der allgemeine Eindruck, den er nicht nur bei mir, sondern auch bei anderen hinterlassen hat, war, dass er während seines Studiums in Brüssel an literarischen Zeitschriften mitgearbeitet und nach Ausbruch des Krieges eine nicht näher bezeichnete Rolle im belgischen Widerstand gespielt hatte.

Als David aus Europa zurückkehrte, kam er mir verändert

vor. Viele von Ihnen haben diese Veränderung an ihm selbst festgestellt. Er war mir gegenüber plötzlich sehr reserviert und verschlossen. Seine schon immer etwas spöttische und ironische Art hatte einer schwer erträglichen, verletzenden Überheblichkeit Platz gemacht, die sich zunehmend in üblen Invektiven gegen seine Mitstudenten und auch gegen mich niederschlug. Ich habe mehrmals versucht, ein Gespräch mit ihm zu führen, was jedoch nicht gelang. Ebenso wenig erfuhr ich Genaueres über die Ergebnisse seiner Recherchen in Brüssel. Er sagte nur, er habe wochenlang alte Zeitungen durchwühlt und es sei ihm noch immer schlecht davon. Er rate jedem davon ab, die Kriegsjahrgänge europäischer Tageszeitungen durchzulesen.«

Jetzt ging zum ersten Mal ein Raunen durch den Saal. Barstow nickte kaum merklich mit dem Kopf.

Holcomb drehte sich kurz zum Publikum um. Krueger war auf seinem Stuhl zusammengesunken. In mir kämpften widerstreitende Gefühle miteinander. Marian beeindruckte mich. Aber sagte sie die Wahrheit? David mochte geschockt und verwirrt gewesen sein. Aber warum hätte er alles an ihr auslassen sollen? Hatte er ihr wirklich nichts gesagt, sie nur geschnitten und sich von ihr distanziert, ohne sie über De Vanders Vergangenheit aufzuklären?

»Diese Bemerkung machte mich natürlich hellhörig. Es ist selten, einem Lehrer wie Jacques De Vander zu begegnen. Und man hat auch nicht oft einen Studenten wie David. Umso schwerer fiel es mir, seine plötzlich Feindschaft mit gegenüber zu akzeptieren. Der vorläufige Höhepunkt dieser traurigen Entwicklung ereignete sich hier, in diesem Auditorium. Viele von Ihnen haben Davids Talent Lecture selbst gehört. Es war ein exzellenter Vortrag. Wie immer, wenn David etwas tat, tat er es auf außergewöhnliche Weise. Dennoch benutzte er diesmal sein Talent nicht nur, um seine Fähigkeiten unter Beweis zu stellen, sondern um mich persönlich öffentlich anzugreifen. Ich zitierte ihn zu mir und stellte ihn zur Rede. Als er mir jede Erklärung verweigerte, setzte ich ihn davon in Kenntnis, dass unter diesen Umständen eine weitere Zusammenarbeit nicht möglich sei. Seine offen zur Schau getragene Feindschaft mir gegenüber sei weder mit seiner Arbeit im De-Vander-Archiv noch mit seinem Promotionsvorhaben zu vereinbaren. Ich legte ihm nahe, die entsprechenden Konsequenzen zu ziehen. Ich würde ihm keine Hindernisse in den Weg legen und seine Kündigung sofort annehmen. Einen neuen Doktorvater und einen zu seiner offenbar neuen geistigen Orientierung passenden Promotionsausschuss zu finden, dürfte für einen Studenten seines Kalibers kein Problem sein.«

Sie tat mir jetzt fast leid. War es wirklich so gewesen? Eines ihrer Streitgespräche hatte ich ja zufällig belauscht. Marian war noch immer zutiefst verletzt. Es ging ihr im Augenblick gar nicht um De Vander. Das eigentliche Rätsel für sie war David.

»Kurz darauf erfuhr ich zufällig durch einen Studenten, dass David damit beschäftigt war, Zeitungsartikel aus flämischen Zeitungen der Vierzigerjahre zu übersetzen. Auf meine verwunderte Nachfrage, um was für Artikel es sich handelte, erhielt ich zur Antwort, es seien antisemitische Schmierereien aus der belgischen Kollaborationspresse, die angeblich ich selbst, in Vorbereitung einer Konferenz über Sprache in der Diktatur, sammeln und herausgeben würde.«

Ich wurde rot und kauerte mich zusammen. Wie peinlich und unangenehm das alles war! Gehörte das überhaupt vor ein Publikum?

»Ich brauche Ihnen wohl nicht zu erklären, was diese Nachricht in mir auslöste. Ich machte mich sofort auf die Suche nach David, konnte ihn jedoch nirgends finden. In derselben Nacht fiel er seiner eigenen Brandstiftung im De-Vander-Archiv zum Opfer.«

Marian trank erneut einen Schluck Wasser. Das Publikum, das gebannt gelauscht hatte, fiel aus seiner stummen Anspannung heraus. Man hörte hier und da ein Räuspern und leises Getuschel.

»Die weiteren Ereignisse sind Ihnen bekannt. Nach den Erkenntnissen der Polizei wollte David mit seinem Feuer ein Signal setzen, um zwei Tage später den *Fall*, wie er sich ihm darstellte, in der Presse zu veröffentlichen. Er hatte hierfür bereits Kontakte zu Roger Lehman von der *New York Times* geknüpft. David hatte außerdem Vorkehrungen für seine Abreise getroffen. Das für die Presse gesammelte Material fand sich vollständig in seinem Reisegepäck. Nach Freigabe durch die Polizei wurde es Dekan Delany und schließlich mir zur Auswertung übergeben. Davids merkwürdiges Verhalten der letzten Monate wurde endlich, wenn auch auf erschütternde Weise, nachvollziehbar. Er hatte etwa achtzig Artikel in französischer und flämischer Sprache zusammengestellt und ins Englische übersetzt. In den Unterlagen fanden sich außerdem Protokolle von Gesprächen, die David in Brüssel mit Personen geführt haben muss, die Jacques De Vander gekannt haben oder Auskunft über seine Person geben konnten. Aus einer Liste von Namen geht hervor, dass David offenbar noch sehr viel weiter gehende Pläne hatte.«

Marian schaute kurz auf und machte eine Pause. Dann fuhr sie fort:

»Einerseits wollte er mit seiner aberwitzigen Aktion auf einen Schlag ein möglichst großes Medieninteresse für De Vanders Artikel aus *Le Soir* provozieren. Aber das war nur ein Teil seiner Strategie. Soweit wir das aus seinen Notizen rekonstruieren können, wollte er die Suche nach ähnlichen Fällen auf alle Universitäten ausweiten. Es ist bestürzend, schockierend. Davids Notizen zeugen von nichts mehr und nichts weniger als von der Vorbereitung zu einer Hexenjagd.«

Es wurde unruhig im Saal. Marian stockte. Professor Barstow hielt es nicht mehr auf seinem Stuhl. Er erhob sich und ergriff das Wort.

»Bei allem Respekt, werte Kollegin. Wenn der Begriff Hexenjagd hier überhaupt fallen sollte, dann im Kontext der Artikel Jacques De Vanders und der Pogromstimmung, in deren Dienst er seine Stimme gestellt hat. Wir sind nicht gekommen, um etwas über die privaten Aufzeichnungen eines tragisch verunglückten Studenten zu erfahren, die zudem außer Ihnen niemand gesehen hat. Hier stehen ganz andere Texte zur Diskussion. Ich bitte Sie, endlich zur Sache zu kommen.«

Es schien, als hätte ein Teil des Publikums nur auf diesen Einwurf gewartet. Sofort entstand Tumult. Der Applaus einer wie mir schien schüchternen Minderheit wurde zunächst von lauten Buhrufen übertönt. Doch allmählich gewann der Applaus für Barstow die Oberhand. Es war eine Abstimmung per Akklamation, wobei ich nicht hätte sagen können, wo die Mehrheit im Augenblick wirklich lag. Selbst in meiner nächsten Umgebung war die Lage alles andere als eindeutig. Winfried hatte sich erhoben und applaudierte laut, während Theo konsterniert vor sich hin blickte. Und dann geschah etwas, das mich völlig aus der Situation riss. Eine der beiden Türen am rechten unteren Saalende öffnete sich und drei Personen traten ein. Zwei Techniker in Arbeitskleidung – und Janine.

Kapitel 61

Sie fand irgendwo noch einen freien Fleck und hockte sich zwischen die anderen Studenten, die dort auf dem Boden saßen. Marian hatte mehrfach versucht, den Faden ihrer Rede wieder aufzunehmen, wurde jedoch durch lebhafte Diskussionen immer wieder unterbrochen.

»Mein Damen und Herren«, rief Dekan Delany und wandte sich mit erhobenen Armen dem Publikum zu. »Für Fragen und Diskussionen ist nach den Vorträgen noch ausreichend Zeit. Dürfte ich Sie bitten, einen zivilisierten Fortgang dieser Pressekonferenz zu ermöglichen und Ihre Emotionen im Zaum zu halten.«

Marian begann wieder zu sprechen, aber die Stimmung im Saal war gegen sie umgeschlagen. Niemand interessierte sich mehr für die gewundene Vorgeschichte dieses Dokumentenfunds und die Rolle, die David in der ganzen Angelegenheit gespielt hatte. Marian schien zu spüren, dass sie einen schweren Fehler gemacht hatte.

Sie kam rasch zum Schluss und erklärte, dass eine ernsthafte und seriöse Diskussion der Angelegenheit im Augenblick weder möglich noch sinnvoll sei. Erst müssten alle Dokumente gefunden und ausgewertet werden. Der Sachverhalt sei in jedem Fall zu komplex, um die inhaltliche Debatte darüber in der Presse zu führen. Es zeichne sich ja bereits ab, dass hier nur eine groteske Wiederholung der Angelegenheit mit umgekehrtem Vorzeichen zu erwarten sei.

Der tiefere Sinn ihres letzten Satzes wurde mir erst nach einigen Sekunden klar. War Marian übergeschnappt? Sollte die Presse vielleicht daran schuld sein, dass De Vander als junger Mensch einer populistischen und unmenschlichen Ideologie aufgesessen war? Hatte Marian es nötig, wie ein Winkeladvokat zu argumentieren? Ihr Schlusssatz führte wieder zu Unruhe im Publikum. Doch Marians Fazit war nur ein Vorgeschmack auf das, womit Holcomb nun seinen Vortrag begann. Er hatte Marian auf der Bühnentreppe gratulierend auf die Schulter geklopft und war dann sofort ans Rednerpult getreten.

»De Vander leichtfertig zu verurteilen«, so begann er, nachdem halbwegs wieder Ruhe eingekehrt war, »heißt nichts anderes, als die Geste der Vernichtung zu wiederholen.«

The gesture of extermination. Mein Blick wanderte unwillkürlich zu Ruth Angerston, die mit Doris in der der dritten Reihe schräg hinter John Barstow saß. Ich sah auch, dass Barstow sich sofort zu ihr umdrehte, als wolle er ihren Einsatz nicht verpassen. Aber Ruth schüttelte nur kaum merklich den Kopf und schwieg.

Janine war aufgestanden. Sie wechselte einen Blick mit Marian und machte sich dann auf den Weg zum Ausgang. Ich stand ebenfalls auf. Holcombs Stimme folgte mir, während ich mir langsam den Weg zum nächsten Ausgang bahnte.

»Womit haben wir es denn überhaupt zu tun? Was ist heute unsere Aufgabe? Es geht um einige literarische und kunstkritische Artikel, die ein sehr junger Mann vor fast einem halben Jahrhundert über einen Zeitraum von weniger als zwei Jahren geschrieben hat. Geschrieben für eine Zeitung in einem besetzten Land, unter einer fremden Herrschaft, und all das unter privaten und politischen Umständen, über die wir bisher noch sehr wenig wissen.«

Es gibt keinen Kontext, hörte ich Janines Stimme in meinem Kopf. Oder hatte Julie das gesagt? Ich hatte inzwischen fast den ersten Treppenabsatz erreicht. Die nächstgelegene Ausgangstür befand sich jedoch weiter oben. Ich kam nur sehr langsam voran und erntete nicht wenige missbilligende Blicke, während ich mich durch die Reihen schob.

»Schauen wir uns zum Beispiel jenen Text an, den die Journalisten-Professoren unserer Universität – völlig aus dem Kontext gerissen – zitiert haben, um De Vander als Antisemiten zu diskreditieren. Haben sie den Text wirklich gelesen? Den ganzen Text?«

Als ich die ersten Zeilen des Zitates hörte, blieb ich unwillkürlich stehen. Ich nutzte die Gelegenheit, um zu schauen, ob Janine noch dort unten war. Sie war gleichfalls stehen geblieben. Und Holcomb las ausgerechnet diese eine Stelle vor. Aber hatte er eine Wahl? Er musste sich dieser Passage stellen, bevor Barstow sie möglicherweise vorlesen würde.

> »Der vulgäre Antisemitismus betrachtet die kulturellen Erscheinungen der Nachkriegszeit (nach dem Krieg 1914–18) gern als degeneriert und dekadent, da sie verjudet seien ...«

Die Sätze kamen mir jetzt noch widerlicher vor. Bevor Holcomb zum Ende kam, ging erneut ein empörtes Raunen durch den Saal. Während er den letzten Satz las, schwoll es weiter an.

> »Man sieht außerdem, dass eine Lösung des Judenproblems durch die Schaffung einer jüdischen Kolonie außerhalb Europas keine bedauerlichen Folgen für das literarische Leben des Westens hätte. Es verlöre im Großen und Ganzen nur ein paar Persönlichkeiten von mäßigem Wert und würde sich, wie schon in der Vergangenheit, nach den höchsten Gesetzen der Evolution weiterentwickeln.«

Offenbar gab es nicht wenige Leute im Publikum, die bisher noch nicht in den Genuss des Originaltons gekommen waren. Und von allen Artikeln, die ich in Brüssel gelesen hatte, war dies der schlimmste, der unerträglichste. Es dauerte einen Moment, bis das Publikum sich wieder beruhigt hatte und

Holcomb fortfahren konnte. Ich hatte endlich die Ausgangstür erreicht. Janine stand noch immer in der Menge neben der Bühne. Ich würde um das Gebäude herumgehen und sie am westlichen Bühnenausgang abpassen können.

»Das ist sehr ernst«, hörte ich Holcomb sagen. »Aber was sagt denn dieser Text? Er kritisiert vulgären Antisemitismus. Das ist seine primäre, erklärte und unterstrichene Absicht.«

Holcomb machte eine kurze Pause, aber niemand war offenbar fähig zu reagieren. Ich zögerte ebenfalls. Diese Argumentation wollte ich noch zu Ende hören.

»Bedeutet das Beschimpfen des vulgären Antisemitismus nicht vielleicht ein Beschimpfen oder Verhöhnen der Vulgarität von Antisemitismus schlechthin? Diese grammatische Modulierung öffnet den Weg zu zwei Lesarten.«

Es war jetzt wieder ganz still geworden.

»Vulgären Antisemitismus zu verdammen kann den Eindruck entstehen lassen, dass es einen feinen Antisemitismus geben könnte, in dessen Namen die vulgäre Sorte denunziert wird. De Vander sagt dies nicht, obwohl man sein Schweigen hier kritisieren könnte. Aber der Satz kann auch etwas ganz anderes bedeuten, und diese Lesart kann die andere immer auf verdeckte Weise unterminieren: Vulgären Antisemitismus zu verurteilen, insbesondere wenn man die andere Sorte gar nicht erwähnt, heißt, Antisemitismus selbst zu verurteilen, insofern er vulgär ist, immer und seinem Wesen nach vulgär. De Vander sagt auch dies nicht. Falls er so gedacht hat, eine Möglichkeit, die ich niemals ausschließen werde, so konnte er es in diesem Kontext natürlich nicht sagen. Sein Fehler lag also darin, dass er einen Kontext akzeptiert hat. Gewiss. Aber was heißt das, einen Kontext zu akzeptieren?«

Die Frage konnte nicht mehr beantwortet werden, denn Holcomb erhielt keine Möglichkeit, weiter öffentlich darüber nachzudenken. Dem Tumult, der jetzt entstand, konnte auch der Dekan nicht mehr Herr werden. Wütende Protestrufe erklangen. Winfried war außer sich und wusste sich nicht mehr anders zu helfen als durch Pfeifen. Theo schüttelte den Kopf, ein merkwürdiges Lächeln auf den Lippen. Barstow hatte sich erhoben, diesmal allerdings nicht, um zu sprechen, sondern um zu gehen. Auch Ruth Angerston verließ ihren Platz und bahnte sich mit eisiger Miene ihren Weg zum Ausgang. Holcomb sprach noch einen Satz ins Mikrofon, der allerdings vom Lärm des allgemeinen Aufbruchs verschluckt wurde.

Einige Augenblicke lang hatte ich Janine noch in der Menge vor der Bühne gesehen. Sie stand in einer Menschentraube zwischen Holcomb und einer Gruppe ihn bestürmender Journalisten. Wenige Augenblicke später war sie bei Marian. Sie wechselten ein paar Worte. Dann öffneten sich die Bühnenausgänge. Ich ärgerte mich, dass ich noch immer hier oben stand. Durch den Saal war kein Durchkommen. Ich lief durch die Vorhalle nach draußen. Ich brauchte einige Minuten, bis ich um das Gebäude herumgegangen und am westlichen Bühnenausgang angekommen war. Aus allen Eingängen strömten jetzt die Besucher, teils in hitzige Diskussionen verwickelt, teils konsterniert schweigend. Der Eingang, durch den Janine zuvor den Saal betreten hatte, war weit geöffnet. Überall standen Leute herum. Ich drängelte mich an ihnen vorbei und wieder in das Auditorium hinein. Marian, Holcomb und die anderen waren gerade im Begriff, es durch den gegenüberliegenden Ausgang zu verlassen. Janine war bei ihnen.

»Janine!«

Sie drehte sich um. Marian hatte meine Stimme auch gehört. Sie wandte den Kopf, schaute mich kurz an, ging jedoch weiter. Janine blieb stehen. Ich ging auf sie zu, während die anderen sich entfernten.

»Was ist?«, fragte sie, als ich bei ihr angekommen war.

»Ich muss mit dir reden.«

»Worüber?« Sie machte eine abfällige Geste in das Auditorium hinein. »Darüber? Bist du jetzt zufrieden?«

»Kann ich dich sprechen? Bitte.«

Sie schüttelte den Kopf.

»Ich kann dich nicht mehr sehen, Matthew.«

»Warum? Deshalb? Das kann nicht dein Ernst sein, Janine.«

Heftig diskutierende Studenten gingen an uns vorbei. Die Gesprächsfetzen aus ihren Unterhaltungen füllten das Schweigen zwischen uns aus. Das Wort *Linksfaschisten* fiel. Janine hob die Augenbrauen.

»Und. Bist du jetzt stolz auf deine Fakten?«

Sollte ich mich für die dummen Bemerkungen anderer rechtfertigen? Ihre Augen glitten an mir herunter wie an einem Gegenstand.

»Du widerst mich an, Matthew.«

Kapitel 62

Auf dem Nachhauseweg bekam ich Kopfweh und spürte ein Kratzen im Hals. Ich nahm eine Tablette und legte mich hin. Als ich wieder aufwachte, war ich schweißgebadet und fröstelte. Ich trank eine Flasche Wasser und legte mich wieder hin. Ich blieb die ganze Nacht und auch den ganzen nächsten Tag im Bett. Mehrmals klingelte das Telefon, aber ich nahm nicht ab. Ich kochte eine Nudelsuppe mit Instant-Fleischbrühe, aß sie mit Heißhunger, ging dann sofort wieder ins Bett und schlief bis zum nächsten Morgen. Erst dann fühlte ich mich ein wenig besser. Die Erkältung hatte den üblichen Weg eingeschlagen. Meine Nase war verstopft, und ich hustete, dafür waren die Gliederschmerzen und das Kopfweh im Abklingen. Ich duschte, frühstückte Ice Tea und ein paar alte Kekse und hörte die fünf Nachrichten auf dem Anrufbeantworter ab. Winfried lud mich für Freitagabend zum Essen ein. Theo und Gerda wollten auch kommen. Wenn er nichts von mir höre, gehe er davon aus, dass ich kommen würde. Theo hatte ohne besonderen Grund angerufen und wollte wissen, was ich gerade so machte. Die nächste Nachricht hatte offiziellen Charakter. Es war Catherine, Marians Sekretärin. Sie teilte mir mit, Marians Seminar sei bis auf Weiteres ausgesetzt. Ich solle meine Hausarbeit wie besprochen schreiben und bis spätestens 15. Februar einreichen. Einige Anmerkungen zu meiner Bibliografie habe Marian in meinem Postfach deponiert. Ein Termin für die Besprechung der Arbeit würde mir noch mitgeteilt. Die vierte Botschaft stammte wieder von Theo. Ich sollte doch mal zurückrufen. Die fünfte Nachricht war von John Barstow: »Hallo Matthew. Ich hoffe, Sie hatten schöne Weihnachtsferien. Ich hatte gedacht, Sie würden bei mir im Büro vorbeikommen. Vielleicht haben Sie die Tage mal eine halbe Stunde Zeit, ich würde mich freuen. Danke.«

Ich wollte überhaupt niemanden sehen und verbrachte auch diesen Tag noch zu Hause, abgesehen von einem kurzen Trip zu Safeway, wo ich mich mit Orangen, Fertigsuppen, Tee und Grippetabletten eindeckte. Ansonsten lag ich stundenlang im Bett und versuchte zu schlafen. Zu vergessen.

Du widerst mich an!

Ich inhalierte Kamillendampf, um den Husten zu beruhigen, und döste vor mich hin. Wenn mein Kopf vorübergehend etwas klarer wurde, blätterte ich in den Sonetten. *Soll einem Sommertag ich dich vergleichen*? Und immer wieder das einundsiebzigste: *Nay, if you read this line, remember not the hand that writ it.*

Am Freitagmorgen raffte ich mich auf und ging ins Institut, um meine Post zu holen. Ich traf ausgerechnet auf Mark. Sonst war niemand zu sehen. Die Tür zu Marians Büro war geschlossen. Am Empfang hing sogar ein Hinweis: *Für institutsfremde Personen kein Zugang. Anfragen bitte an den Dekan.*

Neu war ein Poster an der Wand neben dem Empfang. Ich musterte es verwundert aus der Ferne, während Mark auf mich einsprach.

»Für mich hat sich gar nichts geändert«, sagte er. »Und das kann jeder hören. Ich finde es einfach zum Kotzen, wie plötzlich alle herumdrucksen oder auf Distanz gehen. Ist die Methode vielleicht plötzlich weniger genial?«

»Wo sind denn die anderen alle?«, fragte ich.

»Parisa ist weg. Ich weiß nicht, wohin.«

»Wie: weg?«

»Sie will mit Marian gehen.«

»Marian geht weg?«

Er schaute mich an.

»Was glaubst du denn? Meinst du vielleicht, sie wird sich dieser Hexenjagd aussetzen? Man könnte ja meinen, sie hätte die *Soir*-Artikel selbst geschrieben.«

Das Poster war seltsam. Ich ging näher hin. *De Vander Memorial Conference*, stand in großen Lettern unter dem Foto. *20.–22. Februar 1988. Hillcrest University*. Ich hörte, dass Mark sich entfernte, während ich fassungslos das Foto anschaute. Aber die Bildunterschrift bestätigte es klar und deutlich. Es war ein Foto von Jacques De Vander. Als Sechsjähriger! Das Bild eines unschuldig in die Kamera blickenden Kindes.

»Sie werden ihn weiß waschen, was denn sonst«, sagte Winfried am Abend dazu. Ich war als Erster gekommen und half ihm beim Salatputzen. »Es lohnt sich gar nicht, hinzugehen. Es wird nichts dabei herauskommen.«

Auf dem Esstisch lag ein Entwurf des Konferenzprogramms.

Daneben eine aktuelle Ausgabe von *Newsweek* mit einem Artikel über den Fall. Neben dem Aufmacher war die gleiche Porträtaufnahme De Vanders abgedruckt wie in der *New York Times* und weiter unten ein Archivbild marschierender Wehrmachtssoldaten.

»Es gibt keine schlechte Presse«, sagte Winfried. »Schlecht ist nur keine Presse. Welcher verschrobene Literaturwissenschaftler hat es schon je in die *Newsweek* geschafft.«

Ich legte das Heft wieder hin.

»Ich habe gehört, dass Marian weggeht. Weißt du davon?«

»Gerüchte. Ich glaube es aber nicht. Im Gegenteil. Ich wette, dass sie jetzt erst recht berufen wird. Was soll überhaupt die ganze Aufregung? Es ist doch wie in einer Geisterbahn. Nur altbekannte Ungeheuer. Für Hillcrest kommt der Fall im Grunde wie gerufen. Hochdramatisch. Alle großen Fragen und Gräuel des zwanzigsten Jahrhunderts hängen mit drin. Ein Student ist sogar unter ungeklärten Umständen ums Leben gekommen. Hey, wo gibt es das heute noch? Man hat ja plötzlich den Eindruck, als ob es in den Geisteswissenschaften noch um irgendetwas gehen würde. Um Leben und Tod womöglich. Huhu. Marian kann das wunderbar verwalten. Bis die wahrhaftige Nullität dieser ganzen Lehre sichtbar geworden ist, kann eine ganze Generation darüber promovieren. Irgendwas muss man ja machen.«

»Warum ziehst du das alles so ins Lächerliche?«, entgegnete ich gereizt. »David war keine Attrappe. Und der Begriff *Geisterbahn* beim Thema Holocaust ist geschmacklos.«

»Hey, so habe ich das doch nicht gemeint«, sagte er ausweichend. »Und dieser David tut mir wirklich leid. Sein Shakespeare-Vortrag wird mir immer als einer der glänzendsten Momente meiner Hillcrest-Zeit in Erinnerung bleiben. Aber dieses sinnlose Feuer. Das ist ja das Fatale bei Leuten, die ihr Heil erst in abstrakten Theorien und dann in blindem Aktionismus suchen. Sie wollen immer Dinge trennen, die nicht trennbar sind.«

»Und das wäre?«

»Theorie und Praxis. Sprache und Rede. Man kann das nicht trennen. Vielleicht in einem fensterlosen Seminarraum von Hillcrest, aber nicht im Leben, nicht in der Welt. Literatur *ist* Praxis. Wer schreibt, handelt. Erzählen heißt: Mensch sein, Sinn stiften. Und manchmal eben auch: Schuld auf sich laden. Gedanken sind Taten. Und das gilt auch für De Vanders Artikel. In einer Zeit, als Europa die Juden vor die Wölfe warf, hat er mit den Wölfen geheult. Da kann er hundertmal den Tod des Autors ausrufen, um sein Gewissen zu beruhigen.«

Es klingelte. Ich ging zur Tür und öffnete. Theo und Gerda standen draußen. Gerda musste gerade derart lachen, dass sie kein Wort herausbekam.

»Wie geht denn der Witz?«, wollte Winfried wissen, nachdem sie hereingekommen waren.

Theo warf seinen Mantel auf die Couch und nahm Gerda, die noch immer kicherte, eine Zeitschrift aus der Hand.

»*Village Voice* von dieser Woche«, sagte er und begann zu lesen. »*Der Redaktion liegen einige erboste Stellungnahmen bedeutender Professoren zur Berichterstattung zum De-Vander-Skandal vor. Nach eingehender Prüfung der Zuschriften können wir daraus nur folgende Schlussfolgerungen ziehen: 1) Der Zweite Weltkrieg hat nicht stattgefunden. 2) Der Zweite Weltkrieg hat stattgefunden, allerdings nur im linken Ohr von Jacques De Vander.*«

Theo unterbrach, da wir jetzt alle lachen mussten. Ein paar Augenblicke später las er amüsiert weiter.

»*3) Der Zweite Weltkrieg hat nur in den Zeitungen stattgefunden. 4) Jacques De Vanders linkes Ohr bestand aus Zeitungspapier. 5) Die neue ästhetische Theorie ist ein bedauerliches Nebenprodukt des französischen Konjunktivs.*«

Gerda ließ sich prustend auf die Couch fallen. Theo schaute triumphierend um sich, als stammten die Sottisen von ihm. Winfried griff nach dem Heft. Ich öffnete eine Dose Bier und brachte sie Gerda, die sich die Tränen aus den Augen wischte.

»Ich wüsste zu gern, worauf die sich beziehen?«, sagte Theo mit trauriger Miene.

»Ich habe Theo empfohlen, einen Roman über De Vander zu schreiben«, sagte Gerda, die sich endlich wieder beruhigt hatte. »Arbeitstitel: *Dr. Kriminale, oder Wie ich wurde, was ich nicht bin*. Aber er will nicht.«

»Viel zu abgehoben«, erwiderte Theo. »So etwas kann nur einer Germanistin einfallen. Meinst du im Ernst, irgendjemand will einen Roman über eine Literaturtheorie lesen, die selbst Leute mit einem Doktortitel nur mit Mühe kapieren?«

»Ich meine doch gar nicht die Theorie. Ich meine De Vander. So eine Mischung aus Gatsby und Felix Krull.«

Theo schüttelte den Kopf. »Genau das ist das Problem. Gatsby und Krull sind sympathisch. De Vander ist ein Ekel.«

»De Vander hat aber etwas, was Gatsby und Krull nicht haben«, widersprach Winfried.

»Ach ja?«, sagte Theo, zog Zigaretten aus der Tasche und zündete sich eine an, ein klares Anzeichen dafür, dass das Gespräch ihn zu reizen begann. »Und das wäre?«

»Gatsby und Krull sind nur Figuren. De Vander jedoch ist ein Typ. Ein Zeichen der Zeit, dieser obszönen Postmoderne mit ihrem anything goes, und alles ist sein eigenes Gegenteil. Heute musste ich mir von einer Studentin erklären lassen, dass Atomraketen *strukturell* das Gleiche seien wie der männliche Phallus. Wir sind wieder beim magischen Analogiedenken von Paracelsus gelandet. Demnächst wird man wieder Walnüsse gegen Kopfschmerzen essen, weil eine Walnuss wie ein Gehirn aussieht.«

»Damit musst du dich herumschlagen«, erwiderte Theo. »Schließlich bist du der Wissenschaftler. Germanisten denken eben so.«

»Über Schwänze und Atomraketen?«, protestierte Gerda. »So ein Quatsch!«

»Nein«, gab Theo zurück. »Über Figuren und Typen. Ihr sucht doch immer nur nach Abstraktionen, nach dem bürgerlichen Roman oder so einem Scheiß. Literatur lebt aber nun mal von Figuren.«

»Also wenn De Vander keine Hochstaplerfigur ist, wer denn dann?«, entgegnete Gerda. »Gibst du mir übrigens mal eine?«

Theo warf ihr die Zigaretten hin.

»Ich bleibe dabei«, sagte er. »De Vander hat keine Geschichte. Deshalb hat er ja eine Theorie.«

»Wieso?«, fragte Gerda.

»Er hat einfach nur gelogen. Die meisten Geschichten sind zwar erlogen, aber nicht jede Lüge ist eine gute Geschichte. Für einen Roman interessant wäre vielleicht jemand wie Holcomb oder Marian oder David. Sie geraten in Konflikte, durch die sie gezwungen sind, sich zu erkennen zu geben. Das ist Drama: Handlung! Tu in einer bestimmten Situation dies oder jenes und peng: ich weiß, wer du bist. Was macht David? Er zündet ein Archiv an. Was macht Holcomb? Er beweist, dass ein skrupelloser, gewiefter Rechtsanwalt in ihm steckt, der alles so hindreht, wie es ihm gerade passt. Aber besonders sympathisch sind sie alle nicht.«

»Warum müssen denn immer alle sympathisch sein?«

»Nicht alle. Aber wenigstens der Held oder die Heldin. Wo ist außerdem die Liebesgeschichte?«

»Auch das noch«, stöhnte Winfried und schüttete geräuschvoll die Pasta ins kochende Wasser.

Kapitel 63

Zum ersten Mal sah ich Barstow mit Krawatte. Er war aufgestanden, um die Tür hinter mir zu schließen, während ich vor seinem Schreibtisch Platz nahm. Seine Postablage quoll über. Ich bemerkte, dass er einen Knopf an seinem Tischtelefon betätigte. Fast im selben Augenblick begann ein rotes Lämpchen zu blinken.

»Es ist ziemlich hektisch im Augenblick, aber ich bin froh, dass Sie vorbeischauen. Hatten Sie schöne Weihnachtsferien?«

»Ja. Danke.«

Er lehnte sich zurück und verschränkte die Hände hinter dem Kopf. »Unser Gespräch über David vor ein paar Wochen hat eine ganz andere Dimension bekommen, nicht wahr?«

»Ich hatte keine Ahnung, Professor Barstow. Wirklich nicht.«

Er hob abwehrend die Hand. »Das glaube ich Ihnen aufs Wort, Matthew. Ich wollte auch etwas ganz anderes mit Ihnen besprechen. Ihre Zukunft.«

»Meine Zukunft?«

»Ja. Haben Sie schon einmal darüber nachgedacht, bei uns weiterzumachen?«

»Ehrlich gesagt, nein. Jedenfalls nicht ernsthaft.«

Barstow öffnete eine Schublade und zog eine Broschüre heraus. »Hier. Das habe ich für Sie besorgt. Lesen Sie es einfach mal durch. Die finanzielle Ausstattung für Teaching Assistants ist nicht üppig, aber als Teaching Assistant erlässt man Ihnen die Studiengebühren. Verfügen Sie über eigene Mittel? Oder würden Ihre Eltern Sie vielleicht unterstützen?«

»Es ehrt mich, dass Sie mir das vorschlagen, Professor Barstow.«

»Ich tue das nicht ganz uneigennützig, Matthew. Der Anstoß kam übrigens von Ruth. Sie meinte kürzlich zu mir, wir sollten Ihnen ein Angebot machen. In der Germanistik könnten wir Sie für Sprachkurse ganz gut brauchen. Dass Sie das Zeug dazu haben, hier zu promovieren, weiß ich aus eigener Erfahrung. Warum also nicht? Die Fristen sind knapp. Den Antrag und vor allem die Anmeldung für die Tests müssten Sie noch vor Ende des Monats stellen. Die ganzen anderen Sachen, also die Gutachten, Empfehlungsschreiben und so weiter können Sie dann nachreichen. Überlegen Sie es sich. Oder möchten Sie lieber in Deutschland weiterstudieren?«

Ich runzelte die Stirn.

»Habe ich Ihnen schon von meiner Gastprofessur in Deutschland erzählt?«, fragte er.

»Ich wusste gar nicht, dass Sie in Deutschland unterrichtet haben.«

»Habe ich auch nicht. Aber ich habe es versucht. Doch wie soll man zweihundert Studenten auf einmal unterrichten? Wie gesagt. Ich denke, Sie hätten Chancen bei uns. Falls Sie sich bewerben wollen, werde ich Sie unterstützen.«

»Das ist sehr nett von Ihnen. Vielen Dank.«

»Sehr begeistert klingt das nicht.«

»Nein.«

»Hängt das mit den Ereignissen der letzten Wochen zusammen?«

Die Frage war mir immer wieder im Kopf herumgegangen. Ich musste sie einfach stellen.

»Ja. Auch. Aber im Grunde wollte ich Sie schon lange etwas ganz anderes fragen, Professor Barstow.«

»Bitte. Fragen Sie.«

»Warum haben Sie mich damals in Marians Seminar vermittelt?«

»Ich wollte Ihnen einen Gefallen tun. Aber da Sie so fragen, vermuten Sie offenbar etwas anderes.«

»Darf ich ehrlich sein?«

»Natürlich.«

»Ich hatte damals das Gefühl, dass Marian mich nur aufgenommen hat, weil sie vor Ihnen Angst hatte. Vielleicht irre ich mich. Aber ich werde den Gedanken einfach nicht los.«

Er legte den Kopf schief.

»Sprechen Sie weiter, Matthew. Worauf wollen Sie hinaus?«

»Sie haben nie verhehlt, dass Sie von Marians Arbeit nicht viel halten.«

»Das ist nicht ganz richtig. Ich stehe ihrer Arbeit zwar kritisch, aber respektvoll gegenüber. Wovon ich in der Tat wenig halte, ist die Heldenverehrung, die ihr und De Vander durch unsere Studenten zuteil wird.«

»Haben Sie mich deshalb zu ihr geschickt? Um sie zu testen? Sie hätte mich doch ablehnen müssen. Warum hat sie das nicht getan?«

Barstow erhob sich, ging ein paar Schritte, verschränkte die Arme vor der Brust und lehnte sich gegen ein Bücherregal.

»Ein Professor ist für mich in erster Linie ein Lehrer, Matthew. Und was ist ein Lehrer? Was ist seine Aufgabe? Ich denke, er sollte versuchen, die Anlagen seiner Schüler zu fördern. Dazu gehört auch, dass er ihnen die Freiheit lässt, Wege zu beschreiten, die er selbst vielleicht für Holzwege hält. Sie wollten unbedingt zu Marian. Die Aura des INAT hat Sie angezogen. Zufällig sind Sie bei mir gelandet, und ich hatte den Eindruck, dass Sie ein heller Kopf sind. Also wollte ich es Ihnen ermöglichen, bei Marian zu studieren. Und sicher, ich war neugierig, wie Marian auf jemanden wie Sie reagieren würde. Aber noch viel neugieriger war ich darauf, wie Sie auf Marian reagieren würden. Angst vor mir? Marian? Weil ich in der Berufungskommission sitze? Marian hat Sie gewiss nicht deshalb akzeptiert, Matthew. Sie hat auf Ihr Potenzial gewettet. Das hat mich natürlich gefreut, weil sie meine Meinung über Sie bestätigt hat. Aber das ist alles.«

»Marian wird Hillcrest verlassen, nicht wahr?«, fragte ich nach einer kurzen Pause.

Er zuckte mit den Schultern.

»Im Moment weiß niemand, was in den nächsten Monaten passieren wird. Aber diese ganze Sache scheint Sie sehr stark zu beschäftigen. Wegen David, nicht wahr?«

»Nein.«

Ich verstummte wieder. Mit wem sollte ich darüber sprechen? Mit Theo? Mit Winfried? Die einzige Person, mit der ich wirklich reden wollte, verweigerte sich.

»Es ist wegen Marian«, sagte ich. »Ich habe das Gefühl, sie verraten zu haben.«

Barstow schaute mich völlig entgeistert an. Langsam kehrte er wieder an den Schreibtisch zurück, nahm auf seinem Stuhl Platz und griff nach einem kleinen, grünen Plastiklineal, das dort herumlag.

»Könnten Sie mir das etwas genauer erklären?«

Ich begann, zu erzählen, die ganze Geschichte: das verquere Verhältnis zwischen Janine, David und mir, die Vorfälle bis zum Brand im De-Vander-Archiv, meine Spurensuche in Berlin und später in Paris und Brüssel. Auch das letzte Gespräch mit Janine erwähnte ich in groben Zügen. Barstow unterbrach mich kein einziges Mal.

»Ich glaube, dass Janine Marian aus Brüssel angerufen hat«, schloss ich meinen Bericht. »Nach unserem letzten Streit hat sie bestimmt noch einmal mit ihr telefoniert und ihr gesagt, dass ich die Artikel suchen und lesen würde. Ich glaube, dass Marian sie deshalb so überstürzt veröffentlicht hat. Und ich glaube jetzt auch, dass das ein Fehler war. Sie wären über kurz oder lang ohnehin bekannt geworden. Aber jetzt wird es Marian die Berufung kosten. Der Fall wird politisch ausgeschlachtet werden. Und das wollte ich nicht. Marian hat doch überhaupt nichts getan. Ich fühle mich schuldig. Verstehen Sie das nicht? Diese Pressekonferenz, dieser Hass, der ihr von allen Seiten entgegenschlägt, als hätte sie selbst diese Artikel geschrieben …«

Barstow hatte sich wieder erhoben. Er zog seine Hose hinauf und kehrte an das Bücherregal zurück.

»Niemand macht Marian dafür verantwortlich, was Jacques De Vander geschrieben hat«, sagte er.

»Doch«, entgegnete ich. »Alle tun das.« Ich zögerte, dann fügte ich hinzu: »Und Sie tun das auch, Professor Barstow.«

»Das ist nicht wahr, Matthew.«

»Die Pressekonferenz hat das doch gezeigt.«

»Die Pressekonferenz? Sie hat vor allem gezeigt, wie Marian und Holcomb mit diesen Texten umgehen werden. Sie werden sie wie Apokryphen behandeln, störende Varianten, von der die reine Lehre beschädigt werden könnte. De Vander hat aus dem Grab heraus einen furchtbaren Kommentar zu seinem Werk geliefert …«

»… der nun dazu dienen wird, die ganze Lehre zu verteufeln«, erwiderte ich.

»Verteufeln kann man nur, was vorher heilig war. Wir sind hier nicht in der Kirche, Matthew. Das ist ja mein Problem mit dieser ganzen Schule.«

»Aber vielleicht sind diese Artikel nur Jugendsünden. Viele Intellektuelle haben damals mit dem Faschismus geflirtet und in Hitler vorübergehend einen Revolutionär gesehen. Gottfried Benn zum Beispiel. Oder Heidegger. Und der hat sich später nicht einmal wirklich davon distanziert. De Vander hat seine Position später radikal geändert.«

»Wirklich, Matthew? Hat er das?«

Barstow ging an seinen Schreibtisch und griff nach einem

Stapel von Papieren, die neben seinem Telefon lagen. An den Deckblättern erkannte ich, dass es Seminararbeiten waren. Er suchte einige heraus und begann darin zu blättern. Hier und dort waren Passagen durch gelbe Haftnotizen markiert.

»Ich habe unter dem Eindruck der letzten Tage einmal die De-Vander-Zitate gesammelt, die meine fortgeschrittenen Studenten besonders lieben«, sagte er. »Hier etwa. *Das politische Geschick des Menschen ist strukturiert und abgeleitet von einem linguistischen Modell, das unabhängig von der Natur und vom Subjekt existiert.* Glauben Sie das?«

Er blätterte weiter. »Oder hier: *Gesellschaft und Politik sind weder natürlich, noch ethisch noch theologisch, da Sprache nicht als transzendentes Prinzip gedacht werden kann, sondern nur als Möglichkeit zufälliger Irrtümer.* Sehen Sie das auch so, Matthew? Das soll Sprache sein? Nur eine Möglichkeit zufälliger Irrtümer?«

Ich wusste nicht, was ich erwidern sollte.

»Oder das hier, nach meiner Zählung übrigens der Spitzenreiter: *Es ist immer möglich, sich jeder Erfahrung zu stellen und jede Schuld zu verzeihen, da jede Erfahrung immer sowohl als fiktive Erzählung als auch als empirische Erfahrung existiert, und es ist niemals möglich zu entscheiden, welche der beiden Möglichkeiten die richtige ist. Diese Unbestimmtheit gestattet es, das grässlichste Verbrechen zu entschuldigen, denn als Fiktion untersteht es nicht den Zwängen von Schuld und Unschuld.* Könnten Sie mir bitte erklären, wie man so einen Satz widerspruchslos hinnehmen soll?«

»Ich kenne diesen Satz«, sagte ich kleinlaut. »Er ist mir auch unheimlich.«

»Er ist entsetzlich. Was ich Marian vorwerfe, ist überhaupt nicht das, was De Vander als junger Student geschrieben hat. Was ich bestreite ist, dass es sich von dem, was später kam, wesentlich unterscheidet. De Vanders Theorie ist totalitär. Das ist mein Problem. Sie haben ein schlechtes Gewissen? Warum? Was haben Sie denn getan? Genau das, was jeder anständige Mensch in so einem Fall tun sollte. David hätte diese Texte sofort herausgeben müssen. Und nach ihm Marian, ohne auch nur einen einzigen Tag zu warten.«

Er warf einen Blick auf das Telefon, das wieder zu blinken begonnen hatte, ignorierte den Anruf jedoch.

»Marian, Holcomb und leider auch David verhalten sich nicht wie Wissenschaftler, sondern wie Gralshüter. Für sie ist Sprache keine Erkenntnisinstrument, sondern ein mystisches Faszinosum. Letztlich misstrauen sie ihr. Sie suchen ihr Heil lieber in Aporien, in unauflöslichen, formalistischen Widersprüchen, anstatt in einer Gemeinschaft. Denn was ist denn Sprache, wenn nicht Gemeinschaft? Was kann uns retten, wenn nicht das Gespräch? Die Beichte? Das Geständnis? Keine noch so raffinierte Kasuistik führt aus schuldhaften Verstrickungen heraus. Und verstricken werden wir uns immer wieder. Denn leider besteht das Leben nicht nur aus Lektüre, sondern auch aus unseren Handlungen und Taten. Was soll uns von unseren Taten erlösen, wenn nicht die Beichte, das Erzählen, das Gespräch mit der Gemeinschaft, die uns verzeiht oder auch nicht? Das ist mein Problem mit Marians grenzenlosem Relativismus und allem, wofür sie steht. Denn absoluter Relativismus ist totalitär, Matthew. Und De Vander hat genau das gepredigt: absoluten Relativismus. Und das ist ebenso totalitär wie Fundamentalismus.«

Auf Barstows Wangen erschienen rote Flecken. Er schien selbst zu bemerken, dass sein Temperament ein wenig mit ihm durchging, und dämpfte seine Stimme.

»Erinnern Sie sich noch an DeLillo, an die Szene mit der Scheune?«, fragte er.

»Ja. Sicher.«

»Dort wird uns das alles hinbringen. Irgendwann stehen

wir nur noch knipsend in der Meute vor einer Scheune oder vor sonst einem Haufen Schrott in einem unserer Museen. Kein Autor, was ja nichts anderes heißt als: kein Täter. Keine Geschichte. Keine Biografie. Kein Kontext. Vor allem keine Moral. Keine Werte. Keine Fragen. Kein übergreifender, Gemeinschaft stiftender Sinn. Nur leere Zeichen, denen allein die Spiegelung in vielen gaffenden Augen die Aura einer Sprache verleiht. Die Spiegelung in einer Theorie, die die Kunst ersetzt hat, mit ihr eins geworden ist. Eine ästhetische Theorie eben. Denn wenn alles Kunst ist, dann ist auch alles wahr. Und wenn alles wahr ist, dann gibt es auch keine falsche Interpretation mehr, und alles Sprechen über wahr und falsch ist nur noch Geplapper. Wenn es kein Subjekt mehr gibt, keinen freien Willen, dann gibt es auch keine Schuld mehr, sondern nur noch eine linguistische Nacht der Zeichen, in der alle Katzen grau sind. Und dann ist es auch sinnlos geworden, zu urteilen. Das ist diabolisch. Dem widersetze ich mich, Matthew, vor allem wenn dergleichen von jemandem vorgetragen wird, der guten Grund gehabt hätte, sich mit seiner schäbigen Rolle in einer entsetzlichen Zeit etwas genauer auseinanderzusetzen. De Vander mag von den Leichenbergen, die er mit herbeigeschrieben hat, geschockt gewesen sein. Aber sein Denken hat sich um keinen Deut verändert. Sonst hätte er gebeichtet. Oder er hätte meinetwegen ein für alle Mal geschwiegen. Aber er wäre nicht ausgerechnet Lehrer geworden, Matthew, Literaturwissenschaftler und Philosoph. Wie kann jemand, der moralisch so versagt hat, sich ausgerechnet als Lehrer versuchen?«

Er unterbrach sich, denn das Lämpchen blinkte schon wieder. Barstow war dieser Tage offenbar ein gefragter Gesprächspartner.

»Er wollte sich erlösen, Matthew, sonst gar nichts. Wie so viele Intellektuelle seiner Generation, die mit dem totalitären

Denken Europas kokettiert haben. Wissen Sie, was Ruth mir gestern gesagt hat?«

Ich schüttelte den Kopf.

»Sie hat mir gesagt, sie verstehe jetzt diesen jüdischen Autor, der nach dem Krieg geschrieben hat, die Offiziere solle man einsperren, aber die Intellektuellen müsse man hängen. Gedanken sind nicht einfach nur Gedanken. Es sind Handlungen. Taten. Und ist es nicht eine bittere Ironie der Geschichte, dass De Vanders Artikel ausgerechnet in einer Zeitung mit dem Namen *Der gestohlene Abend* erschienen sind. Sinnbildlich kann er durchaus für den gestohlenen und verlogenen Lebensabend einer geistigen Elite stehen, die erbärmlich versagt hat, die ihre Komplizenschaft mit den Kräften, die Hitler ermöglicht haben, niemals eingestanden hat. Oder erst dann, wenn kein Preis mehr dafür zu bezahlen war oder die Beweislast zu erdrückend wurde.«

Es klopfte an der Tür.

»Ja«, sagte Barstow laut.

Eine Frau steckte den Kopf zur Tür herein.

»Der Journalist der *L.A. Times* wartet auf Sie. Was soll ich ihm sagen?«

»Ich komme sofort. Zwei Minuten.«

Ich war bereits aufgestanden. Die Tür schloss sich wieder.

»Ich will Sie nicht gegen Marian einnehmen, Matthew. Sie ist eine kluge Frau. Ich achte sie. Ich teile ihre Ansichten nicht, ich halte sie sogar für schädlich, aber ich bekämpfe anderer Leute Ideen nicht, indem ich Intrigen schmiede und ihnen den Mund verbiete. Diese Geschichte wird noch sehr viel Staub aufwirbeln, und Marian verdient es gewiss nicht, ihn allein schlucken zu müssen. Soviel ich weiß, wird Hillcrest Marians Berufung nicht infrage stellen. Und Sie brauchen sich keine Vorwürfe zu machen. Wenn jemand Marian *verraten* hat, dann ist es Jacques De Vander. Ich weiß nicht, ob Sie das tröstet, aber so sehe ich die Sache. Sagen Sie mir Bescheid, wenn Sie sich entschieden haben? Ich würde mich freuen, wenn Sie bei uns bleiben.«

Er streckte mir die Hand entgegen.

Kapitel 64

Das Haus in Venice Beach lag einen Block vom Strand entfernt. Drei Wagen standen in der Auffahrt. Der von Janine stand in der Mitte. Am Zaun lehnten zwei Fahrräder. Ich wartete einige Minuten und beobachtete das Haus. Schließlich ging ich zum Eingang und klingelte. Jemand kam geräuschvoll eine Treppe herunter. Dann öffnete sich die Tür. Ein junges Mädchen stand vor mir.

»Hi.«

»Ist Janine da?«

»Ja. Klar. JANINE. FÜR DICH.«

Sie ließ die Tür offen und verschwand wieder die Treppe hinauf. Einen Moment lang war alles still. Dann öffnete sich irgendwo eine Tür und Schritte näherten sich. Sie verlangsamte ihren Gang, als sie mich erkannte. Bis sie vor mir stand, sagte sie kein Wort und dann auch nur:

»Hallo.«

»Hallo.«

Im ersten Moment dachte ich, sie würde die Tür einfach wieder zumachen. Aber dann trat sie zur Seite und bat mich herein. Ich folgte ihr in einen Raum, der wohl das Wohnzimmer war. Es herrschte ein unübersichtliches Durcheinander von zusammengewürfelten Möbelstücken und Gegenständen. Janine hob einen Wäschekorb von einer grünen Cordsamtcouch und stellte ihn zur Seite.

»Setz dich. Magst du was trinken?«

»Nein. Danke.«

Sie nahm am Tisch auf dem einzigen Stuhl Platz, auf dem keine Zeitungen, Socken, Racket-Ball-Schläger oder Strandtücher lagen und verschränkte die Arme.

»Wie geht's? Was verschlägt dich nach Venice?«

»Du.«

Ein Hauch von einem Lächeln flog über ihr Gesicht.

»Woher hast du meine Adresse?«

»Von Marian.«

»Von … Marian?«

»Ja. Sonst haben wir ja keine gemeinsamen Bekannten.«

Janine stand auf, verschwand in der Küche und kehrte mit einer Dose Cola Light zurück.

»Willst du wirklich nichts?«

»Nein danke. Ich war gestern bei John Barstow. Danach bin ich zu Marian gegangen. Ich war sozusagen zwischen den Fronten.«

»Und? Hat sie dich empfangen?«

»Ich habe ihr gesagt, wenn sie dir damals meine Adresse gegeben hat, dann sei es nur recht und billig, dass sie mir jetzt auch deine gibt.«

Sie wich meinem Blick aus und trank einen Schluck.

»Und? Was habt ihr sonst noch besprochen?«

»Ich habe ihr gesagt, was in Brüssel passiert ist.«

»Das weiß sie sowieso.«

»Ja. Von dir. Aber nicht von mir. Ich wollte ihr persönlich erklären, warum ich so gehandelt habe und dass es nicht meine Absicht war, sie unter Druck zu setzen.«

Sie atmete tief durch.

»Wie naiv du doch bist.«

»Ich will mit dir reden, nicht mit dir streiten.«

»Wir werden immer nur streiten, Matthew. Deshalb ist es ja sinnlos, dass wir miteinander sprechen.«

Im oberen Stockwerk hatte sich eine Tür geöffnet und wieder geschlossen. Kurzzeitig war Musik zu hören gewesen.

»Was hast du eigentlich von mir gewollt? Hast du einen Typen zum Vögeln gesucht, um dich von den lästigen Diskussionen mit David abzulenken?«

»Jedenfalls keine zweite Ausgabe von ihm. Du hast auch nicht sein geistiges Kaliber, Matthew. Tut mir leid.«

»Du hast die ganze Zeit Bescheid gewusst, nicht wahr? Du warst die Einzige, der er etwas erzählt hat.«

Sie antwortete lange nicht. Dann sagte sie:

»Warum bist du hergekommen, Matthew? Ich will diese Diskussionen nicht alle noch einmal führen. Ich kenne *alle* deine Gedanken. David hat sie alle schon einmal gedacht.«

Sie griff in die Tasche ihres Sweaters und holte eine Schachtel Zigaretten heraus.

»Willst du auch eine?«, fragte sie. Ich stand vom Sofa auf, zog eine Zigarette aus dem Päckchen, das sie mir entgegenhielt, nahm die Racket-Ball-Schläger von einem der Stühle und setzte mich an den Tisch. Janine zündete ihre Zigarette an und schob mir das Feuerzeug hin.

»Ich habe mich oft gefragt, warum er sich am Ende ausgerechnet für dich interessiert hat. Weil wir beide etwas miteinander hatten? Oder weil Du eine Art Außenseiter warst, der nirgendwo dazugehörte? Was meinst du?«

»Ich glaube, er war eifersüchtig. Und ziemlich allein.«

»Meinst du? Ich denke eher, dass er Spaß daran fand, mich mit dir zu ärgern, dich auf seine Seite zu ziehen und deinen detektivischen Spürsinn zu reizen. Habt ihr damals nicht über Kleist geredet? Über die verheerenden Folgen von Misstrauen und Verdacht? Damit kannte er sich aus. Du warst nur sein

Opfer, Matthew, sein unfreiwilliger, überforderter Wiedergänger, sonst nichts.«

»Das hast du schon einmal gesagt.«

Sie blickte vor sich auf das Tischtuch. Wir rauchten. Manchmal konnte man das Meer hören, wenn eine besonders starke Welle auf dem Strand aufschlug.

»Ich war die Einzige, der er seinen Fund gezeigt hat«, sagte sie nach einer Weile. »Er hat mir die Artikel auszugsweise vorgelesen, mit glänzenden Augen, wie berauscht. Ich war so fassungslos und geschockt wie jeder, der diese Passagen zum ersten Mal liest. Und ich habe versucht, De Vander zu verstehen. David wollte nicht verstehen. Er wollte verurteilen. Er hatte von Beginn an eine Entscheidung getroffen. Er hatte De Vander sein Vertrauen entzogen.«

»Wundert dich das?«, fragte ich.

»Ja. De Vander war sein Lehrer gewesen. *Alles Lesen ist ein Verlesen*. Diese Grundeinsicht hatte David doch immer verteidigt. Und jetzt, da er auf Spuren der persönlichen Tragödie gestoßen war, die De Vander zu dieser Einsicht geführt haben musste, da wollte er davon plötzlich nichts mehr wissen? Für mich war klar gewesen, dass es im Leben dieses Menschen einen absoluten Bruch gegeben haben musste, ein abgrundtiefes Erschrecken über das eigene Denken, das ein völlig neues erzeugt hat. Für David war es genau umgekehrt. Er wollte einfach nicht wahrhaben, wo dieses neue Denken herkam: aus der schrecklichen Erfahrung, dass alle sogenannten *Wahrheiten* unserer Zivilisation die Katastrophe des zwanzigsten Jahrhunderts nicht nur nicht verhindert, sondern mit verursacht haben.«

»Welche Wahrheiten, bitte?«

»Alle. Das gesamte westliche Denken. Nach Auschwitz sind keine Gedichte mehr möglich. Hat das nicht einer eurer Philosophen gesagt? Das gilt ja dann wohl auch für das Reden über

Gedichte, für Literaturwissenschaft und Philosophie. Nur ein radikaler Bruch mit den Denk- und Sprechweisen, die zu Auschwitz geführt haben, kann vielleicht verhindern, dass wir dieselbe Barbarei noch einmal erleben. David hat es nicht ertragen, dass De Vander seine Medizin ausgerechnet im europäischen Faschismus destilliert hat. Dabei war damals die halbe zivilisierte Welt darin gefangen. David ließ nicht einmal die Möglichkeit zu, dass De Vander durch die Erfahrungen, die er als Zwanzigjähriger gemacht hatte, sich völlig geändert haben könnte. Für ihn war plötzlich alles eins. De Vanders radikale Leugnung der Möglichkeit moralischer Urteile, seine tiefe Skepsis gegenüber den sogenannten universalen Werten – David sah darin auf einmal nur noch eine diabolische Finte, mit der De Vander sich aus der Verantwortung für seine Vergangenheit herausstehlen wollte.«

»Du nennst mich naiv, Janine? Du mit deiner völlig willkürlichen Unterscheidung zwischen Schweigen und Lügen. De Vander hat gelogen. Mehrmals. Er wurde in den Fünfzigerjahren denunziert und hat alles abgestritten. Wenn er so ergriffen und geläutert war, wie du sagst, warum hat er dann nicht die Courage besessen, darüber zu sprechen, als die Chance sich bot? Woran soll man die Aufrichtigkeit einer Haltung messen, wenn sie nicht öffentlich vorgetragen wird?«

»Was hätte er tun sollen? Beichten? Sich seiner Fehler öffentlich bezichtigen, wie all die geläuterten Wendehälse, die ihre alten Uniformen wegwerfen, umso schnell wie möglich in die neuen zu schlüpfen? Und dann stehen sie da, erschauernd bis ins Mark vor Selbstgerechtigkeit, als angebliche Demokraten, Gutmenschen und zivile Bürger. Was kostet es schon, nach Hitler gegen Hitler zu sein? Was aber kostet es, vierzig Jahre lang darüber nachzudenken, wie es kam, dass man für Hitler gewesen ist? Was wiegt mehr? Das obszöne, vor Selbstgefälligkeit und Opportunismus triefende Spektakel öffentlicher

Selbstanklage, oder ein Nachdenken im Stillen, eine geistige Andacht auf höchstem Niveau, ehrlich bis an die Grenze des Möglichen? Und diese Grenze hat natürlich einen Namen: Öffentlichkeit! – der korrupte Markt der öffentlichen Meinung, auf dem all diese angeblich Geläuterten ihr angebliches Gewissen prostituieren.«

Janine stand vom Tisch auf und ging ans Fenster. Es war wie damals im Zug. Sie stand dort, zog aufgebracht an ihrer Zigarette und mied meinen Blick. Zwei Schritte trennten mich von ihr, und ein unsichtbarer Riss, der quer durch dieses Zimmer verlief. Sie drehte sich wieder zu mir um, kam näher und schnippte ihre Asche in den Aschenbecher. Ihre Wangen hatten sich leicht gerötet. Sie war selbst mitgenommen von dem, was sie mir da erzählte. Aber das lag nicht an mir. Sie redete gar nicht mit mir. Sondern mit ihm. Mit David.

»De Vanders Überlegungen haben eine ganze Generation von Studenten inspiriert. David eingeschlossen. Aber was hat er getan, als es darum ging, seinem Lehrer in einer schwierigen Situation zu vertrauen, seine Gedanken wirklich ernst zu nehmen?«

Sie fixierte mich, und die Empörung aus unserem letzten Gespräch in Brüssel war wieder da.

»Er hat wie ein Enthüllungsjournalist seinen tollen Fund ans Licht gezerrt und überlegt, wie er ihn am profitabelsten verkaufen kann. Dass er De Vander sofort verraten hat, war für mich schon fragwürdig genug. Aber Marian? Warum sollte ausgerechnet sie dafür bezahlen? Kannst du mir das erklären? Ich habe ihn beschworen, Marian zu informieren und mit ihr zu besprechen, was zu tun sei. Er wollte nichts davon wissen. Er hat gedroht, die Dokumente sofort der *New York Times* zu schicken, falls ich ihr gegenüber auch nur eine Andeutung machen würde. Damals begriff ich überhaupt nicht, was er vorhatte. Ich dachte, er wäre sich selbst noch nicht im Klaren, was er tun wollte. Er ist ja immer verschlossener geworden, unzugänglicher. Was wirklich in ihm vorgegangen ist, kam ja erst nach diesem Anschlag heraus. Er hat sich in eine regelrechte Paranoia hineingesteigert. Hillcrest war für ihn nur das Zentrum von De Vanders Kanonisierung. Aber De Vander wird natürlich im ganzen Land studiert und gelesen. David wollte auf einen Schlag so viel Aufmerksamkeit erregen, dass auch noch der letzte verschlafene Campus aufschrecken würde. Es ging ihm gar nicht mehr um Inhalte, Matthew. Über den Inhalt hatte er längst entschieden. Und Marian war ihm scheißegal. Ihm ging es um die Generation, die gegenwärtig landauf, landab zur Berufung ansteht, die Lehrgeneration der nächsten dreißig Jahre. Die hatte er im Visier, De Vanders Schüler, in denen die Irrtümer der Vergangenheit sich verpuppt haben und verborgen schlummern. So sah es in Davids Kopf aus.«

»Woher weißt du das?«

»Es gibt Aufzeichnungen, die in seinen Unterlagen gefunden wurden. Entwürfe für Presseerklärungen und dergleichen.«

»Aufzeichnungen, die für niemanden bestimmt waren und die du oder Marian dennoch gelesen haben.«

»Was soll der Schwachsinn?«

»Deine Vergleiche sind schwachsinnig, Janine. Deine Geschichte mit den Liebesbriefen zum Beispiel. Wo ziehst du die Grenze? Deine hohe Achtung vor den Geheimnissen anderer ist pure Willkür. Du wirfst David vor, er habe De Vander sein Vertrauen entzogen. Und was tust du? Du wirfst es ihm einfach hinterher, weil es dich nichts kostet, weil deine Familie nicht im Gas krepiert ist. Du bist naiv, Janine. Das heißt, du bist selektiv naiv. Wann immer es dir in den Kram passt. Deine Verachtung für die Öffentlichkeit, die du so schmähst, ist nichts als die Kehrseite der Geheimniskrämerei, die du zu einer stoischen Pose hochstilisierst, wenn es dir nützt.«

»Immer wieder die gleichen Schlagworte, Matthew.«

»Nein. Nicht Worte. Es sind die immer gleichen Konflikte, aus denen man sich nicht herausstehlen kann. Manche Menschen tun Dinge, die andere Menschen nicht tun. Die Gründe und Motive dafür kann man endlos ergründen und durchleuchten. Aber irgendwann kommen die Karten auf den Tisch. Wer bist du, Janine? Welche Wahrheit ist für dich absolut und unhinterfragbar? Wann ist der Punkt erreicht, wo du nicht noch die nächste Relativierung vornimmst, sondern wo du sagst: Stopp, ich entscheide mich für eine Position.«

»Genau da sage ich stopp, Matthew. Wenn mir jemand wie du gegenübertritt und mir so einen Satz vorhält.«

Das Schweigen, das folgte, fühlte sich an wie eine kleine Ewigkeit. Ich wusste, dass unser Gespräch zu Ende war, für immer. Ich würde aufstehen, dieses Haus verlassen und nach Hillcrest zurückfahren. Und doch würde ich immer hier sitzen bleiben, vor Janine, vor dieser Frage. Eine einzige Bemerkung hatte ich noch auf den Lippen. Ich wollte ihr noch sagen, dass ich diesen Satz über Auschwitz und die Gedichte immer gehasst hatte. Denn bei allem Verständnis für den, der ihn gesagt hatte: War dieser Satz nicht auch ein Gasofen? Für den letzten Funken Hoffnung in die Sprache?

Aber ich sagte nichts mehr. Ich stand auf und ging.

Kapitel 65

Das Medieninteresse an Hillcrest ebbte bald wieder ab, und die große De-Vander-Konferenz im Februar ging recht stillschweigend über die Bühne. Nur fünfzig oder sechzig Zuhörer fanden sich im Durchschnitt an jedem der drei Tage ein, um sich die Referate anzuhören. Soweit ich es beurteilen konnte, bestand die Tagung hauptsächlich aus mehr oder weniger scharfsinnigen Versuchen, aus De Vanders Artikeln das Gegenteil von dem herauszulesen, was darin stand. Manch einer zog bizarre Querverbindungen zwischen De Vanders Leben und seinem Werk und versuchte, das eine durch das andere zu rehabilitieren. Eine Professorin aus Yale wies darauf hin, dass De Vander seine Mitarbeit am *Soir Volé* schließlich bald wieder aufgegeben und stattdessen *Moby Dick* ins Flämische übersetzt hätte. Damit sei sein späteres und neues Leben in den USA sinnbildlich schon vorweggenommen. In De Vander spiegle sich das Schicksal von Ishmael, der den Untergang des fanatischen Ahab (Hitler?) und den Schiffbruch der Pequod (3. Reich?) als Einziger überlebt und auf einem Sarg treibend gerettet wird, um dann seine Geschichte zu erzählen. Dass De Vander, ganz im Gegensatz zu Ishmael, seine Geschichte *eben nicht* erzählt hatte, sondern eine Literaturtheorie erfand, welche die Unterscheidung von Geschichte und Geschichten zu einem sprachlichen Willkürakt machte, war offenbar kein Widerspruch für sie. De Vander habe, so argumentierte sie weiter, nach einem radikalen Bruch mit einer dunklen Vergangenheit in seinem späteren Werk ein stummes Zeugnis davon abgelegt. Das Verheimlichen seiner Nazipropaganda sei in Wirklichkeit eine heimliche Beichte gewesen. Stumme Eloquenz.

»Auf stumme Weise«, sagte die Professorin, »ist Geschichte als Holocaust in De Vanders reifen Arbeiten überall präsent. Sein Schweigen war kein Verschweigen oder Entstellen der Vergangenheit, sondern eine laufende, aktive Transformation des Aktes des Bezeugens an sich.«

Ein Professor aus Paris ging sogar noch weiter. »Ist denn nicht jede Beichte eine Farce?«, fragte er. »Ein selbstironischer Akt, der letzte Zufluchtsort der Illusion des vollen, aufrichtigen Sprechens, dessen strukturelle Unmöglichkeit De Vander doch so eindrücklich bewiesen hat? War es nicht folgerichtig, ja anständiger, dass er geschwiegen hat? Die zu erwartenden Diskussionen über seinen Fall – und das beweist sich ja gerade – hätten ihm nur wertvolle Zeit und Energie für seine eigentliche Arbeit geraubt. Er hat also richtig gehandelt, indem er uns diesen schweren und dunklen Teil des Erbes hinterlassen hat. Wir verdanken es ihm und wir schulden ihm sogar noch mehr, da seine Hinterlassenschaft für uns ein qualvolles Geschenk ist: Die Aufforderung zur Lesearbeit, zur historischen Interpretation, zu ethisch-politischen Überlegungen, die niemandem schaden werden. Insbesondere nicht denen, die, falls sie anklagen oder Rache üben wollen, De Vander nun endlich werden lesen müssen, von A bis Z. Haben sie es denn getan? Hätten sie es andernfalls überhaupt getan? Jetzt ist es unvermeidlich.«

De Vander hatte also seine angeblichen Gewissensqualen aus pädagogischen Gründen für sein Publikum ertragen. Er hatte die schreckliche Wahrheit nicht zurück-, sondern ausgehalten, für uns, für seine Leser. Ja, war nicht jeder Täter am Ende immer auch ein Opfer?

Niemand protestierte.

Die Zusammensetzung des Publikums war so, dass Tumulte diesmal so gut wie ausgeschlossen waren. John Barstow und Ruth Angerston kehrten nach der Mittagspause am ersten Tag nicht wieder zurück. Am nächsten Morgen waren die Schüler und Anhänger De Vanders weitgehend unter sich. Holcombs Schlusswort am dritten Tag, eine einstündige Abrechnung mit den verantwortungslosen Massenmedien, hörte nur noch knapp die Hälfte der Teilnehmer, von denen viele bereits am Morgen abreisen mussten.

Am meisten beeindruckte mich der Vortrag eines jungen Belgiers, der am zweiten Tag weitgehend kommentarlos Briefe des Studenten De Vander vorlas, die zwischenzeitlich in Brüssel aufgetaucht waren. Ich suchte den Mann später auf und bat ihn, einige Passagen abschreiben zu dürfen. De Vander war neunzehn Jahre alt, als er diese Briefe verfasst hatte:

Was ich über Menschen denke, die ernsthaft glauben, dass es gute und schlechte Dinge gibt, die sich eine bestimmte Doktrin gewählt oder gezimmert haben und deren Lebensziel es ist, sie zu verteidigen und durchzusetzen … Zunächst empfinde ich, rein verstandesmäßig, eine gewisse Feindschaft gegenüber der Starrheit und dem Objektivitätsmangel einer solchen Haltung, die einhergeht mit einer gewissen Naivität, einem Mangel an kritischem Geist und einer Neigung zum Lächerlichen … Ich weiß sehr gut, dass ich mich, was mich betrifft, in einem dauerhaft instabilen Zustand befinde – sei es im Hinblick auf Ideen, Personen oder auf mich selbst. Ich glaube nicht, dass dies auf einen Mangel an Bildung oder auf meine Jugend zurückzuführen ist, sondern denke vielmehr, dass es durchaus möglich ist, dass man nicht nur als Jugendlicher daran leidet.

In einem Brief vom 3. Januar 1939 stand zu lesen:

Eine Sache wird Sie vielleicht stören: die Gleichgültigkeit gegenüber den Menschen, die mit solch einer Geisteshaltung zwangsläufig einhergeht. Nehmen Sie mehr Anteil an den Menschen!, sagen Sie mir. Ja, was denn, ich interessiere mich doch für sie; sie faszinieren mich – aber nur solange ich selbst distanziert bleibe, ungebunden, neutral. Die moralische Einsamkeit, die Sie so sehr zu fürchten scheinen, ist für meine gegenwärtige Orientierung unumgänglich – und ich weiß, dass ich mich ihr aussetze und sie ertragen werde.

Janine sah ich nirgends. Auch Marian war der Konferenz ferngeblieben. Ein paar Tage später wurde bekannt, dass sie einen Ruf an eine Universität in Kanada angenommen hatte. Catherine rief mich an und teilte mir mit, meine Hausarbeit sei korrigiert und liege zur Abholung bereit. Marians Kommentare waren sehr knapp ausgefallen: ein interessanter Ansatz, der jedoch nur bedingt entwickelt sei und sich zu sehr auf die Wiedergabe und Beschreibung von Ansichten aus der Sekundärliteratur stütze, ohne eigene Gedanken zu formulieren. Note: B^{-}. Genauso sah ich das auch.

Ich absolvierte mein letztes Trimester und belegte Kurse in Geschichte, die ich nach dem einzigen Kriterium auswählte, dass vornehmlich Primärquellen gelesen und Techniken zu ihrer Erschließung unterrichtet wurden. Das brachte mit sich, dass ich mich fast nur noch im Archivbereich der Bibliothek aufhielt.

Täglich kam ich an der Tür zum mittlerweile renovierten, aber noch immer geschlossenen De-Vander-Archiv vorbei und verspürte stets den gleichen Wunsch, noch einmal dort hineingehen und mit David sprechen zu können. Manchmal blieb ich ein paar Sekunden auf dem Treppenabsatz davor stehen und lauschte auf Geräusche. Einmal, als ich schon auf dem Weg in den nächsten Stock war, sah ich Holcomb dort herauskommen und hörte das Geräusch einer Fotokopiermaschine, bevor die Tür sich wieder schloss. Wahrscheinlich war man noch immer mit Aufräumen beschäftigt. Wer hatte wohl Davids Stelle übernommen? Vielleicht Mark Hanson oder Jacques Sroka? Jeden Tag spekulierte ich ein wenig darauf, die Tür einmal offen zu finden und zu sehen, wer jetzt dort arbeitete. An einem sonnigen Tag im April klopfte ich einfach an, um die Frage auf diese Weise zu beantworten. Niemand antwortete. Dann hörte ich Schritte, die nur von einer Frau stammen konnten, die Stöckelschuhe trug. In dem kurzen Moment, bevor die Tür sich öffnete, hatte ich das Gefühl, diese Schritte zu kennen. Sollte *sie* womöglich *hier* arbeiten?

Aber es war Catherine, die öffnete, Marians Sekretärin. Sie schaute mich verwundert an, und es dauerte einen Augenblick, bevor ihr ein wenig verstimmter Gesichtsausdruck einem Lächeln Platz machte.

»Oh, Matthew«, rief sie dann. »Hi.«

»Hi, Catherine«, sagte ich. »Wie geht es Ihnen?«

»Danke. Gut. Na ja, ehrlich gesagt, ich bin ziemlich im Stress. Was führt Sie her?«

Die Räume sahen völlig verändert aus. Überall standen geöffnete Kartons herum. Papierstapel bedeckten die Tische. Zwei Kopiermaschinen liefen gleichzeitig. Offenbar war im Eiltempo renoviert worden. Statt ockerfarben waren die Wände jetzt weiß. Catherine hatte meinen neugierigen Blick bemerkt.

»Wir sind immer noch damit beschäftigt, zu retten, was zu retten ist.«

»Ist viel zerstört worden?«, fragte ich, ohne dass es mich besonders interessiert hätte. Was hatte Davids Feuer hier schon angerichtet im Vergleich zu der Zeitbombe, die De Vander selbst hinterlassen hatte.

»Vor allem Korrespondenz«, sagte Catherine. »Es ist aber schon viel Material wieder aufgetaucht.« Sie deutete auf den hinteren Raum, wo sich verschnürte Pakte und wattierte Umschläge stapelten. »Viele Freunde und Kollegen schicken Briefe aus ihren eigenen Sammlungen. Wenn alles kopiert ist, sehen wir klarer.«

»Warum kopiert?«, fragte ich.

»Die Originale gehen zu Marian nach Kanada. Hillcrest behält nur Kopien.«

Ich nickte. Das war nur logisch. Marian und der Nachlass gehörten ja zusammen. Ich spürte, dass Catherine keine Zeit für mich hatte. Angesichts der Papierstapel, die auf sie warteten, wollte ich sie nicht länger aufhalten.

»Geht das INAT auch nach Kanada?«, fragte ich noch.

»Nein. Nur das Archiv. Und einige Studenten. Parisa und Janine sind schon dort. Es wird neben Hillcrest noch ein zweites Zentrum für De-Vander-Studien geben.«

»Ah«, sagte ich. »Auch für Literaturtheorie?«

»Nein. Marians Lehrstuhl ist ganz neu eingerichtet worden. Es soll dort mehr um Politik gehen. Hillcrest bleibt das Zentrum für Literaturtheorie. Im Grunde ist es ja gar nicht so schlecht, wenn man Theorie und Praxis ein wenig trennt. Ich finde es nur immer schade, wenn die netten jungen Leute wieder weggehen.«

Ich weiß nicht mehr, mit welcher Ausrede ich mich aus der Unterhaltung verabschiedete. Ich stieg die Treppen in den dritten Stock hinauf, ging an meinen Platz und versuchte, mich auf die Lektüre zu konzentrieren, die für den nächsten Tag auf dem Programm stand. Ich kam nicht sehr weit. Was Thomas Carlyle vor fast zweihundert Jahren geschrieben hatte, klang wie ein Echo aus einer untergegangenen Welt, deren Begriffe zu nichts mehr taugten. *Wir wären in der Tat weise, wenn wir die Zeichen unserer Zeit wirklich erkennen könnten …*

Ich unterstrich *Zeichen* und *erkennen* und malte ein Fragezeichen an den Rand. Dann legte ich den Bleistift zur Seite und las den Rest des Absatzes:

… und durch das Erfassen ihrer Mängel und Vorzüge unsere eigene Haltung zu ihr klug zu bestimmen wüssten. Lasst uns also, anstatt müßig in eine schemenhafte Ferne zu blicken, einen Augenblick lang in aller Ruhe die verwirrende Situation in unserer nächsten Umgebung betrachten. Vielleicht verschwindet bei genauerer Betrachtung ein Teil dieser Verwirrung, und möglicherweise treten die markanten Vertreter und tieferen Tendenzen unserer Zeit hierbei deutlicher zu Tage, wodurch unsere eigene Beziehung zu ihr, unsere wahren Ziele und Bemühungen darin, uns gleichfalls klarer werden.

Ich schaute um mich, auf die endlosen Bücherregale, die gesenkten Häupter lesender oder schreibender Studenten an den Tischen neben mir. Ein Streifen Sonnenlicht fiel auf die

Tischplatte neben meinen Büchern. Ich lehnte mich zurück, legte meine Hand auf die Stelle, um die Wärme zu spüren, und wartete – ich weiß nicht, worauf.

Kapitel 66

Im Frühjahr des folgenden Jahres besetzten Hunderte DDR-Bürger die deutsche Botschaft in Prag. Aber ich erlebte den Fall der Mauer bereits aus einiger Ferne, denn ich hatte mein Studium schon bald nach meiner Rückkehr abgebrochen und arbeitete als Englisch-Übersetzer in einem Büro in Zürich. Wenig später zog ich nach Genf, brachte meine Französischkenntnisse auf ein ausreichendes Niveau und absolvierte in den folgenden drei Jahren eine Dolmetscherausbildung. Danach lebte ich vorübergehend in Paris, verbrachte jedoch die meiste Zeit in Brüsseler und Straßburger Hotels, weil es bei den europäischen Institutionen die meiste Arbeit gab. Die europäische Union vergrößerte sich ständig. Für Leute wie mich gab es Arbeit ohne Ende. Eine Weile lebte ich in Spanien, danach in Italien.

Meine Tätigkeit empfand ich als Befreiung. Ich folgte den Gedanken und Ideen anderer Menschen und blieb selbst davon völlig unberührt. Ich sprach als spanischer Veterinär oder als britischer Sachverständiger für Tierseuchen, als französischer Botschaftsattaché oder als irischer Zollexperte. Oft, wenn ich nach einer Zigarettenpause in die Dolmetschkabine zurückkehrte, erschienen mir die Sätze, die meine Kollegin gerade ins Mikrofon sprach, ebenso absurd wie poetisch: *Bewurzelte Stecklinge und Jungpflanzen – ausgenommen Kakteen – sind unter der gleichen KN-Gruppennummer einzureihen. Für bewurzelte und bepfropfte Reben aus Nicht-Anhang-2-Ländern gilt keine Gruppenfreistellung.* Wenn ich Begriffe wie *Faulbrut* und *Diastaseindex, Abferkelbuchten* und *gerüstete Sauen* im Mund führte, hatte ich das Gefühl, am Vorabend rasch erlernte Zauberwörter ins Mikrofon zu sprechen, die mir die Türen zu völlig fremden Welten öffneten. Die Konferenzthemen konnten mir gar nicht abseitig genug sein. Das alles betäubte das abgrundtiefe Gefühl von Fremdheit in mir, das Hillcrest in mir hinterlassen hatte.

Als 1992 De Vanders frühe Schriften und ein Sammelband mit Aufsätzen zum Thema erschienen waren, hatte Theo mir die beiden Bände spontan zugeschickt. *Zur Erinnerung an Dein Fegefeuer*, stand stellvertretend für eine Widmung auf einer Karte, die obenauf lag.

Theo war der Einzige von damals, mit dem ich in Kontakt blieb. Einmal hatten wir beide in Frankfurt zu tun und verbrachten einen Abend zusammen.

»Du bist mit dieser ganzen Geschichte noch nicht fertig«, sagte er. »Irgendwann wirst du sie erzählen müssen.«

»Als Gerda *dir* das vorgeschlagen hat, hast du gesagt, das sei eine Schnapsidee«, widersprach ich.

»Für mich, ja. Aber mich hat diese Sache nicht so verändert wie dich. Deshalb musst du da noch einmal durch. Davon bin ich überzeugt.«

»Und dann?«

»Dann wirst du schon sehen.«

Wir trafen uns nicht oft. Meistens verging mehr als ein Jahr, bevor sich unsere Wege irgendwo kreuzten. Theo lebte mittlerweile wieder in Hamburg. Immer wenn ein neuer Roman von ihm erschien, schickte er mir ein Exemplar, und über E-Mail tauschten wir unsere Gedanken aus. Er war mittlerweile ein recht erfolgreicher Schriftsteller geworden, allerdings mit einer ganz anderen Strategie, als er ursprünglich geplant hatte. Anstatt auf Englisch zu schreiben, hatte er Anfang der Neunzigerjahre auf einen neuen Trend gesetzt und damit begonnen, Schwedenkrimis zu veröffentlichen. Sein weibliches Pseudonym springt einem regelmäßig von den Bestseller-Tischen der Buchhandlungen ins Auge.

Irgendwann begann ich tatsächlich damit, mir Notizen über unsere Zeit in Hillcrest zu machen. Auslöser dafür waren fast immer Zeitungsartikel oder Diskussionen in Kulturmagazinen. Es war nie von De Vander selbst die Rede, aber ich hatte zunehmend das Gefühl, überall das Echo seiner Gedanken herauszuhören. Das Ende der Geschichte wurde ausgerufen. Ständig war von Strukturen die Rede, von Netzen, von Beziehungen und Gegensätzen, die austauschbar schienen. Es gab keine unmöglichen Vergleiche mehr. Es gab nur noch Strukturen und Codes, Kommentare, die sprachlos wirkten und sprachlos machten.

Bevor wir uns das nächste Mal trafen, schickte ich Theo meine Aufzeichnungen zu. Seine Reaktion kam postwendend. »Ein schöner Bericht«, schrieb er mir. »Aber leider hast du nur aufgeschrieben, wie es war.«

»Soll ich vielleicht erzählen, wie es nicht war?«, fragte ich ihn, als wir uns ein paar Tage später bei ihm zu Hause gegenübersaßen.

»Du sollst die Wahrheit schreiben«, erwiderte er. »Nicht die Fakten aufzählen.«

»Aha. Und wie soll das funktionieren?«

»Denke an Kleist und das Marionettentheater. Genau das solltest du tun: ein zweites Mal vom Baum der Erkenntnis essen und dann den Dingen ihren eigentlichen Namen, ihren Sinn geben.«

»Wie im Märchen?«, fragte ich.

»Von mir aus. Aber besser in einem Roman.«

»Schade, ich dachte, ich hätte das Wichtigste gesagt.«

»Nein. Das Wichtigste hast du weggelassen. Wo steht zum Beispiel, dass du in Hillcrest gestorben bist? Denn das ist doch die Wahrheit, oder?«

Ich wusste nicht, was ich darauf erwidern sollte.

»Hillcrest war dein Fegefeuer«, fuhr Theo fort. »Das hast du selbst einmal gesagt. Ein Feuer, in dem sich die Idole deiner Studentenzeit vollständig korrumpiert haben. Aber wo ist von dir die Rede? Wenn ich an diese ganze Geschichte denke, weißt du, was ich dann vor mir sehe?«

Ich schaute ihn schweigend an.

»Das brennende De-Vander-Archiv«, sagte er. »David natürlich. Janine ist in der Nähe. Und du bist da auch irgendwo. Aber wo? Wo bist du?«

Ich zuckte mit den Schultern.

»Ich bin kein Autor, Theo«, erwiderte ich.

»Kein Autor? Was soll denn das heißen? Ich dachte, der Autor ist tot. Gott ist tot. Der Autor ist tot. Das Subjekt ist tot. Die Geschichte ist zu Ende. Waren das nicht die Slogans, die dich nach Hillcrest gelockt haben? Die großen Unschulds- und Erlösungsversprechen?«

»Ja. Schon. Leider.«

»Warum leider? Das ist mir zu billig. Was hast du daraus gemacht? Was hat es aus dir gemacht? Dreh die Geschichte um. Spiel damit. Aber richtig. Damit fing doch in grauer Vorzeit alles an, als Kunst *und* die Philosophie noch eins waren, bei Platon und der doppelten Mimesis. War das vielleicht nicht die größte Freiheit? Platon, der uns weismachen will, dass es für die Wahrheit gefährlich sei, wenn man sie mit verstellter Stimme ausspricht. Und der doch genau dies tun muss, weil es anders nämlich gar nicht geht. Nicht weil es keine Wahrheit gäbe, sondern weil die Wahrheit immer den Umweg über die Kunst gehen muss.«

Ich musste unwillkürlich an Marian denken, den blitzenden Ausdruck in ihren Augen, während sie uns eine ihrer unvergesslichen Lektionen erteilte: *Denkt doch mal nach! Wer spricht? Es geht immer wieder nur um diese Frage. Es ist DIE Frage schlechthin. Wer spricht?* Theo hatte sich unterbrochen und schaute mich erwartungsvoll an.

»Für Marian war das auch die Frage aller Fragen«, sagte ich. »Wer spricht?«

»Und? Wie hat sie sie beantwortet?«

»Gar nicht. Für sie war Platons Text die perfekte Allegorie auf die Unlösbarkeit dieser Frage. »

»Genau das ist der Fehler«, rief Theo erregt. »Diese Leute verstehen einfach nicht, dass Literatur keine Lösung von uns fordert.«

»Sondern.«

»Ein Haltung. Aus der Frage, wer spricht, muss irgendwann die Frage werden: Wer bist du?«

Theos Kommentare beschäftigten mich. Ich begann eine zweite, ganze andere Fassung zu schreiben. Manchmal schickte ich ihm kurze Szenen oder Entwürfe von Kapiteln zu. Auch hatte ich plötzlich das Bedürfnis herauszufinden, was aus meinen damaligen Mitstudenten und ehemaligen Lehrern geworden war. Ich verbrachte einige Tage in der Bibibliothek und suchte nach Informationen über sie. Ich fand heraus, dass John Barstow 1998 eine Studie über Don DeLillo und Winfried im Jahr darauf ein weithin gerühmtes Buch über David Humes Einfluss auf die amerikanische Revolution geschrieben hatte. Ich konnte nachlesen, wer mittlerweile an welcher Universität unterrichtete. Über Marian war vermerkt, dass sie seit 2002 in Boston lehrte, und es gelang mir auch ohne große Mühe herauszufinden, welche Artikel Julie Verassi oder Mark Hanson in letzter Zeit publiziert hatten. Von Doris oder Gerda fand ich keine Artikel und schloss draus, dass sie wie ich die

Branche gewechselt hatten. Mit besonderer Neugier und leichtem Herzklopfen schlug ich natürlich auch Janines Namen nach. Sie war regelmäßig mit Aufsätzen, als Herausgeberin von Sammelbänden und in etwas größeren Abständen auch immer mal mit einem neuen Buch vertreten. In einer Eintragung stand zu lesen, dass sie mittlerweile Direktorin für *Intercultural Studies* an der Universität von Chicago geworden war.

Wissenschaftler verbringen viel Zeit auf Konferenzen. Insofern war es nicht einmal so außergewöhnlich, dass wir uns noch einmal begegneten. Merkwürdig war nur, dass dies ausgerechnet in Belgien geschah, auf einer Konferenz über »Frauen im Islam«, die im Juni 2005 von der Universität Antwerpen ausgerichtet wurde. Meine Kollegin Marieke, eine junge Holländerin mit perfektem Deutsch, betrat die Kabine am dritten Konferenztag in nicht besonders guter Stimmung. Sie hatte ein paar Jahre lang Biologie, Physik und Volkswirtschaft studiert, bevor sie in diesen Job hineingerutscht war. Von feministischer Theorie wusste sie jedenfalls nicht viel. Die Referate lagen ihr nicht, und entsprechend war ihre Laune. Mir fiel das Thema auch nicht gerade leicht, und ich war froh, dass der dritte Konferenztag nur bis mittags dauern würde. Aber ich konnte mich an diese Sprache noch erinnern. Ja, ich hatte manchmal das Gefühl, wieder in Marians Seminar zu sitzen. Und wie zur Bestätigung erschien am späten Vormittag plötzlich Janine am Rednerpult.

Ich erkannte sie sofort. War sie etwa die ganze Zeit schon hier gewesen? Der Moderator stellte sie vor. Ich machte meiner Kollegin sofort ein Zeichen, dass ich diesen Vortrag übernehmen wollte, und schaltete auch gleich mein Mikrofon ein. Marieke musterte mich überrascht, lehnte sich dann jedoch erleichtert zurück, als sie erkannte, dass ich ihr einen dieser nebulösen Vorträge auch noch freiwillig abnahm. Ich begann zu arbeiten, den Blick auf Janine geheftet, als ob sie mich hören könnte. Sie erschien mir noch attraktiver als damals. Sie trug einen hellgrauen Hosenanzug und einen hochgeschlossenen, schwarzen Rollkragenpulli, was ihr ausgezeichnet stand. Der Moderator beendete seine Einleitung, und im nächsten Augenblick hatte ich ihre vertraute Stimme im Ohr.

Dear friends.

Sie entschuldigte sich dafür, dass sie erst heute hatte kommen können, und begann mit ihren Überlegungen zum Thema. Nach einigen Minuten bemerkte ich, dass Marieke mich skeptisch betrachtete. Dolmetschte ich vor lauter Aufregung schlecht? Sprach ich zu schnell? Diese Gefahr bestand bei gutem Englisch ja immer. Oder machte ich Fehler? Sollte ich mehr raffen? Ich ließ Janine mehr Vorlauf und konzentrierte mich ein wenig mehr auf meine eigenen Sätze. Was sie sagte, war nicht besonders schwierig oder abstrakt. Janine sprach von der angeblichen Freiheit westlicher Frauen und der vorgeblichen Unterdrückung von Frauen im Islam. Sie vertrat die These, dass der Verschleierungszwang in manchen arabischen Ländern strukturell das Gleiche sei wie der Pornografiezwang im Westen. Der Westen, so argumentierte sie, sehe nur die Gewalt in der verschleierten Muslimin, sei aber blind für die Gewalt des voyeuristischen Blicks in westlichen Ländern.

Aus den Augenwinkeln sah ich, dass Marieke den Kopf schüttelte. Lag das an mir? Hatte ich einen Fehler gemacht? Ich drehte die Lautstärke etwas hoch. Nein, ich verstand genau, was Janine sagte. Soeben erörterte sie die symbolische Bedeutung der Beschneidungspraxis und Klitorisverletzung in manchen islamischen Gesellschaften. Dann versuchte sie darzulegen, dass diese Form der weiblichen Kastration strukturell mit Schönheitsoperationen und Selbstverstümmelungsphänomenen in westlichen Ländern vergleichbar sei. Am Ende ihres Vortrags kam sie zu dem Schluss, dass die Situation für die Frauen im Westen vielleicht sogar die schlimmere sei. Einer altmodischen, aber leicht durchschaubaren Unterdrückung im Islam stehe eine heimtückische Vergiftung der westlichen Frau durch falsche Selbstbilder gegenüber, gegen die Frauen so gut wie machtlos seien.

Ich schaltete das Mikrofon aus und lehnte mich erschöpft zurück. Meine Kollegin blickte finster vor sich hin.

»War ich so schlecht?«, fragte ich unsicher.

»Du? Wieso? Du warst super. Aber diese Tussi hat ja wohl nicht mehr alle Tassen im Schrank.«

Ich beobachtete, wie Janine zu einer der vorderen Reihen ging. Ein Mann erhob sich, nickte ihr anerkennend zu, und gemeinsam setzten sie sich wieder hin.

Ich ließ die beiden bis zum Ende des Vormittags nicht mehr aus den Augen. Ich dolmetschte die Abschlussrede eines Stadtoberen, der, anstatt sich seiner Muttersprache zu bedienen, ein derart verhunztes Englisch sprach, dass selbst die englischen Muttersprachler im Saal bisweilen fragende und ratlose Blicke miteinander wechselten. Ich überließ Marieke den organisatorischen Abspann und ging ins Foyer, bevor der allgemeine Aufbruch einsetzte. Dort erwartete ich sie.

Es dauerte fast zehn Minuten, bis sie erschien. Sie unterhielt sich angeregt mit dem Mann, der neben ihr gesessen hatte. War das vielleicht ihr Ehemann? Ich ging auf sie zu. Sie schaute auf und erkannte mich sofort.

»Matthew?«, rief sie überrascht.

Der Mann neben ihr musterte mich neugierig.

»Hi, Janine«, sagte ich.

Es dauerte zwei Sekunden, bis ihr einfiel, mich ihrem Begleiter vorzustellen.

»Jeff, das ist Matthew. Ein Studienfreund von mir.«

»Nice to meet you«, sagte Jeff und streckte mir die Hand entgegen. Jeff war ein wenig übergewichtig, hatte schütteres Haar und ein unauffälliges Gesicht. Aber er strahlte eine Mischung aus Zufriedenheit und Autorität aus. War sie mit ihm hier? Ich musste unwillkürlich an die anderen Männer in Janines Leben denken, die ich gekannt hatte, und fand keinerlei Ähnlichkeit oder Entsprechung. *Jeff Bedlam*, las ich auf dem Namensschild. *Northwestern University*.

Als ob es einer besonderen Erklärung bedurft hätte, erklärten wir uns gegenseitig, was wir hier taten. Jeff stand eine Höflichkeitsminute lang schweigend neben uns und ergriff dann die Gelegenheit, sich zu verabschieden.

»Wie lange bleibst du?«, fragte ich. »Hast du es eilig, oder hast du ein wenig Zeit?«

»Es gibt gleich noch ein Mittagessen«, antwortete sie. »Und danach muss ich schon nach Brüssel. Ich fliege morgen ziemlich früh weiter und übernachte am Flughafen.«

»Ich muss heute auch noch nach Brüssel«, sagte ich. »Ich bin mit dem Wagen hier. Wenn du willst, kann ich dich mitnehmen. Das erspart dir eine ziemlich umständliche Anreise. Oder organisiert die Konferenz einen Zubringer?«

»Nein. Ich wollte ein Taxi nehmen.«

Ich hätte mir jede Ausrede ausgedacht, um noch ein paar Worte mit ihr wechseln zu können. Aber bisher brauchte ich nicht einmal etwas zu erfinden. Janine schulterte ihre Handtasche, als wollte sie ablehnen, aber dann sagte sie: »Ich wollte nach dem Lunch noch ein wenig durch Antwerpen bummeln«, sagte sie.

»Warum treffen wir uns dann nicht einfach zum Kaffee? Um vier. Auf dem Marktplatz. Und danach setze ich dich am Hotel am Flughafen ab. Das liegt sowieso auf meinem Weg.«

»Gut«, sagte sie und lächelte.

Kapitel 67

Ich wartete schon eine halbe Stunde vor der verabredeten Zeit am Standbild des Silvius Brabo. Worüber sollten wir überhaupt reden? Die wichtigsten Stationen ihres Lebens kannte ich ja. Hatte sie Kinder? Und interessierte mich das wirklich? Natürlich interessierte es mich. Daran hatten auch die siebzehn Jahre nichts geändert, seit wir uns in Venice Beach getrennt hatten.

Sie erschien pünktlich mit drei Einkaufstüten. Auf einer davon erkannte ich den Namenszug eines bekannten, flämischen Herrendesigners.

Wir gingen in eins der Cafés direkt am Platz und suchten einen freien Tisch im Schatten. Es war warm. Wir bestellten Eiskaffee.

»Du siehst fabelhaft aus«, sagte ich. »Wie machst du das? Schwimmst du noch?«

Sie lächelte.

»Danke«, sagte sie, ein wenig verlegen. Sie begann, mich über meine Arbeit auszufragen. Ich war ein wenig enttäuscht, als sie das weitverbreitete Klischee bestätigt haben wollte, dass Dolmetscher den Gang der Weltgeschichte manipulieren können, indem sie in Verhandlungen falsch übersetzen.

»Das sind Legenden«, sagte ich. »Wer so etwas tut, verschwindet wohl eher spurlos aus der Weltgeschichte und vor allem vom Markt.«

Die Bedienung brachte den Eiskaffee und unterbrach die etwas steife Unterhaltung. Janines Blick strich über den Platz und blieb an dem seltsamen Standbild hängen.

»Irre ich mich, oder schleudert der Mann dort eine Hand in die Gegend.«

»Du irrst dich nicht.

»Und was soll das?«

»Es ist ein römischer Soldat. Der Legende nach hat er einen Riesen bezwungen, der die Leute von Antwerpen tyrannisiert hat. Als Zeichen seines Sieges hat er dem Riesen die Hand abgeschlagen und in den Fluss geworfen. Der Name der Stadt leitete sich davon her.«

»Bizarr«, sagte sie.

»Wie geht es Marian?«, fragte ich.

»Sie lebt in Boston. Neil geht es nicht gut.«

»Seht ihr euch manchmal?«

»Nicht oft. Aber wir telefonieren hin und wieder miteinander.«

Ich hörte ihr zu und schaute sie an. Im Grunde wollte ich gar nicht viel sagen. Was auch? Sie stellte die nächste Frage. »Hast du noch Kontakte nach Hillcrest?«

»Nein. Gar nicht.«

»Du würdest es nicht wiedererkennen«, sagte sie. »Ich war im Herbst dort und konnte es kaum glauben. Der Campus ist mindestens fünfmal so groß wie früher. Er hat sich in alle Richtungen ausgedehnt. Die Wohnheime, die Institute, alles ist neu. Ich habe nur einen Ort wiedererkannt.«

»Die Bibliothek?«

»Von wegen. Die ist auch nicht mehr da, wo sie war. Nein. Ich meine den Pool. Er ist noch genau so wie damals. Und du hast recht. Ich schwimme noch.«

»Mit Rollwende?«

»Nein. Tut mir leid. Deine Lektion hat nicht lange vorgehalten.« Sie lächelte. Ich schaute ihr in die Augen. Sie wich rasch meinem Blick aus und saugte wieder an ihrem Strohhalm. Ich bemerkte, dass andere Männer Janine interessiert anschauten. Genau wie damals, wenn wir irgendwo essen waren oder spazieren gingen. Natürlich hatte ich jetzt den Pool vor Augen, das herrliche Sonnenlicht, wenn man in den nicht überdachten Teil hinausschwamm. Dort hatte das alles angefangen: der Flirt mit ihr, meine Neugier auf David. Meine Bewunderung für Marian und ihren Kreis.

»Wohin fliegst du morgen?«, wollte ich wissen. »Zurück in die Staaten?«

»Nein, ich muss nach Zürich, noch einen Vortrag halten. Danach fahre ich für ein paar Tage an den Gardasee. Nächste Woche muss ich nach Chicago zurück. Und du? Was machst du den Sommer über?«

Ein paar Tage am Gardasee. Würde sie dort den Mann treffen, für den sie bei Dries van Noten eingekauft hatte?

»Wahrscheinlich fahre ich nach Sizilien«, sagte ich, »mein Italienisch auffrischen.«

Wir verstummten wieder. Ob sie das Gleiche dachte wie ich? Es wollte uns nicht recht gelingen, über die Gegenwart zu plaudern. Und über die Vergangenheit noch viel weniger. Wir hatten schon vor siebzehn Jahren keine Worte gefunden, um den Riss zwischen uns wieder zu kitten. Wozu es also jetzt noch einmal versuchen? Der Riss war ja auch gar nicht zwischen ihr und mir verlaufen. Er war durch mich selbst gegangen.

Kurz darauf brachen wir auf. Ich holte meinen Wagen aus der Tiefgarage und sammelte Janine mit ihrem Gepäck vor ihrem Hotel auf. Sie nutzte die knapp halbstündige Fahrt über die Autobahn zu einem längeren Telefongespräch mit irgendjemandem in Zürich und berichtete dann über Universitätsinterna, die mich nicht interessierten, aber mir dennoch willkommen waren, weil sie das beredte Schweigen zwischen uns füllten. Auf halber Strecke passierten wir Mechelen. Ich war kurz versucht, abzufahren und einen ungeplanten Stopp einzulegen, unterließ es jedoch. Zwanzig Minuten später erreichten wir Zaventem. Ich setzte sie am Flughafenhotel ab. Nachdem wir uns die Hände geschüttelt hatten, blieb Janine noch einen Moment lang stehen. Es war ein merkwürdiger Augenblick verlegener Vertrautheit, an den ich noch jetzt oft zurückdenke.

Dann saß ich im Wagen, unfähig, einfach nach Brüssel zu fahren. Ich lenkte den Wagen wieder zurück in Richtung Antwerpen, verließ in Mechelen-Nord die Autobahn und erreichte die Dossin-Kaserne gegen halb sechs. Das jüdische Deportations- und Widerstandsmuseum, das im Ostflügel untergebracht war, hatte noch eine halbe Stunde geöffnet. Ich kannte die Ausstellungsräume von früheren Besuchen. Wie immer blieb ich die längste Zeit vor der Galerie der Kinderfotos stehen und lauschte der Stimme aus dem Lautsprecher, die die Namen verlas. Im Hof dieser Kaserne war die jüdische Bevölkerung Belgiens zwischen 1942 und 1944 zusammengetrieben und nach Auschwitz deportiert worden. Achtundzwanzig Güterzüge, alles säuberlich registriert in ebensovielen Aktenordnern. Ich schaute von Foto zu Foto, in die fragenden, ernsten Augen von vier-, fünf- oder sechsjährigen Kindern. Die Dokumente, mit denen man sie herbeordert hatte, waren ebenfalls ausgestellt. *Arbeitseinsatzbefehl Nr. 5687. Frau Lea Warth, Antwerpen, Wolfstrasse 32. Mit sofortiger Wirkung gelangen Sie zum Arbeitseinsatz. An Ausrüstungsgegenständen sind mitzubringen: Verpflegung für 14 Tage …*

Ich starrte auf einen Monitor, auf dem immer wieder die gleiche Sequenz zu sehen war, gefilmt im Innenhof der Dossin-Kaserne: Ein Soldat treibt eine Frau und ihr vielleicht vierjähriges Kind mit Fußtritten und Gewehrkolbenschlägen vor sich her. Die Frau stürzt. Ihr Kind klammert sich an sie. Der Soldat reißt das Kind hoch und treibt es mit brutalen Schlägen von der Mutter weg. Die Mutter erhebt sich, taumelt benommen auf eine Gruppe wartender Frauen zu. Das Kind versucht, wieder zu seiner Mutter zu laufen. Der Soldat schlägt auf das Kind ein. Schwarz.

An der Wand daneben hingen Karikaturen von Juden aus den damaligen Tageszeitungen. Unter anderem aus dem *Soir Volé*.

Um sechs Uhr schloss das Museum. Ich ging in den Kasernenhof und setzte mich auf eine Bank. Es war ein milder Sommerabend. Von allen Menschen hätte ich jetzt am liebsten mit Theo geredet. Über Kleist und die Utopie vom zweiten Sündenfall, der uns unsere Unschuld zurückgibt. Oder über das Erzählen. Einen Ort, wo die Geschichte enden könnte, hatte ich jetzt. Aber wo sollte sie beginnen? Bei Shakespeare? Oder besser dort, wo alles anfing. Bei dem Mädchen im Pool? Vielleicht würde ich Theo fragen, wenn ich ihn das nächste Mal sah.

Wolfram Fleischhauer

Schule der Lügen

Roman. 528 Seiten.
Piper Taschenbuch

Eine kühle Februarnacht des Jahres 1926: In der Berliner Eldorado Bar hält Edgar von Rabov plötzlich einen Zettel in der Hand, den ihm eine exotische Schönheit zugesteckt hat. Er geht darauf ein und verfällt ihr schon bald. Doch was will sie von ihm? Als die junge Halbinderin plötzlich spurlos verschwindet, zögert er nicht, ihr bis nach Madras zu folgen …
Der Bestsellerautor Wolfram Fleischhauer schrieb eine hochaktuelle Geschichte über die erste Esoterikwelle in Europa und zeigt, wie der Versuch, die aufgeklärte Welt wieder zu verzaubern, seinen Beitrag zu ihrer politischen Verhexung leistete.

»Eine unglaubliche aber immer schlüssige Geschichte über religiöse, familiäre, erotische und politische Verwirrungen in einer brandgefährlichen Zeit, die den Leser förmlich einsaugt.«
Elle

05/2368/01/L

Thommie Bayer

Spatz in der Hand

Roman. 256 Seiten.
Piper Taschenbuch

Eine heiße Sommernacht in einem Hotel: Hierher hat sich Sabine, eine attraktive Mittdreißigerin, nach einem Streit mit ihrem Mann zurückgezogen. Da fällt ihr Blick in ein anderes Hotelzimmer, wo sie einen Fremden entdeckt. Aus einer Laune heraus nimmt sie telefonisch zu ihm Kontakt auf, und er läßt sich auf das Geplänkel ein. Schon bald wird mehr daraus, aber noch ahnt er nicht, daß am nächsten Morgen ein überraschendes Treffen auf ihn wartet …

»Eine zarte, freche, melancholische Liebesgeschichte. Man verschlingt diesen Spatz in der Hand.«
Stuttgarter Zeitung

05/2083/02/R

PIPER

Agota Kristof

Die Analphabetin

Autobiographische Erzählung. Aus dem Französischen von Andrea Spingler. 80 Seiten. Piper Taschenbuch

Fremd in einer fremden Sprache – und doch wurde sie zu einer der wichtigsten Schriftstellerinnen der Gegenwart. Nach einer wohlbehüteten Kindheit in Ungarn hatte Agota Kristof unter der kommunistischen Herrschaft zu leiden. Als ihr Vater verhaftet wurde, mußte das junge Mädchen in ein staatliches Internat. 1956 floh Agota Kristof mit ihrem Mann und ihrem vier Monate alten Kind in die französischsprachige Schweiz. Dort war sie plötzlich eine Analphabetin und mußte eine völlig neue Sprache erlernen – und schreibt seither großartige französische Prosa.

»Karg sind Kristofs Geschichten, wahr sind sie, gehärtet die Worte und die Sätze, geschliffen, gnadenlos.«
Literarische Welt

05/2116/02/L

Gert Loschütz

Dunkle Gesellschaft

Roman in zehn Regennächten. 224 Seiten. Piper Taschenbuch

Thomas, den Flussschiffer, hat es in die norddeutsche Tiefebene verschlagen, wo er in zehn Regennächten an phantastische Begebenheiten seines abenteuerlichen Lebens zurückdenkt. Eine besondere Rolle spielt dabei die dunkle Gesellschaft, der er immer wieder begegnet – eine Gruppe schwarz Gekleideter, deren Auftauchen Katastrophen ankündigt und vor denen Thomas schon von seinem Großvater gewarnt wurde.
Gert Loschütz erzeugt in seinem Roman eine magische Stimmung, einen Sog, dem man sich nicht entziehen kann.

»Gert Loschütz hat mit seinen Regennächten zweifellos einen Höhepunkt seiner Prosakunst erreicht.«
Deutschlandfunk

05/2111/02/R

Johannes Groschupf

Zu weit draußen

Roman. 176 Seiten.
Piper Taschenbuch

Der Journalist Jan Grahn verunglückt auf einer Reportage in der Wüste mit dem Helikopter – und überlebt mit schwersten Verbrennungen. Sprachlich brillant erzählt Johannes Groschupf in seinem autobiographischen Roman von der Angst eines Mannes, in das Leben zurückzukehren – und dem schwierigen Versuch, die Gespenster einer Grenzerfahrung für immer hinter sich zu lassen.

»Ein unglaubliches Buch. Nicht etwa weil die Art des Unfalls und des Überlebens so spektakulär wäre. Unglaublich ist die Ruhe und die Zartheit, mit der Johannes Groschupf von der schlimmsten Zeit seines Lebens erzählt. Kein Wort zuviel, kein falscher Ton, kein bißchen rührselig.«
Westdeutscher Rundfunk

05/2112/02/L

Loriano Macchiavelli

Tödliches Gedenken

Kriminalroman. Aus dem Italienischen von Sylvia Höfer. 208 Seiten. Piper Taschenbuch

Kommissar Antonio Sarti kann sich wirklich Schöneres vorstellen, als in einer kalten Nacht ein abgelegenes Partisanen-Denkmal zu bewachen, doch er erfüllt seine Pflicht. Um so ärgerlicher, daß ein kurzer Moment allzu menschlicher Unaufmerksamkeit respektlosen Schmierfinken schändliches Handeln ermöglicht. Unverzüglich verfolgt er die flüchtigen Übeltäter. Einen findet er tatsächlich und schon nach wenigen Metern: ausgestreckt am Boden liegend, mit zertrümmertem Schädel …

»Es lohnt, diesen Autor zu entdecken. Loriano Macchiavelli verbindet Spannung, Sozialgeschichte und skurrilen Humor auf wunderbar leichtfüßige und spielerische, man ist geneigt zu sagen: italienische Weise.«
Hamburger Abendblatt

05/2113/02/R